U0114185

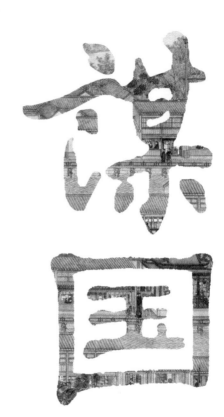

谋国

眭达明 著

曾国藩和他的
幕僚们

岳麓書社·长沙

前　言

　　在曾国藩、左宗棠等一班人留下的文字中，"忠臣谋国""公忠体国"之类话语的出现频率不低。透过这些文字，结合他们的事业，我们不难感觉到他们"以天下为己任"的自我期许，为恢复社会秩序、维护国家利益而付出的艰难努力。俗话说一个好汉三个帮，曾国藩也明确说过，"办大事者，以多选替手为第一义"，谋国、成事要有帮手，要有智囊、幕僚团队。那么，谁是曾国藩的幕僚？曾国藩的幕僚班子是怎么构成的？他与幕僚们究竟是什么关系？谋国、成事的过程中，又是如何发挥幕僚作用的？本书挑选了曾国藩的 10 位幕僚，试图解开这些疑惑。

1　"幕友"是曾国藩秘书

　　笔者认为，曾国藩在日记和书信中常常写到的"幕友"就是他的秘书。如咸丰九年（1859）十一月三十日日记写道："中饭后，广东举人冯竹渔焌光来此邕谈，本请其来，写书启之幕友也。"[1]

　　这是曾国藩请来的文字秘书冯焌光当天向他报到。冯焌光字竹儒，也写作竹如、竹渔。

1《曾国藩全集·日记》，岳麓书社 2011 年 9 月第 2 版第 16 册第 492 页。本书征引文献只在首次出现时标注完整信息，后续出现只标注书名、页码。

又如咸丰四年（1854）六月十六夜二更《致幕友》全文："一、作遗折，具陈办理军务不善，并抄檄文进呈御览。一、赶紧送灵柩回家，愈速愈妙，以慰父亲之望。不可在外开吊。受赇内银钱所余项，除棺殓途费外，到家后不可剩一钱，概交粮台。右二条求幕中诸友照办。"[1]

这是曾国藩写给秘书交代后事的信。

再如同治六年（1867）六月十一日日记写道："是日请幕友至元武湖[2] 看荷花。……自神策门行至妙相庵，约十里许。午末置酒，申初散。送俞荫甫、彭丽生自此赴上海。诸客并回署中。"[3]

这天上午曾国藩请身边秘书到元武湖看荷花，午饭安排在环境清幽、历来受到文人雅士钟爱的金陵名胜妙相庵。俞樾和彭申甫下午去上海，曾国藩顺便为他俩置酒钱行。午后三时左右酒席散，宾主同回"署中"上班。

2 "幕府"是曾国藩的秘书班子

曾国藩的秘书班子，则是他在日记和书信中常常写到的"幕府"，有时亦称"署中"或"幕中"。如咸丰四年正月二十一日《与郭嵩焘》信中写道："幕府有奏章之职，有书记之席，刻已请邓君小耘（邓瑶）充书记，欲以奏章一事重烦左右。"[4]

这是曾国藩函请郭嵩焘来"幕府"担任公文主笔。

又如咸丰五年（1855）十月初十日《加李元度片》写道："幕中罗伯宜（罗萱）世兄一病经月，医者以为虚阳浮越，须得上等肉桂治之。军中无可取办，敬恳阁下在省城购觅少许，由粮台专人送营，至感至感。"[5]

1《曾国藩全集·书信》，第 22 册第 467 页。
2 "元武湖"本作"玄武湖"，清朝时为避康熙皇帝名讳而改。
3《曾国藩全集·日记》，第 18 册第 415 页。
4《曾国藩全集·书信》，第 22 册第 453 页。
5《曾国藩全集·书信》，第 22 册第 499 页。

002

这是曾国藩函请在长沙的李元度为罗萱购买治病药物。罗萱是曾国藩好友罗汝怀儿子，咸丰四年来到曾国藩"幕中"工作，职务是掌书记。

"幕府"不仅是曾国藩笔下常用词，而且他的亲信幕僚也经常使用该词，如同治六年九月初三日赵烈文在日记中写道："下午，涤师来久谭。时余以沅师（曾国荃，时任湖北巡抚）之招，欲往武昌一游，以告师，师许之，且约归后幕府、书局二席听余自拣。"[1]

金陵书局建立后，一直在该机构工作的张文虎，也在同治四年（1865）五月二十一日的日记中写道："闻此番随征（随曾国藩北上剿捻），旧幕府惟钱子密（钱应溥）、方元征（方骏谟）二人，而黎莼斋（黎庶昌）新入幕府，李苏甫都转（李榕，字申夫，时任盐运使）初派统领，后复改入幕府（实际在营务处任职），而改派李季泉（李鹤章，字季荃。但此处应为李幼荃，即李昭庆）为统领。"[2]

只是偶尔出入曾国藩"幕府"的晚清著名学者兼医家欧阳兆熊，在其著作《水窗春呓》中，也有过曾国藩"幕府"的记载："辛酉，祁门军中，贼氛日逼，势危甚。时李肃毅（李鸿章）已回江西寓所，幕府仅一程尚斋（程桓生），奄奄无气，时对予曰：'死在一堆如何？'众委员亦将行李置舟中，为逃避计。"[3]

可见这种说法得到了双方共同认可。

3 "幕府"不是机构名称而是办公场所

然而，在曾国藩"幕府"存世的二十年间，曾国藩先后设置的工作机构多达数十个，其中有咸丰三年（1853）在湖南长沙设置的审案局，有咸丰四年在湖南衡山设置的文案所和在湖北武穴设置的采编所，有咸丰六年（1856）在江西瑞州设置的营务处，有咸丰八年（1858）

---

1 《能静居日记》，岳麓书社 2013 年 7 月第 1 版第 2 册第 1101 页。
2 《张文虎日记》，上海书店出版社 2009 年 7 月第 1 版第 40 页。
3 《水窗春呓》，中华书局 1984 年 3 月第 1 版第 2 页。

在江西南昌设置的递文所，有咸丰十年（1860）在安徽祁门设置的忠义局，有同治元年（1862）在安徽安庆设置的文案处，有同治三年（1864）在安徽安庆和江苏金陵设置的书局等等，偏偏不见曾国藩和他的亲信幕僚常常写到的"幕府"。

很显然，频频出现在曾国藩等人笔下的"幕府"，不是机构名称，而是办公场所，与后人所称的曾国藩"幕府"也有不同。后人所称的"幕府"是广义的，成员包括曾国藩的所有幕僚；曾国藩等人笔下的"幕府"是狭义的，涉及对象主要是紧紧依附在曾国藩身边的办文办事人员，其中包括曾国藩的重要谋士和"文胆"。后者更是曾国藩的亲信幕僚。他们平日里与曾国藩形影不离，随行有专门的轿、船，驻扎有专门的宅院，在所有幕僚中关系最近，地位最尊，情面最厚，礼遇最高。至于他们在哪个部门任职，则不完全确定，有的可能在审案局，有的可能在文案所，有的可能在营务处，有的可能在忠义局，有的可能在书局，有的甚至是随时进出、来往不定的人员。能否成为曾国藩亲信幕僚，完全根据工作需要和来者身份而定。"幕府"的办公场所，早期也难得有固定地方，有时可能在房子里，有时可能在木船上，有时可能在帐篷中，有时可能在野外或行军途中，直到1861年秋天打下安庆后才基本固定下来，那就是两江总督官署，所以在曾国藩日记和书信中，此后也将"幕府"称为"署中"。

与古代中国传统"幕府"相比，曾国藩等人笔下的"幕府"，事实上也有很大不同。其中最显著的差别是：传统"幕府"的主人与幕僚仅为主宾关系，不是从属关系，更没有人身依附关系，幕僚不仅来去自由，人格地位相对独立，而且主人对幕僚礼遇稍衰，或意见不合，幕僚就会毅然离去；曾国藩与秘书的关系却没有这么单纯。他们表面上是主宾关系，没有上下级名义，更不是从属关系，这一点从曾国藩称他们为"幕友"就可知道。然而只要稍作研究，就会发现越到后来，曾国藩与秘书的关系越演变成为相辅相成、相互依赖和相互影响的关系，秘书的自由、独立地位不仅基本丧失，而且工作上曾国藩也离不开秘书的帮助和支持，否则很难做成事情，秘书们更离不开曾国藩的提携和关照，否则不能升官发财。他们的利益是紧紧捆绑在一起的，一荣俱荣、一损俱损。

正因为曾国藩"幕府"有广义和狭义之分，又与古代中国传统"幕府"存在显著差别，所以笔者写作本书时，只能采用曾国藩自己的说法，仅仅将那些紧紧依附在他身边的办文办事人员，视为其秘书班子成员，同时在写作过程中，始终把握曾国藩"幕府"的本质特点，不让所写人物变形走样。

4 "幕府"是湘军的神经中枢和指挥中心

曾国藩"幕府"虽不是机构名称，曾国藩与秘书的关系本质上虽是相互利用的关系，曾国藩"幕府"及其工作人员，却在湘军中居于首要地位，是它的神经中枢和指挥中心。曾国藩向上级呈递报告，对下级发布指令，与前后左右联络协商，对内部关系规范调整等等，无一不通过"幕府"进行。他们既为曾国藩草拟文件信函和收发管理文书档案，又充当心腹智囊出谋划策，有时还帮助曾国藩调查处理某些重大事件和协调解决某些棘手问题，与如今党政机关办公厅工作人员所担负的任务和职责基本相同，中国社会科学院著名研究员朱东安先生将其命名为湘军的"秘书处"，可谓既形象又通俗。[1]

由曾国藩"幕府"的性质所决定，它的地位极端重要，在其中工作的秘书们，各方面表现不仅十分突出，而且发挥的作用无可替代。如《清稗类钞·幕僚类》记载："曾文正公之督两江也，大事章奏，必令幕府诸贤各创一稿，然后审择点窜，亦有一字不易者。"[2]就是说，曾国藩做两江总督时，在上奏折这件事上，是极为倚重秘书的，凡是比较重要

1《曾国藩传》，百花文艺出版社 2001 年 4 月第 1 版第 348 页。
2《清稗类钞》，中华书局 2010 年 1 月第 1 版第 3 册第 1389 页。

的奏折，都吩咐秘书分头起草，然后从中选定一份作为修改定稿的蓝本，经过自己精心雕琢之后，才作为正式文本发出去。

又如《湘绮楼诗文集》和《郭嵩焘诗文集》记载，陈士杰来到曾国藩"幕府"后，即郑重建议：要想取得事业上的成功，"唯以用舍人才为大计"[1]。意思是一个团队的兴旺发达，关键是用对人、用好人，领导人身边如果不能聚拢一大批有才能且能干事的人并用其所长，其他一切免谈。曾国藩完全同意陈士杰的意见，就把考察鉴别人才的工作全部交给他做："始隽臣（陈士杰字俊臣，也写作俊丞、隽丞、隽臣）佐曾文正公军幕，嵩焘（郭嵩焘）与焉。文正公名能知人，独谓隽臣有识鉴，所部文武吏士始至，必先令诣隽臣，阴使相其能否，因授以事。"[2]

很显然，陈士杰在曾国藩"幕府"的身份是高参，主要职责是鉴别、考察和使用人才，相当于军事参谋和组织人事秘书这样的角色。所以当时到曾国藩大营找事做的人，首先要见陈士杰，经他考察鉴定有什么特长，能胜任什么工作，拿出"使用意见和建议"后，再由曾国藩安排具体岗位。对于暂时不能用的人，也给出明确说法，好让他们知难而退。

而作为曾国藩的高级秘书和主要谋士，李鸿章除了撰写重要奏折，另一项重要任务是策划、办理军政要务。也就是遇有重大军政事务，主动为曾国藩拿出策划方案。如咸丰十年春夏之交，曾国藩和胡林翼考虑要不要撤安庆之围时，一度十分犹豫，很难达成统一意见，沉吟不决时，多亏李鸿章主动谈了自己的想法，曾国藩才豁然开朗并下了最后决心。在这件事情上，李鸿章起到了一锤定音的作用。[3]

赵烈文在曾国藩"幕府"工作期间，更是凭着自己的智慧和能力，除了充当曾国藩的心腹智囊，还成了曾国藩的心灵保健医生和无话不谈的知心朋友。曾国藩晚年许多决策，包括对自己家人的生活安排等等，都是

1《湘绮楼诗文集》，岳麓书社 1996 年 9 月第 1 版第 338 页。

2《郭嵩焘诗文集》，岳麓书社 1984 年 10 月第 1 版第 452 页。

3《曾国藩全集·书信》，第 23 册第 571 至 572 页。

认真听取了他的意见和看法之后，才最终定下来的。

正因为曾国藩"幕府"有这么一群能力出众、智慧超群、工作卖力的秘书，所以它的作用和地位日益凸显，最后成为湘军的神经中枢和指挥中心，就是水到渠成的事情。

5　本书选择人物和材料的原则遵循

选入本书的 10 个幕僚，在曾国藩幕府具有一定代表性，主要体现在三个方面。

一是时间上不留空当。从曾国藩创立湘军到他去世，二十年间，每个阶段都选择了一两个代表性人物。

二是工作上涵盖全面。既写了文字秘书，也写了机要秘书、军事秘书、人事秘书、财经秘书、外事秘书等等。

三是人员构成上呈现多样性。比如进了曾国藩幕府，什么工作也没做，在他身上却发生了一系列既十分有趣又令人深思的故事。这种秘书也选了一个，就是龚橙。

这既是展现曾国藩幕府成员多样性的需要，也考虑了所写人物有没有故事、他们的故事有没有可读性、读者对发生在他们身上的故事有没有关注的兴趣等等。

除此之外，本书选择人物还尽量避开老面孔。如大家十分熟悉的郭嵩焘、刘蓉、左宗棠等人，本身很有故事，与湘军创始人曾国藩的关系也非常亲密，确实值得一写，只是考虑到以往人们写他们太多，本书因而没有选入。相反却选择了很少受人关注，甚至历来不为人知的"小众人物"如陈士杰、程桓生、周腾虎、赵烈文、龚橙诸人，尽可能为读者制作一桌新鲜套餐。

书中篇目大致依照所写人物进入曾国藩幕府先后顺序排列。特殊情况下，比如考虑到内容的自然衔接，也有打乱这个顺序的情况出现。周腾虎比赵烈文早半年进曾国藩幕府且是赵的推荐者，书中却排在赵烈文后面，就是出于这方面考虑。又如李鸿章进入曾国藩幕府是咸丰八年十二月，比程桓生、陈士杰、周腾虎、赵烈文、龚橙、沈葆桢等人都晚，但考虑到他与曾国藩的关系渊源，有些内容与李元度的联系又十分紧密，所以不得不将他前移到李元度后面。

书中使用的材料，主要来自传主本人日记和文集。其次是与传主同时代的作者如曾国藩、郭嵩焘、王闿运、赵烈文等人的文集或日记。然后是《清史稿》《清实录》等正史。最后是传主的同事朋友为其撰写的碑记和书序等。野史笔记材料和近人著述，使用时比较审慎，实在非用不可，也尽可能做到与其他材料相验证，以确定材料本身的可信性。

不管使用何种材料，都要对其来源进行梳理和鉴别，然后正本清源，去伪存真，尽可能弄清历史事实，还原历史真相。如容闳的回忆录《西学东渐记》，虽是研究容闳的第一手资料，但如果完全相信本人说法，有些谜团根本无法解开，这就需要参照其他史料并认真梳理和鉴别，才有可能发现其中奥妙并得出较为客观的结论，从而保证所写内容真实可靠，否则谬种流传、害人不浅。这也是写作过程中，笔者不厌其烦地做出详尽注释和考订工作的原因所在。但愿读者不嫌啰唆，进而怀疑笔者有意卖弄学问。

本书撰写过程中，还参考了许多专家学者的著述和大量文献资料，实在无法一一注明，只能在此表示衷心感谢。

眭达明

目　录

李元度：这份报告写得有胆有识

李元度：这份报告写得有胆有识

曾国藩奉命在家乡帮办团练后，李元度是最早的追随者之一，也是与曾国藩私人感情最为真挚的朋友之一。用曾国藩自己的话说，他与李元度不仅"情谊之厚，始终不渝"[1]，而且对李元度有"三不忘"之情：一是"靖港败后，宛转护持，入则欢愉相对，出则雪涕鸣愤"；二是"九江败后，特立一军，初志专在护卫水师，保全根本"；三是"樟镇败后，鄙人部下别无陆军，赖台端支持东路隐然巨镇，力撑绝续之交，以待楚援之至"。[2]

然而他俩之间也产生过很大矛盾，最后甚至闹到撕破脸皮，李元度被曾国藩一而再，再而三参劾的地步。

曾国藩为什么三参李元度？事后为什么又悔青了肠子？

1 曾国藩诚邀李元度入幕

李元度，字次青，又字笏庭，自号天岳山樵，生于道光元年（1821）八月二十五日，湖南省平江县人。

李元度四岁丧父，稍长读书，过目成诵。道光十八年（1838）李元

1《曾国藩全集·书信》，第22册第584页。
2《曾国藩全集·书信》，第22册第577页。

度成为秀才，二十三年（1843）考中举人。李元度后来虽没考取进士，落榜后却来到沈阳，在奉天学政幕府工作。沈阳是清朝"龙兴之地"和陪都，收藏了本朝"列朝实录"等重要文书档案，爱好文史、关心政治的李元度于是"得以仰窥美富，通知一代政事本末"。在沈阳期间，李元度还随学使"遍览关东形势，浩然有得，益肆力掌故地理之书，旁稽百家载籍，才识宏裕"。[1]后经朝廷派出的王公大臣于各省举人内共同挑选，李元度被选授黔阳教谕。在此期间，李元度阅读了大量书籍，写了许多很有见地的文章，在当地有了很大名声。

青年时代这些独特的读书游历，是李元度积蓄才智和提升能力的重要途径，为日后投身幕府和带兵打仗打下了坚实基础。

咸丰二年（1852）末，曾国藩奉命在家乡办团练，于当年十二月二十一日抵长沙。此后不久，李元度化名"罗江布衣"上书曾国藩言兵事，曾国藩阅后大加赞赏。

曾国藩很想见到这位上书人，却不知道"罗江布衣"究竟是谁。为了寻找这位奇人，曾国藩颇费周折。当好不容易找到文章作者，才发现是老熟人李元度。李元度早年北漂京师期间，曾随朋友拜访过曾国藩，只是没有深交而已。曾国藩当即要李元度到幕府工作，他却谢绝好意，找了一个借口悄然离去。求贤若渴又急需能人相助的曾国藩，自然不会让李元度轻易溜走。咸丰三年（1853）十一月和十二月，他两次致信平江知县林源恩，请他一定找到李元度。其中十一月初一日信中写道："平江绅士李次青元度，命世才也，读书甚多，又有忠义之气。足下若举劲旅随仆东下，万望邀次青入幕，以便谘商一切。"[2]

林源恩接信后，不敢怠慢。数次登门拜访，却找不到李元度本人，家人和邻居也不清楚他的去向。曾国藩病急乱投医，再修书一封，又发出一札奉调函，派人送到平江，时间是咸丰三年十二月初七日。然而任凭曾国藩如何翘首企盼，李元度就是神龙见首不见尾，原来他已离开平江，跑到郴阳谋事去了，根本没有见着曾国藩来信。

1《王先谦诗文集》卷九，岳麓书社2008年9月第1版第200页。
2《曾国藩全集·书信》，第22册第314页。

得知李元度下落后，咸丰四年（1854）正月十一日，曾国藩马上追补一信，并将前信及奉调函抄录呈上。李元度终于被其真情所感动，来到衡州，加入幕府，成为曾国藩重要谋士。

2 患难之际见真情

李元度进入幕府不久，曾国藩即奉命率领新组建的一万七千名湘军（为叙述方便，除特殊之处称"湘勇"，其余均称"湘军"）出师东征。

咸丰四年正月二十八日，曾国藩督湘军自衡州出动，顺流而下，经湘潭到达长沙，迎战太平军。出发之前，曾国藩发布了轰动一时的《讨粤匪檄》，号召人们参加剿杀太平军的队伍。太平军虽接连攻占岳州、湘阴、靖港和宁乡，但面对湘军的猛烈攻势，一时还不能适应和这个新对手作战，于是主动放弃这些地方，退回湖北。

不过他们很快重整旗鼓，杀回湖南，于三月十一日再克岳州。接着，太平军乘胜南进，连克乔口、靖港等地，湘军纷纷溃逃，曾国藩也狼狈逃回长沙。由于骆秉章、左宗棠在长沙严密防守，太平军决定由石祥祯扼守长沙北面的靖港，林绍璋率主力绕道宁乡赶往长沙西南的湘潭，形成南北合围长沙之势。

第二次进入湖南巡抚幕府仅二十天的左宗棠，急忙与曾国藩等人商讨对策。有人认为进攻宁乡，有人认为进攻靖港，只有左宗棠极力主张进攻湘潭。曾国藩身边幕僚李元度和陈士杰赞成左宗棠动议："湘潭为省城咽喉，宜先击之，湘潭败，靖港贼自走。"[1]最后左宗棠的意见占了上风。

曾国藩于是派塔齐布率领湘军陆师，褚汝航、彭玉麟等人率领湘军水师驰往湘潭，水陆夹击太平军。

按照原定方案，曾国藩应在第二天率领后备力量前往湘潭增援，以求必胜。然而就在这天夜间，曾国藩得到线报：靖港的太平军只有几百号人，防守薄弱。曾国藩手上却有水陆兵勇两千余人，加上一些民团乡

勇，自认为数量上占绝对优势。一旦拿下靖港，不仅能够解除长沙北面的威胁，而且可以截断湘潭之敌的归路。时机稍纵即逝。头脑发热的曾国藩于是临时改变主意，决定自带兵勇攻打靖港。

李元度当即表示反对："精兵强将都已调往湘潭，胜利消息迟早会传来，我们这里只能坚守，不能轻举妄动。"

十分渴望打一场胜仗的曾国藩根本听不进不同意见。李元度、陈士杰、章寿麟等文职幕僚要求同行，曾国藩也不允许。曾国藩还将暗中准备的"遗疏"和"遗嘱"秘密交给李元度说：如果我死了，你把遗疏交给骆巡抚，把遗嘱交给我弟弟，营中所有军需物资，包括军械、辎重和一百多艘船只，都请暂时妥善保管。[1]

看到曾国藩的决心不可改变，李元度只好跟陈士杰商量，秘密安排年轻力壮水性好的章寿麟藏在曾国藩座船的后舱里，叮嘱他见机行事，一定要好好保护曾国藩的安全，切莫有任何闪失。

从未经历过战阵的曾国藩，就这样自信满满地督率水陆兵勇三千余人出发了。

然而靖港的情况根本不是线报所说的那样。太平军不仅兵力雄厚，而且早有准备，专等曾国藩上钩。曾国藩果然上当受骗了！

更有一个意想不到的情况是：曾国藩率部临近靖港时，西南风发，水流迅急，不能停泊，结果湘军战船全都刮到了早已埋伏好的太平军兵营面前，想退都退不回来。太平军大炮猛烈轰击，湘军战船乱成一团，纷纷起火，仅半顿饭工夫，水师全数溃散，曾国藩座船上的水手也逃得一个不剩。

陆军的遭遇也好不了多少。他们刚刚越过浮桥，就遭到太平军迎头痛击，加上水师战败的阴影笼罩在头上，此时哪里还有斗志？众人掉头便跑，只恨爹妈少生了两条腿。

曾国藩见湘勇不战自溃，无比愤慨，便离船登岸，在地上插了一面旗帜，手执宝剑高喊："过旗者斩！"

1《铜官感旧图题咏册》，第 514 页。

为了求生，湘勇仍然纷纷后退，结果把浮桥踩断了。慌乱中许多人被踩伤和踩死，另有两百多人掉进水中淹死。

本想凭借刚练成的湘军大展拳脚，结果却被太平军打得满地找牙，曾国藩灰心到了极点，一时死的心都有了。当逃到铜官渡时，他还是跳入湘江自杀。

曾国藩的警卫和随从纷纷跳进水中救人，却遭到曾国藩破口大骂。章寿麟于是从船舱里一跃而出，奋力游了过来，强行将曾国藩拖上一条小船。

被救上船的曾国藩仍然怒气未消。他双眼圆瞪，怒视章寿麟说："你为何到了这里？"

为了安慰曾国藩，章寿麟只好谎报军情："师无，然湘潭捷矣，来所以报也。"[1]

说完，又不容分说将曾国藩挟持到了一条渔艇上。

回到长沙南湖港后，曾国藩的情绪仍然很差，不仅"所着单儒沾染泥沙，痕迹犹在"[2]，而且饭也不吃。他还偷偷写下遗嘱，打算第二天再自杀。好在李元度等人始终看守着他，晚上又收到湘潭报捷的消息，曾国藩才没有死成，否则真要"出师未捷身先死"了！

靖港惨败后，曾国藩遭到湖南地方官僚一片指责和谩骂，长沙城里顿时掀起一股"反曾"浪潮。包括提督鲍起豹、布政使徐有壬、按察使陶恩培在内的湖南军政界要员同仇敌忾，不仅向曾国藩投来了冷眼和嘲笑，而且纷纷要求弹劾他，徐有壬和陶恩培甚至建议巡抚上奏朝廷，遣散湘勇，后因骆秉章"手还其文"，这出闹剧才没有演下去。[3]曾国藩部下出入长沙城，也常常受到盘问和呵斥，有的甚至挨了打。曾国藩昔日好友和幕僚，也纷纷借故离去。

然而患难之际见真情。李元度不仅不离左右，而且"出则呜咽呜

1《铜官感旧图题咏册》，第512页。
2《左宗棠全集·诗文》，岳麓书社2009年11月第1版第13册第239页。
3《湘绮楼诗文集·王志卷一》，岳麓书社2008年11月第1版第2册第36页。

愤，入则强颜相慰"[1]，一有机会就开导曾国藩，说胜败乃兵家常事，不要因一时遭遇挫折而悲观绝望。

可以这样说：曾国藩最终扛过了这次灾难，好歹能够活下来，全赖李元度对他的悉心劝导和安慰。李元度还不断说些中听的话哄曾国藩开心，骂那些企图暗害曾国藩的人是无耻小人。

咸丰四年七月二十七日，曾国藩给诸位老弟写信，真实描写了自己当时成了孤家寡人、唯有李元度不离不弃的情况："霞仙（刘蓉）定于本月内还家。渠在省实不肯来，兄强之使来。兵凶战危之地，无人不趋而避。平日至交如冯树棠（冯卓怀）、郭云仙（郭嵩焘）等尚不肯来，则其他更何论焉！现除李次青外，诸事皆兄一人经手，无人肯相助者，想诸弟亦深知之也。"[2]

咸丰七年（1857）二月曾国藩回家守制后，于十月初七日给李元度母亲写信，也深情回忆了当年李元度患难相从之义："岳州之败"后，他人溜之大吉，李元度却"星驰来赴"；"靖港之挫"后，"从人皆散"，李元度却"追随贱躯，不离左右"。所有这些，都让曾国藩"镂骨铭心"并"如负重疚"。[3]

3 这份报告写得有胆有识

朝廷对曾国藩虽免于治罪，却给了一个"即行革职，仍赶紧督勇剿贼，带罪自效"[4]的处分。这个处分看似保留了曾国藩的带兵之权，实际上把他的原有职务免掉了，没有在籍侍郎职务，就不能专折上奏，不能专折上奏，与皇帝的专线联系就被切断了。这样一来，曾国藩不仅不能直接向皇帝请示汇报，而且别人打了不利于自己的小报告也无法申辩。清末官场环境十分险恶，人际关系非常复杂，对于一个远离权力中心而

1《湘绮楼诗文集》，第2册第584页。

2《曾国藩全集·家书》，第20册第239页。

3《曾国藩全集·书信》，第22册第584页。

4《曾国藩年谱》，岳麓书社2017年4月第2版第39页。

在前线带兵打仗的官员来说，尤其是在曾国藩与湖南官场的关系已经搞得十分紧张的情况下，再没有比失去专折奏事权更可怕的事情了。这是朝廷对曾国藩的最大惩罚，也是曾国藩最伤心的事情。

李元度深知失去专折奏事权对曾国藩意味着什么，于是自作主张起草了一份《革职待罪臣曾国藩乞请专奏以速戎机事》的"报告"，准备上奏朝廷。这份以曾国藩本人名义上报的"报告"，核心内容是向朝廷申请"专折上奏"之权，理由是军情变化万端，必须随时奏报，特请朝廷加恩授予这一权力。

曾国藩开头怎么也不肯冒这个风险，禁不住李元度三番五次开导劝说，并以受死赴难相请，最后才勉强答应一试。但要求李元度反复斟酌词句，千万不能再激怒朝廷。

"报告"密封上达后，朝廷不仅没有怪罪曾国藩，反而破格准许他"单衔奏事"。[1]曾国藩喜出望外，对李元度的超人胆识和非凡勇气赞赏有加。

从此，曾国藩对李元度的信任程度越来越深，两人卧同室、行同舟、饭同席，形影不离，无话不谈。而草拟奏折信缄之类事情，曾国藩也大多交给李元度完成，幕中一般事务更由其全权处理。与此同时，李元度由曾国藩保奏为候选知县并加内阁中书衔，正式步入官员行列。

经过几个月休整和兵员补充之后，曾国藩开始第二次东征。到咸丰四年底，湘军先后从太平军手中夺取了岳州、武昌、黄梅等要地。

但不久曾国藩又头脑发热，冒险进攻太平军着力经营的九江，结果湘军水师在行进途中被太平军拦腰截断为外江（长江）与内湖（鄱阳湖）两个部分。

太平军将湘军水师舢板船封死在鄱阳湖内，乘夜袭击停泊在湖口江面上的湘军大船，数十只战船被焚毁。剩下的湘军大船逃往九江后，又遭到太平军夜袭，曾国藩的座船及文书档案也成了太平军的战利品。曾国藩乘小船逃入陆军营地后，越想越生气，想策马赴敌而死，经罗泽

1《曾国藩年谱》，第40页。

南、刘蓉、李元度等人反复劝解，情绪才稳定下来。

曾国藩退守南昌后，很长一段时间龟缩在那里不敢出来。

在此期间，李元度帮曾国藩认真总结了湘军东征以来经历的三次失败教训：岳州之败，水陆各师尚未集中而遇大风，被阻于洞庭湖，太平军觉察到这个不利因素，立即大力围攻，这次失败可以说是天意。靖港之败就不同了，我军临时改变主意，以少量兵力进攻靖港，自然必败无疑。湖口之败更不应该，水师不与陆军配合，不为自己留退路，冒险突入鄱阳湖，最后遭致失败，就是必然的事情。

李元度说得头头是道，句句在理，曾国藩听了深受启发，感到李元度才识深厚，不仅熟读兵书，而且能把所学知识与军事实践很好地结合起来。

从此以后，曾国藩用兵特别注重两个字："稳"和"退"。

4 "惟战阵非其所长"

李元度虽为曾国藩认真总结了失败教训，使他初步摸索到了带兵打仗的经验和方法，却无法改变曾国藩面临的严峻形势和困难局面。

当时人们都怀疑曾国藩的作战指挥能力，对他的事业能否取得成功同样持怀疑态度。南昌又地处江西腹地，随时受到太平军威胁，而曾国藩手上掌握的武装并没有多少，留下来跟他干很有可能同归于尽，曾国藩的身边人又一次大逃亡。

更让曾国藩焦头烂额的是，此时又与江西地方官员搞僵了关系。

咸丰九年（1859）四月初七日，曾国藩回想往事，情不自禁在当天日记中写道："念吾在江西数年，五年在南康，景象最苦，六年在省城，亦以遍地皆贼，同事多猜疑，心不舒郁。此外，四年在九江月余，七年在瑞州月余，亦无佳兴。"[1]

而在同治六年（1867）三月十二日写给曾国荃的信中，对在江西的

---

[1]《曾国藩全集·日记》，第 16 册第 427 页。

痛苦往事和难堪经历，曾国藩更是不堪回首："乙卯年（咸丰五年）九江败后赧颜走入江西，又参抚、臬；丙辰（咸丰六年）被困南昌，官绅人人目笑存之。"[1]

曾国藩与江西官员内斗详情，请参见本书《沈葆桢：竟然跟提拔自己的上司翻脸》。

可以这样说，曾国藩在江西这几年，是他精神上最感痛苦、事业上最遭挫败的时期。

看到曾国藩的兵力比较单薄，在江西的处境十分危险，在幕府做了一年多文字秘书和军事参谋的李元度，此时主动请缨，要求回平江老家招募兵勇，以保卫曾国藩的安全，同时也能牵制一部分太平军兵力。

曾国藩开头怎么也不答应李元度的请求。一来李元度自入幕起，就是处理公私文书的好帮手，是无话不谈、推心置腹的好参谋，幕府中实在少不了这样的人才。二来李元度的最大特长在文字，"惟战阵非其所长"[2]，让他带兵打仗无疑是舍其长而用其短。

咸丰五年（1855）三月二十日，曾国藩给诸位老弟写信时，就以半开玩笑半认真的口吻写到了这一点："李次青忽然高兴带勇，于十一日起行赴南康府，实非其所长也。"[3]

后因李元度态度坚决又勇于任事，曾国藩才无可奈何地同意他回籍招兵买马。

李元度投笔从戎后，虽然打了一些胜仗，从侧面减轻了湘军主力压力，但他本质上是个书生，善于处理文案而非统帅之才。他不仅对部属一味放纵，缺乏约束，而且上下权责关系一直没有理顺，致使手下兵勇纪律松弛，指挥不灵。李元度用人也多半从感情出发，常常因人授官而不因官择人。这样的部队自然吃败仗居多。

李元度所带的平江勇，虽然士气高昂，打起仗来口号喊得震天

1《曾国藩全集·家书》，第 21 册第 488 页。

2《曾国藩全集·奏稿》，第 7 册第 400 页。

3《曾国藩全集·家书》，第 20 册第 259 页。

响，[1]但内部构成很成问题。同治元年（1862）四月二十四日，左宗棠上了一份《甄汰安越军存留五营片》，里面详细描写了李军内部构成情况，不妨一录："李元度平日驭勇过宽，士卒知感而不知畏。又安越一军营制，营官之外，复有帮办、会办之名；哨官之外，复有哨长。事权不一，号令不专。各勇丁多平江一县之人，取才既隘，又狃于宽慢之习，骤难以法绳之。"[2]

安越军虽是李元度脱离曾国藩后重新招募的部队，但既然是他一手组建的队伍，与原来的平江勇就是一个模子里铸出来的货，这样的部队自然成不了大气候。

李元度的部队不仅官多误事、权责不清、赏罚不明，而且李元度不懂放权的重要性，致使部队号令难行。咸丰五年十一月十一日曾国藩写给李元度的信中，就明确指出过这一点："他处营官、哨官各有赏罚生杀之权，其所部士卒，当危险之际，有爱而从之，有畏而从之；尊处大权不在哨官，不在营官，而独在足下一人，哨官欲责一勇，则恐不当尊意而不敢责，欲革一勇，则恐不当尊意而不敢革，营官欲去一哨，既有所惮，欲罚一哨，又有所忌，各勇心目之中，但知有足下，而不复知有营官、哨官。"[3]

咸丰六年（1856）九月，李元度调度失宜，分兵四出，湘军江西抚州大营被太平军踏破，林源恩等四百余人阵亡，李元度力战突围而出，致使南昌戒严，江西大震。遭此一败，不仅李元度"身辱名裂"，而且当地官绅"啧有烦言"，"平江之勇亦怨詈交加"而"拥闹衙署"。[4]

湘军在江西被打得七零八落，曾国藩终日坐守危城。咸丰七年（1857）二月十一日，被折腾得焦头烂额的曾国藩得知本月初四日父亲去世消息后，如蒙大赦，不等朝廷同意，当即回籍奔丧，将江西烂摊子丢下不管。

1《湘军史料四种·湘军志》，岳麓书社 2008 年 4 月第 1 版第 163 页："李元度之战，士呼噪甚勇。席宝田诵孟子书讯之曰：'先生之号则不可。'军中以呼杀为号子，故宝田云云。"
2《左宗棠全集·奏稿一》，第 1 册第 49 页。
3《曾国藩全集·书信》，第 22 册第 506 页。
4《曾国藩全集·家书》，第 20 册第 293 页。

行前，曾国藩连写两信给李元度，一是告知奔丧行期，二是表达深深歉意："年来相从最久者，惟阁下尝尽千辛万苦，不堪回首——细思也。"又说："惟足下系因国藩而出，辛苦磨折，誓不相弃。今国藩迫于大故，不克相依共命，实深愧负。"[1]

次年六月，在家守制一年多的曾国藩不甘寂寞，复出带兵打仗。

从湖南赶赴江西途中，曾国藩札调李元度回营，要他回幕府干老本行。投笔从戎三年多、饱尝征战之苦的李元度二话不说就答应了。

咸丰八年（1858）八月初八日，两人在赣东北的河口关帝庙相会。

李元度回来后，工作上得心应手，轻车熟路，为军务繁忙的曾国藩省去不少心血。

八月十四日，曾国藩给曾国荃写信时，特意提到了李元度等人的作用：我因多年用心过度，加之身体不好，老眼昏花，所以工作颇具压力。近来幸亏得到"次青、意城（郭嵩焘）、仙屏（许振祎）三人相助为理，凡公牍信缄，我心中所欲达，三人者之笔下皆能达之，稍觉舒畅"。[2]

十月初八日《加冯卓怀片》中，曾国藩更是欣喜不已写道："此次出山，浼意城同行，霞仙（刘蓉）亦送至黄州下之兰溪。又有许仙屏者，江西奉新拔贡，古诗、骈体、书法并工，往年在敝幕帮办笔墨，此次亦至湖口来会。八月至河口，李次青亦来会。郭、牵（李）、许三人萃于幕府，论事缀文，并极一时之选。国藩得以藏其朽拙，大小事件皆治，案无留牍。"[3]

在李鸿章、钱应溥等人进入曾国藩幕府之前，李元度、许振祎是曾国藩最主要也最能干的文字秘书。郭嵩焘虽也能干，却是临时来帮忙的，不久即返回湘中。

1《曾国藩全集·书信》，第 22 册第 575 页。
2《曾国藩全集·家书》，第 20 册第 369 页。
3《曾国藩全集·书信》，第 22 册第 675 页。

5 "道旁苦李"

既然如此，两年之后，曾国藩为什么要让李元度担任徽宁池太广道即皖南道道员，最终造成其溃败徽州而受到曾国藩参劾的严重后果呢？这当然有诸多的主客观原因。

从主观上讲，李元度是最早跟随曾国藩的心腹幕僚之一，多年来不管遭遇什么困难，受到多大挫折，对曾国藩始终不离不弃、忠心耿耿，曾国藩早就想对他有所回报。如今有了授予李元度皖南道道员实缺的机会，曾国藩自然不会错过。

咸丰八年五月十六日，曾国藩在家守制期间，写给曾国荃的一封信中，就充分流露了这层意思："余昔在军营不妄保举，不乱用钱，是以人心不附，至今以为诟病。"又说："余未能超保次青，使之沉沦下位，至今以为大愧大恨之事。"[1]

皖南道是一个非常有名的道缺，主官是按察使衔，相当于副省级干部。据《近代名人小传》记载，慈禧太后父亲就当过这个官。曾国藩让李元度担当这一大任，可谓期望甚殷。

客观原因主要有三点。

一是李鸿章等人进入幕府后，李元度的文字工作压力相对减轻了，文案方面曾国藩对他的依赖自然少了些，而李元度又是一个勇于任事、做梦都想带兵打仗的人，这个时候推荐他独当一面，于公于私都说得过去。

二是咸丰十年（1860）春天清军江南大营被太平军再次击溃后，苏、浙局势万分危急，短短两个月之内，朝廷连下八道命令催促曾国藩率部救援，并授予他两江总督实职。执行朝廷命令时，曾国藩虽然大打折扣，但为了自身利益，还是决定在皖南开辟新战场，分兵几路而进，全面构成援救苏、浙的阵势。又由于湘军兵力不够，曾国藩出任两江总

---

[1]《曾国藩全集·家书》，第20册第348页。

督不几天，便匆忙让李元度回湖南再募平江勇三千人，与五营平江旧勇合为一军，防剿浙、赣交界的广信和衢州一路，并准备让他带兵救援浙江。

这是李元度第二次与浙江发生关系。

之所以说第二次，是因为咸丰八年八月胡兴仁出任浙江巡抚后，觉得浙江兵微将寡，湘军又有敢战之名，于是与曾国藩商洽，打算请李元度率部入浙作战。胡兴仁是湖南保靖人，早年又在曾国藩手下负责过后勤工作，曾国藩自然不好拒绝其要求。后因身边缺乏文字秘书，李元度又"战阵非其所长"，曾国藩权衡一番之后，还是让李元度投戎从笔。

三是急于扩充兵力的曾国藩一时找不到更好的带兵统领，迫不得已起用李元度，让他重新扮演廖化角色。这可能是李元度再次投笔从戎的最关键因素。

咸丰九年二月十七日，曾国藩《加耆龄片》中说："用兵日久，营官之才尚可强求，惟统领竟不可得。次青去年投戎从笔，将来恐又当投笔从戎。"[1]

两天之后，在《加王勋片》中，曾国藩又写道："特统领之才难得，虽添新营，仍嫌散漫，如阁下能来接办营务，恐次青又当出为统领也。"[2]

咸丰十年五月初八日，在写给沈葆桢的一封信中，曾国藩还特意解释了让李元度重新带兵打仗的原因："次青体气羸弱，怠于戎事，本不欲更以介胄之事苦之，因弟初膺艰巨，逆氛日炽，不得不浼其复出御侮，为弟干城腹心之助。"[3]

所以说，曾国藩违背自己历来坚持的用人所长原则，主动将不是将才的李元度再次推上战争一线，关键是找不到更好的统领而又急于扩充兵力。

除此之外，还有一点不便明说的原因。

1《曾国藩全集·书信》，第23册第82页。
2《曾国藩全集·书信》，第23册第85页。
3《曾国藩全集·书信》，第23册第565页。

李元度第一次投笔从戎期间虽然吃败仗居多，但也打过一些胜仗，尤其是保卫浙赣边境县城广丰和玉山（两县均属江西管辖）得力，所以曾国藩在家丁丁忧期间，李元度也获得了记名道员资格。继胡兴仁之后，罗遵殿担任浙江巡抚，其时浙江形势越发严峻，在浙兵勇却十分薄弱，大半为江南大营的残兵败将，扰民有余，作战无能，罗遵殿于是继续请求李元度入浙。湘军军饷向来紧张，曾国藩早就想从浙江分一杯羹，得到该省部分协饷，何况罗遵殿长期在湖北做官，为胡林翼所激赏，拔擢为布政使后，又先后调任福建和浙江巡抚，所以罗遵殿既是胡林翼的老部下，又和曾国藩等湘军领袖交谊都很深，他来浙江做巡抚，曾国藩于公于私都不能撒手不管。

咸丰十年二月，倡议邀请李元度入浙的罗遵殿虽然来不及看到湘军的旌旗就因杭州城破而捐躯，但清政府后来还是同意浙江新任巡抚王有龄之请，将李元度交给他差遣委用，王有龄于是奏请朝廷实授李元度浙江温处道道员以示笼络。

然而与前两任浙江巡抚大不相同，王有龄不仅是曾国藩政敌何桂清亲信，与曾国藩属于不同利益集团，而且与湘军继续接触时，闭口不谈协饷一事，加上此人的为人和行事有许多让曾国藩反感甚至厌恶的地方，于是以"军未集"为由，[1] 拒绝援救浙江，并将李元度留在皖南。这样做一来可以杜绝王有龄分裂湘军集团，二来能够抽空浙江兵力。

由此可见，此时让李元度重新带兵打仗，客观原因之一是曾国藩兵力不足，又找不到好的统领人才，而李元度不仅招募过平江勇，有自己的老部队，而且有过三年多带兵作战经验，急于扩充兵力的曾国藩，当然会重新起用李元度了。

哪料想几个月之后，李元度居然自以为是，完全不听曾国藩告诫，短短几天就全军覆没呢？

曾国藩本来就恨铁不成钢，更让他伤心痛恨的是，李元度竟然不及时回祁门大营禀报实情，本人是死是活，曾国藩也不知情，以致"竟夕

1《湘军志·浙江篇第七》，岳麓书社 1983 年 11 月第 1 版第 88 页。

不寐""殊为凄咽"。[1]

二十多天后，李元度虽然回到祁门，但殊为不解的是，他竟然连个错都不认，随即又不经同意，在湘军粮台索取欠饷之后，便擅自离开祁门招募兵勇去了，曾国藩这才撕破脸皮，决心参劾李元度。李元度长达八年的幕僚生涯，至此结束了。

为此，军中有人写了对联讥笑这件事："士不忘丧其元，公胡为改其度"。横批："道旁苦李"。[2]

讽刺李元度之意虽无可置疑，但主要还是针对曾国藩，对李元度则是同情多于讽刺。之所以如此，是因为包括曾国藩在内的所有人都明白，李元度徽州溃败，全是曾国藩用人失当造成的。

李元度被任命为皖南道道员之后，率部经过南昌，与江西布政使张集馨见面时，因"口出大言，又复短视，尺许外便不见人（李元度是高度近视患者）"，张集馨和他的同事便都认为，李元度虽然"腹笥（肚子里的学问）甚富，笔底亦斐然可观"，但"带兵非其所长，而曾帅信之甚笃"，所以断定李军必败无疑。[3]

不久之后发生的事情，证实了张集馨与他的同事的观察和判断是完全正确的。

与李元度仅仅见过一面，张集馨和其同事就能发现他是马谡、赵括式人物，曾国藩偏要用其所短，出事之后当然要承担用人失当的责任。

曾国藩对此也是承认的。徽州失守第三天，他给曾国荃去信，就沉重写道："次青于二十五日酉刻城陷时，闻实已出城，至今尚无下落，必殉难矣。哀哉此人！吾用之违其才也。"[4]

同治元年二月二十三日，痛定思痛的曾国藩写给左宗棠的信中，再次明确承认了这一点："次青实不能治军，八千人尤嫌太多。弟早年用

1《曾国藩全集·日记》，第 17 册第 80 至 81 页。

2《清稗类钞·讥讽类》，中华书局 2010 年 1 月第 1 版第 4 册第 1592 页。

3《道咸宦海见闻录》，中华书局 1981 年 11 月第 1 版第 306 至 307 页。

4《曾国藩全集·家书》，第 20 册第 516 页。

违其才，渠亦始终不自知其短。"[1]

李元度不能治军，可以说是众人公认的事实。如咸丰九年正月十二日曾国藩给胡林翼写信，说到李元度等人"均济时之良器，然皆不宜于统军"[2]，胡林翼马上回信表示赞同："李次青，正人也，任事一片血诚，笔墨亦敏捷清挺无俗尘，军事参谋，可得一当，特未可专以治兵耳。"[3]

明明知道李元度"不宜于统军"，曾国藩硬要"胡为改其度"，最后吞下苦果，当然不能怪别人。

6 曾国藩弹劾李元度的苦衷

曾国藩参劾李元度，除了发泄胸中怒气，其实还有诸多因素在起作用。

首先是杀一儆百，严肃军纪，维护法律权威。李元度违令失城之罪如果不究，将来人人效法，军纪国法怎么维持？咸丰十年十二月二十日《致沅弟季弟》信中，曾国藩就是这样说的："今天下虽已大乱，而法律不可全废。如普不重惩，即无以服江楚军民之心；重惩普而不薄惩青，即无以服徽人，亦无以服普之心。"[4]

信中说到的"普"是普承尧，咸丰十年统领五千湘军驻防建德，不能坚守待援，未战而溃，被曾国藩参劾去职，以肃军纪，所以曾国藩说如果不惩罚李元度，不仅无视军纪国法，而且对普承尧也不公平，怎么能让众人心服口服呢？

其次是李元度完全不听告诫，让曾国藩大失所望悔恨至极。

咸丰十年八月十四日，李元度即将挂帅出征，行前两天和当日晚上，曾国藩两次与他长谈，谆谆告诫，反复叮咛并约法五章。

一是戒浮，不要用好说大话的文人。

1《曾国藩全集·书信》，第25册第93页。

2《曾国藩全集·书信》，第23册第20页。

3《胡林翼集·书牍》，岳麓书社2008年11月第1版第2册第481页。

4《曾国藩全集·家书》，第20册第557页。

曾国藩向来认为，文人好大言，心思又多，不像武将直来直去。同时，文人自以为读书多，道理懂得不少，觉得办事不难，因此常常放言高论，但多不切实际。曾国藩认为李元度本身就有这些毛病，再重用油嘴滑舌、臭味相投的文人，更加容易坏事，为此特别告诫李元度：千万不要用夸夸其谈、言过其实的文人。[1]

二是戒谦，长官一定要有长官的样子。

李元度和蔼可亲，与人相处无拘无束，别人有过失多能宽恕，本是一种美德，但曾国藩认为，带兵打仗不同于平时相处，如果完全不分等级，没有上下尊卑，下对上毫不畏惧，关键时刻就会号令不行，为此特别告诫李元度"待属员不可太谦"，否则"恐启宠而纳侮也"。[2]

三是戒滥，使用银钱、保举人才应该有所节制，要为官择人，不能为人择官。

李元度平时交往人多，三教九流、五行八作的朋友不少。他又喜欢讨好部下，用曾国藩的话说是："凡有请托，无不曲从。即有诡状发露，亦必多方徇容。"[3]曾国藩认为这也足以妨碍李元度取得成功，为此特别叮嘱他赏罚分明，不能滥保人员，不要随意封官许愿，也不要乱花钱。

四是戒反复，不能朝令夕改，李元度恰恰存在这方面毛病。

五是戒私，对部下不能有偏爱。

李元度像一头舐犊情深的老母牛，对平江勇的任何过错都会无原则袒护。咸丰六年，平江勇一次烧杀辰州勇二百余人，事后李元度不仅不究，反而庇护，曾国藩为此"深恨之"[4]。胡林翼也如此这般地嘲讽过李元度："其人之长处甚多，热肠血性，实为第一；其短处则爱才如命，疾恶如仇。而所疾固多恶人，所爱未必才士也。"[5]

"爱才如命"本是褒语，李元度爱的却不是"才士"，这不是严重偏

1《曾国藩全集·书信》，第25册第57页。
2《曾国藩全集·日记》，第17册第77页。
3《曾国藩全集·书信》，第23册第645页。
4《曾国藩全集·书信》，第25册第469页。
5《胡林翼集·书牍》，第2册第431页。

爱又是什么！

从约法五章内容看，我们不能不承认，曾国藩对其老秘书的缺点和毛病看得比谁都清楚，提出的要求更是具体得不能再具体，但李元度当面答应得好好的，事到临头什么都忘了，怎能不让曾国藩极度失望和悔恨至极？

李元度自以为是，不听告诫，突出表现在军事上不听曾国藩的安排和指挥。

曾国藩派李元度驻守徽州，明确要求深沟高垒，坚守不出，李元度却把曾国藩的指示当耳边风，不仅忽视湘军最为重视的扎营、筑垒，而且主动分兵迎战。从李元度挂帅出征到溃败徽州，十天时间里曾国藩给他的数封指示机宜的书信内容，就可明显看出李元度确实没把曾国藩的指示放在心上，可谓视军令如废纸。

曾国藩八月十八日辰刻信："贵军请全数守徽，不必分营赴绩（绩溪）。徽郡如有贼来犯，是阁下之专责。徽兵（原来张芾麾下的兵勇）如再闹饷，当严拿重办，亦是阁下之责。此外之事，阁下不必兼管。职专则心一也。"[1]

当天晚上，曾国藩再给李元度去信："阁下新集之军，宜合而不宜分，宜在徽郡坚筑营垒或守城埕，以'立于不败'四字为主。"[2]

八月二十日曾国藩给李元度去信时，再次指示不能分兵："阁下好分兵，吾向以分兵为大戒，新募之勇，尤不宜分也。"[3]

八月二十三日辰刻信："是日出队至临溪，实为轻举妄动，殊不可解。……前日派童（童梅华）、单（单绥福）二营至丛山，已属轻躁。此二十一日之举，则更躁矣。不意阁下在戎行六年，而心不入理如此！"[4]

过了大约两小时，曾国藩又给李元度去信："来信前云派两营同礼（礼字营）、河（河溪营）出扎，后又云派三营同礼、河出扎。鄙意只可派

1《曾国藩全集·书信》，第23册第716页。
2《曾国藩全集·书信》，第23册第718页。
3《曾国藩全集·书信》，第23册第722页。
4《曾国藩全集·书信》，第23册第734页。

二营或一营出扎，余皆令其守城。平江勇轻进轻退，旧习未改，宜切戒之。"[1]

八月二十四日，曾国藩再给李元度去信叮嘱："扎营是第一根本事。平江营十六到，十七、八、九不令扎营，河、礼二十到，二十一、二不令扎营，何也？闻皆散乱于沙洲之上，何以御敌？……务乞迅速扎营。"[2]

曾国藩几乎是在哀求李元度赶快扎营了。可是一切都晚了，第二天，太平军就攻克了徽州城。这一天恰巧是李元度四十岁生日，老天爷居然送给他这份生日大礼！

众所周知，在晚清，湘军之所以能够脱颖而出，越战越勇，除了它的军制既十分特殊又非常可靠之外，运用的战术思想也是极为恰当的，其中最根本一条是"坚筑濠（同"壕"）垒，以静制动"。

曾国藩极为重视扎营，不仅常以"结硬寨、打呆仗"勖勉部下，而且承认自己"从未用一奇谋、施一方略制敌于意计之外"。[3]

为此，他制定了《扎营之规八条》，严格要求部队宁做缩头乌龟也不轻出浪战："每到一处安营，无论风雨寒暑，队伍一到，立刻修挖墙壕，一时成功。未成之先，不许休息，亦不许与贼搦战。"[4]

曾国藩对墙壕规格也有严格要求："筑墙须八尺高，三尺厚；壕沟须八尺宽，六尺深；墙内有内濠（壕）一道，墙外有外濠（壕）二道或三道；壕内须密钉竹签。"[5]

墙壕修好、营垒扎牢之后，曾国藩还严令部队每天必须安排三分之一的官兵"站墙子"，就是在墙壕内站岗守卫。即使遭到突然袭击，因有墙壕可守，三分之一的兵力也可支撑一段时间。

据《异辞录》记载，李鸿章初入曾国藩幕府时，看到湘军每天都是

1《曾国藩全集·书信》，第 23 册第 735 页。

2《曾国藩全集·书信》，第 23 册第 736 页。

3《曾国藩全集·奏稿》，第 9 册第 212 页。

4《曾国藩全集·诗文》，第 14 册第 407 页。

5《曾国藩全集·家书》，第 20 册第 220 页。

这一套，没有新花样，曾经很不以为然地说："我以为湘军有什么特殊本领，现在才知道不过如此，无非是听到敌人来了，迅速站墙子而已。"该书作者刘体智为此感叹道："盖时时设备，乃湘淮立军基础，固异于文忠（李鸿章）初办团练时，专以浪战为能也。"[1]

曾国藩这套战法，多年来不仅屡有灵验，而且湘军攻取战胜，最终将太平天国镇压下去，从战术思想上讲，这是最主要也是最根本的一条。

可李元度怎么带兵打仗呢？徽州溃败十天后，曾国藩向朝廷书面报告此役经过，是这样写的："皖南道李元度于十六日带勇三千抵徽接防。闻丛山关告警，即于十七日派肃字、平字二营，由绩溪前进。十九日出队，分两路进剿，一走丛山关，一走楼下。各行五里许，而原防兵勇（原来张芾麾下的兵勇）已溃。肃字营营官同知童梅华督队猛击，贼败。该营追出关外，伏贼突起，从岭尖翻下，包抄我后。童梅华身受枪伤，登时阵亡，弁勇伤亡百余人。平字营将到楼下，各卡已破数重。该营大呼冲阵，追至卡上，毙贼百余。正酣战间，闻肃字营失利而止。是夜间道趋回。贼乘势窜过绩溪。张运兰岭外旌德之军，与李元度岭内徽军，中间已被贼隔断矣。……臣因徽州贼势浩大，李元度兵力甚单，先由祁门抽派礼字、河溪各营二千余人，倍道驰援，饬于徽城外坚筑濠垒，以静制动。乃李元度以贼逼城下，逐日出队搦战，修筑不及。又，张芾于二十日由徽启程北上，兵勇索闹口粮，力为排解，纠结不清。营垒未成，贼已大至。二十四日，伪侍王李世贤同抢天义、通天义、赞天义诸逆首，共带四万余人，直扑徽城，更番诱战。李元度亲督各营，出城接仗。自辰至午，毙贼数百，岭后伏贼并出，抄我两翼，众寡不支，礼字、河溪各营由西门大路退回休宁。李元度率平江四营，入城固守，贼即跟踪围攻四门，因西门城垣坍塌，又无垛口，是夜三更，乘阴雨黑暗，专攻此门，势极危险。……李元度赶调各门队伍（徽州其他城门守兵）来救，贼已四面扒城而入，府城遂陷。迄今十日，因贼氛隔阻，尚未闻

1《异辞录》卷一，中华书局 1988 年 10 月第 1 版第 23 页。

李元度下落。"[1]

八月十六日，李元度率部到了徽州，二十四日，太平军李世贤部才兵临城下，长达八天时间里，李元度无视曾国藩的反复叮咛和告诫，既不用心修缮徽州城墙，也不认真安营扎寨，先是"分两路进剿"并"追出关外"，后是"亲督各营，出城接仗"。分兵轻出浪战，满以为可以一战克敌，无须固守，既违背了稳修营垒、立定脚跟、坚守待援的指示，也犯了浪战以求胜、侥幸以求成的兵家大忌。李元度的所有做法，似乎都是为了求败而不是求胜。这就难怪曾国藩恼恨不已，非参劾李元度不可了。

再次，曾国藩不念李元度以前功绩，不顾两人往日交情，不听众人劝阻，断然严参李元度，还与急转直下的皖南战局和风云突变的时局有关。

咸丰十年春天太平军再次踏破清军江南大营，两江总督何桂清弃城逃跑获咎革职（后被处死），曾国藩被授任两江总督、钦差大臣，督办江南军务和皖南防务后，很想自行展布，大显身手，于是制订了一个在长江南岸布兵三支的计划：北路趋池州，南路趋广德，中路先守徽（徽州）、宁（宁国），曾国藩自任中路，驻祁门。他又与湖北巡抚胡林翼商定：湖南出兵员，湖北、江西供饷，集湘、鄂、赣三省之力打下安庆，夺取安徽。

为了实现这一计划，曾国藩不顾别人劝阻，断然率部离开长江边上的宿松，由东流（位于安徽省东至县长江南岸）进驻徽州府的祁门县，与太平军争夺战略要地皖南。

祁门是皖南山区的一个小县，位于浙赣边界的群山之中，西与江西景德镇交界，东有安徽黟县、休宁、歙县。李鸿章认为"祁门地形如在釜底，殆兵家之所谓绝地"[2]，坚决反对驻兵此地，曾国藩却认为祁门战略地位十分重要。他的如意算盘是：只要巩固了皖南防务，不仅可以阻挡太平军由浙、赣两省支援安庆之路，而且能为将来进兵苏南张本。

1《曾国藩全集·奏稿》，第2册第590至591页。
2《庸庵笔记》卷一，江苏人民出版社1983年8月第1版第13页。

左宗棠不仅支持曾国藩进驻祁门，而且认为要战胜太平军，必须深谋远虑，不能急功近利："两浙危而江西、皖南皆有渐及之势。尊意大军由东流进驻祁门，凯军（湘军张运兰部）由茶陵取道抚州听调，高瞻远瞩，全算在胸，敬佩敬佩！……是制此贼，必取远势，而不能图速效可知。"[1]

这是咸丰十年左宗棠写给曾国藩信中的原话，说明曾国藩移军祁门，是有他的深层考虑和长远打算的。

曾国藩有他的如意算盘，太平军也有自己的宏伟计划。他们踏破江南大营后，马上制订了兵分数路合取武昌以解安庆之围的计划，并决定由陈玉成和李秀成等人率领数路大军，分别从长江北岸和南岸向西进兵。太平军这个计划被称为第二次西征。

咸丰十年七月底八月初，西征南路部队李世贤、黄文金、杨辅清等进入皖南后，当即发起闪电行动。八月十二日，太平军攻克宁国府，守将周天受阵亡；二十五日，攻克徽州城，李元度下落不明。曾国藩在皖南几无立足之地。

正当形势万分危急的时候，八月二十六日凌晨又接到军机处六百里加急发来的上谕：英法联军进逼北京，咸丰皇帝仓皇出逃，下令曾国藩派鲍超率部兼程北援。

孤守祁门的曾国藩自身吉凶未卜，急需鲍超支援以救燃眉，若将鲍超抽走，不仅影响安庆战局，而且危及自身安全。这道谕旨真是戳到了曾国藩的心窝上，让他痛彻心扉！

咸丰十年八月这个多事之秋，对于曾国藩来说，可以说是情绪最烦躁、思想压力最重、自身安全感最脆弱的时候。李元度偏偏这个时候大意失徽州，洞开祁门最后一道屏障，悲愤填膺、无处泄愤的曾国藩拿李元度当出气筒，也就完全可以理解了。

最后，是历史积怨所造成。同治元年八月初五日《复李鸿章》信中，曾国藩如此写道："从前次青之于平江勇一味宽纵，识者知其无能

1《左宗棠全集·书信一》，第 10 册第 362 至 363 页。

为。至丙辰（咸丰六年）三月烧杀辰州勇二百余人，次青不究，又庇护之，鄙人则深恨之矣。今日之与次青决裂，其根尚伏于彼案。"[1]

完全可以说，曾国藩此次参劾李元度，既是严肃军纪维护法律权威的需要，也是愤怒情绪的总爆发，于公于私，都不能不做。

当然，曾国藩参劾李元度，并非完全泄愤，而是箭在弦上，不得不发。李元度弃城逃跑并非小事，曾国藩即使不参他，湘军之外其他官员也会参，与其让别人参，不如自己主动参，否则很被动，弄得不好曾国藩也脱不了干系，所以曾国藩确有其苦衷。

7 帮李元度说话的人真不少

曾国藩决定严参李元度之后，却遭到幕府同僚共同反对，带头的是曾国藩学生李鸿章。

曾国藩本来要李鸿章起草弹劾书，他不仅拒绝起草，而且率众反对。曾国藩想说服他，李鸿章坚决不听，最后负气离开了曾国藩。

李鸿章不写弹劾书，曾国藩只好自己写。可是刚写出初稿，又遭到陈鼐反对。

陈鼐字作梅，江苏溧阳人，也是曾国藩的幕僚和弟子。陈鼐和李鸿章不仅是道光二十七年（1847）丁未科进士，而且同被曾国藩"私目为丁未四君子"[2]，很受曾国藩器重。

不过陈鼐的反对和李鸿章的反对有所不同。他不是反对弹劾李元度，而是觉得弹劾书的用词太严厉了。

陈鼐认为，曾国藩和李元度是什么交情，怎么能用如此严厉的词句呢？公事公办就可以了，所以坚持要求曾国藩删掉那些可能加重李元度罪过以及情绪愤激有伤私人感情的话语。曾国藩当时虽然"因徽州之败深恶次青"，但还是采纳了陈鼐意见，"将奏稿中删去数句"。[3]

1《曾国藩全集·书信》，第25册第469页。

2《曾国藩全集·书信》，第22册第301页。

3《曾国藩全集·日记》，第17册第84页。

删掉的内容是什么，因为见不到原稿，所以无法了解。后来收录在《曾国藩全集·奏稿》中的正式文本，不仅题目变成了《周天受殉节请恤及陈奏徽宁在事人员折》，而且写到李元度的内容，用词也相当平和且只有短短一句话："至徽州之陷，皖南道李元度躁扰愎谏，暨不稳修营垒，又不能坚守待援，仅守一昼夜而溃，贻误大局，责无可辞。"与曾国藩的严参初衷大相径庭。另外，李元度乱中逃生，经久不归的内容也没有写进来，明显避重就轻，有意为李元度开脱责任。倒是李元度的亲兵营管带孔旭日、余大胜两人，曾国藩却以"败不归队，轻弃主将"之罪，"请旨即行正法，以肃军律"。[1]

如果没有李鸿章带头反对弹劾，陈鼐继而要求曾国藩修改弹劾文书，李元度最后得到的处分，就不是"革职拿问"四字可以了结。

按照清律规定，守城主将应当与城池共存亡，弃城逃生而又表现恶劣，是要杀头的。所以清朝官员宁愿自杀，也不敢弃城逃跑，落个身败名裂下场。

比徽州早十三天失守的宁国，守将周天受死守七十余天，屡次击退太平军，后因"援尽粮绝"，军心离散，无法再守，手下官员跪请撤离，他也坚决"不肯出城"，最后以身殉国，其表现就很能说明问题。[2]

与此相反的例子是：咸丰十年闰三月太平军第二次击溃清军江南大营后，两江总督何桂清闻风丧胆，擅离常州，虽然成功逃入上海，最后还是被捉拿归案，按律处死。

李元度虽然罪不至死，但曾国藩高高举起的鞭子，最后不得不轻轻落下，确实受到了外界因素的干扰和影响。

话虽如此说，但必须指出的是，曾国藩此次参劾李元度，私情上虽然有负对方，公义上却没有什么不对，不这样做才不正常。

正因如此，所以后来每当回想此事，曾国藩总觉得自己没有做错，但又不敢断定幕僚们共同反对他参劾李元度的行为是错的。他最苦恼的是始终找不到两全其美的解决方法。

1《曾国藩全集·奏稿》，第 2 册第 596 页。

2《曾国藩全集·奏稿》，第 2 册第 595 至 596 页。

为此，咸丰十年十月初五日曾国藩特意致信湘军大将李续宜，向这位向来很有主见又能说掏心窝子话的朋友征求意见："次青处公议稍伸，私情则我实抱歉，不知古人处此，如何而后两尽。请公细思示我。"[1]

李续宜怎么答复的，笔者不得而知，曾国藩希望得到他的理解，则是毫无疑问的。遇到这种烦心事，自古以来就没有两全其美的好办法，除了给予同情和理解，还有什么办法可想呢？

看来，工作当中要完全抛开私情因素干扰，有时确实非常困难。

8　曾国藩二参李元度

经陈鼐做工作，曾国藩本已从李元度轻失徽州事件中走出来，风头过后，肯定会为李元度考虑出路。咸丰十年十月初八日《复李瀚章》信中，他就明确表达了这层意思："次青此役，大失民心，吾负私情而伸公义，昨奉优诏褒嘉，将来转圜尚易，然决不再令带勇。与其负之于后，不若慎之于始也。"[2]

曾国藩的意思是说：朝廷对李元度的处分非常宽大，没有一棍子打死，将来给他出路就比较容易了，但坚决不再让他带兵打仗，与其事后追悔莫及，不如一开始就断了他的念想。

怎奈李元度急于转祸为福，转身便投靠王有龄门下，结果戳痛了曾国藩最敏感的神经，从而失去理智展开报复行动。

李元度回到平江后，家乡子弟听说他要重新招募队伍，报名十分踊跃，很快拉起了一支八千人的新武装。

平江人对李元度如此"厚爱"，是因为他御下极宽，部下犯错甚至干了违法乱纪之事，只要托人说几句好话就能得到宽免，所以大家愿意跟他出来打天下。但李元度将这支队伍取名"安越军"，就让曾国藩很不舒服了。

所谓"越"者，就是浙江省或该省的东部地区；"安越"云云，顾

1《曾国藩全集·书信》，第 24 册第 8 页。

2《曾国藩全集·书信》，第 24 册第 18 页。

名思义，就是援救浙江、安定浙江。

李元度与浙江或说与王有龄再度发生关系，据称是邓辅纶居间拉拢的。

邓辅纶是湖南武冈人，原在曾国藩手下带兵打仗，与李元度曾是并肩作战的战友。咸丰六年三月，邓辅纶在江西抚州与太平军激战，相持一百余天，大小八十余战，后因受人弹劾，谢病而归。在籍守制的曾国藩爱惜邓辅纶这个人才，于咸丰七年十二月初七日呈上《邓辅纶捐造战船片》，为邓辅纶申请官职。朝廷下旨，邓辅纶以候补道员分发浙江使用。

李元度徽州溃败之后，没有及时回祁门，却与邓辅纶取得了联系。经邓辅纶牵线搭桥，王有龄向朝廷上奏，请李元度重新招募队伍援救浙江，两人一拍即合。

咸丰十一年（1861）初，李元度率领安越军赴援浙江。

从湖南到浙江，江西是必经之地。其时李秀成率领的太平军第二次西征南路主力，由皖南、赣东北插入湖北，沿途招兵买马，复又原路退回，移兵进攻杭州。李元度率部跟在李秀成后面，一前一后，旌旗相望。一路上也交过火，但都打得不激烈。急于建功赎罪的李元度，却把成绩记入自己账簿，声称克复了湖北通城和江西义宁、奉新、瑞州等地方。湖广总督官文和江西巡抚毓科等人，于是先后上奏朝廷，说"该员于义宁等处，剿匪出力"，请求给李元度官复原职，朝廷同意了他们的请求。[1]

曾国藩知道后，当然憋了一肚子气。

咸丰十一年夏天，赵烈文受人之托，来曾国藩大营联系工作。为他举行的接风便宴上，闲谈中说到李元度招募安越军援浙一事，曾国藩毫不隐讳地表达了不满："帅言李次青事，意中微不平。"[2]

李元度率领安越军进入浙江地界后，正是杭州危如累卵之时。王有龄一面加大分量给安越军送钱，一面递上奏折，请朝廷实授李元度浙江

---

1 《曾国藩全集·奏稿》，第 4 册第 100 页。
2 《能静居日记》，岳麓书社 2013 年 7 月第 1 版第 1 册第 347 页。

盐运使。接着又上奏朝廷，请求授予李元度浙江按察使实缺。他这样做，当然是希望李元度火速进兵，救援杭州。

完全意想不到的是，安越军到了衢州后，却在这里逗留了很长时间，哪怕王有龄跟杭州城内的官民盼李元度如大旱之望云霓，安越军就是"安"驻衢州不动，直到杭州被太平军攻破前不久，才到达龙游城外。

当时杭州城内天天传说："安越军快到了！"其实是地方大吏为了安定人心故意放出的空气。龙游离杭州，还有好几百里路程呢！

读咸丰十一年十一月十六日左宗棠致江西巡抚毓科一信可知，当时，李元度虽然"屡奉杭州帛书，呼援甚急"，安越军却被太平军围堵在龙游动弹不得。十八日，李元度打算率部"由龙游取道淳安"赶赴杭州，[1]然而仅过十天，也就是咸丰十一年十一月二十八日，杭州即被太平军攻克，王有龄自缢身亡。李元度的一切努力，都是白费。

得知杭州陷落消息后，李元度率部退守常山，后听人建议退守江山。常山与江山皆为浙江边境县城，都与江西交界。但江山为入闽咽喉，地理位置更为重要。

安越军是专为援救浙江组建的，进入浙江后，为什么裹足不前、见死不救？《湘军志》是这样说的："时浙江屯援军犹过四万，有龄复奏，用李元度募八千人入浙，免论徽州罪，且擢为按察使。至龙游，阻遏不得进杭州城。"[2]

"阻遏"当然有，但如果真想救人死活，遇上再大"阻遏"也应赴汤蹈火、奋不顾身。俗话说养兵千日用兵一时，或者说拿人钱财替人消灾，李元度岂能不懂这些简单道理？所以关键还是他觉得自己不是太平军对手，冒死去杭州也救不了王有龄，反而会搭上自己性命，因而犯不着蹚这趟浑水，打这个烂仗。亲眼见证了安越军表现的吴士迈，就是这么认为的，王闿运无非宅心仁厚而已。

咸丰十一年初，李元度带领安越军从湖南赶赴浙江时，好友吴士迈

1《左宗棠全集·书信》，第10册第423页。

2《湘军志·浙江篇第七》，第88页。

一路跟到衢州才返回。当年十一月二十八日，在江西、湖南和湖北境内游历的赵烈文来到吴士迈老家岳阳县，与"甫归自浙"的吴士迈见了面。他俩早就相识，又都与李元度友好，相见后自然会说到浙江形势和安越军近况。吴士迈说："杭州已合围，城中食尽，专人买米于沪，令夷人（外国人）运入城。绍兴九月下旬失守，宁饷道阻，势已不可挽回。李次青全军在衢境不敢进。"[1]

"不得进"与"不敢进"虽只一字之差，但前者是理由，后者是事实，也是态度。李元度主观上没有赴死之心，客观上又确实困难重重，等待王有龄的，只能是望眼欲穿、欲哭无泪。

其次是受到外界消极因素的影响。

当时除了李元度的八千安越军，还有别的援浙部队，兵员总数超四万人。然而没有哪路援军真正尽了救援之力。相反，"诸军不任战，反剽窃，而坐索饷"[2]。浙江发出的军饷，全打水漂了。在这种情况之下，李元度难免"有样学样"。

再者，李元度必须听命于左宗棠。

咸丰十一年十月十八日，也就是曾国藩受命节制江苏、安徽、江西、浙江四省军务的同一天，朝廷命左宗棠督办浙江军务，全省提、镇以下官兵均归其节制调遣。王有龄在杭州被围，呼救不迭，朝廷督促曾国藩赶快命令左宗棠率部援浙，他却于十一月十六日呈上《左宗棠定议援浙请节制广徽饶诸军并自行奏报军情折》，一面假意应付朝廷，一面于同一天写信给左宗棠，说是"江西民力已竭，兵力太弱，贵部救援浙江，仍不能不兼顾江西"。曾国藩生怕左宗棠不明其意，紧接着又说："以大局言之，江西有事则必波累两湖（湖南、湖北）；以私情言之，江西被扰则弟与兄之饷源立竭。此时阁下虽实授浙抚，犹不能不保江西；亦若希庵授皖抚，不能不保湖北也。而尊处兵勇只有此数，援浙保江，二者不可得兼。"[3]

1《能静居日记》，第439页。

2《湘军志·浙江篇第七》，第88页。

3《曾国藩全集·书信》，第24册第600页。

曾国藩的意思是：别说你现在还没有当上浙江巡抚，就是当上了，也不能不保江西，因为你我都得依靠江西供饷，就像李续宜已是安徽巡抚，也不能不保湖北是同一个道理，他也离不开湖北的经费保障。

正因为有这道"援浙保江，二者不可得兼"的明确指示，左宗棠也就在毗邻浙江的江西广信地区放胆徘徊，勒马观变。李元度受其节制，自然必须听命于他。

所以说，安越军"安"驻衢州和龙游不动，不去杭州蹚浑水、打烂仗，李元度既有说不出的苦楚，又确实受到其他因素影响，不能完全怪他。

曾国藩不救浙江，可谓世人皆知，并一直被杭州人所怨恨。《梵天庐丛录》为此记载说："杭州未陷时，王（浙江巡抚王有龄）以兵单粮乏，力求救于曾文正公，文正先以他事与王有隙（据文正家书，谓'金陵未破，大江一带蔓延，宜先其急者'。未可信。）故迟之，而李秀成兵入杭州矣。王自经院署桂花树下。秀成入，叹为忠臣，以王者冠服礼葬之。故浙人多秀成，少文正也。"[1]

然而让人跌破眼镜的是，曾国藩自己不救浙江，也明知杭州失陷不完全是李元度故意逗留造成的，却于同治元年二月二十二日递上《参李元度片》，反过来参劾李元度对王有龄见死不救："本年正月十四日，皇上弃瑕录用，补授该员盐运使，兹又擢授浙江按察使，谕旨令臣等转饬该员，奋勇立功，以赎前愆。臣查该员李元度自徽州获咎以后，不候讯结，而擅自回籍；不候批禀，而径自赴浙；于共见共闻之地，并未见仗，而冒禀克复。种种悖谬，莫解其故。臣所以迟回隐忍，不遽参奏者，因其军以安越为名，冀其顾名思义，积愧生奋，或能拼命救浙，有裨时局。乃李元度六月至江西，八月抵广信，九月抵衢州，节节逗留，任王有龄羽檄飞催，书函哀恳，不一赴杭救援。是该员前既负臣，后又负王有龄。法有难宽，情亦难恕。所有该员补授浙江盐运使、按察使，及开复原衔加衔之处，均请饬部注销，仍行革职。姑念其从军多年，积

1《梵天庐丛录》卷六，故宫出版社 2013 年 11 月第 1 版上册第 177 页。

劳已久，免其治罪，交左宗棠差遣。"[1]

更让人莫名其妙的是，曾国藩要弹劾李元度，应在去年十一月下旬杭州失守之后，可那时偏偏不见曾国藩有任何动静。如今三个月都要过去了，才毫不留情来这么一下，究竟为什么呢？

原来曾国藩弹劾李元度不救浙江是假，发泄心中怨恨，企图一棍子打死他才是真。

正如参片开头说的那样，曾国藩是看到李元度被补授为浙江盐运使，接着又提升为浙江按察使的上谕后，心里有股无名火冒起，这才由怨生恨。

原来在曾国藩内心深处，对李元度背叛自己一直心存怨恨。"恩将仇报"的李元度如今不仅没有受责，反而得到提升并补授为浙江按察使实缺，曾国藩心中的怨气自然加倍扩大并急需寻找发泄渠道。这才是隐藏在曾国藩参片背后的真正用心。

道貌岸然、历来以圣贤为榜样的曾国藩，事实上也是个心理阴暗和极端自私之人；他虽然大讲恕道，心胸其实没有人们认为的那么宽广。

同治元年十一月十七日，面对原任江西布政使，后来受到曾国藩无情报复和打击的李桓的询问，左宗棠回信时就直言不讳指出：曾国藩不仅"才不甚大"，而且"量亦不甚宏"。可谓一针见血。[2]

李桓号黼堂，左宗棠湘阴老乡和姻亲，其父李星沅曾任两江总督、钦差大臣，与曾国藩有很深交情。李桓原为江西粮道，咸丰十年入曾国藩幕，为湘军在江西筹饷贡献甚巨，后遭曾国藩打压去职。

9　强词夺理、罔顾事实的《参李元度片》

曾国藩的《参李元度片》不仅用了障眼法，而且强词夺理、罔顾事实。之所以这样说，是因为该文所列罪状，有些发生在李元度赴浙之前，并已受过革职处分，如"徽州获咎以后，不候讯结，而擅自回籍"

1《曾国藩全集·奏稿》，第 4 册第 99 至 100 页。

2《左宗棠全集·书信一》，第 10 册第 446 页。

云云。既然如此，现在何必旧事重提？而所谓"不候批禀，而径自赴浙"，则完全是睁着眼睛说瞎话。

经邓辅纶牵线搭桥后，王有龄奏请李元度招募队伍援救浙江，是经过朝廷批准同意的，《参李元度片》也引用了咸丰十一年二月初九日上谕原文："已革徽宁池太广道李元度，着曾国藩饬令前赴浙江，交瑞昌（杭州将军）、王有龄（浙江巡抚）差遣委用。"[1] 如果硬要说李元度"径自赴浙"，只能说未经曾国藩批准同意而已！难道朝廷的批准不算批准，只有曾国藩的批准才能算数？真是岂有此理！这不是强词夺理是什么？

参片中所谓的"于共见共闻之地，并未见仗，而冒禀克复"云云，是说急于建功赎罪的李元度，进军浙江途中谎报克复了湖北和江西的一些地方，因而被赏还按察使衔并加布政使衔。

李元度虚报战功确是事实。如咸丰十一年郭嵩焘《复易笏山》信中，就这样写道："李次青再起视师，通城贼退，次青与刘镇军各以克复驰报。吾甚惜次青自待之薄，虑其终不足以立事。"[2]

但这种现象在当时非常普遍，湘军甚至包括曾国藩自己都不能免俗。同治二年（1863）左宗棠致福建巡抚徐宗干信中，就这样写道："军营恶习言胜不言败，小胜则必报大胜。"[3]《翁同龢日记》同治五年（1866）四月十三日也写道："曾国藩报胜仗，而捻匪已东西窜去矣。"[4]

正因为虚报战功现象在湘军中司空见惯，所以李元度溃败徽州三个月之后的咸丰十年十一月二十五日，曾国藩看到张运兰送来的假捷报，也只能无可奈何吞下苦果："凯章报廿四日获一胜仗，余有探卒在彼目击，实未开仗。凯章近来以战阵之事尽委之各旗长，自己从不临阵，又好报假仗，此军恐不能振矣。"[5]

再说，安越军从湖南平江走到浙江，一路上几乎都是战区，不可能

1《曾国藩全集·奏稿》，第 4 册第 99 页。

2《郭嵩焘全集·集部一》，岳麓书社 2012 年 12 月第 1 版第 13 册第 60 页。

3《左宗棠全集·书信》，第 10 册第 452 页。

4《翁同龢日记》，中华书局 2006 年 12 月第 2 版第 1 册第 461 页。

5《曾国藩全集·日记》，第 17 册第 103 至 104 页。

不和太平军遭遇，硬要说他们没有打过仗，也没有收复任何地方，无论如何不是事实。假如真是如此，那么湖广总督官文、江西巡抚毓科等地方主官，怎么可能轻信李元度的奏报，先后向朝廷上奏，请求恢复他的官衔？

就说李元度声称克复义宁一事吧，咸丰十一年七月十五日，当时在赣东北带兵打仗的左宗棠，写给儿子左孝威的信中，就有不同说法："李逆秀成一股由鄂（湖北）窜回江西，省城戒严。幸涤帅（曾国藩）调鲍春霆（鲍超）由九江回剿，李次青克义宁州后又转战而前，江西当可无虞。"[1]

为了给李元度安上"冒禀克复"的罪名，曾国藩居然攻其一点，不及其余，甚至完全罔顾事实，连官文等督抚大员的保举都可以彻底否定。

然而就是这么一道既隐藏险恶用心，又存在强词夺理、罔顾事实嫌疑的参片，却被清政府完全采纳，李元度于是再次丢了乌纱帽，安越军也被全部遣散。这一结果充分说明：可怜的清政府已经脆弱到唯曾国藩马首是瞻的地步。曾国藩的所作所为，更是亲痛仇快，让外人看湘军集团的笑话。

曾国藩是奏牍老手，下笔素来谨慎，虑事可称周密，这道参片又是"迟回隐忍，不遽参奏"，是经过长时间思索考虑才亲笔写出的。既然如此，曾国藩怎么完全丧失理智，写出这种强词夺理、罔顾事实的文章？

没有别的解释，只能说是私心作怪。私心一蒙眼，什么是非标准也没有了。

用妒火中烧、丧心病狂八个字形容曾国藩当时的心态，都不为过。

回到平江后，试图用书籍慰藉心灵的李元度，写了一首《夜坐书怀》诗："拂尽征尘赋遂初，青山安卧爱吾庐。世无公论尝疑史，人但穷愁未著书。跃马险经身百战，汗牛归补学三余。国恩未报终惭负，一月（一个月之内）双迁是特除。"并特别注明："壬戌（同治元年）正月授

1《左宗棠全集·家书》，第13册第35页。

两浙盐运使，二月迁按察使，皆特旨也。"[1]

然而正是朝廷的"特除"，引起曾国藩特大不快，这才当头一棒将其打入冷宫。

这一年李元度四十一岁，生活却早已把他折磨成了须发尽白的老翁，任谁见了都会心生怜悯。

10　曾国藩三参李元度

读曾国藩日记可以知道，曾国藩二参李元度之后，由于湘军诸事顺遂，好事连连，曾国藩本人威望如日中天，李元度于是给曾国藩寄来一道《贺禀》，其中谈到了曾国藩参劾自己这件事。从曾国藩读过《贺禀》后的反应看，他二参李元度虽然刻薄寡情、出手很狠，李元度却不怎么怨怪他（也许是不敢），只是觉得曾国藩用词"不少留情"而已。李元度显然是投石问路，放一个试探气球，伸一枝绿色橄榄枝，意在和曾国藩弥缝裂痕、修复旧好。

这一点曾国藩岂能不知？为此他在同治元年三月初二日的日记中写道："因李次青来一《贺禀》，文辞极工，言及前此参折不少留情，寸心怦怦，觉有不安。"[2]

李元度的《贺禀》虽让曾国藩心生波澜，却未能完全解开他的心结。两个半月后的五月十七日，曾国藩呈上《密陈参劾陈由立郑魁士李元度三将之由片》，第三次将李元度参劾。

提督衔记名总兵福建延平协副将陈由立是鲍超部将，本是"偏裨之才"，却"不安本分"，在个人待遇得不到满足的情况下，跑到河南投奔巡抚郑元善，"巧言耸动"，谋得重权，犯了见利忘义、见异思迁大罪，曾国藩怒其"轻去其上"，破坏湘军家法，如果不请旨处罚，则"遂其飞扬跋扈之志，遽开朝秦暮楚之风"。总兵郑魁士相继在安徽、浙江和江南大营服役，平日悍然犯上，不遵节制，偾事则"托病偃蹇"，弃军

1《天岳山馆文钞·诗存》卷一，岳麓书社 2009 年 7 月第 1 版第 2 册第 906 页。
2《曾国藩全集·日记》，第 17 册第 266 至 267 页。

而逃，对这种"前既与皖浙抚臣（安徽和浙江巡抚）为仇，后亦不报和春（钦差大臣督办江南军务）之恩"的忘恩负义之徒，曾国藩自然无比愤慨。

曾国藩参劾这两个人，跟李元度风马牛不相及，为什么偏要拉他陪绑？原来陈由立和郑魁士，一个"不安本分""轻去其上"，正如李元度"不候讯结，轻于去就"一样，犯了藐视领导、目无组织纪律之罪；一个"前既与皖浙抚臣为仇，后亦不报和春之恩"，正如李元度"前既负臣，后又负王有龄"一样，犯了"背于此并不能忠于彼"之罪。在曾国藩眼里，陈、郑、李三人是一丘之貉，皆为背弃原主、见利忘义之人，将李元度顺手牵来，与陈、郑捆绑在一起，痛打一顿，也就没什么可奇怪了。

在参片中，曾国藩还以春秋时期鲁国季文子不接纳前来投靠的莒仆，卫国石祁子不保护前来避难的猛获为例，认为"叛于本国"之人，"断难忠于他邦"，必须"暗销其予智自雄、见异思迁之志"，"乱端"才能"日弭"。[1]

曾国藩的目的非常明确：一是继续发泄对李元度的怨恨，二是杀鸡给猴看，警告湘军集团成员不能改换门庭、投靠新主子。

笔者发现，与《参李元度片》存在强词夺理、罔顾事实嫌疑一样，《密陈参劾陈由立郑魁士李元度三将之由片》的某些遣词用字，也是非常欠考虑的。比如曾国藩将陈、郑、李三人的改换门庭均视为"叛于本国"，并断定他们"难忠于他邦"的说法，就不伦不类，贻笑大方。

春秋时期莒仆投靠鲁国，猛获逃到卫国避难，诚然可以说是"叛于本国（诸侯国）"，但陈由立离开鲍超投奔河南，郑魁士先后离开安徽和浙江巡抚投奔江南大营，李元度离开曾国藩投靠王有龄，只能说是改换门庭，不能说是"叛于本国"。他们都是服务于朝廷，没有潜逃国外，怎么能用"本国""他邦"相比拟呢？

另外正如著名作家唐浩明先生《唐浩明评点曾国藩家书》一书所指

1《曾国藩全集·奏稿》，第 4 册第 229 至 231 页。

出的，李元度的情况与陈由立和郑魁士并不完全相同。陈由立和郑魁士是擅自离开原来的组织和领导投奔他人，李元度却是革职之人，不再属于任何组织和系统，他重新招募队伍去浙江，连改换门庭都算不上。

难道说，李元度是湖南人，就只能在湖南人手下做事情？李元度曾经服务于曾国藩，就等于卖给了曾国藩，完全失去了人身自由？世上何曾见过这种强盗逻辑？

曾国藩究竟是在什么心态的驱使下写出这道匪夷所思的参片？唐浩明先生分析说：曾国藩心底深处的怨恨是李元度背叛了他，正如陈由立背叛了鲍超、郑魁士背叛了安徽和浙江巡抚是同一个道理。曾国藩认为自己是李元度的主子，李的一切行为都应该报请他的同意才行。[1]

笔者认为唐先生的分析很有见地，点中了曾国藩的死穴。

总而言之，湘军将领可以战败，可以逃亡，可以犯这样那样的错误，甚至可以和曾国藩对着干，但绝对不能碰一根高压线——脱离湘军集团。这个封闭性集团的排他性极强，对系统外的地方大吏一直持警惕态度。何况王有龄本是两江总督何桂清一派的人，何桂清是曾国藩的死敌。对李元度的卖身投靠行为，曾国藩自然不能容忍，也不会放过。

咸丰十一年十一月十一日，也就是李元度兵困龙游之时，曾国藩回信答复友人彭申甫的咨询，说李元度"今春又不以一函相商，擅自赴浙。论其自立，则往年抚州一败，去年徽州再覆，既已置节义于不问；论其相与，则以中行待鄙人，而以智伯待浙帅，又尽弃交谊于不顾。公私并绝，无缘再合，内伤而已"[2]。说明他对李元度"改换门庭"一事，确实极其痛恨，后来接二连三参劾李元度，都是因"擅自赴浙"而引起。

曾国藩信中说的"以中行待鄙人，而以智伯待浙帅"，是引春秋时豫让故事。豫让最初是范氏家臣，后又给中行氏做家臣，都是默默无闻，直到做了智伯的家臣以后，才受到尊重和重用，主臣之间的关系也很密切。曾国藩认为李元度把他看作中行氏，而把王有龄当作智伯，这

---

1 《唐浩明评点曾国藩家书》下卷，岳麓书社 2002 年 9 月第 1 版第 97 页。

2 《曾国藩全集·书信》，第 24 册第 589 页。

种批评自然非常重。

早在咸丰十年十一月二十八日，湖北巡抚胡林翼发现李元度有明显倾向王有龄的迹象后，就以好友的姿态给李元度去信，劝他切勿"危身以陷险"："近闻右军欲勾致阁下，遣人由祁门而江西，如苏秦以舍人随侍张仪故事。其用计亦巧，而兄不之却，何耶？岂亦未免动心耶？大抵吾儒任事，与正人同死。死亦得附于正气之列，是为正命。附非其人而得不死，亦为千古之玷，况又不能不死耶？……右军之权诈，不可与同事，兄岂不知？而欲依附以自见，则吾窃为阁下不取也。兄之吏才与文思过人，弟与希庵兄均扫榻以俟高轩之至。如可相助为理，当亦涤帅所心许，何尝不欲酬复前劳！与其危身以陷险也。弟以与兄有素日之雅，故敢尽情倾吐之。"[1]

信中"右军"是王羲之，曾官会稽内史、领右将军。这里暗指王有龄。

谋略超群、世事洞明的胡林翼，不仅对王有龄的用意看得非常清楚，而且明确指出，王有龄引诱李元度入浙，明显是一个计策，因而力劝李元度及早抽身。胡林翼还说，我们都是一腔正气的读书人，死也要和正派人死在一起，王有龄是小人，难以共事，怎么能和他搞到一起？所以实在想不明白李元度是怎么想的。

胡林翼还表示，李元度想建功立业，以赎前罪，并非只有投靠王有龄一条道可走。他和李续宜（湘军湖北主将，后任安徽巡抚）都热烈欢迎李元度前往，曾国藩也会欣然同意和大力支持，最后还怕不会"酬复"你的"前劳"？所以完全没必要投靠王有龄。

一心想建功于垂危之浙，以雪轻失徽州被劾之耻的李元度，早已鬼迷心窍、走火入魔，哪里还听得进胡林翼的忠告？于是像飞蛾扑火一样，不顾一切地奔赴自己选定的目标。

说李元度鬼迷心窍，是因为除他本人之外，其他人都明白他在走一条死道。同治元年三月初二日，李鸿章看到曾国藩二参李元度的弹劾书

1《胡林翼集·书牍》，第2册第722页。

后，在写给沈葆桢的信中，就十分痛惜地写道："次青血性用事，始不就胡文忠之招，而往糜烂不可救之浙，继不过帅营请罪，而书问绝不一通，此其大错。昨帅府行知劾疏，怒不可忍，此公何以立于人世。"[1]

李鸿章此前为李元度说话，不惜从曾国藩幕府负气出走，如今却觉得他没有面目立于人世了，时移事异，可见李元度投靠王有龄这步棋走得有多臭。

由此看来，作为曾国藩的老秘书，李元度对曾国藩的独裁专制，确实认识不清，对湘军集团的排他性，确实了解不够。他的"轻去其上"表现，说轻些是文人的自由散漫思想严重，喜欢感情用事，说重些是头脑比较简单，政治立场不稳，表明他不仅缺乏军事本领，而且没有政治头脑。这种人的本质虽然不错，没有什么坏心眼，但就是不能搞政治，不能在官场上混。官场以人划线，讲究忠诚，跟定了谁就是谁的人，绝不容许朝秦暮楚、见异思迁。在曾国藩幕僚中，后来出了那么多大官，跟随曾国藩时间最早，感情又最为真挚且患难与共的李元度，却在曾国藩的事业如日中天之时，不得不沮丧地回到家里，关起门来做学问，这些都不是偶然的。

11　左宗棠仿佛有意看曾国藩笑话

然而，曾国藩三次参劾李元度，最后悔的也是最后这一次。

曾国荃看到《密陈参劾陈由立郑魁士李元度三将之由片》后，立即致信哥哥，表示不同意将李元度与陈由立和郑魁士相提并论。曾国藩接信后，也马上意识到此文严重不妥："次青之事，弟所进箴规，极是极是。吾过矣！吾过矣！……今得弟指出，余益觉大负次青，愧悔无地。余生平于朋友中，负人甚少，惟负次青实甚。两弟为我设法，有可挽回之处，余不惮改过也。"[2]

当年八月十四日，曾国藩知道安越军将被裁撤、李元度将回湘等待

1《李鸿章全集·信函一》，安徽教育出版社 2008 年 1 月第 1 版第 29 册第 74 页。

2《曾国藩全集·家书》，第 21 册第 29 页。

进一步处理的消息后，特意致信左宗棠，要他对李元度网开一面："次青既将全撤，可否免其一劾？弟既据公义以参之，而尚不能忘昔日之私好。告苍天留点蒂儿，好与朋友看，请为台端诵之。"[1]

原来曾国藩二参李元度之后，朝廷根据曾国藩的建议，下旨："李元度着即行革职，加恩免其治罪，仍交左宗棠差遣，以观后效。"[2] 时任浙江巡抚的左宗棠受命督办全省军务，曾国藩建议朝廷将打着救援浙江旗号拉队伍，却拖延不救的李元度交给左宗棠差遣使用，于公于私都合情合理。曾国藩当日负朝野重望，一言之褒荣于华衮，一字之贬严于斧钺，他不顾私情，一时冲动接连参劾李元度，左宗棠趁机踩上一脚，是极有可能的。已有深刻反省的曾国藩亡羊补牢，要左宗棠"留点蒂儿，好与朋友看"，就是生怕他在李元度的伤口上再撒一把盐。

曾国藩的担忧不是多余。此后不久果有御史跟风承旨，利用曾国藩二参李元度奏折中提供的现成材料，上疏弹劾李元度"罪重罚轻"，希望朝廷"按律定拟罪名，齐法制而肃纪纲"。就是法律面前人人平等，必须严格依法办事。

在弹劾书中，这位御史还措辞严厉地说："朝廷用法，一秉大公。曲法以宥李元度之罪，不可也；废法以徇曾国藩之请，尤不可也。"所以非得依法办事，改判李元度死刑不可。

同治元年闰八月初九日，军机处为此发出寄谕："前已寄谕左宗棠复查，并着曾国藩按照所参各情，秉公据实查明具奏。"[3]

也就是命令曾国藩和左宗棠，按照御史的弹劾要求，分别查核上报。

朝廷转发的弹劾文本虽然隐去了御史的名字，但帝师翁同龢在日记中记下了他的大名："御史刘庆劾按察使李元度情重罚轻，交曾、左查办。"[4]

1《曾国藩全集·书信》，第 25 册第 480 页。

2《曾国藩全集·奏稿》，第 4 册第 101 页。

3《曾国藩全集·奏稿》，第 4 册第 87 至 88 页。

4《翁同龢日记》，第 1 册第 359 页。

对李元度本有悔心的曾国藩，没想到刘御史竟然以子之矛攻子之盾，更没想到事情会闹得这么大，于是当即致信左宗棠商量对策："次青又为言者所劾，朝廷命公查核，又命敝处复奏，而无会查之文。是否会衔复陈？抑应各为一疏？应否从轻办理？均候裁示。"[1]

左宗棠"裁示"的结果是："将来两处复奏，均拟从轻办理，遂其（李元度）在家养亲之志。"[2]

两人意见虽已达成一致，李元度也无生命之虞，左宗棠那边却一直拿不出复查报告，让曾国藩等得有些心急。

同治二年正月二十八日，希望尽快了结此案的曾国藩再次致信左宗棠："次青事何时复奏？弟前疏着语过重，致言者以矛陷盾，尚祈大力转旋为荷。"[3]

然而曾国藩再怎么心急如焚，左宗棠就是不紧不慢，过了一个多月，才轻描淡写答复曾国藩：由于自己"无幕无吏，纷冗万端"，所以"此事未及复奏云云"。[4]

意思是浙江战事正酣，军务繁忙，他那儿没有专门办案部门和人员，所以复查报告迟迟不能写出。

左宗棠说的也是实情，并不全是推诿之词。同治元年三月初九日给江西布政使李桓写信时，左宗棠就提到了这件事，并请李桓为他物色和推荐能干的刑名幕友："敝处无一时式幕友能办刑名例折者，此后照例事件似不可少，未知尊意中有无胆大耐劳之人，薪俸则不能多也。"[5]

次年四月当上闽浙总督后，左宗棠写给福建巡抚徐宗幹的信中，又颇为无奈地说："弟自入浙以来，无吏、无幕、无丁，凡百均以一身兼之，劳累实难言状，现复膺此重任，竭蹶何堪？"[6]

此时的曾、左关系，暗中虽有曲折，但表面上尚能维持，彼此也能

---

1 《曾国藩全集·书信》，第 25 册第 559 页。
2 《曾国藩全集·书信》，第 26 册第 291 页。
3 《曾国藩全集·书信》，第 26 册第 398 页。
4 《曾国藩全集·书信》，第 26 册第 487 页。
5 《左宗棠全集·书信一》，第 10 册第 440 页。
6 《左宗棠全集·书信一》，第 10 册第 453 页。

尊重和信任，左宗棠既然忙得不可开交，曾国藩也就放下不提。

可是李元度的母亲和朋友，依然不依不饶，死死缠住曾国藩不放。他们不断给曾国藩写信，诘问此案何时能够了结。李元度的高龄母亲，更是派人带着一大包申诉材料，从湖南平江赶来安庆，为儿子鸣冤叫屈。

李家这样做完全可以理解：案子不了结，李元度的政治生命将长期被冷冻；蒙在心灵上的阴影不去掉，阳光明媚的日子也是在灰暗中度过。

被弄得焦头烂额的曾国藩，就像鲁迅笔下的祥林嫂一样，一遍又一遍重复原话，翻来覆去地将左宗棠那边的情况讲给李家人听，希望他们再耐心等待一段时间，到时保证给予满意答复。

但他们根本不信，原因是李元度得罪过左宗棠。他们最担心的是：左宗棠拖着不办，明显是搞报复，故意给李元度留条小尾巴，居心非常险恶。

曾国藩当然知道李元度与左宗棠有过芥蒂，且不止一次。

一是咸丰年间左宗棠在湖南巡抚幕府工作时，极力为骆秉章"主谋"，李元度则一心维护曾国藩利益，"因而遂有门户之别"，李元度这边或许"出之无心"，左宗棠那边却难免"蓄为芥蒂"。[1]

二是咸丰十一年十一月二十八日杭州陷落后，李元度率部退守江、浙边境的江山县，直接听从左宗棠指挥作战。开始阶段，李元度带领部队打仗，称得上得力，曾受到左宗棠通报表彰。可当他得知曾国藩第二次弹劾自己，马上牢骚满腹，破罐子破摔。

当时除驻防部队，左宗棠能够使用的兵力只有五千人，面对的太平军却有二十余万，他打算从安越军中精选五个营兵力，暂不裁撤，随同自己作战，正在气头上的李元度却意气用事，不仅固执不从，必求全撤，而且首先将左宗棠选中的部队裁撤掉，以示绝无商量余地。李元度虽是冲着曾国藩来，其行为却深深伤害了左宗棠。

1《曾国荃集·书札》，岳麓书社 2008 年 9 月第 1 版第 3 册第 230 页。

更让左宗棠恼火的是，李元度明知"浙境沦胥，无从得饷"，部队"苦窘万分"，却天天索要遣散费，不给就大吵大闹、指天骂地，搞得左宗棠焦头烂额。左宗棠为此大骂李元度："国家何负于尔，乃竟忍出此耶！"李元度还是不管不顾，逼索不已，两人芥蒂由此加深。[1]

但曾国藩相信左宗棠不是小肚鸡肠，不会因此报复李元度。曾国荃也觉得"仁人君子之用心，或不借以遂其报复之私耳"。左宗棠如果"复生一波，处英雄以难堪之地，亦又何必"。[2]

既然如此，同治二年三月十一日答复友人彭申甫的诘问时，曾国藩也就自信满满写道："左帅往昔芥蒂，似已化去。苟怀宿怨，何时不可甘心而必迟之又久？"接着又信誓旦旦保证说：左宗棠既然"无幕无吏，纷冗万端"才"未及复奏"，也就"可知其无他也"。[3]

意思是左宗棠未能提交复查报告，是因为没有时间没有人手也没有精力顾及此事，并无其他因素。

可能曾国藩也感觉到，这种回答连自己都有些心虚，要别人相信就更加困难，因为他把握得了自己，却不能完全把握左宗棠。当年八月初七日，他于是再次写信，催促左宗棠了结此事："次青之事，尊处已复奏否？其母太夫人曾遣人至敝处，陈诉不平（指李元度母亲派人到曾国藩大营上访），今又已阅半年，敝处拟于月内一为复奏也。"[4]

让曾国藩哭笑不得又万般无奈的是，任由自己如何催促，如何降低身份请求拜托，左宗棠就是装聋作哑，拖着不办，仿佛有意要看曾国藩的笑话并让他难堪。

12 被左宗棠无情扯下的"蒂儿"

直到同治三年（1864）十月二十七日，事情已经过去快三年，曾、

1《左宗棠全集·奏稿一》，第1册第507页。

2《曾国荃集·书札》，第3册第230页。

3《曾国藩全集·书信》，第26册第486至487页。

4《曾国藩全集·书信》，第27册第86页。

左也已形同路人，左宗棠才向朝廷呈上李元度问题复查报告。

笔者反复阅读这一报告，得到的突出印象是：左宗棠对李元度的芥蒂并没有完全消除，而迟迟不提交报告的最根本原因，是他一直顾忌曾国藩面子，却不愿意与他一唱一和，如今已和曾国藩闹翻，不再担心得罪这尊大神，才敢无所顾忌一吐为快。

左宗棠这篇题为《复陈李元度被参情节折》的复查报告，是一篇难得的奇文，不妨节录有关内容，让读者自己玩味。

臣维曾国藩原参李元度一折，其情节以失守徽郡；径自募勇赴浙；饰报克复义宁等城；由江西援浙，节节逗留，以致杭城失陷四者为重。

臣查李元度失守徽州，本有应得之咎，曾国藩因其不能固守，奏参革职拿问，实为允当。

臣查李元度之募勇赴浙，实由前浙江抚臣王有龄奏调，曾奉谕旨允行，既非李元度营谋，亦非邓辅纶援引。李元度每以曾国藩原参失实，极口呼屈。臣询之邓辅纶，亦云实无其事。……曾国藩谓李元度由邓辅纶干求入浙，本是揣想之词，并无实据。询据邓辅纶言，身在浙江，系候补道员，望轻资浅，军谋一切，大吏主之，何敢妄有干预。其言固可信也。

臣查李元度入浙时，金华、严州两城已陷，浙东遍地贼踪，龙游本是坚城，李元度顿兵其下，两月不能速拔。本图舍龙游不攻，急赴杭州之援，无如前途坚城要隘均为贼踞，进兵之路早已断绝，欲进不能。观后此臣军入浙，先克遂安守之，断贼北路包抄，乃引军解衢州、江山之围，进攻龙游、汤溪、兰溪，克金华，肃清浙东，然后攻富阳、余杭，以攻杭州，骁将劲兵，藏事尚在两年以后，然则李元度当时孤军未能深入，情固可原。若以杭城失陷谓由李元度逗留所致，未足折服其心。曾国藩谓其不能努力救杭，事外论人，每多不谅，未足据也。

查李逆秀成由皖南、江西径窜湖北，意在收罗党伙，以张逆焰。逮裹胁既众，复假道江西、皖南以归金陵。李元度由平江、通城（今湖北通城）尾贼而来，于贼去之后，居复城之功，实近无耻……此罪之可议者一也。

报告做到这里，已经完成了复查本身要写的四项内容，可是，言犹未尽又心存芥蒂的左宗棠马上笔锋一转写道：

李元度以一书生，蒙恩擢任皖南道，辖境失守，革职拿问，复蒙恩擢至浙江臬司（按察使）。革职后奉旨交臣差委，当浙事危险之时，心怀怫郁，不顾大局如此（指前面写到的第二次芥蒂内容，为节省篇幅，原文省略不抄）！此罪之可议者二也。

至曾国藩初次奏劾（应为第二次奏劾）李元度，谓其负曾国藩，负王有龄，此次代为乞恩，又谓昔年患难与共之人，惟李元度独抱向隅之感。所陈奏者，臣僚情义之私，非国家刑赏之公，臣均不敢附会具奏。[1]

在左宗棠笔下，曾国藩以往三次参劾李元度所列的四条罪状，只有徽州失守和虚报战功勉强站得住脚，其他诸如径自募勇赴浙和不救浙江有负王有龄，包括邓辅纶居间拉拢、牵线搭桥，等等，均属曾国藩揣测之词，完全缺乏事实依据。不仅如此，曾国藩还置政纪国法于不顾，将"臣僚情义之私"置于"国家刑赏之公"之上，替"抱向隅之感"的李元度向朝廷"乞恩"，种种做法，均非正派的国家大臣所宜为。至于说曾国藩是老不晓事的"事外"之人，无异于人身攻击。

左宗棠敢于如此下笔，是因为他既是曾、李交恶的见证人，也是直接当事人，对其中奥妙自然看得一清二楚。

至此，曾国藩祷告苍天"留点蒂儿"（实际上是拜托左宗棠高抬贵手）的"蒂儿"，终被"铁面无私"的左宗棠毫不留情地扯了下来，结果不仅给了李元度意外打击，而且彻底封死了曾、左和好的大门。

对此，王闿运不仅说左宗棠是李、曾闹翻的背后推手，而且也是曾国藩与他决裂的最主要原因："此隙起于李次青、刘霞仙（刘蓉），而李、

1《左宗棠全集·奏稿一》，第1册第505至507页。

刘晚俱背曾，可为慨然。"[1]

这里之所以要在"铁面无私"四字上加引号，是因为认真拜读左宗棠的复查报告之后，笔者发现，左宗棠的铁面无私，只是针对曾国藩和李元度，对自己则留了一手。

比如为了说明李元度不救浙江是情非得已，左宗棠不厌其烦地写了那么多的客观原因，罗列了那么多的困难条件，主观是否努力却只轻轻带一句："本图舍龙游不攻，急赴杭州之援，无如前途坚城要隘均为贼踞，进兵之路早已断绝，欲进不能。"这哪里是为了让曾国藩难堪，更不是替李元度说话，而是为自己不救浙江开脱责任。如果要追究救援杭州不力、王有龄兵败自杀的责任，首当其冲的不是李元度，而是左宗棠和曾国藩。这一点左宗棠心里比谁都明白。

在救不救浙江问题上，左宗棠的态度事实上与曾国藩截然相反。当初他是极力主张营救浙江的，所以无论如何要为自己撇清不救浙江的责任。

早在咸丰十年五月，因樊燮一案脱离湖南巡抚幕府的左宗棠，从安徽宿松曾国藩大营回到长沙后，就给曾写信，为他出谋划策，其中一条便是迅速派出一支部队保卫浙江。

左宗棠认为，曾国藩当务之急是招兵买马，扩充军力；其次是大力整顿辖地江西的军事和饷事；然后是以浙江为根据地，图谋江苏和上海。

左宗棠为此提醒曾国藩，如果太平军的势力蔓延到浙江，江苏与浙江连成一片，首尾相应，湘军不仅会给朝野人士留下不救浙江的话柄，而且将丢失一个重要饷源，以后更难对付太平军的兵势。所以他在信中写道："为公计者，如杭郡（杭州）未失，宜先以偏师保越（浙江），为图吴（江苏及上海）之地，庶将来山内、山外两路进兵，可免旁趋歧出之虑，而饷地可保。……否则形势中阻，不但饷源易断，音耗难通，亦孤吴中士民望岁之心，而贻中朝士大夫以口实矣。"[2]

1《湘绮楼日记》，岳麓书社1997年7月第1版第1册第260页。
2《左宗棠全集·书信一》，第10册第360至361页。

左宗棠匆忙提出这一方案，是基于以下两个原因：一是清政府已于四月十九日任命曾国藩为两江代理总督（两个月之后，清政府又实授曾国藩两江总督，并以钦差大臣督办江南军务），自己也奉"随同曾国藩襄办军务"之命；二是太平军第二次击溃清军江南大营之后，又于四月中下旬接连攻占常州和苏州，然后从苏州进攻浙江，攻占嘉兴，杭州危如累卵，王有龄呼救不迭。

很显然，左宗棠救浙，完全是从工作需要和当时的军事形势考虑，曾国藩不救浙江，则是从私心出发，最后当然只能完全服从曾国藩。

左宗棠竭力证明李元度不救浙江是情非得已，除了为自己开脱责任，实际上还透露另外一层意思，那就是：为了把不救浙江的罪名栽到李元度头上，曾国藩不仅不择手段，乱扣帽子，乱打棍子，而且利令智昏到只瞻前不顾后的地步，这种记过忘善、睚眦必报的做法，自然会让左宗棠深感寒心，并对曾国藩心生戒心和鄙视，从而增加了湘军内部的离心力，埋下曾、左分道扬镳的种子。

又如为了给李元度定罪，左宗棠有意将李元度破罐子破摔的情节写得那么详细和严重。这项内容本不在复查范围之内，左宗棠如果不心存芥蒂，完全可以不提。再说按照湘军军制，"其将死，其军散；其将存，其军完"[1]。李元度是湘军出来的人，左宗棠也是湘军高级将领，李元度被参劾革职了，按照湘军惯例和做法，遣散自己招募的部队，究竟算什么罪过呢？只因为左宗棠当时急需兵力，才对李元度的做法感到失望并恼恨之极。这不是左宗棠私心作怪，明显搞打击报复又是什么？正是左宗棠有意溢出这一笔，加上了"心怀怫郁，不顾大局"这条复查内容之外的罪状，朝廷才给予李元度充军处分。

李元度虚报战功，固然"无耻"，但毕竟是品德上的问题，以此定罪分量明显不够。

由此可见，左宗棠拿出的这份复查报告，根本谈不上铁面无私。

清代的刑罚承袭《明律》，主刑为五刑，即笞、杖、徒、流、死。

1《湘军志·营制篇第十五》，第 163 页。

每个刑罚又有不同等次。主刑又称正刑，其外的枷号、迁徙、充军、发遣、凌迟、枭首、戮尸等刑，为随时所加，皆非正刑。主刑之外，另有从刑，如籍没家产、刺字等。

作为清代刑罚体系中的一个刑种，充军虽非主刑，却是轻于死刑、重于流刑的一种刑罚，州县、府、省按察使司、督抚四级都无权判决，只有中央刑部才有终审判决权。

判决一出，不仅舆论哗然，而且让许多人大跌眼镜。

但此时的曾国藩已经拿左宗棠毫无办法了，悔青了肠子的他只能打落牙齿和血吞："次青之事又多部议，实深焦虑。自金陵幸克，鄙人忝窃殊荣，每念次青，寸心抱疚之至，此后恐难挽回矣。"[1]

到了同治四年（1865）正月二十四日"部议"结果出来之后，在《致澄弟沅弟》信中，曾国藩更是悔之无及："次青因左（只写一姓，说明曾国藩对左宗棠失望痛恨到极点）之复奏，部议遣发军台（即充军）。沅弟（曾国荃）屡次规余待次青太薄，今悔之无及矣。"[2]

但曾国藩没有忘记给李元度伸出援手。他与李鸿章暗中密商，要他设法营救。不久，李鸿章即给沈葆桢、彭玉麟、杨岳斌等人写信征求意见，然后由李鸿章主稿会衔上奏，说李元度固有可议之罪，但以前的功劳是不可埋没的。又声称李元度是家中独子，母亲抚孤守节数十年，如今年近七旬，李元度一旦充军，其母情实堪悯，因而请求朝廷从轻发落李元度。李元度应该缴纳的台费银两，由他们几人共同捐廉代缴。

朝廷本无重遣李元度的想法，只因左宗棠不讲人情，只论国法，朝廷骑虎难下，才给予李元度充军处分。收到李鸿章等数位重臣的求情信，朝廷不能不给面子，自己也有了台阶下，于是顺水推舟，改判李元度免于充军，代以罚款，李元度因此得以在家中继续做他的学问。为此，李元度后来在《祭两江总督沈文肃公文》中深情写道："吏议戍边，天山路遥。公与彭、杨，暨相国李，抗章请免，立邀俞旨。"[3]

1《曾国藩全集·书信》，第28册第282页。
2《曾国藩全集·家书》，第21册第344页。
3《天岳山馆文钞》，第2册第786页。

另据同治四年五月十二日翁同龢日记记载："刑部议李元度罪名，谓应执法，不能末减，请旨定夺；上准其免戍并免台费，徇沈葆桢、曾国藩之请也。"[1]

照此看来，李元度的罚款后来也给免了。

读同治四年闰五月初八日李鸿章复彭玉麟信，果然证实了这一点："次青案已奉准免戍，并免缴台费矣。"[2]

曾国藩一听到李元度已被宽免的传闻，马上给李鸿章写信打探确切消息，心情之迫切溢于言表："次青之事，尊处接有部文否？顷折弁自京归（替曾国藩送奏折的人刚从北京回来），闻部议得及宽政，免其北戍（即充军）矣。果否？乞示。年来此事最为疚心。"[3]

为了把这件"最为疚心"的事情抛到九霄云外，省得它继续烦人，到了同治七年（1868）八月，曾国藩甚至在《密陈参劾陈由立郑魁士李元度三将之由片》的底稿上写了这样一段后记文字："此片不应说及李元度，尤不应以李与郑并论。李为余患难之交，虽治军无效，而不失为贤者。此吾之大错。后人见者不可抄，尤不可刻，无重吾过。"[4]

曾国藩死后，主要由其弟子和幕僚编辑、传忠书局刊印的《曾文正公全集》，果然没有收进这道参片。

曾国藩那么明智谨慎的一个人，想不到也会做出这种悔青肠子的事情。真是早知今日，何必当初！

13 李元度也应深深自责

仅看以上内容，读者对左宗棠肯定没有一点好印象，对李元度却能生出万分同情。事情闹到这一步，其实责任不尽在左宗棠，李元度也有可议之处。

1《翁同龢日记》，第 1 册第 398 页。
2《李鸿章全集·信函一》，第 29 册第 395 页。
3《曾国藩全集·书信》，第 28 册第 424 页。
4《曾国藩全集·奏稿》，第 4 册第 231 页。

正如前文所写，曾国藩二参李元度之后，左宗棠很想从安越军中挑选五营兵力，按照楚军营制改编后，继续交给李元度指挥，随同自己作战。为此，他于同治元年四月二十四日呈上《甄汰安越军存留五营片》，向朝廷作了如下请示："计该军共十五营，现令李元度撤去十营，存留五营，改照臣军营制，由臣给饷，仍归李元度调遣，务收饷节兵精之效。"

左宗棠之所以愿意接纳和改编安越军三分之一部队，一是可以迅速扩充自己的兵力，二是安越军的内部结构和管理虽然很成问题，但经左宗棠"留心察看"之后，发现该军"能战者实不乏人"，并非一无是处。比如李元度率部退守江山之后，留下七营固守江山县城，分拨八营随同左宗棠作战，不仅作战比较得力，而且打退了李世贤率领的大股太平军。

另外李元度的部队整体战斗力虽然不是很强，但韧性十足，士气很高。郭嵩焘有次与人聊天，就这样评价李元度的平江勇："须看他一旅残军，与悍贼相持数年之久，要战就战，要守就守，无一毫退阻，此是何等力量。"[1]

曾国藩对平江勇也说过这样的话："平江勇之长处有二：赌博、鸦片之积习不深，一也；多劲健能战之士，二也。"[2]

如果能将安越军中的精锐保留下来，不管对左宗棠还是李元度，岂不都是一件大好事？

为了得到朝廷批准，左宗棠甚至花了一大段笔墨，竭力为李元度说好话："李元度于咸丰四年入曾国藩营襄治军书，臣时在湖南抚臣骆秉章署中佐理军务，即识其人，知其性情肫笃，不避艰险。厥后军事方殷，带勇剿贼，转战江西、皖、浙之交，饱经忧患。以军事时有利钝，两被吏议，私怀倍深惭愤，而报国之志未衰。该革员年甫四十有一，频年驰驱戎马，须发尽白，无替厥勤，在时流中亦为难得之选。兹蒙恩命免其治罪，交臣差委，以观后效，臣惟有随时勖勉，箴其阙失，以副我

1《郭嵩焘全集·日记》，第 8 册第 129 页。
2《曾国藩全集·书信》，第 22 册第 564 页。

皇上爱惜人才至意。倘再不知振作，颓废自甘，亦惟有据实严参，不敢以私废公也。"

据此我们可以发现，左宗棠和李元度早年各为其主所产生的芥蒂，不仅早"已化去"，而且在左宗棠眼里，李元度还是一个"性情肫笃，不避艰险"之人，印象可以说相当之好。假如李元度不意气用事，不破罐子破摔，也就是不让左宗棠新生芥蒂，而是听从他的安排，到他手下做统领带兵打仗，哪会发生后来这些让人扼腕的事情？

然而令人痛心和遗憾的是，朝廷虽然同意了左宗棠的请求，李元度却不顾大局，执意全部裁撤安越军，对左宗棠一点面子都不给，如此感情用事，真的不可思议。这种人确实不能搞政治，不能在官场上混。

事后结果表明，左宗棠出重拳打击报复李元度，让李元度受到充军处分，正是两年前裁撤安越军一事产生的过节实在太深，左宗棠始终不能释怀所致。李元度如此"不知振作，颓废自甘"，左宗棠果然"据实严参，不敢以私废公"，既说明左宗棠这个人说到做到，决不食言，也证明李元度的朋友和家人当初的担心不是多余。

然而左宗棠不迟不早，偏偏这个时候呈上李元度问题复查报告，就有可议之处了。

这固然是左宗棠和曾国藩已经撕破脸皮，不再担心得罪这尊大神，可以无所顾忌、随心所欲地做任何事，另外一个不可忽视的因素是：当年六月中旬湘军攻克金陵，一干人等加官晋爵之后，曾国藩拜恩怀旧，于八月十三日呈上《密陈录用李元度并加恩江忠源等四人片》（《曾国藩全集·奏稿》编辑为此文拟题时，误为《密陈录用李元度并加恩江忠源等四人折》。从文本格式可以知道，这是一份奏折夹片，不是正式奏折。八月十二日的曾国藩日记，也明确写为"查复李次青密片"），希望朝廷替他弥补过错，恢复李元度的官职。朝廷收到曾国藩的"密片"后，照例像以往一样，要求左宗棠拿出复查报告——没有复查报告，李元度的旧案不能了结；旧案不了结，为李元度恢复官职就无法进行——这回左宗棠一反以往所为，不仅不再推三阻四，非常"及时"地呈递了复查报告，而且干脆利落地从背后捅了李元度一刀。他这样做，一来可报李元度一箭之仇，二来能让曾国藩对天长叹：你不是想让朝廷恢复李元度的官职吗？我偏要将他打入十八层地狱！让你欲爱之，反害之！至于以前答应过的"从轻办理，遂其在家养亲之志"，早已忘到九霄云外了！

对于左宗棠的一箭双雕之举，当时稍知内情的人都能一眼看穿。同治四年三月初七日，李鸿章给李元度回信，就义愤填膺指出了这一点："去秋师相密片（即《密陈录用李元度并加恩江忠源等四人片》），语语从心坎流出，惜未径请免议（可惜曾国藩没有直接请求朝廷免除李元度处分并恢复其官职），介在公私之间，廷旨故不得不交左帅查结，乃太冲因以下石，一箭双雕。阁下数奇至此，仍寻旧衅，真乃阿瞒（曹操小名）心肠矣。"[1]

"太冲"指魏晋名人左思，字太冲，左思之才为世所称，所写文章"洛阳纸贵"。左宗棠不仅姓左，而且常常自诩有才，所以李鸿章称其为"太冲"。一是讽刺左宗棠王婆卖瓜、自吹自擂，二是说他性好争强好胜、为人处世"太冲动"，可谓寓意双关。

在此前后，曾国荃也在私下里多次戏称左宗棠为"太冲"。如同治五年七月《复刘霞仙》信中，他就写道："太冲猜忍无亲，专好挤排善类。"[2]

可见左宗棠的"太冲"一名，在当时不仅流传很广，几成公开的秘密，而且郁积了一些人对他的怨气。

我们虽然可以说左宗棠不是一个善人，甚至完全有理由责怪他不该下这样的毒手，但李元度扪心自问，不是同样应该深深自责吗？

俗话说性格决定命运，诚哉斯言！

14　赵烈文日记中的李元度

关于李元度脱离曾国藩，投到王有龄门下一事，曾国藩心腹幕僚和弟子赵烈文的日记中有一段议论，其中说：李元度受曾国藩的恩德很

多，打了败仗受到惩罚，本是咎由自取，他却"去留自任"，确实"未免草率"。不过考究他的原意，只是因为打了败仗丢了脸面，这才急于想要建立功绩以证明自己并非完全无能。当时湖北、浙江和江西各省的长官们，也全然不顾李元度与曾国藩的特殊关系，不征求曾国藩意见，就直接上疏为李元度说话，请求朝廷给他官复原职，他们的用心虽然不错，是"好贤求助"的表现，但这样做毕竟不合适。行军打仗之际，政出多门，事权不一，威令不肃，这种做法怎么能行啊！李元度为人忠厚，有长者风度，并不是忘恩负义之人，将来打开了局面，取得了成就，肯定会主动回到曾国藩身边，恢复旧日情谊的。

赵烈文的意思是，李元度投靠王有龄，是病急乱投医，目的是想尽快走出厄运，建立事功，不是对曾国藩情感上的背叛。他虽然坚定认为自己的推测绝对不会有错，历史却没有给李元度提供建功立业、"泥首自归"的机会。[1]

赵烈文发这段议论的前三天，他才从上海来到东流曾国藩大营，尚未正式进入曾国藩幕府，李元度率领的安越军也还在江西境内活动，尚未到达江浙边境。他之所以在这天的日记里写下这段文字，是因为当天夜里有个叫王积懋的人来叙旧，闲谈中讲到了李元度徽州溃败后投靠王有龄一事，他才有感而发。这充分说明，李元度招募安越军援救浙江，在当时不仅是一件影响很大的事情，而且人们普遍认为其行为失之草率（至少湘军大营的人持这种看法），否则王积懋与赵烈文叙旧时，不会扯到这件与赵烈文毫无关系的事情，即使当作笑话说到了，赵烈文也不会放在心上，更不会在日记中发表长篇议论。由此看来，曾国藩在李元度擅自赴浙一事上纠结不已，非得撕破脸皮严参不可，不仅有浓厚的舆论氛围，而且有广泛的群众基础。

当天日记里，赵烈文还详细记录了王积懋向他讲述李元度徽州溃败时的情况，也不妨译录在这里。

去年（咸丰十年）秋天，朝中一位御史上书弹劾督办皖南军务的原

1《能静居日记》，第 347 页。

江西巡抚张芾，朝廷下旨，让两江总督曾国藩查明这件事。曾国藩给朝廷答复时，用词在褒贬之间。朝廷随后下旨，命张芾将皖南防务交给两江总督曾国藩负责，李元度因此被任命为徽宁池太广道道员。李受命后，立即率领四千多湘军前往徽州驻防。

李元度到达徽州之前，驻守此地的官兵共有九千多人，亏欠的兵饷多达二十多万两，兵勇得知张芾即将离任的消息后，纷纷离开驻防之地，奔向徽州城索饷。张芾根本没办法补发欠饷，因此被兵勇强行阻拦，坚决不放他走。李元度平时就有胆量，行侠好义，当即答应替张芾还清欠饷，张芾这才得以离去。

咸丰十年八月十八日曾国藩给李元度写信，曾明确指示他不能管这个闲事："徽兵七月以前欠饷，仆不能管，亦不能出示，实无银钱，阁下岂全不知耶？"同日又给张芾本人去信，告知"徽防七月以前欠饷，不能代给，亦不能再行出示。伏希鉴亮"。李元度却打肿脸充胖子，豪情满怀开出空头支票，承诺替张芾还清欠饷。[1]

李元度带来的湘军多是新招的，派不上大用场，张芾麾下的兵勇则因为索饷之事，丢弃防守之地，来到徽州城，一路奔波，饮食和休息都不正常，这时都已疲惫不堪。李元度接任后，来不及重新布防，太平军就在清军大员新旧交替之际乘虚而入，向徽州发动进攻。

李元度立即派遣自己带来的两个湘营，前往徽州北部守卫丛山关。该关距离徽州城八九十里，是从宁国进攻徽州的战略要地。

李元度的军队赶到丛山关，营垒还没有扎牢，太平军就追赶而来。湘军一个营上前迎战，立即被击溃，留守的一个营也溃不成军，太平军于是尾随到了徽州城下。

太平军一到城下即发动进攻，城内原来的兵勇呼啸着最先溃退，李元度的新兵也跟着逃跑，部队于是一散而尽。从西路跑到祁门老营时仅剩下一千多人，其余兵勇不知逃到哪里去了。

李元度打了大败仗，道路又被太平军截断，只好涕泪交流，由浙江

---

[1]《曾国藩全集·书信》，第23册第716至717页。

境内绕道回到祁门大营。曾国藩立即上书朝廷，参了李元度一本，朝廷下旨，令曾国藩将李元度革职拿问。

李元度随后给曾国藩写了一封信，请假回家乡。曾国藩说："你李某人是奉朝廷旨意拿问的人，我做不了主，是去是留，要听朝廷的。"曾国藩的意思是阻止李元度离开，李却误认为曾国藩允许他离去，于是留下一封信就走了。不久，浙江巡抚王有龄向朝廷上奏，请李元度招集原来的兵勇援救浙江，李元度写信跟曾国藩商量，但没有等候答复就回去招募兵勇救援浙江……

笔者查了《曾国藩全集》中的日记、书信和奏稿等相关资料，不仅验证赵烈文记述的内容基本符合事实，而且发现曾国藩最恼恨李元度的，正是不束身待罪擅自赴浙这一点。

同治元年三月二十八日曾国藩给彭申甫回信，就说李元度"前岁被参之后，始作《小桃源记》，径自回籍，犹可曲谅。厥后脱卸未清，遽尔赴浙，则乖睽深矣"[1]。

两天之后给左宗棠写信，曾国藩又说到这一点："次青之事，弟亦何能无耿耿？其脱卸未清，遽尔赴浙，渠自不得无亏。"[2]

可见曾国藩是多么耿耿于怀。

15　世上并非没有后悔药吃

所幸的是，经胞弟曾国荃点破之后，曾国藩及时认识到了三参李元度存在严重错误，加之曾国藩对李元度非常了解，知道他本质上是个好人，甚至称得上是一个"贤者"，所以后来曾国藩对自己以前的做法颇自省和自责，总想采取措施弥补过错，以使自己的内心得到些许安慰。

只要认真读过曾国藩书信和家书的读者，肯定会留下如此印象：在这个世界上，曾国藩觉得最对不住的人，就是李元度；他就像鲁迅笔下

1《曾国藩全集·书信》，第25册第178页。
2《曾国藩全集·书信》，第25册第182页。

的祥林嫂，一有机会就要倾诉一番，以表达自己对李元度的愧疚之情。

咸丰八年正月十一日《致沅弟》："李次青之才（主要指文才）实不可及，吾在外数年，独觉惭对此人。弟可与之常通书信，一则少表余之歉忱，一则凡事可以请益。"[1]

咸丰八年二月十七日《致沅弟》："次青非常之才，带勇虽非所长，然亦有百折不回之气。其在兄处，尤为肝胆照人，始终可感。兄在外数年，独惭无以对渠。"[2]

同治元年闰八月二十四日《致沅弟》："与我昔共患难之人，无论生死，皆有令名，次青之名由我而败，不能挽回，兹其所以耿耿耳。"[3]

同治三年七月二十五日《复彭玉麟》："往昔患难相从，为日最久者，惟阁下与次青情谊最挚。今不才幸了初愿，膺此殊荣，所负者惟愧对次青，而于阁下亦钦钦怀歉，不能自已。"[4]

同治四年四月初十日《加李瀚章片》："次青之事，鄙人负疚最深。在军十年，于患难之交，处此独薄。近岁事机大顺，悔已无及。"[5]

同治七年七月二十二日《加许振祎片》："仆自甲子以来，尝悔昔年参劾次青为太过。"[6]

…………

正因如此，所以湘军攻克金陵，曾氏兄弟加官晋爵之后，曾国藩才会拜恩怀旧，呈上《密陈录用李元度并加恩江忠源等四人折》："今幸金陵克复，大功粗成，臣兄弟叨窃异数，前后文武各员，无不仰荷殊恩，追思昔年患难与共之人，其存者惟李元度抱向隅之感。"为此陈述对李元度的两大内疚：一是咸丰六年湘军虚悬江西之时，"陆军败于樟树，江西糜烂，赖李元度力战抚州，支持危局。次年臣丁忧回籍，留彭玉麟、李元度两军于江西，听其饥困阽危，蒙讥忍辱，几若避弃而不

1《曾国藩全集·家书》，第 20 册第 326 页。
2《曾国藩全集·家书》，第 20 册第 333 页。
3《曾国藩全集·家书》，第 21 册第 49 页。
4《曾国藩全集·书信》，第 28 册第 72 页。
5《曾国藩全集·书信》，第 28 册第 400 页。
6《曾国藩全集·书信》，第 30 册第 447 页。

顾者"。二是"李元度下笔千言，条理周密，本有兼人之才，外而司道，内而清要各职，均可胜任，惟战阵非其所长"，只因自己"强之带勇，用违其材，致令身名俱裂"。

曾国藩继续沉痛写道："此二疚者，臣累年以来，每饭不忘。兹因忝窃高爵，拜恩怀旧，惭感交并。"只是考虑到以前参劾李元度都是自己亲自发难，现在如果由自己公开请求为李元度平反，不仅自相矛盾，而且有翻手为云覆手雨之嫌，所以曾国藩在"密片"结尾写道："李元度屡经臣处参劾，未便再由臣处保荐，应如何酌量录用之处，出自圣主鸿裁。"[1]

曾国藩对李元度两次严参，一次陪参，如今又密陈录用，急于弥补过错，确实需要巨大勇气，不是一般人做得到的。这篇密奏，可谓情文并茂，催人泪下。

另从同治三年八月十二日的曾国藩日记可以知道，为写这道"密片"，曾国藩不仅用时很长，而且绞尽脑汁，费尽心思："酉刻（下午五点至七点）查复李次青密片，改作至二更四点（临近深夜11时）未毕，已四百余字矣。余因用心太过，不能多说话。多说则气接不上，舌提不起，本日尤甚。甚矣，余之衰也！"[2]

可见他的落笔是多么之难。

当年十一月十一日，曾国藩又将上奏的事情写信告诉了李元度，并向其深深道歉："往昔患难相从为日最久者，于今已无多人。而事会乘除，乖违素志，尤觉钦钦抱歉，不能自已。八月间曾将此忧密达天听，以见虽邀旷古之荣，实无解于内省之疚。"[3]

几乎与此同时，曾国藩还派许振祎前往平江，当面征求李元度意见，李元度为此写了《许仙屏庶常见访山中，述曾节相之意，为商出处》一诗以记其事："诗派西江迥出群，马空冀北策青云。蓬山今遂登瀛愿，莲幕曾传谕蜀文。出处关心詹尹卜，琴樽回首醉翁门。一丘一壑

1《曾国藩全集·奏稿》，第7册第400至402页。

2《曾国藩全集·日记》，第18册第82页。

3《曾国藩全集·书信》，第28册第240页。

吾将老，八翼抟风合让君。"[1]

曾国藩觉得这样做还不够，到了晚年，又反复叮咛家人，要将昔年许诺的与李家联姻的事情付诸实现，并一再忏悔有负于李元度。

原来早在江西军营期间，曾国藩与李元度就有联姻之约，到了咸丰七年二月曾国藩回乡奔丧之后，回想带兵几年来的往事，更觉得亏欠李元度太多，于是写信给李元度和他母亲，既感谢李元度始终如一的支持，又深情表示由于自己走得太匆促，来不及用保举的方式对李元度进行回报，为了让两家人世世代代友好下去，所以再一次重申联姻承诺："或平辈，或晚辈，有相当者，可缔婚姻而申永好，以明不敢负义之心。"[2]

为了弥补内心歉疚，让联姻承诺早日实现，咸丰八年九月十五日，已复出带兵的曾国藩，特意写信给即将回家探亲的李元度，要他"努力作人"："联姻之约，前诺未忘，时哉！时哉！努力作人，明岁当与足下索侄女婿耳。"[3]

到了同治十年（1871）六月二十七日，曾国藩听说李元度有意将女儿许配给曾纪泽的儿子曾广铨，马上给家人写信表示支持："余往年开罪之处，近日一一追悔，其于次青尤甚。昔与次青在营，曾有两家联姻之说。其时温弟（曾国华）、沅弟（曾国荃）均尚有未定姻事者，系指同辈说媒言之，非指后辈言之也。顷闻次青欲与纪泽联姻，断无不允之理，特辈行不合，抱惭滋深耳。"[4]

李元度因为比曾纪泽大一辈，曾国藩原来"索要"的"侄女婿"如今变成了"孙媳妇"，所以曾国藩觉得委屈了李元度。

李元度起初对曾国藩当然心有恨意，后来面对曾国藩的真诚悔过，处处示好，哪能不被深深感动？于是越到后来，他越觉得曾国藩是一位难得的忠厚长者和良师益友。

---

1 《天岳山馆文钞·诗存》，第 2 册第 909 页。

2 《曾国藩全集·书信》，第 22 册第 585 页。

3 《曾国藩全集·书信》，第 22 册第 654 页。

4 《曾国藩全集·家书》，第 21 册第 561 页。

16　迎来晚年好景

同治五年，贵州多事，巡抚张亮基奏调李元度入黔作战，屡见功绩，从此雨过天晴，迎来晚年好景，朝廷陆续赏还李元度原衔和顶戴。

得知朝廷恢复了李元度的职务之后，曾国藩欣喜不已。于是在写给朋友的信中，他十分高兴地说："顷得渠函寄所著《先正事略》索序，博雅公核，近数十年无此巨制。仆自甲子以来，尝悔昔年参劾次青为太过，又以剿捻无功，引为愧憾。今大功出于少帅，而次青光复旧物，筐有传书。曩日同袍不至菀枯悬殊，似鄙人两端愧悔，渐可以少减矣。"[1]

可谓深情若揭。

说到李元度入黔作战，还有一事不能不记。

曾国藩最初听到李元度带兵入黔的消息，是持反对态度的。后知事情已定，便秘密嘱咐时任湖南巡抚的李瀚章，要他在军费上多支持他一些："次青才优学赡，用兵实非其所长。阁下劝令入黔，似非所以爱之，恐适足以累之。渠若欲复原官，贤昆仲（李瀚章、李鸿章）与贱兄弟（曾国藩、曾国荃）皆可设法疏荐，何必定趋兵之危途与黔之苦地？今事已成局，无可挽回。阁下即须按期给饷，比诸军稍优，以弥补鄙人昔年之缺憾。"[2]

因为曾国藩有此交代，所以后来入黔的几支部队，李军军饷不仅由湖南独力承担，而且从不间断和拖欠。

同治六年刘崐将接任湖南巡抚，曾国藩叮嘱李瀚章与刘崐交接时，"转告新令尹时谆谆托之"，并表示"鄙人亦当函求韫翁（刘崐字韫斋）"，尽可能让"次青不再以饷绌误事"。[3]

当年三月十三日，曾国藩果然给赴任湖南途中的刘崐致信说："李

1《曾国藩全集·书信》，第30册第447页。
2《曾国藩全集·书信》，第29册第161页。
3《曾国藩全集·书信》，第30册第32页。

次青廉访徽州垂翅之后，常思奋勉立功，以收桑榆之效。……伏恳阁下履任后，于此军特加青眼，源源济饷，无令缺乏。"[1]

李元度后来能在贵州建立事功，这无疑是最重要保障之一。同时也说明：为了弥补内心歉疚，曾国藩甚至不怕别人嫌他时常插手湖南当地事务。

但带兵打仗毕竟是"兵凶战危"之事，李元度又不是将才，所以曾国藩总觉得不是什么好事，生怕他再有什么闪失，因而十分希望他"善刀而藏"。可这样的话是不好随便说出口的。

直到同治六年六月二十八日，曾国藩得知李元度的部队小有挫失，这才致信刘崑，要他力劝李元度见好就收并及时抽身："次青终非将才，诚如公论。……此次方谋大举，旋报被围，若幸而不甚败挫，当令善刀而藏，庶公私皆可保全。"[2]

既是湖南巡抚又与曾国藩交情很深的刘崑，当然会照曾国藩说的话做，于是立即安排席宝田率军万人赴援贵州。

曾国藩再于七月十五日致信刘崑："俟砚香（席宝田）赴黔接办，即将次青从容撤退，免致另出风波，公私俱有裨益。"[3]

这时曾国藩才给李元度写信，不仅要他"早谋蝉蜕，伺隙抽身"，而且说："善刀而藏。保身全名，计无便于此者。"[4]

这一切，李元度哪能感觉不到曾国藩的深爱呢？

同治七年夏天，李元度妥善处理军务之后，即毅然决然抛弃患得患失思想，"一切弃置不顾，浩然解组以归"[5]。

此后十余年，李元度一直在家"奉亲著书"。光绪八年（1882），李元度母亲去世。守孝完毕，他才重新出来做官，先做贵州按察使，后升贵州布政使。

1《曾国藩全集·书信》，第30册第65页。

2《曾国藩全集·书信》，第30册第179页。

3《曾国藩全集·书信》，第30册第187页。

4《曾国藩全集·书信》，第30册第332页。

5《郭嵩焘诗文集》，第295页。

对于曾国藩的建议，可见李元度是认真听取并完全采纳了的。

17　李元度也在吃后悔药

晚年事业顺遂的李元度，不仅最终原谅了曾国藩，而且在弥补过错、让曾经损害的友情得到修复方面，也在不断地吃后悔药。

出于对曾国藩的高度信任和由衷感激，《国朝先正事略》完稿后，李元度即从贵州致信曾国藩，恳请他为本书作序，以此拉近两人距离。

曾国藩去世后，李元度更是含泪撰写了挽联和《祭太傅曾文正公文》以及《哭师》十二首等诗文作品，以表达深切悼念之情。

李元度的挽联是："是衡岳洞庭间气所钟，为将为相为侯，自吾乡蒋安阳后，历三唐两宋迄元明，二千年仅见；与希文君实易名同典，立功立言立德，计昭代汤睢州外，较诸城大兴暨曹杜，一个臣独隆。"[1]

薛福成在《曾文正公挽联》中，不仅评论这副挽联属于"周密无疵，为当时所推诵者"一类，而且与左宗棠、孙衣言、李鸿裔、郭嵩焘等人撰写的其他六副挽联一样，均能"扫去陈言，别具机杼"。评价可谓相当之高。

在《祭太傅曾文正公文》这篇四言赋文中，李元度以极其崇敬的心情，不仅说了许多歌功颂德的话，如曾国藩和他创建的湘军，在咸丰和同治年间对清王朝起着顶梁柱的作用等，而且一起笔就说"生我者是父亲，知我者是曾公；曾公于我，像大地一样开阔，像海洋一样包容；我实在有负于曾公，曾公赏识重用我，我却像羊叔子养的那只鹤一样，全然不通人意，松散着羽毛，不为客人起舞"："呜呼！生我者父，知我者公。公之于我，地拓海容。我实公负，羊鹤氄氄（"氄氄"应为"氄氄"，即羽毛松散之意。典出《世说新语·排调第二十五》："昔羊叔子有鹤善舞，尝向客称之，客试使驱来，氄氄而不肯舞。"）。匪我异趣，赋命则穷。时艰势格，力不心从。公犹亮我，曲宥微惊。腾章昭雪，引疚在躬。不惜自贬，以

1《庸庵笔记》，第85页。

拯予侗。休体者量，旷古谁逢？而今已矣，孰听焦桐。私恩公谊，云何弗恫？……"[1]

与《祭太傅曾文正公文》一样，李元度的《哭师》十二首同样写得凄切感人，催人泪下。其中第九首写道："记入元戎幕，吴西又皖东。追随忧患日，生死笑谈中。末路时多故，前期我负公。雷霆与雨露，一例是春风。"[2]

这首诗不仅描绘了李元度与曾国藩生死相随的往事，而且一句"雷霆与雨露，一例是春风"，表明李元度对曾国藩的严参（雷霆）和"密片"陈请录用（雨露），都看作是对自己的关心和爱护（春风）。

李元度把挫折完全归咎于自己，这种不怨不尤、反求诸己的态度，是十分难能可贵的。

曾国藩去世后，李元度还做了一件很有意义的事，就是代湖广总督李瀚章草拟了奏陈曾国藩历年勋绩材料上报朝廷，请于湖北省城建立曾国藩专祠。李元度在奏疏中深情写道："曾国藩初入翰林，即与故大学士倭仁、太常寺卿唐鉴、徽宁道何桂珍讲明程朱之学，克己省身，得力有自。遭值时艰，毅然以天下自任，忘身忘家，置死生、祸福、得丧、穷通于度外。……其过人之识力，在能坚持定见，不为浮议所摇。进攻安庆、江宁，则建三路进兵之议；剿办捻匪，则建四面蹙贼之议，其后成功，不外乎此。"[3]

李元度与曾国藩亲密共事多年，两人交情很深，既"身在事中"又有感而发，奏疏自然写得较为深切，说出了别人不一定说得出的话。比如他说曾国藩"超过别人的见识，在于能够坚持正确的意见，不被浮躁的建议所动摇"，不仅完全符合事实，而且确属颠扑不破之定论。

在认准了的重大原则问题上，正是有了曾国藩的坚忍不懈，晚清政府才能最终消灭太平军和捻军，否则不知要走多少弯路。

曾国藩究竟在哪些重大原则问题上坚持定见呢？同治五年六月

1《天岳山馆文钞·诗存》，第2册第778至779页。

2《天岳山馆文钞·诗存》，第2册第969页。

3《曾文正公全集·首卷》，中国书店2011年1月第1版第1册第27页。

二十五日，曾国藩在刘铭传所献防河之策的禀帖上写了一段批语，不仅比较全面地回答了这个问题，而且能够证明李元度所言确实不虚，不妨一抄。

　　来牍具悉。防守沙河之策，从前无以此议相告者，贵军门创建之，本部堂主持之。凡发一谋，举一事，必有风波磨折，必有浮议摇撼。从前水师之设，创议于江忠烈（江忠源）公；安庆之围，创议于胡文忠（胡林翼）公。其后本部堂办水师，一败于靖江，再败于湖口，将弁皆愿去水而就陆，坚忍维持而后再振；安庆未合围之际，祁门危急，黄、德糜烂，群议撤安庆之围，援彼二处，坚忍力争而后有济。至金陵百里之城，孤军合围，群议皆恐蹈和（和春）、张（张国梁）之覆辙，即本部堂亦不以为然，厥后坚忍支撑，竟以地道成功。可见天下事，果能坚忍不懈，总可有志竟成。

　　办捻之法，马队既不得力，防河即属善策，但须以坚忍持之。假如初次不能办成，或办成之后，一处疏防，贼仍窜过沙河以北，开、归、陈、徐之民必怨其不能屏蔽，中外必讥其既不能战，又不能防。无论何等风波，何等浮议，本部堂当一力承担，不与建议者相干；即有咎豫兵不应株守一隅者，亦当一力承担，不与豫抚部院相干，此本部堂之贵乎坚忍也。[1]

　　正如曾国藩批示所说，在湘军创办水师、围攻安庆、攻打金陵以及后来实行的防河之策等重大事件上，如果一遇"风波磨折"便为"浮议摇撼"，后果肯定不堪设想。曾国藩的过人之处，或者说他最后之所以能够取得成功，就是在认准了的重大原则问题上，都能像李元度说的那样"坚持定见，不为浮议所摇"。

　　李元度所做的这一切，表明他确实是一个既重情重义又知错能改的贤者。

1《曾国藩全集·批牍》，第 13 册第 361 至 362 页。

18 好人终有好报

李元度虽不是进士出身，但二入幕府（第一次为奉天学政幕府），转战南北，为治学积累了丰富的生活素材和人生体验。他热爱文史，即使军书傍午、戎马倥偬、政务繁忙之际，仍执着追求，痴心不改，笔耕不辍。这既是他精力分散、带兵作战多吃败仗的一个原因，也是被参革职后能够僻居山村，心无旁骛，潜心学问，闭门著书的坚实基础。

曾国藩为李元度的《国朝先正事略》写序时，就曾直言不讳地指出：“如次青者，盖亦章句之儒从事戎行。咸丰甲寅（四年）、乙卯（五年）之际，与国藩患难相依，备尝艰险，厥后自领一队，转战数年。军每失利，辄以公义纠劾罢职。论者或咎国藩执法过当，亦颇咎次青在军偏好文学，夺治兵之日力，有如庄生所讥挟策而亡羊者。”[1]

咸丰十年七月十七日《复李元度》信中，曾国藩也说：“吾辈均属有志之士，亦算得忍辱耐苦之士，所差者，且夫尝思咬文嚼字之习气未除。一心想学战，一心又想读书，所谓‘梧鼠五技而穷’也。仆今痛改此弊，两月以来，不开卷矣。阁下往年亦系看书时多，料理营务时少。其点名看操、查墙子等事，似俱未躬亲，此后应请亲任之。”[2]

“挟策亡羊”语出《庄子·外篇·骈拇》：臧和谷二人同去放羊，最后都把羊放丢了。问臧干什么去了，回答说手持竹简在看书；问谷干什么去了，回答说边走边玩游戏。[3]

“梧鼠五技而穷”语出《荀子·劝学》：螣蛇无足却能飞行，鼫鼠身怀五种技能却没有一样精通。[4]

曾国藩用这两个典故，意在批评李元度一心二用，带兵打仗没有专心致志。这是嗜书如命的文人官员的通病，曾国藩也承认自己是这种人。

---

[1]《曾国藩全集·诗文》，第 14 册第 216 页。

[2]《曾国藩全集·书信》，第 23 册第 663 页。

[3]《庄子》释义，新华出版社 2016 年 8 月第 1 版第 187 页。

[4]《荀子》，中州古籍出版社 2006 年 1 月第 1 版第 4 页。

正因为做事不能分心，所以有一次收到曾国荃来信，得知有个朋友送了一套"二十二史"给他，曾国藩马上回信提醒说：书虽然不可不看，但弟弟此时应以军务为重，不宜经常泡在书里。为此他还引经据典，用荀子"耳不两听而聪，目不两视而明"和庄子"用志不纷，乃凝于神"来说明做事专注的重要性。[1]

不过失之东隅，收之桑榆。在仕途上李元度虽然遭受了很大挫折，罢职回乡后却能抛开一切烦恼和忧愁，专心致志于学术研究，取得了十分突出的成就，著有《国朝先正事略》《天岳山馆文钞》《天岳山馆诗集》《名贤遗事录》《四书广义》《国朝彤史略》《南岳志》《同治平江县志》等，其中最有价值者当属六十卷《国朝先正事略》。

该书收录了清朝开基至同治年间的一千一百零八位人物，分名臣、名儒、经学、文苑、遗逸、循良、孝义七个大类，取材广泛，记叙详尽，保存了许多原始资料，不仅颇具史学价值，而且"同时辈流中无此巨制，必可风行海内，传之不朽"[2]。

这是曾国藩对《国朝先正事略》的评价。

郭嵩焘在《李次青六十寿序》中则说：《国朝先正事略》"其文高雅纯悫，比之欧阳文忠公《五代史记》，亦无愧焉"。[3]

郭嵩焘还写道：当年跟随曾国藩出生入死南征北战的这批人，如今健康活着的，只剩下李鸿章、杨岳斌、彭玉麟和李元度等少数几个人，他们有的继续混迹官场，有的退居林下，名声也有高有低甚至有好有坏。论官职，李元度不是最高的，论事业，李元度也不是最成功的，但有一点别人根本无法企及，就是李元度既尽了人子之孝，又在学术上取得了令人瞩目的成就，享受了著述给自己带来的无穷快乐，这不是老天爷对他的最好回报又是什么！他能得到这个回报，一方面是"善以自处"，另一方面是老天爷最终不会亏待纯情至厚之人。所以，一个人能否在历史上留名，在社会上留声，并不完全取决于建立多大事功，

1《曾国藩全集·家书》，第 20 册第 326 页。

2《曾国藩全集·书信》，第 30 册第 437 页。

3《郭嵩焘诗文集》，第 295 页。

更不在于当上多大官职，有了好的道德和文章，同样可以美名远扬，流芳千古。

这虽是郭嵩焘一家之言，但确实道出了他的心声，也简明真切地概括了李元度既丰富多彩又艰难曲折的一生。

曾国藩和李元度作为两个历史人物，身影且行且远。今天的人们，能否从他俩的故事中，得到一些有益的借鉴和启示呢？

李鸿章：过人的行政才干和高超的政治手腕

在晚清政坛上，曾国藩和李鸿章都是知名度极高的人物。这两个影响了近代中国半个世纪之久的军政重臣，人们都知道他们靠军功起家，后来又都封侯拜"相"（清代没有宰相，曾国藩和李鸿章只做过大学士，虽俗称宰相，但毕竟不是真正意义上的宰相），但许多人不一定知道，他俩既是师生，又有宾主关系，因为李鸿章不仅师从过曾国藩，而且是曾国藩的高级幕僚，用现在的话讲，就是李鸿章曾经做过曾国藩的政治秘书。

清朝地方官员不仅有幕僚，而且幕僚有高低之别。在总督、巡抚幕府工作的，可称之为高级幕僚；在中下级衙门工作的，便俗称师爷。高级幕僚的主要任务是为幕主策划、办理军政要务和起草奏折文书等，将他们称为高级政治秘书，是比较恰当的。

被史家称为"幕府人才，一时称盛"[1]的曾国藩幕府，是晚清最著名的幕府。曾国藩回湖南带兵打仗后，延揽了一大批高级幕僚，近代史上许多著名人物如李鸿章、李瀚章、李元度、郭嵩焘、沈葆桢、丁日昌等，都在曾国藩幕府工作过。

曾国藩的幕僚虽可分为好几大类，但就其工作性质来讲，其中又以处理文书章奏和策划、办理军政要务为首端，其办事机构类似如今的秘

1《清稗类钞·幕僚类》，第3册第1389页。

书处，它是曾国藩幕府的首脑机关和神经中枢，一切指挥皆依赖于此。

李鸿章在曾国藩幕府虽只待了两年半时间，对他来讲却有着特别重要的意义。正是这段非同寻常的从幕经历，才使得早想建功立业却屡遭挫败的李鸿章时来运转，福星高照，其一生事业也因此"隆隆直上"，到后来几乎与曾国藩"双峰对峙"。[1]

可以这么说：这两年半时间既是李鸿章人生命运的重大转折点，又是日后能够独立经营自己的政治、军事力量的一个非常难得的契机，而所有这一切又都与他能够有幸充当曾国藩幕僚、得到曾国藩高度赏识和鼎力推举分不开。

纵观李鸿章与曾国藩的宾主关系，或者考察一下李鸿章的发迹史，都可以用"跟对人可以决定一生命运"这句话来概括。

1　李鸿章与曾国藩的关系渊源

李鸿章，本名章铜，字渐甫（一字子黻），号少荃（或少泉），晚年自号仪叟，道光三年（1823）正月初五日出生于安徽庐州府合肥县东乡（今安徽肥东）。

李鸿章少年聪慧，六岁入家馆学习，十七岁拜合肥名士为师，攻读经史，打下扎实学问功底。

道光二十年（1840），十八岁的李鸿章虽然考取了秀才，两年后写的四首《二十自述》诗，却说自己"蹉跎往事付东流，弹指光阴二十秋""丈夫事业正当时，一误流光悔后迟"[2]。好像自己还不够刻苦努力，只有只争朝夕埋头读书，以后回忆往事才不会后悔。

青少年时期李鸿章惜时如金的时间观，表明他从年轻时候起，就有着远大理想和抱负，立志成就一番事业。

道光二十三年（1843），李鸿章被选为庐州府的优贡生，进入国子监学习。

1《能静居日记》，第 1097 页。

2《李鸿章全集·诗文》，第 37 册第 69 页。

李鸿章赴京途中，写下了脍炙人口的《入都》诗十首。一起笔他就写道："丈夫只手把吴钩，意气高于百尺楼。一万年来谁著史，三千里外欲封侯。"可谓豪气万丈，志向非凡，因而为世人所传诵。

他还以诗言志，表达了"遍交海内知名士，去访京师有道人。借此可求文字益，胡为抑郁老吾身"[1]的强烈愿望和好进之心。

作为"高考"移民来到北京后，李鸿章不仅可以参加来年的顺天府乡试，从而成功避开了安徽家乡竞争最为惨烈的江南乡试，而且在时任刑部郎中的父亲李文安引领下，遍访安徽籍在京名人，得到他们的喜爱和赏识，从而建立了广泛的人脉关系。又因为李文安与曾国藩是同科进士，两人交情也很深的关系，李鸿章与其兄李瀚章还以"年家子"身份投靠在湖南大儒曾国藩门下，学习经世之学。

从此以后，李鸿章便与曾国藩"朝夕过从"，在他指导下学习应付科考的八股文技巧。同治十一年（1872）二月曾国藩去世后，李鸿章在挽联中说自己"师事"曾国藩"三十年"，就是从道光二十三年开始算起的。1843到1872，不多不少，刚好三十年。

李鸿章还与各地应举文人在九条胡同三号组织了一个文社，"慕曾涤笙（生）夫子之名，请渠出任社长。社规每月应交文三篇，诗八首"[2]。

道光二十四年（1844），李鸿章顺利考取举人后，由曾国藩推荐到一个叫何仲高的老翰林家教书，同时积极准备参加次年的恩科会试。李鸿章后来虽然落选，但曾国藩正好出任当年的会试同考官，读过李鸿章的卷子后，大为赞赏，认为早晚必成大器。

李鸿章在《禀母》函中也说："初次会试，男以诗文受知于曾夫子，因师事之。而朝夕过从，求义理、经世之学。"[3]

两年后，二十五岁的李鸿章果然考取了丁未科进士，接着又被录用为翰林院庶吉士，顺利实现了科举时代读书人梦寐以求的"中进士、点

1《李鸿章全集·诗文》，第37册第69页。

2《李鸿章家书》，黄山书社1996年4月第1版第15页。

3《李鸿章家书》，第15页。

翰林"人生目标。

丁未科进士不少人是曾国藩弟子，李鸿章在《禀母》函中为此感叹说："诸好友均高中，曾夫子门下可谓盛矣。"[1]

而在丁未科进士这批英才中，曾国藩又特别器重李鸿章、郭嵩焘、帅远燡、陈鼐四人。咸丰三年（1853）十月二十六日，曾国藩给李瀚章写信时，曾这样说：你弟弟李鸿章，自道光二十五、二十六年之际，我就知道是一个人才，以后肯定飞黄腾达。道光二十七年会试和殿试之后，我觉得李鸿章、郭嵩焘、帅远燡、陈鼐四人都是英才，所以私下里称他们为"丁未四君子"。[2]

咸丰二年（1852），太平军由广西杀进湖南，在家守制的曾国藩奉命在籍帮办团练。第二年初，李鸿章也在工部侍郎吕贤基奏请下，调回安徽老家办团练。

李鸿章回到安徽后，即进入新任安徽巡抚周天爵幕府，在颍州、凤阳、定远一带防剿淮北捻军。几个月之后，因镇压当地农民起义小有功绩，周天爵奏奖李鸿章六品官衔。

李嘉端担任安徽巡抚后，让李鸿章驻扎江边运漕镇，防守裕溪口。不久，太平军大举北伐和西征，安徽首当其冲。面对太平军的凌厉攻势，安徽当局一筹莫展。

为了阻止太平军北上夺取庐州（今安徽合肥），"专以浪战为能"[3]的李鸿章先后转战柘皋、巢县、无为等地，虽一度克复东关（古濡须口），但打仗毫无章法。

同治元年（1862）四月二十日，曾国藩写信给李鸿章，说到当年他在安徽打的那些烂仗，还开玩笑说："即阁下早岁在巢县带勇，亦等儿戏，难当大敌。"[4]

当时安徽是太平天国和清朝双方激烈搏斗、反复争夺的地区。石达

1《李鸿章家书》，第31页。

2《曾国藩全集·书信》，第22册第301页。

3《异辞录》，第23页。

4《曾国藩全集·书信》，第25册第231页。

开到达安庆，主持西征战事后，改守为攻，先后夺取集贤关、桐城和舒城等战略要地，皖北局势糟糕。吕贤基于舒城城破时自杀，李鸿章如果不是脚快，肯定也会丧命。

接下来，江忠源、福济先后出任安徽巡抚。

江忠源虽是湘军集团第一个担任地方督抚的人，但上任未及两月，安徽新省城庐州即被太平军攻占，江忠源兵败自杀。

福济是丁未科会试副考官，与李鸿章有师生之谊，李鸿章在他幕府工作期间，得到多方提携和照顾，李鸿章也把福济当靠山。

但福济是典型的文人和贵族老爷，既缺乏应变能力，又不懂用兵之道，所以此后李鸿章在事业上并不得志，不仅无法施展身手，而且遇上好几次败仗，只是运气好加上本人机敏，才侥幸逃得性命。

李鸿章非常伤感，又赋诗感怀，大放悲声："四年牛马走风尘，浩劫茫茫剩此身。""我是无家失群雁，谁能有屋稳栖乌。"[1]

好在一直有福济庇护，李鸿章才没有挨处分。

看到李鸿章在安徽混不下去，咸丰七年（1857）九月，福济上奏朝廷，等李鸿章手上的事情料理完毕，即让他"回京供职"[2]。

清政府不仅批准了这一奏请，而且以李鸿章多次"剿匪"出力，交军机处记名，遇有道员缺出，请旨简放。

然而李鸿章尚未离开安徽，福济却被免职。咸丰八年（1858）七月，太平军再次攻克庐州，李鸿章老家房屋也被焚毁一空。

早在咸丰五年（1855）五月，父亲李文安即病逝于安徽团练公所，在安徽几无立足之地的李鸿章，一时成了孤苦无依、无家可归之人。

他又赋诗大放悲声："河山破碎新军纪，书剑飘零旧酒徒。国难未除家未复，此身虽去也踟蹰。"[3]

李鸿章虽不以诗名世，但他写下的这些诗句，不仅感情真挚，而且很有韵味，不比他人流传的诗句差。

1《李鸿章全集·诗文》，第37册第71页。
2《曾国藩全集·奏稿》，第2册第332页。
3《李鸿章全集·诗文》，第37册第72页。

从道光二十三年李鸿章来到北京，到咸丰二年六月曾国藩外放江西主考，八九年时间里，李鸿章皆以弟子身份向曾国藩问业，两人关系极为密切。此后六年，他俩一个在湖南和江西，一个在安徽，别说不能见面，就是书信联系都很困难，好在李瀚章一直在曾国藩幕府做事，不仅经常说到李鸿章的情况，有时还将李鸿章写来的家书拿给曾国藩看，远在千里之外的曾国藩，才对李鸿章的近况有所了解。

曾国藩在湖南尤其是江西的日子虽然很不好过，但看到昔日弟子李鸿章在安徽混得更艰难，于是很想对他有所帮助和指导。

咸丰三年冬天，江忠源一到安徽做巡抚，曾国藩就给他写信说："吕鹤田（吕贤基）少司空与国藩契好，想与阁下相得益彰。李少泉（李鸿章）编修，大有用之才，阁下若有征伐之事，可携之同往。"[1]

不久又给李鸿章写信，要他为江忠源推荐和物色本地人才：江忠源到安徽做巡抚，急需能人相助。你和吕贤基、袁甲三（吕、袁当时均在安徽帮办团练）等人，如果知道谁是贤能之士，希望都推荐给他。[2]

曾国藩热心为李鸿章与江忠源牵线搭桥，原本希望李鸿章积极支持江忠源，江忠源大力培植李鸿章，以便相互配合，相辅相成，共同"保护珂里（对李鸿章家乡的敬称）"[3]。但一个月之后江忠源即战死庐州，曾国藩的美好愿望随之落空。

针对李鸿章儒生从戎，既缺少军事知识和实战经验，又血气方刚"专以浪战为能"的情况，加之听说安徽办团练远不如湖南有章法，不仅各自为政，而且互相扯皮，咸丰三年十一月十七日，在衡阳练兵的曾国藩于是致信李鸿章，用自己的亲身体验谆谆告诫说：必须全部招募新勇，不能掺杂一个绿营兵，也不能滥招一个不合格的兵勇。一定要扫除陈迹，特开生面，赤地新立，才有望见到成效。

曾国藩又说：听说足下所带之勇，精悍而有纪律，务望依照明朝戚继光的练兵方法，严加训练。明年湘军进入安徽，即与你的部队合成一

1《曾国藩全集·书信》，第22册第297页。

2《曾国藩全集·书信》，第22册第349页。

3《曾国藩全集·书信》，第22册第301页。

军，即使不能马上建立勋绩，亦要稍变气象，一泄积愤也。[1]

但李鸿章并非如曾国藩那样独树一帜，手无寸权只能依附他人征战的他，哪能按照曾国藩的指点训练出一支属于自己的队伍？

另外曾国藩对湘军实力也估计过高，出师不久即被太平军打得满地找牙，此后四五年只能在江西境内与太平军苦战，无力进军安徽，与李鸿章"合成一军"共同抗击太平军的愿望自然无法实现。

然而，到了同治年间，李鸿章不仅训练出了一支属于自己的队伍，而且真与曾国藩"合成"了"一军"，那就是晚清历史上赫赫有名的湘、淮军。这一切，皆因为咸丰八年十二月李鸿章来到江西，投到曾国藩幕下。

2 走上"翰林变作绿林"之路

说到李鸿章投奔曾国藩这件事，先得叙述一个非常有趣的故事。

道光三十年（1850），经翰林院三年研习，李鸿章以优异成绩授职翰林院编修。编修官职虽然不高，是个正七品，但翰林院是朝廷储备人才之地，翰林官员是天子文学侍从，清代汉族名臣十之八九由此起家。清代还规定非翰林不入内阁，死后不能谥"文"（当然不绝对。左宗棠不仅不是翰林，而且没有考取进士，却生前官拜大学士，死后谥"文襄"），故论者皆以翰林为清品。这是李鸿章仕途中极为重要的起点。

正当李鸿章踌躇满志，意气风发，展望未来，前程似锦，准备沿着传统升官之路平稳走下去时，国内局势却发生了翻天覆地的变化。

道光三十年末在广西爆发的震动全国的太平天国起义，迅速发展到长江流域。太平军围攻长沙，攻占岳阳、武昌和九江后，又沿江东下，相继攻占了安徽省城安庆和江南重镇金陵，并在金陵建立了自己的政权。

瞬间出现的大变局，既打破了李鸿章平稳的官场生活，也为他在晚

1《曾国藩全集·书信》，第 22 册第 349 页。

清政坛的崛起提供了历史性机遇。

当时清朝的"八旗"和"绿营"已不堪使用，完全丧失了战斗力，一旦有紧急情况，文武以避贼为当然，士卒以逃死为长策。面对严酷现实，咸丰皇帝不得不把汉族地主豪绅拉过来，利用他们在本土的势力建立地方武装，并为此在众多省份任命了一批在籍官僚为督办团练大臣。

李鸿章就是在这种背景下跟随吕贤基回到安徽家乡办团练的。

关于吕贤基奏请李鸿章回安徽办团练之事，《异辞录》作者刘体智有过一段绘声绘色的描述。

按照刘体智的说法，安庆失陷的警报传到京城时（安庆失陷为咸丰三年正月十七日），李鸿章尚不知最新情况。新春正月下旬某一日，他正在北京海王村逛书摊，偶然遇到一位安徽同乡，此人见他心定气闲地挑选书籍，很觉得惊讶，就对他说："少荃，你难道不知道咱们省城已经失陷了吗？怎么还有心情买这些无用的东西?!"

或许是书生意气使然，或许是报国心切，李鸿章赶忙离开海王村，直奔安徽籍在京高官、时任工部侍郎兼署刑部侍郎吕贤基家里，慷慨激昂地怂恿他上奏，请朝廷火速发兵"剿贼"。李鸿章深知，只有请出吕贤基这样的先贤和高官出面喊话，才会得到朝廷重视。

吕贤基是个尊崇程朱理学、希图获得美名的官僚。李鸿章一说要他上书皇帝发兵拯救桑梓，那根平静的心弦马上被撩动起来了。他雄心万丈地答应下来并要李鸿章连夜代草奏疏，明天一早呈递皇上。

吕贤基要李鸿章代写疏稿，一是李鸿章写得一手好文章，人又聪明伶俐，吕贤基非常喜爱和看重这位乡里后生，一直把他当笔杆子使用，遇有重要文稿总是请他捉刀代笔，此事已成家常便饭。二是此事十万火急，不请李鸿章代笔，当晚哪能赶写出来？

李鸿章回到家里，即刻躲进书房，翻检书籍，寻找资料，又将丢失安庆后的危急形势和朝廷必须出兵的诸多理由——想清想透，然后挥动如花妙笔，遣词造句，排比铺陈，很快将一篇洋洋洒洒的雄文写成，然后派人迅速送往吕府。

李、吕两家相距不远。吕贤基看过奏疏后，非常满意，一字不改，就签上了自己的大名。这篇雄文载于《钦定剿平粤匪方略》卷二十六，有兴趣的读者不妨找来一阅。

李鸿章本有睡懒觉习惯，昨晚又差不多忙了个通宵，因而十分困倦，倒头便睡了过去。等他睁开眼睛，一看钟表，竟然已是午后时刻！他很想知道吕贤基的上奏结果，却看不到当天朝报，于是急命车夫驾车，亲自前往吕家探听消息。谁知刚到吕家门口，就听见屋子里哭叫声连成一片，像是死了人一般。

李鸿章进了吕家厅堂，还没弄清原因，吕贤基便从屋里跳了出来。他一把揪住李鸿章衣领，两眼瞪得如灯笼似的大声吼道："少荃！你还敢上我家来？可把老夫害惨了啊！"

李鸿章对吕家如丧考妣、大放悲声本来就大惑不解，听了吕贤基没头没脑的怨怪，更是茫然不知所措。

他正想开口问个究竟，吕贤基却抢在前面说话了："皇上看了我的奏折，当即命我回安徽督办团练。我一介书生，又一大把年纪，哪里担负得起练兵打仗的重任啊！这不是把我往火坑里推，让我白白送死嘛！你害惨了我，我也要拉个垫背的，已经奏请皇上同意，让你跟我一道回老家办团练！"[1]

此处应为口头奏请，形成文字正式报请皇帝批准，据文献记载是两天之后。

李鸿章虽是有理想抱负的热血青年，但突然要他离开仕途清品翰林编修岗位，奔赴前线带兵打仗，还是大大出乎意料。突如其来的变故，就像被人打了一记闷棍，让他好久回不过神来。

其实李鸿章应该预料到会有这种结果发生，因为从头一年夏天开始，咸丰皇帝就尝试着在"贼氛逼近"地区，直接下令委任在籍大员帮同地方官办理本籍团练事宜。如今太平天国运动愈演愈烈，"八旗"和"绿营"又完全不中用，朝廷不依靠地方团练进行防御和抵抗，还有什么法子可想？不过除吕贤基之外，其他团练大臣是回籍官员，只有吕贤

1《异辞录》，第 7 页。

基是在职干部。

但道理归道理，事实是事实。吕贤基毕竟是个手无缚鸡之力的读书人，又是现任京官，想象力再丰富的人，恐怕也不会料到皇帝会派他上前线带兵打仗；李鸿章虽然是个热血青年并勇于任事，但毕竟是个低级官员，不是吕贤基拉他下水，皇上无论如何不会点到他头上。

正是这些没有想到，才最终产生了道理与事实反差巨大的结果，而这一切又都是热血奔涌的李鸿章竭力鼓动吕贤基上奏引起的，吕贤基说李鸿章害惨了他，当然不无道理。

朝野上下尽将赴前线视为畏途，吕贤基和李鸿章更是丝毫没有想过自己会从军，而是指望别人上前线卖命，但皇上命令已下，再哭丧着脸也无济于事。不久，李鸿章就离开翰苑，跟着吕贤基返回家乡，走上了"翰林变作绿林"之路。[1]

刘体智的父亲刘秉璋是李鸿章的学生和部属，刘体智本人又从小在李氏家塾读书，与李鸿章父子叔侄、门生故吏朝夕相聚，不拘形迹，因此《异辞录》这段出于口耳相传的史实，总体上是可以相信的。

吕贤基从咸丰三年正月受命，到当年十月舒城陷落而死，在办理安徽团练防剿任上不足一年，这一事实表明李鸿章确实把他害惨了。吕贤基自然也害苦了李鸿章。他不仅在太平军兵临舒城城下时差点丢命，而且此后五年多时间里，战场屡屡受挫，前景一片暗淡，昨梦封侯今已非，看不到任何前途和希望。

正是在这种情况之下，李鸿章才千里迢迢奔赴江西建昌（今南城县），满怀希望投到曾国藩幕下。

3 受到曾国藩整治和"敲打"

然而，李鸿章进入曾国藩幕府之初，却受到曾老师的整治和"敲打"。

1《异辞录》，第10页。

　　曾国藩整治和"敲打"李鸿章，是他对李鸿章的优点虽然十分欣赏，但对其缺点和毛病同样看得非常清楚，为了将这个可塑之材变成可用大才，就必须打掉他的傲气，整治他的散漫作风，从而让他变得更加成熟并养成沉稳内敛的性格脾气和严谨求实的办事作风。

　　李鸿章诚然是个"大有用之才"，但身上的毛病也有不少，诸如恃才傲物、落拓不羁、自由散漫。而曾国藩从年轻时就认为，有志者如果想事成，不仅必须有恒心，而且一定要去掉散漫习气，否则"将来莅众，必不能信，作事必不能成"。[1] 所以曾国藩的日常起居和工作习惯历来颇有规律，一直坚持早睡、早起、早吃饭、早做事原则，每天都是黎明即起，查完营即吩咐伙房开饭。他不仅自己长期这样坚持，而且要求幕僚们必须步调一致。

　　湘军军营惯例是天亮即吃早饭，李鸿章却有睡懒觉的毛病，日上三竿才肯起床。初进曾国藩幕府的他，对这里的生活和工作节奏很不适应，宁愿不吃早饭也想多睡会儿。有一天，他便以头痛为名，赖在床上不起来。

　　哪想到曾国藩非常看重这顿早饭，只要有人不按时起床就不开饭。他要利用共进早餐时间与幕僚们谈经论史，商量工作，既可充分利用时间，提高工作效率，又能增进了解，融洽同事感情，当然更重要的是培养团队的严明纪律和整体观念。

　　曾国藩对李鸿章的懒散作风早就看在眼里，这回自然不会轻易放过，于是派了好几批人催，非要他起来吃饭不可。李鸿章见势不妙，只得披衣而起，踉踉跄跄赶到饭厅。

　　吃饭时，曾国藩一直板着脸，不说一个字，放下筷子后，才表情严肃地教训李鸿章：少荃，你既然进了我的幕府，有一言就不能不讲，我这里所推崇的，唯有一个"诚"字而已！说完，也不等李鸿章答话，扭头就走。[2]

　　曾国藩的这番批评和"敲打"，既整治了李鸿章的自由散漫习气，

1《曾国藩全集·日记》，第 16 册第 117 页。

2《庸庵笔记》，第 13 页。

又敲打了他"不诚实"的缺点，可以说既有纪律约束，又有道德说教，可谓话不多却语重心长，言不重却芒刺在背。俗话说"响鼓不用重锤敲"，李鸿章哪里感受不到其中的深意呢？

从此以后，李鸿章自觉以曾国藩为榜样，对自己严格要求，逐渐养成了良好的工作规律和生活习惯。

到了李鸿章晚年，在他身边工作的曾国藩孙女婿吴永，曾经仔细观察过李鸿章的饮食起居，发现他每天早起，看书习字，午饭后踱步，与曾国藩如出一辙，两人不仅形似，而且神似。他觉得非常有趣，就将这些生活细节惟妙惟肖地记录下来了："予以后进获从公帡宇之下，晨夕左右，几逾一载。承公以通家子弟相待，所以督励而训诲之者，无所不至。每饭必招予共案，随意谈论，伺其宴息而后退，故于公之言论风概，习之颇稔。公每日起居饮食，均有常度。早间六七钟起，稍进餐点，即检阅公事；或随意看《通鉴》数页，临王圣教一纸。午间饭量颇佳，饭后更进浓粥一碗、鸡汁一杯。少停，更服铁酒一盅，即脱去长袍，短衣负手，出廊下散步，非严寒冰雪，不御长衣。予即于屋内伺之，看其沿廊下从彼瑞（端）至此端，往复约数十次。一家人伺门外，大声报曰：'够矣！'即牵帘而入，瞑坐皮椅上，更进铁酒一盅。一侍者为之扑捏两腿，良久，始徐徐启目曰：'请君自便，予将就息矣，然且勿去。'时幕中尚有于公式枚等数人，予乃就往坐谈。约一二钟，侍者报中堂已起。予等乃复入室，稍谈数语，晚餐已具。晚间进食已少。饭罢后，予即乘间退出，公亦不复相留，稍稍看书作信，随即就寝。凡历数十百日，皆一无更变。"[1]

吴永的记载，不仅表明曾国藩对李鸿章的影响实在太大，同时也说明：在有些方面，李鸿章确实得到了曾老师的真传，曾国藩的薪火相传，也确实唯有李鸿章这位门生。

多年后李鸿章回忆往事，也充满深情说：我在好几位高官的幕府做过幕僚，然而都茫无头绪。自从进了老师的幕府，才真正明白了为人处

1《庚子西狩丛谈》，中华书局 2009 年 10 月第 1 版第 119 至 120 页。

世的道理，搞清了努力前进的方向，确实获益匪浅啊！[1]

对于以前在曾国藩幕府受过的整治和"敲打"，李鸿章虽然刻骨铭心，终生不忘，但后来的感受已经完全不一样了。他说："我老师实在厉害。从前我在他大营中从他办事，他每天一早起来，六点钟就吃早饭，我贪睡总赶不上，他偏要等我一同上桌。我没法，只得勉强赶起，胡乱盥洗，朦胧前去过卯，真受不了。迨日久勉强惯了，习以为常，也渐觉不甚吃苦。所以我后来自己办事，亦能起早，才知道受益不尽，这都是我老师造就出来的。"

李鸿章言犹未尽，又对吴永说："在营中时，我老师总要等我辈大家同时吃饭。饭罢后，即围坐谈论，证经论史，娓娓不倦，都是于学问经济有益实用的话。吃一顿饭，胜过上一回课。他老人家又最爱讲笑话，讲得大家肚子都笑疼了，个个东歪西倒的。他自家偏一些不笑，以五个指头作把，只管捋须，穆然端坐，若无其事，教人笑又不敢笑，止又不能止，这真被他摆布苦了。"[2]

据吴永观察，李鸿章平生最佩服的人就是曾国藩，开口闭口"我老师"，把曾国藩当神灵一样敬奉。

李鸿章还亲口对吴永说过这样的话："文正公，你太丈人，是我老师，你可惜未曾见着，予生也晚呵！我老师文正公，那真是大人先生。现在这些大人先生，简直都是秕糠，我一扫而空之。"[3]

至于那顿让李鸿章头痛不已的早饭，到曾国藩移师东流攻下安庆之后，也在老友欧阳兆熊的建议下取消了。此事记载在《水窗春呓》之中。

欧阳兆熊说：曾国藩一贯遵从祖父教导，向来摸黑穿衣起床，天亮响过炮后即开席吃饭。在东流时，曾国藩与我及李鸿章、程桓生、李榕等人一起吃早饭，大家深以为苦。曾国藩也知道大家的苦楚，有一次半开玩笑半认真地说："这好像是进场饭。"攻下安庆一个月后，我于九月

---

1 《庸庵笔记》，第 13 页。

2 《庚子西狩丛谈》，第 122 页。

3 《庚子西狩丛谈》，第 122 页。

初一日回湖南，曾国藩置酒饯行，席间我从容进言说："这里的人并不是不能早起，只是吃饭时间太早，实在难以下咽。现在我要回去了，能不能为众人求个情，免了这顿进场饭？"曾国藩笑着点头答应了。

欧阳兆熊回到湖南后，特意写信给李鸿章，用玩笑的语气对他说："从今以后，你们这些人不仅可以睡个好觉，而且饭也吃得香，该怎么报答我呢？古人吃饭时，必先祭祀祖先，以后每顿饭前，各位先生能不能先敬我一碗斋饭？"

李鸿章也用玩笑语气回信说："承蒙您的厚爱和关照，进场饭已经免了，实在感激涕零！只是从此以后，程桓生、李榕他们没有免费早餐可吃了，需要自起炉灶，恐怕会向您索要饭钱呢！"[1]

李鸿章此时可能已经奉命组建淮军，离开了曾国藩幕府，所以这样说。

4 曾国藩最想培养李鸿章为军事统帅

当代人讲故事，都说李鸿章进入曾国藩幕府后便掌管文书，负责向朝廷拟写奏稿，相当于文字秘书角色。实际情况并非如此。

咸丰八年十二月初十日下午李鸿章与曾国藩相见后，接下来的七八天时间里，曾国藩几乎每天下午或夜里，都要与李鸿章作长时间交谈。通过深入交谈，既可充分听取李鸿章的想法和要求，也能详细了解前些年他在安徽带兵打仗的情况，借以考察他最适宜担任何种工作，然后根据需要进行安排。这是曾国藩考察使用人才的惯常做法。

不久，曾国藩做出决定，让李鸿章回安徽组建马队，做统领带兵打仗。

十二月十九日，曾国藩给胡林翼写信，请他商请湖广总督官文奏调察哈尔马三千匹，由上驷院派员押解来湖北。曾国藩在信中不仅阐述了建立骑兵部队是办理江北军务的需要，而且能以两淮马勇之长弥补湘人

1《水窗春呓》，第18页。

之短。他还详细说明了让李鸿章做骑兵司令的原因：既有多年带兵打仗经验，又是安徽人，让其在家乡组建骑兵部队，可谓人地皆宜，事半功倍。[1]

发出此信第二天，曾国藩又给胡林翼去信，询问察哈尔都统和上驷院卿的名字，如果能够打探清楚，希望官文和胡林翼给他俩去信，婉言恳求他们挑选好马，必要的话可以公关送些人情："薄有馈诒，马匹当可择佳者。"[2]

曾国藩如此急切地想把马队组建起来，固然建立骑兵部队是办理江北军务的需要，但更重要的是能为湘军增添一个兵种，同时也能考察和检验李鸿章能否成为军事统帅。

次年正月十一日，李鸿章离开建昌，肩负使命去淮南招募马勇的第二天，曾国藩再给胡林翼写信，一方面感叹统领之才难得，一方面重点介绍李鸿章的情况，觉得他具备做统领的素质和才气："李筱泉之弟少荃名鸿章，丁未编修，其才与气似可统一军，拟令其招淮南之勇，操练马队。"[3]

然而，组建马队之事并不顺利。一是李鸿章刚来乍到，曾国藩把这一重担压在自己肩上，让他深感责任重大，从而心生畏难情绪。二是李鸿章兄弟派去颍、亳一带招募马勇的人，不仅受到地方当局阻挠，而且招来很大非议。

曾国藩对此十分感慨。咸丰九年（1859）四月十一日，他函告胡林翼："李小泉兄弟派人赴霍邱招勇者，顷已折回，彼中鼎沸，并马勇亦不能招矣。"[4]

霍邱县在清咸丰年间属安徽省颍州府管辖。

李鸿章回到曾国藩大营不久，又奉命与曾国荃率领五千余名湘军赴景德镇助剿。

---

1 《曾国藩全集·书信》，第 22 册第 733 至 734 页。

2 《曾国藩全集·书信》，第 22 册第 734 页。

3 《曾国藩全集·书信》，第 23 册第 20 页。

4 《曾国藩全集·书信》，第 23 册第 146 至 147 页。

关于此行目的，咸丰九年五月十七日曾国藩写给李鸿章的信中作了详细说明。一是让李鸿章在军事方面进一步加以历练。二是让他接触和了解湘军内部情况，发现问题及时反馈并提出改进意见。三是全面考察李鸿章，看他究竟能够胜任何种工作，以便对他有个合适安排。

曾国藩还明确告诫李鸿章：你虽然很有本事和志向，是挽救艰难时势和救助当今人世的一把好手，但世事变化无常，一个人的本事能不能体现出来，作用能不能得到发挥，志向能不能顺利实现，不仅要有合适的岗位和时机，而且要有好的运气，仿佛有命运之神在起作用，不是靠人事所能强迫的。[1]

由此可见，曾国藩开头是很想将李鸿章培养为带兵统帅的。之所以如此，一方面是李鸿章在安徽经多年军事历练又是条血性汉子，具有成为统帅的条件和潜质，另一方面是统领之才可遇不可求，极为难得。战争年代最需要将才，最难得的也是将才，所以对于来营投效者，力主文士带兵的曾国藩首先注重的是选拔统兵之才，李鸿章又是个能文能武的两栖人才，曾国藩当然会在军事方面着意培养。

李鸿章后来为什么弃武从文了呢？

一是建立骑兵部队的计划遭到清政府牵制和地方势力的阻挠而流产，李鸿章做不成骑兵司令。

曾国藩要胡林翼商请湖广总督官文奏调马匹时，虽然知道东三省马队为天下劲旅和根本所在却不敢奏调，只拟请官文出面奏调察哈尔马三千匹来鄂，但清政府最终还是担心湘军尾大不掉，只答应将马队之事交给满洲将领办理，训练骑兵将官，也先从满洲将领那儿调派军官使用。此事详见咸丰九年正月二十六日内阁奉上谕的正式答复："已谕都兴阿先于该营内酌量选派，或京营及东三省中有素所深悉之人，并着指名奏调，以资教练。将来楚军东下，如马队不敷，并可由胜保等军营酌量协拨。"[2]

由于清政府处处牵制曾国藩，安徽地方势力当然会竭力阻挠。

1《曾国藩全集·书信》，第 23 册第 177 页。
2《曾国藩全集·奏稿》，第 2 册第 291 页。

二是打下景德镇之后，曾国藩的主要笔杆子李元度身患疟疾，幕府公牍无人料理，咸丰九年六月二十八日，曾国藩不得不给李鸿章写信，要他"即日来抚相助"[1]。

"抚"即江西抚州。当年二月中旬，曾国藩从建昌移营抚州，七月中旬拔营入川。李鸿章这根现成的笔杆子，就这样顺理成章地派上了用场。

正是有了李鸿章这个替手，李元度才从文案工作中彻底脱身出来。[2]

即使如此，当咸丰十年（1860）曾国藩进兵安徽祁门，经营皖南军务后，急于扩充兵力的他，考虑到淮扬地方需有独当一面之才为之坐镇，淮扬首务又在兴办水师，以保护盐场，稳固饷源，曾国藩便于当年七月初三日呈上《遵旨兴办淮扬水师拟派李鸿章先往筹办并请简授实缺折》，奏保李鸿章为两淮盐运使。同日又附片奏保湘军水师营官黄翼升，请简授淮扬镇总兵一职。两人均为地方实缺，共同兴办淮扬水师。

当时，曾国藩幕府文案事务虽然全都"取办于国藩与少荃二人之手"[3]，工作极其繁忙，但为了让李鸿章能够顺利当上淮扬水师统帅，曾国藩多方写信，为李鸿章延请替手，接办文案。

经过努力，能够接替李鸿章工作的文字秘书虽然找到了，但不巧的是，黄翼升的淮扬镇总兵一职很快批复同意了，李鸿章的盐运使任命迟迟不见下文。有说是咸丰帝逃出了北京，没有看到曾国藩呈送的奏折，实际上是清政府不想让曾国藩掌握江北盐利。曾国藩只好继续留李鸿章于幕府，而将兴办淮扬水师的任务单独交给了黄翼升。如果不是这样，李鸿章不仅早就当上了著名的淮扬水师统帅，而且可以避免两个月之后因"李元度事件"与曾国藩闹翻。

世上事真如曾国藩说的那样，仿佛有命运之神在起作用，不是靠人事所能强迫的。

1《曾国藩全集·书信》，第 23 册第 198 页。

2 参见本书《李元度：这份报告写得有胆有识》。

3《曾国藩全集·书信》，第 23 册第 675 页。

后来，李鸿章与淮扬水师各营官有"堂属"之名，即淮扬水师各营官是李鸿章的属员，李鸿章是他们的堂官，就是这么来的。也正因为这个缘故，所以李鸿章后来做了援沪主将，曾国藩即将淮扬水师调配给他使用。这是后话，此不赘述。

5 曾国藩的"文胆"

李鸿章进入曾国藩幕府，虽是咸丰八年十二月初十日，但正式担任曾国藩文字秘书，则是第二年七月十六日。当天早上曾国藩乘船离开南昌，天黑之后，一路追来的李鸿章，才匆匆赶到停在赣江的船上与他相会。

上月二十八日曾国藩给李鸿章写信，要他来幕府担任文字秘书时，湘军大营还驻扎在抚州，李鸿章则在景德镇前线带兵打仗。景德镇离抚州并不远，但七月初七日早晨曾国藩拔营时，李鸿章并没有赶到。

李鸿章担任曾国藩文字秘书有两个阶段，一是咸丰九年七月十六日至第二年九、十月间，二是咸丰十一年（1861）六月初六日至第二年正月下旬，前一次是"李元度事件"后李鸿章负气离去，第二次是李鸿章被任命为援沪主将后脱离曾国藩幕府。咸丰十一年八月十五日，李鸿章曾请假回江西料理妻子丧事，直到九月二十四日才返回，所以李鸿章担任曾国藩文字秘书的时间，前后加起来只有二十个月左右。

对于许多新手来说，二十个月时间不仅不长，而且有可能没有完全进入角色，对于重要文件的起草，更是无法独立完成。李鸿章则完全不同。他不仅善于握笔行文，而且有着丰富的工作经历和社会经验，加之早年在京城做翰林时，就经常替安徽籍高官撰写奏折，咸丰三年以后，又在几任安徽巡抚幕府工作过，所以做了曾国藩的文字秘书后，不仅轻车熟路，优裕为文，而且很快成了曾国藩须臾不可离的笔杆子。经他之手起草的奏折和批阅的公文，无不十分得体，曾国藩对其工作十分满意，有一次竟情不自禁地当面夸赞说："少荃天资于公牍最相近，所拟奏咨函批，皆有大过人处，将来建树非凡，或竟青出于蓝，亦未可知。"[1]

曾国藩说李鸿章仿佛天生就是做秘书写公文的料，自然可以视为正常的赞誉之辞，但说李鸿章写的公私文书都有"大过人处"，则有深意在其中，否则接下来他是不会说出"将来建树非凡，或竟青出于蓝，亦未可知"这句话的。

李鸿章的"大过人处"究竟体现在什么地方？是文笔老辣，还是内容新颖？是结构独特，还是层次分明？是剑走偏锋，还是别出心裁？……笔者认为李鸿章写出来的东西，之所以能够得到公文老手曾国藩的特殊肯定和夸赞，除了具有优秀公文都必须具有的要素之外，其最大特色是"文笔老辣"和"别出心裁"八个字。

不信请看《异辞录》中这段文字："虚报战功，为随营刀笔之惯技，匪特不肖者为然也，虽贤者亦有不免焉。……及陈报军情，军中幕客令文忠（李鸿章死后谥文忠）秉笔，一挥而就。时主稿者为半通之学子，阅之不以为然，大加删改。文忠贵日，辄述及之，曰：'吾武事弗如也，而谓我握管行文，乃不若彼耶！'"

那意思是说，虚报战功是随军秘书必须掌握的看家本领，与作者个人品性好坏没有多大关系，心术不正者会这么做，正人君子也会这么做。有一次汇报军情，李鸿章接到任务后一挥而就。审稿者是个老学究，看到李鸿章的稿子有夸大事实之嫌，就认为不符合公文写作要求，脱离了实事求是原则，于是很不以为然并大加删改。李鸿章当时可能是个新秘书，没有多少发言权，所以只能忍气吞声。大富大贵以后，他常常提起此事，既是发泄胸中不满，也是讥笑那个满脑子教条的老学究："说我打仗不行，我承认，说我写东西不行，打死也不认账，难道我写的东西还不如他吗？哼！"

正因如此，《异辞录》作者刘体智接下来才会发表这通议论："盖文忠之文，素有奇气，难免有铺张之处。不通文法者，或反以为近于虚报，致成笑柄耳。"[2]

1《庸庵笔记》，第13页。
2《异辞录》，第23页。

意思是李鸿章写作公文，不仅素来文笔老辣，而且常常别出心裁，所以他写出来的稿子，难免存在渲染甚至夸张的地方，不知道变通而死守教条者，当然会觉得写得不真实，有虚报战功之嫌，却不知道破敌文书有它的特殊性，不这样写就起不到鼓舞士气和扩大宣传效果的作用，最后被有识之士所讥笑，也就势所必然。

正常情况下，虚报浮夸当然不能容忍，但在战争年代，为了鼓舞士气和扩大宣传效果，只要认真把握好一个"度"，上报战功时偶尔渲染甚至夸张一下，就不仅可以理解，而且有它的必要性。《资治通鉴》就记载说："故事：破贼文书，以一为十；国渊上首级，皆如其实数，操问其故，渊曰：'夫征讨外寇，多其斩获之数者，欲以大武功，耸民听也。河间在封域之内，银等叛逆，虽克捷有功，渊窃耻之。'操大悦。"[1]

这段文字的背景和大概意思是：汉献帝建安十六年（211）七月，曹操率部西征韩遂、马超，留曹丕守邺，国渊为居府长史。次年正月，河间（今河北献县东南）田银、苏伯等人趁机煽动幽、冀等地民众造反，曹丕下令将军贾信将其镇压。国渊撰写这次战争的破敌文书时，没有按照以往惯例"以一为十"上报歼敌人数，而是如实记载。曹操西征回来，便感到奇怪，问国渊为什么不扩大十倍上报战功，国渊回答说："征讨外寇时，扩大十倍计算歼敌数字，是为了宣扬武功，鼓动群众，扩大政治影响，但这回镇压的是内贼，所以不宜夸大。为什么呢？因为内贼越多，越证明内政不善，人心思叛。所以这次战争虽然取得了胜利，我却认为是一种耻辱。"曹操听了，十分高兴。

这段史实披露了我国古代破敌文书中的一个大秘密：战争中歼敌数字的记载不仅颇有夸大，而且不是一倍两倍，而是上十倍夸大。当然不是每份破敌文书中的歼敌数字都有夸大，如国渊撰写的这份文书，数字记载就真实可信，这要具体情况具体对待，不可一概而论。

古人在破敌文书中做这种小小的手脚，虽有邀功请赏之嫌，也会深

1《资治通鉴》，中华书局1956年6月第1版第2112页。

深误导后人，因为后人不清楚先前有这种"以一为十"的惯例，编写史书时便据以为实，所以着实误人不浅。但他们这样做的主要动机，还是出于宣传策略上的考虑，从而在当时得到了普遍认可，反之却会显得不正常。

李鸿章熟读史书，脑瓜子又机灵，平时更是好打痞子腔，后来做了秘书，受命撰写破敌文书，对历史上存在的虚报浮夸现象，自然心领神会并拿来为我所用，这可能也是他写的东西"皆有大过人处"，得到曾国藩高度赞赏的原因之一。曾国藩向来循规蹈矩，谨小慎微，但对于渲染甚至夸张战功的做法，显然也是认可的。

李鸿章的天分本来就高，又能颇得古人传统家法，"将来建树非凡，或竟青出于蓝"，也就完全可以预期了。

从曾国藩两江总督府上呈朝廷的奏折，不仅数量惊人，而且内容绝大多数属于国家军政要务，所以这些奏折"一时有天下第一奏折之称"[1]。仅书写奏折一项，任务就十分繁重，加上其他公私文书的撰写，曾国藩幕府的文字工作量究竟有多大，也就不言而喻了，没有一批公文高手专司其事，显然是不可能的。

李鸿章不仅是公文高手之一，而且是其中的佼佼者，所以他担任曾国藩文字秘书后，最主要工作就是起草奏折等公私文书，是曾国藩的主要笔杆子，也可称之为曾国藩的"文胆"。

6　参与机密，辅助决策

在曾国藩幕府担任文字秘书期间，李鸿章既掌管文案，经办奏折、咨札和函批等事务，自然不能不参与机密，并在参与机密过程中辅助决策。曾国藩所到之处，李鸿章也必定同行，是不离左右的少数几个亲信之一。

咸丰九年秋天，曾国藩带兵援蜀，行至武昌附近接到朝廷新命，让

1《唐浩明评点曾国藩奏折》序言，岳麓书社2004年1月第1版第2页。

他暂缓入川，留驻湖北，分军进剿安徽。在湖北逗留期间，曾国藩与湖广总督官文和湖北巡抚胡林翼多次会商军事，李鸿章不仅参与商谈，而且直抒胸臆，贡献了许多意见和建议，给胡林翼留下了极为深刻的印象。当年八月十八日，胡林翼写给其兄李瀚章的信中，还不忘夸奖李鸿章几句："涤帅于十二日来黄州，纵咳谈数昼夜，论天下近事殆遍。令弟少荃接谈甚密，直抒胸臆，謦咳（谈笑）如洪钟。"[1]

正是这次湖北会商，确定了曾、胡联手，共同攻打安徽。

安徽是太平天国重要根据地，既是首都天京的屏障和粮饷基地，也是主力部队陈玉成部的驻地，湘军进攻安徽，意味着主动寻求与太平军主力进行战略决战。此后，曾国藩便以攻取当时的安徽省城安庆作为湘军的战略重点和当务之急来筹划，从而为湘军也为曾国藩本人在晚清政坛上的迅速崛起找到了切入点，带来了新转机。

就在此时，朝廷任命李鸿章为福建延建邵道道员，多年媳妇终于熬成婆，李鸿章哪有不动心的？但由于工作上找不到替手，所以一时半会儿不能离去，年后准备赴任时，福建那边却已另外安排人，去了还得等候补缺，结果又未走成。

咸丰十年二至四月，太平军攻克杭州并再次踏破清军江南大营，江苏和浙江形势万分危急，朝廷上下一片慌乱，恰在此时，胡林翼借吊唁杭州城破后自杀身亡的浙江巡抚罗遵殿（安徽宿松人）之机，来到曾国藩宿松大营，与曾国藩和左宗棠等人一起，"昕夕（朝暮）纵谈东南大局，谋所以补救之法"[2]。

左宗棠是因"樊燮案"被迫离开湖南巡抚衙门后，于几天前来到宿松的。这是日后的湘、淮军四大首脑仅有的一次聚首。

他们在一起总共讨论了一个多星期，所谈内容虽事涉机密而难知其详，但不外乎纵谈当时的形势和对策，以及左宗棠的进退问题。据朱孔彰《中兴将帅别传》称，他们甚至对两江总督的新人选，也做出了非曾国藩即胡林翼的判断。

1《胡林翼集·书牍》，第 2 册第 350 页。

2《曾国藩年谱》，第 114 页。

左宗棠说："天意其有转机乎？"大家请他详细说明。左说："江南大营将歼兵罢，万不足资以讨贼，得此一洗荡，而后来者可以措手。"又问谁可当之，胡林翼抢先回答说："朝廷能以江南事付曾公，天下不足平也。"[1]

曾国藩对自己的出处也有一番猜测和心理准备。咸丰十年四月二十四日，他在《致澄弟》信中写道："东南大局一旦瓦裂，皖北各军必有分援江浙之命，非胡润帅移督两江，即余往视师苏州。二者苟有其一，则目下此间三路进兵之局不能不变。"

曾国藩谦虚地认为：即将率师前往江南挽救大局的，要么是胡林翼出任两江总督，要么是他本人担任江苏巡抚（江苏巡抚衙门驻苏州）。所以他在信中又说："余则听天由命，或皖北，或江南，无所不可，死生早已置之度外，但求临死之际，寸心无可悔恨，斯为大幸。"[2]

仅过四天，曾国藩果于四月二十八日接到了清政府让其以尚书衔署理两江总督的谕旨，并促其撤安庆之围，救苏、常之急。

李鸿章是曾国藩幕府中掌握核心机密最多的人，自然不能不参与此次宿松纵谈。咸丰十年五月初八日，在《加沈葆桢片》中，曾国藩就明确写到了这一点："四月之季胡润帅（胡林翼）、左季高（左宗棠）俱来宿松，与国藩及次青（李元度）、筱荃（李瀚章）、少荃（李鸿章）诸人畅谈累日，咸以为大局日坏，吾辈不可不竭力支持，做一分算一分，在一日撑一日，庶冀挽回于万一。"[3]

八月十一日夜间，曾国藩给李鸿章同科进士沈葆桢写信时，又专门说到前段时间李鸿章的工作表现："少荃在敝幕半年以来，巨细皆出其手，刻无暇晷。"[4]

咸丰十一年十月，钱鼎铭赴安庆乞援，请曾国藩派兵救援上海，也是曾国藩与李鸿章单独商量多次之后决定下来的。

1《中兴将帅别传》，岳麓书社 2008 年 11 月第 1 版第 10 页。

2《曾国藩全集·家书》，第 20 册第 485 至 486 页。

3《曾国藩全集·书信》，第 23 册第 564 至 565 页。

4《曾国藩全集·书信》，第 23 册第 703 页。

据十月十六日曾国藩日记记载，十月十六日钱鼎铭来到安庆哭救当天，曾国藩就与李鸿章长时间商量过一次。但这次商量没有任何结果。

十九日，曾国藩又与"少荃商救援江苏之法，因钱荇甫（钱鼎铭号调甫）鼎铭来此请兵，情词深痛，不得不思有以应之也"。

这天的商量虽取得了明显进展，但还是拿不出具体方案，所以二十一日钱鼎铭再来曾国藩办公室，声泪俱下，叩头乞求，曾国藩也只能"愧无以应之"。[1]

直到二十二日晚上，曾国藩来到李鸿章办公室，与钱鼎铭共同商议救援之法，才总算拿出了一个救援方案，就是由曾国荃带万余人前往，并要求他明年正月务必赶到安庆（当时曾国荃已返乡），然后带兵乘船前往上海。只是曾国藩表示，曾国荃非至次年二月不能成行。

这个方案后来虽因主将难定而屡有变动，但派兵援沪的决定再没有动摇过。

钱鼎铭到安庆请援第六天，就让曾国藩做出这个重大决定，可谓敏速。这固然是基于政治、军事、经济等实际利益的考量，尤其是上海财货让曾国藩动了心，但钱鼎铭的苦苦哀求和李鸿章的积极进言献策，也起了相当重要的作用。这一点后面还会详写。

7 一言定是非

上面写到的三件事，确能表明李鸿章在参与机密、辅助决策过程中贡献了自己的意见和建议。咸丰十年春夏之交，曾国藩和胡林翼考虑要不要撤安庆之围时，一度十分犹豫，很难达成统一意见，沉吟不决时，多亏李鸿章主动谈了自己的想法，曾国藩才豁然开朗并下了最后决心。在这件事情上，李鸿章可以说起到了一言定是非的作用。

咸丰十年五月初十日的曾国藩日记是这样写的："与希庵（李续宜）熟论安庆、桐城两军应否撤围，约沉吟二时之久，不决。中饭后得少荃

1《曾国藩全集·日记》，第17册第218至219页。

数言而决。因写信与胡中丞（胡林翼），定为安庆、桐城二军皆不撤动，青草塥希庵之军亦暂不动。如贼由山路犯楚，必俟其破霍山，破六安州，希庵乃入山内御之云云。"[1]

曾、胡去年联手图皖，确定四路进兵之局，诚然要夺取安庆和庐州地区以打开进攻金陵的大门，但主要还是想歼灭太平军的主力陈玉成部，解决战争胜负问题。他们为此将安庆地区的湘军兵力一分为三，以曾国荃一支弱军围城（在后来的实战中，曾国荃部借助壕墙之力，也变得越来越强），以多隆阿、李续宜两支强军打援，将整个战役重点放在围城打援，攻其必救，以消耗陈玉成的有生力量上。

然而，正当湘军按计划顺利进围安庆之时，太平军再破清军江南大营，朝廷连日督促曾国藩撤安庆之围，火速驰赴下游，以救苏、常之急。为解安庆之围，太平军也发动了第二次西征，两大主力李秀成和陈玉成部南北呼应，威胁武汉。

曾国藩虽然拒不接受朝廷命令，坚持围攻安庆的原计划不变，但又不能不根据形势变化，对整个兵力部署进行调整。

原来的兵力部署是：曾国荃围攻安庆；多隆阿驻守桐城挂车河一线作为打援主力，为第一路防兵；李续宜驻青草塥策应各路，为第二路防兵；余际昌驻霍山为第三路防兵；鲍超扎机动位置为第四路防兵。

调整后的兵力部署是：曾国藩带兵进驻皖南，以图江、浙；胡林翼留驻湖北英山，指挥各军攻打安庆。同时决定：主攻安庆的曾国荃一军交给胡林翼指挥，仍然担负围攻安庆任务；原属湖北的鲍超部交给曾国藩调遣，会同张运兰、朱品隆各军随曾渡江，实施"南援"计划。

曾国藩日记还写道：他打算带李续宜一军南渡，五月初十日听取李鸿章意见后，才改为"青草塥希庵之军亦暂不动"[2]。

做出这种调整的主要意图是：既要坚持围攻安庆，又须摆出进军皖南以救下游的姿态，以应付清政府和苏南民众的责难。

然而这样一分兵，对湖北方面的不利影响显而易见。按照原定方

1《曾国藩全集·日记》，第17册第49页。

2《曾国藩全集·日记》，第17册第48页。

案，第三路防区余际昌部虽然较弱，但由于李续宜和鲍超两军皆有机动作战能力，有事尚可及时补救，鲍超调走后，不仅第四路防区无兵可守，而且第三路防区有事也无可补救，胡林翼于是生怕陈玉成从鄂皖交界的六安、霍山山区（也就是第三、四路防区）打进湖北，以致"后院"失火，武汉告急，从而引起曾、胡两人在兵力部署和战役指挥上的重大意见分歧。

为了弥合裂缝，寻求理想解决方案，曾国藩和胡林翼不仅反复函商办法，而且安排李续宜从青草塥赶来宿松，与曾国藩当面商谈军机。

李续宜是咸丰十年五月初六日赶到宿松的，直到初十日上午，两人虽经多次商谈，但都没有找到妥善解决办法。当天吃过中饭之后，多亏李鸿章数语点拨，他们才豁然开朗并达成一致意见。曾国藩马上给胡林翼写信，将商谈结果告诉他：陈玉成要救安庆，必从第一路和第二路防区而来，不会走第三路和第四路，因为霍山至英山全是山区，崇山峻岭，羊肠小道，不宜大部队行动，非万不得已，陈玉成断不敢做此冒险之事。湘军万一失算，太平军从第三、四路进兵，也不要紧，担任策应任务的李续宜部完全可以救援到位，所以不必忧虑。

李鸿章为此提出建议：取消李续宜一军南渡计划，留驻青草塥策应各路，曾国藩欣然予以采纳。

在信的末尾，曾国藩还不忘写上一句话："其云贼非万不得已，不由第三路、第四路来者，则少荃（李鸿章）之说，而侍（我）与希庵（李续宜）深以为然者也。伏祈采择施行。"[1]

李鸿章点拨的几句话，意思虽然十分简单，却苦恼了曾国藩和胡林翼很长时间，真是真理不点不明，响鼓不敲不响。李鸿章这样一说，胡林翼自然吃了定心丸。后来的事实果真是陈玉成不敢从第三、四路进兵，可见李鸿章的谋议能力是多么出众，而其中的关键，又是他对鄂、皖交界的山川地貌十分熟悉和了解，否则无论如何不敢出此奇策。

1《曾国藩全集·书信》，第23册第571至572页。

8　过人的行政才干和高超的政治手腕

作为曾国藩的高级幕僚和主要谋士，李鸿章的另一项重要任务是为幕主策划、办理军政要务。也就是遇有重大军政事务，主动为曾国藩拿出策划方案。在此方面，李鸿章同样有着很高的天赋和不俗的表现。

咸丰十年秋天，英法联军攻占天津，接着向北京推进，不久直逼北京城下。咸丰皇帝逃往热河途中，给驻扎在安徽祁门的两江总督曾国藩下了一道圣旨，要他速派鲍超率部勤王，交给胜保调遣。这道圣旨是军机处八月十一日六百里加急发出的，八月二十六日凌晨之前送达曾国藩手中。

鲍超是湘军一员悍将，他指挥的部队称为霆军，是湘军的劲旅，很有战斗力。靠湘军起家的曾国藩，视兵权为命根子，当然不想让朝廷抽走这支精锐，把鲍超这样的猛将交给满族权贵指挥。再者，当时随曾国藩渡江进军皖南的部队当中，鲍超一军是绝对主力，他一走，曾国藩几乎无兵可用。

更让曾国藩有苦难言的是，接到圣旨的头一天，李元度兵败徽州，祁门大营险情不断。此时的曾国藩，自身安全无法保障，身家性命吉凶未卜，哪有心思发兵勤王？

可是，北上勤王毕竟是臣子应尽职责，抗击外国侵略者也是每个中国人的神圣使命，托词推诿，拒不发兵，不仅将背上对朝廷不忠的罪名，而且势必遭到社会舆论严厉抨击，曾国藩不能不认真掂量。

此事让曾国藩伤透了脑筋，他连续几天"竟夕不寐"[1]。

曾国藩决定集思广益，请幕僚们充分发表看法，同时四处写信，找人谈话，广泛征求意见。

大多数幕僚主张派鲍超勤王，只有少数人认为将在外君命有所不受，因而反对发兵。曾国荃更是写来一封"满纸骄矜之气，且多悖谬之

---

[1]《曾国藩全集·日记》，第 17 册第 80 页。

语"的家书。曾国藩阅后大光其火。[1]他在信中显然痛骂了清政府。在如今的《曾国荃集》中，此信自然看不到了。

这时李鸿章却别出心裁提出了一个全新方案。他认为：英法联军已在北京城下，以他们的实力，破城而入是朝夕之事，湘军千里迢迢派兵北上救援是远水不解近渴，不仅于事无补，而且徒劳无益。再说，英法联军即使打进了北京城，最终无非是和朝廷"金帛议和"了事，不可能和满族人抢皇帝做，真正威胁清王朝统治的是太平军。但是，救君父之难是臣子义不容辞的职责，抗旨不遵既不明智，也有犯上嫌疑，万万使不得，社会舆论乃至后世史评也令人惧怕。

李鸿章于是给曾国藩出主意说：我们不妨采取"按兵请旨，且无稍动"的办法来应付。过几天再给皇帝上一道奏折，说鲍超只是一员战将，不是方面之才，位望和能力都不够担当援兵统帅的重任，所以请朝廷于曾国藩本人和湖北巡抚胡林翼之中选择一人为主帅统兵北上，护卫京畿。而奏折来往需时，曾国藩所接圣旨已在路上走了半个月，这里再耽搁数日复奏，等奏折送达热河皇帝手上时，又要半个多月，在这一来一往一个多月时间里，形势肯定发生了变化，已经不再需要湘军北上了。

这的确是个两全其美的好主意，曾国藩欣然采纳。九月初五日下午，他亲自起草了回复朝廷的奏折："应恳天恩，于臣与胡林翼二人中饬派一人带兵北上，冀效尺寸之劳，稍雪敷天之愤。非敢谓臣与胡林翼二人遂能陷阵冲锋，杀敌致果也。特以受恩最深，任事已久，目前可带湘、鄂之勇，途次可索齐、豫之饷，呼应较灵，集事较速。鲍超虽号骁雄之将，究非致远之才，兵勇未必乐从，邻饷尤难应手。纵使即日饬令起程，而弁勇怀观望之心，途次无主持之人，必致展转濡滞。"[2]

十月初四日和初七日，曾国藩分别接到朝廷发出的两道新指示。初四日的谕旨是："现在京师兵勇云集，抚议渐可就绪。皖南正当吃紧，鲍超一军着无庸前来。即饬令该镇与张运兰迅克宁郡，力扫贼氛，是为至

1《曾国藩全集·家书》，第20册第520页。
2《曾国藩全集·奏稿》，第2册第588页。

要。"[1] 初七日的谕旨是："据曾国藩奏请于该大臣与胡林翼二人中，钦派一人带兵北上一折。现在㖞、咈两夷，已于本月（九月）十一、十二等日互换和约，抚议渐可就绪，且徽、宁相继失守，舒、桐方议进兵，皖南、北均当吃紧之时，该大臣一经北上，逆匪难保不乘虚思窜，扰及完善之区，江西、湖北皆为可虑。曾国藩、胡林翼均着无庸来京。至鲍超一军，昨已谕知曾国藩，饬令迅克宁郡，无庸前来。"[2]

曾先后做过胡林翼和李鸿章幕僚的桐城派作家徐宗亮，在《归庐谈往录》一书中，绘声绘色地记载了这件事："庚申淀园（即圆明园）之变，曾文正、胡文忠二公皆议入卫，而诸军深入皖境，分驻大江南北，进退均难。集文武参佐，各立一议，多以入卫为主。合肥相国时在文正幕中，独谓夷氛已迫，入卫实属空言，三国连衡，不过金帛议和，断无他变，当按兵请旨，且无稍动。楚军关天下安危，举措得失，切宜慎重。二公是之。既而事定，奉毋庸入卫之旨，均如合肥相国所议，二公益交重之。当时幕中辑有《北援议》一册，参互而观，可见两府人材之盛。"[3]

李鸿章的主意不仅帮了曾国藩大忙，而且让曾国藩看到了他过人的行政才干和高超的政治手腕。

9 "祁门移军"之争

更使曾国藩对李鸿章刮目相看的，还是"祁门移军"之争。

咸丰十年初，清军江南大营被太平军一举击溃，苏、浙形势万分危急，朝廷连下八道命令催促曾国藩率部援救，并授予他两江总督实职。为配合朝廷援苏、援浙要求，曾国藩把湘军大本营从安徽宿松搬到皖、浙、赣三省交界处的祁门县，李鸿章却大不以为然。他说那个地方像个锅底，兵家将这样的地方称为绝地，如果把大营建在这里，等于自寻死

1《曾国藩全集·奏稿》，第 2 册第 589 页。

2《曾国藩全集·奏稿》，第 2 册第 592 页。

3《归庐谈往录》，台湾文海出版社 1972 年 3 月初版第 41 页。

路，从战略上看十分危险，必须赶紧离开。[1]曾国藩没有听从，李鸿章再三陈说。受李鸿章移军思想影响，湘军上下要求曾国藩移师的呼声日渐高涨。

曾国藩执意驻守祁门，主要由下列因素促成。

一是曾国藩认为，祁门地连皖、浙、赣三省，皖南东部又与江苏接壤，战略地位十分重要，目前不仅可阻太平军由浙、赣两省进援安庆之路，力保湘军粮饷重地江西、湖北以及老家湖南的安全，而且将来可为进兵苏南张本。咸丰十年五月十四日，曾国藩《致澄弟》信中就是这样说的："余于十五日赴江南，先驻徽郡之祁门，内顾江西之饶州，……保江西即所以保湖南也。……若此次能保全江西、两湖，则将来仍可克复苏、常。"[2]

二是曾国藩有意做给朝廷看，以表明自己坚决执行朝廷命令的态度。咸丰十一年三月初七日，曾国藩《复左宗棠》信中，就是这样说的："弟初奉江督之命，奏明从皖南进兵入吴，旋奉督办皖南之命，又奉江南大帅之命。是江南与皖南，弟之汛地也。"[3]既然如此，怎么能出尔反尔，离皖南而去呢？

三是曾国藩认为，当此"军心动摇之际"，大营一旦移动，势将造成军民纷乱，出现大溃局面，还不如暂时固守祁门，"以待事机之转"。咸丰十年十一月十九日写给左宗棠的另一封信中，曾国藩为此做过详细解释："移营之说，此间众口一词。弟（曾国藩谦称）思之至熟：此时率鲍（鲍超）赴婺，计已落贼之后；且军心摇动之际，弟若轻动，则军民纷乱，米盐无买，各军皆不方便；不若弟与凯章（张运兰）主守，公（左宗棠）与春霆（鲍超）主战，以待事机之转。"这自然可以视为曾国藩的由衷之言。[4]

很显然，李鸿章建议移军完全着眼于军事，曾国藩死守祁门则是

1《庸庵笔记》，第13页。

2《曾国藩全集·家书》，第20册第489页。

3《曾国藩全集·书信》，第24册第256页。

4《曾国藩全集·书信》，第24册第70页。

兼顾政治。在曾国藩看来，军事当然必须服从政治。正因如此，所以不管什么人劝他移军，他都固执不听，说得多了，说不定还会被他嘲笑一顿。

欧阳兆熊的《水窗春呓》就记有这么一条："文正困于祁门不肯移营，幕中人皆以祁门非应殉节处谏之，文正笑曰：'何根云去常州时，大约左右亦如此说耳。'众为默然，无以难也。"[1]

何根云即何桂清。咸丰十年闰三月，太平军兵指常州时，吓破了胆的两江总督何桂清决心出逃（两江总督府当时驻常州）。常州百姓跪在他面前，流泪恳求其留下守城，何桂清不仅不听，反而命令亲兵枪杀十余人。何桂清逃往上海，两年后被清政府处死。

曾国藩只是嘲笑还算客气，有一次李鸿章再劝曾国藩移军，曾国藩居然十分气愤地公开声称说："你们要是胆小怕事，都离开好了！"[2]

不久，李鸿章果然因其他原因负气出走。

李鸿章虽然离开了曾国藩，但并未割断与曾国藩的联系，他多次直接写信劝说，或请胡林翼恳劝曾国藩从祁门"及早移军"，胡林翼不仅支持李鸿章的主张，而且咸丰十一年三月十二日给曾国藩写信时，还说李鸿章之议"颇识时务"。[3]

不过胡林翼不主张曾国藩迁往南昌或九江，而是应该迁往湖口或东流。

曾国藩好友欧阳兆熊则给他写信说："公为两江总督，两江之地皆其地，何者谓之进？何者谓之退？愚谓祁门居万山之中，况是绝地，不如退至东流，兼顾南北两岸，亟应早为定计，何必以退为耻乎？"[4]

咸丰十一年三月十九日一大早，曾国荃也从安庆前线派人送来一封"情词恳恻，令人不忍卒读"的信件，用近乎哀求的口气请大哥迅速移军东流或建德。曾国藩读后大为感动，在三月二十一日的日记中如是写

1《水窗春呓》，第3页。

2《庸庵笔记》，第13页。

3《胡林翼全集》中册，大东书局1936年2月初版第179页。

4《水窗春呓》，第3页。

道："读《出师表》而不动心者，其人必不忠；读《陈情表》而不动心者，其人必不孝；读弟此信而不动心者，其人必不友。"[1]

更让曾国藩深切感到李鸿章是真心诚意为他着想的是，在太平军攻击之下，祁门大营危如累卵，一日数险。有一次太平军前锋距祁门大营仅有八十里，形势岌岌可危，在祁门坐以待毙的曾国藩再次写遗嘱交代后事。全军濒于瓦解之际，曾国藩身边人员"凡前言祁门可屯者"，此时也"皆更请国藩亟去"。[2]

曾国藩这才下决心将两江总督衙门从祁门山区搬迁到长江边上的东流，并对李鸿章的战略眼光殊为欣赏。

10 负气出走

"祁门移军"之争裂痕尚未弥合，李鸿章与他的老师曾国藩又因"李元度事件"矛盾再起，可谓一波未平，一波又起。此事终于导致李鸿章负气出走。

李元度是曾国藩的老秘书。早在曾国藩奉命回乡办团练时，在湖南做教谕的李元度就加入曾国藩幕府，参赞军务，患难相从。在曾国藩众多幕僚中，除刘蓉、郭嵩焘这些老朋友，以及吴坤修等其他几个在湘工作的人，就数李元度的资历最老了。尤其是在湘军最初屡打败仗，曾国藩几次被人"打落门齿"之时，刘蓉、郭嵩焘等人都不肯出来相助，勉强拉出来后也很快借口离去，唯有李元度忠心耿耿，不离不弃，与曾国藩患难与共度过了七八年艰难岁月。王闿运《题铜官感旧图》所写"刘郭仓黄各顾家，左生（左宗棠）狂笑骂猪耶"[3]，指的就是此事，李元度的忠诚和支持，无疑比金子还珍贵，对事业初创时期的曾国藩实在太重要了。

曾国藩不仅得到李元度的坚定支持，而且在曾国藩两次轻生的紧要

1《曾国藩全集·日记》，第 17 册第 148 页。

2《湘军志·曾军后篇第五》，第 58 页。

3《铜官感旧图题咏册》，第 671 页。

关头，都是李元度苦苦劝阻，李元度因此称得上曾国藩的救命恩人。

然而李元度擅长文笔却缺乏军事本领，曾国藩也深知其不是统军之才，却出于私情荐举他担任皖南道道员，领兵驻防徽州（治今安徽歙县）。

徽州是皖南通往浙江、江西的要道，也是湘军大本营祁门的东大门，军事地位十分重要。太平军进攻的时候，李元度违反曾国藩坚壁自守指令，擅自出城迎战，结果一触即溃，徽州陷落，大门洞开，祁门因此丧失防守的前哨阵地，直接暴露在太平军面前。

李元度乱中逃生后，在浙、赣边境游荡，经久不归。后来虽然回到祁门，却不束身待罪，不久又私自离去。曾国藩悔恨交加，一气之下决定具疏严参，以明军法，并自劾用人不当，请求处分。

李鸿章受命撰写弹劾文书，不仅拒绝起草，而且率众坚决反对，理由是李元度失败的根本原因是曾国藩用人不当。他还说李元度"到防不数日，猝遇大敌，守无备之城，又数日而陷，非其罪也"。如果因为李元度"不遽回祁门加以严劾"，是无论如何说不过去的。[1]

总之在李鸿章看来，李元度是个典型的读书人，豪言壮语颇多，带兵作战能力较差，不是一位将才，曾国藩也深知李元度的短处，却派他领着一支数量不多且是新招募的部队防守兵家重地徽州，兵败后又要严词纠参，这是毫无道理的。况且李元度在曾国藩最困难的时候有恩于他，因此于公于私都不能做得太绝情。

曾国藩则认为私情不能代替军纪，李元度违令失城如果不究，将来人人效法，湘军军纪如何维持？因而坚持弹劾。

两人谁也说服不了谁，一时心急，难免情绪失控。

李鸿章来了脾气，说："如果一定要弹劾，门生不敢起草！"

曾国藩一听火冒三丈，说："我自己会写！"

李鸿章想不到老师会说出这种绝情的话来，也就无所顾忌地说道："若是这样的话，门生亦将告辞，因为留在这里已经毫无意义，只能离恩师而去了！"

1《李鸿章全集·信函一》，第 29 册第 359 页。

正在气头上的曾国藩也失去了冷静，说："脚在你身上，想走就走！"[1]

如果说"祁门移军"之争只是停留在工作意见相左的层面上，那么，因"李元度事件"而产生的分歧和对立，两人针尖对麦芒，谁也不让谁，就分明是意气用事了。

两人已经把话说死，谁都不愿意首先服软，李鸿章面前只有出走一条道可走。

按照李鸿章同科进士兼好友郭嵩焘《玉池老人自叙》中的说法，李鸿章"愤然求去"时，曾国藩觉得去年没让李鸿章当上延建邵道道员，有些亏欠他，现在不能再耽误其前程，也就顺水推舟，"立遣之行"。[2]

然而李鸿章并没有立刻离去，曾国藩也没有像郭嵩焘说的那样立刻打发他走，双方似乎都有所等待。至于等待什么，因为找不到确凿史料，所以笔者不敢乱猜。

不过同治四年（1865）正月十四日李鸿章写给另一位同科进士兼好友沈葆桢信中的一句话，对于解开这个谜团或许有些参考作用：当曾国藩决定严劾李元度之后，李鸿章"力争月余不可，次青（李元度）复舍而他往，更激揆帅（曾国藩）之怒"[3]。

那意思似乎是说，李鸿章没有马上离去，是在不断做曾国藩的工作，等待他"回心转意"，后来李元度不仅不认错，反而拂袖而去并投靠曾国藩的政敌王有龄，从而更加激怒了曾国藩，这才将李鸿章的退路彻底封死。

这虽是李鸿章的一面之词，难以完全相信，但他没有马上离去则是实情。

就在李鸿章打定主意离去而没有离去的咸丰十年九月二十八日，曾国藩收到胡林翼来信，其中夹带了一封给陈鼐的密函，陈鼐前几天去了江西，一时回不来，曾国藩怕有急事被耽搁，就一并拆开看了。密函

1《庸庵笔记》，第 14 页。

2《郭嵩焘全集·文集》，第 15 册第 759 页。

3《李鸿章全集·信函一》，第 29 册第 359 页。

中胡林翼说道：在湖南家乡，曾国荃的口碑特别差，许多人对他有看法，在如今这样的乱世，这是非常危险的事情，希望陈鼐找机会跟曾国藩说说，让他管管曾国荃。看过此信后，曾国藩迷惑不解："陈鼐到幕府近一年之久，从没有听他说过曾国荃什么不是，信中所言究竟何事呢？"曾国藩于是找到李鸿章，向他打听陈鼐私下里是否议论过曾国荃。陈鼐是李鸿章同科进士兼好友，两人平日里无话不谈，而陈鼐加入曾国藩幕府后，曾到曾国藩和胡林翼家乡看过风水。李鸿章于是如实回答说，陈鼐曾经说过曾国荃在家乡口碑不好。曾国藩进一步询问细节。李鸿章说，曾家强占同乡洪氏猫面脑墓地，洪氏家族很不服气，在外面大造舆论，对曾家极为不利。李鸿章因此力劝曾国藩另觅墓地，以消患于无形。还说曾国荃在家乡盖新屋，规模宏大，结构壮观，人们都说像会馆。曾国荃还强行砍伐人家坟地上的大树做屋梁，引起乡亲愤怒。曾氏子弟有人染上了荡佚浮靡之风，整日游手好闲，吹拉弹唱，在家乡影响也非常不好。曾国藩听后深感不安，既觉得自己"德薄能鲜，忝窃高位，又窃虚名，已干造物之忌"，又为"家中老少习于骄、奢、佚三字"而"实深悚惧"。[1]

九月二十八日李鸿章既然还在曾国藩幕府，他的离去自然不会早于此日。另外，李鸿章与曾国藩闹意气后已经决定离去，曾国藩也没有挽留，但从九月二十八日两人谈话的平和气氛和深入程度看，他们并没有完全撕破脸皮，双方似乎都留有回旋余地，这是可以肯定的。

咸丰十一年正月十五日曾国藩《复李鸿章》信中写到的一段话，可以证实这个判断不谬："比（副词，"近来"的意思）棋子散落不全，请代买一付，阁下自行带来。去冬托王霞轩（王必达）买袍褂料十付，除赏玉山诸将外，所存无几，请再买二十付，交委员搭解来营，或线绉江绸，或摹本缎，或大呢，皆须好者。近来营中将领眼眶大，下等衣料不足激发之也。"[2]

那意思分明是说：数月前李鸿章离开祁门时，不仅没有跟曾国藩撕

1《曾国藩全集·日记》，第17册第88至89页。
2《曾国藩全集·书信》，第24册第136页。

破脸皮，而且说了会再回来，离开以后，两人不仅没有中断联系，而且李鸿章继续在为曾国藩办事。

李鸿章接信后，不敢懈怠，马上按吩咐买好东西寄去："顷已商同万牧、永熙代购袍褂料二十付，内摹本缎十付，江绸五付，线绉五付，……均即包扎交解饷委员孙令带呈。"[1]

这大概就是李鸿章这匹"好马"能够吃"回头草"的原因所在吧！

老话说：做人留一线，日后好相见。朋友、同事、部属之间闹意气不可怕，怕就怕双方失去理智把话说死、把事做绝。

11　好马也吃回头草

李鸿章离去时虽未撕破脸皮，此后不久湘军祁门大本营却日益受到太平军威胁，曾国藩手下工作人员"亦将行李置舟中"，做好了随时逃命的准备，李鸿章早不走晚不走，偏偏此时赌气离去，自然使得人心更加浮动，所产生的负面影响确实不小。曾国藩不仅觉得李鸿章不明大义，不达事理，而且认为李鸿章在自己最困难时借故离去，是一个"难与共患难"之人。[2]

此事也使李鸿章愤怒异常。他对胡林翼说，自己原来认为曾国藩是豪杰之士，能够容纳各种不同意见和人物，如今才知道并非如此。[3]

此事对两人的伤害虽然很深，但他们的关系毕竟不一般，事后冷静想想，又经朋友从中调和，于是都产生了悔意，都有重新和好的愿望。咸丰十年十二月十五日，在《上曾制军》信中，李鸿章写道："鸿章适以事归，不获亲与执事载笔之末，忧愧莫名。"[4] 首先表达了悔意并作了诚恳检讨。

李鸿章离开祁门之后，本打算去福建就任延建邵道，为此特意写信

1《李鸿章全集·信函一》，第29册第45页。

2《水窗春呓》，第2页。

3《异辞录》，第20页。

4《李鸿章全集·信函一》，第29册第30页。

征求沈葆桢的意见。沈葆桢是福建人，对家乡情况十分了解，他设身处地为李鸿章着想，并为之提供福建那边的实情："闽事糜烂，君至徒自枉其才耳。"因而力劝其放弃这一想法，重回曾国藩幕府。李鸿章于是长期滞留江西，未去福建上任。

郭嵩焘也写信劝李鸿章说："此时崛起草茅，必有因依。试念今日之天下，舍曾公谁可因依者？即有拂意，终须赖以之立功名。"也力劝其返回曾国藩身边。

李鸿章环顾左右，觉得当今能够"因依"而"赖之以立功名"者，的确只有曾国藩一人，于是"怦然有动于心"，萌生了吃"回头草"的想法。[1]

对李鸿章极为欣赏的胡林翼，更是一边写信恳劝他回到曾国藩身边："阁下将来一定大富大贵，但有个前提条件是不能离开曾国藩，你不依靠曾国藩，怎么能够取得进步？"一边致信曾国藩，促其召回李鸿章加以重用："李鸿章这个人迟早会一飞冲天，没有人能够阻挡他飞黄腾达的脚步，不如带领他一起前进，还可以壮大我军的力量。"[2]

李鸿章于是听从朋友们的劝告，决定重返曾国藩幕府。

在曾国藩方面，看到李鸿章出走之后，很快产生悔意并依然深情关注自己的安危，还通过各种渠道和方式做工作，力劝其离开祁门，自然也被他的真情所感动并决定移师东流。

李鸿章确实比较幸运，有一帮子能够设身处地为他着想的朋友，否则不可能这么快就产生悔意并下定决心回到曾国藩身边。

很想再回曾国藩幕府的李鸿章，看到湘军进攻当时的安徽省城所在地安庆并连获胜仗之后，便抓住时机向曾国藩写信致贺。

以曾国藩的历练，一看便知此举是李鸿章回心转意的试探，于是捐弃前嫌，写信邀其回营："若在江西无事，可即前来。"[3]

不巧的是，因妻子患病，李鸿章耽误了动身时日。

1《郭嵩焘全集·文集》，第 15 册第 759 页。

2《异辞录》，第 21 页。

3《庸庵笔记》，第 14 页。

曾国藩可能不知内情，便于咸丰十一年五月十八日再给李鸿章写了一封让他不得不来的书信："阁下久不来营，颇不可解。以公事论，业与淮扬水师各营官有堂属之名，岂能无故弃去，起灭不测？以私情论，去年出幕时，并无不来之约。今春祁门危险，疑君有曾子避越之情；夏间东流稍安，又疑有穆生去楚之意。鄙人遍身热毒，内外交病，诸事废阁，不奏事者五十日矣。如无穆生醴酒之嫌，则请台旆速来相助为理。"[1]

信中写到的两个典故，"曾子避越"出自《孟子·离娄下》，"穆生去楚"出自《汉书·楚元王传第六》。

"曾子避越"故事说：受武城大夫聘请，曾子来到武城（故城在今山东费县西南）教书。越国军队来侵犯，有人问曾子："越国人打来了，何不离开这里？"曾子说："好吧！不要让人住进我屋里，毁坏那些树木。"越国撤军后，曾子又说："修葺好我的房屋，我要回去了。"越军走后，曾子果然回到了武城。左右人说："武城官员待先生这样忠诚恭敬，敌人一来您先走开，给民众做了一个坏榜样；敌人一退您就回来，这恐怕不可以吧。"曾子弟子沈犹行回答说："其中道理你们不懂。从前先生住在我那里，遇到一个叫负刍的人作乱，随从先生的七十人，也都跟着先生走了，没有人参与平乱。"孔子孙子子思住在卫国时，齐国军队入侵，有人说："齐国人打来了，你何不离开呢？"子思说："我如果离开了，卫君和谁一起守城呢？"孟子说："曾子和子思的主张是相同的。曾子是老师，是父兄一样的前辈；子思是臣子，是地位较低的官员。曾子和子思如果互换角色，也会做出同样的选择。"孟子的意思是说：遇到敌国入侵和乱民造反，官员和军队有抵抗和平叛的责任和义务，平民百姓尤其是知识分子却要尽早离开，不要留下来做动乱的殉葬品。[2]

"穆生去楚"故事说：刘邦同父异母的弟弟刘交小时与申公、穆生、白生一起上过学，被封为楚王后，就任命他们三人为中大夫。穆生酒量

1《曾国藩全集·书信》，第 24 册第 421 至 422 页。
2《孟子》，江西人民出版社 2017 年 6 月第 1 版第 204 页。

小，刘交每次设宴都要特意为穆生准备一些甜酒。等到刘交的儿子刘郢客和孙子刘戊做了楚王，举行宴会时也会为穆生特备甜酒。但过了一段时间后，刘戊的态度慢慢变了，举行宴会时常常不再为穆生准备甜酒。穆生退出宴席，说："应该离去了！不特备甜酒，说明楚王对我的尊重不如从前；再不离去，楚王将会给我戴上刑具在街市上示众。"穆生从此声称有病，不再出来办公。申公、白生极力劝他继续为楚王效力："你就不念先王的恩德吗？楚王现在礼貌稍衰，你就这个态度，何必呢！"穆生说：《易经》说：'知道预兆的神妙吗？预兆是事情发生前所显示出来的迹象，可以让人知道吉凶何时来临。君子明察事物细微的倾向而见机行事，不要事到临头才寻求对策。'先王礼待我们三人，是他心中有道义；楚王现在怠慢我们，是他忘了道义，怎么能和忘记道义的人长期共处，哪里是我斤斤计较礼节呢？"穆生于是找个借口离开了楚国，申公和白生留下来了。楚王刘戊后来逐渐荒淫残暴，并与吴王刘濞通谋，准备作乱（即西汉历史上的"吴楚七国之乱"）。申公、白生进言劝谏，刘戊不仅不听，还将他俩罚为罪徒，让他们穿着赤褐色囚衣，在街上卖苦力。申公和白生后来的遭遇，果然应验了穆生的预言。[1]

曾国藩将"曾子避越"和"穆生去楚"两个故事连在一起写，意思是说：今年春天祁门危险的时候，李鸿章不回来，虽然会怀疑他跟曾子避越一样，是为了躲避战乱，但尚且能够理解；夏天移军东流以后，危险已经过去了，李鸿章还迟迟不来，就不得不让人怀疑他有穆生去楚之意，是怪自己对他礼数渐衰或者认为自己不讲道义，才不打算再回来。

这封信算是给足了李鸿章面子。尽管妻子尚在重病之中，李鸿章还是决定抛妻别女（李鸿章当时没有儿子，只有两个女儿），先回曾国藩幕府上班，于咸丰十一年六月初六日赶到湘军东流大营，两个月之后妻子去世，李鸿章再请假回江西料理丧事。

李鸿章赴曾营途中，五月二十三日路过江西万年县，恰逢父亲六周年忌日，于是写诗寄二女及诸兄弟，道尽了内心酸甜苦辣的感受。其中

1《汉书》，中华书局 1962 年 6 月第 1 版第 7 册第 1923 至 1924 页。

《示女诗》是这么写的：

> 半生失计从军易，四海无家行路难。惟有娇痴小儿女，几时望月泪能干。
>
> 阿爷他日卸戎装，围坐灯前问字忙。天使诗人卧泉石，端教道韫胜才郎。[1]

李鸿章回来后，曾国藩对他"礼貌有加于前，军国要务，皆与筹商"[2]。意思是曾国藩对李鸿章更加客气和尊重，军国要务都与他商量，说明曾国藩对李鸿章这匹吃"回头草"的"好马"，没有任何生分和歧视，更没有打入冷宫，而是照常欣赏和重用。

之所以如此，一方面是曾国藩十分看重李鸿章的能力，特别重视和珍惜他这个人才，另一方面是李鸿章能够以个人的进退坚守自己立场的刚毅性格，曾国藩也是颇为欣赏的。

吴汝纶后来撰写李鸿章《江苏建专祠事略》，是这样评价李鸿章带头反对曾国藩弹劾李元度一事的："曾国藩性情坚重，谋定不变，其疏劾李元度，李鸿章尝以去就力争。曾国藩前后幕僚，多知名之士，其能争议是非者，李鸿章一人而已。"[3]

吴汝纶所说虽不全是事实，但他对李鸿章敢于冒犯领导权威、大胆提出反对意见的表现，同样予以肯定，这是显而易见的。

后来的事实充分证明，李鸿章重返曾幕不仅十分正确，而且绝对英明，从而彻底颠覆了"好马不吃回头草"这句俗语的合理性，也否定了它的存在意义。它不仅失之偏颇，而且容易误导人，尤其是没有多少社会阅历和人生经验的年轻人，更容易上它的当。在现实生活中，人是不能认死理的，马即使再好，也是需要吃回头草的。那些为了事业能屈能伸、能忍能让的人，实际上也是强者，同样受人尊敬。正因如此，所以

1《李鸿章全集·诗文》，第37册第77页。

2《庸庵笔记》，第14页。

3《李文忠公事略》，台湾文海出版社1971年10月第1版第20页。

"大丈夫能屈能伸"才能成为经典名句，"浪子回头金不换"才会被人津津乐道。

回营半年后，曾国藩就授予李鸿章重任，先是秘密推荐他出任江苏巡抚，继而要他在安徽家乡组建淮军，驰援上海，让其独当一面开创自己的事业。

12　时势造英雄

俗话说"时势造英雄"。李鸿章重返曾幕后，急剧变化的时势确实为他提供了一个掌握兵权、独立崛起的历史性机遇。

咸丰十一年六月李鸿章回到曾国藩身边后，虽然长江上游军情形势乐观，曾国藩权势日益烜赫，湘军总体上处于上升趋势，长江下游战局却急剧逆转，形势变得更加扑朔迷离：太平军丢失安庆之后，采取西线防御、东线进攻的方略，击溃东线清军，连克浙东、浙西大部分地区，兵锋直逼上海，力图把苏浙地区变成支撑太平天国的战略基地。

上海地处东南前哨，对内辐射江、浙，对外连通欧、美，不仅战略地位极为重要，而且是全国最大商业城市和朝廷金库，一旦不保，将贻害全局，后果可想而知。面对太平军的凌厉攻势，上海官绅士商惶惶不可终日，他们一面组织中外武装激烈抵抗，一面派代表到安庆向曾国藩乞师救援。

曾国藩开头有些犹豫，既担心上海地方太远，又顾虑上海的南、西、北三面已被太平军占领，东面是大海，没有回旋余地，因此犹豫再三，难下决心。后来经过李鸿章等人做工作，说湘军已控扼长江中上游地区，如果"今以奇兵出其后，由下捣上，与贼以不可测"，就可形成东西两线互相配合分进合击之势，迫使太平军陷于两线作战困境，曾国藩这才初步打消疑虑。[1]

另据薛福成《书合肥伯相李公用沪平吴》介绍，咸丰十一年十月，

---

[1]《太平天国史料专辑》，上海古籍出版社 1979 年 10 月第 1 版第 96 页。

受上海会防局官绅委派，户部主事钱鼎铭赴安庆乞援，效申包胥秦廷之哭。钱鼎铭向曾国藩痛陈东南百姓的艰难境况并"歔歔流涕，纵声长号"之后，探知李鸿章是曾国藩亲信幕僚，说话很起作用，便登门拜访，说上海"商货骈集，税厘充羡，饷源之富，虽数千里腴壤财赋所入，不足当之"，如果让它落入太平军手中，势必后悔莫及。李鸿章果然为之所动，于是当即面见曾国藩，再次做其工作，终以上海财货说动了曾国藩。[1]

《曾国藩全集》中收有咸丰十一年十月二十四日曾国藩写给澄弟、沅弟的一封信，在这封主要与曾国荃商量救援上海之危的家书中，曾国藩不仅详细写到了上海当时面临的严峻形势，而且揭示了他做出派兵援沪决定的主要动因确实是垂涎上海财货，从侧面证明了薛福成所叙完全属实："上海富甲天下，现派人二次前来请兵，许每月以银十万济我，用火轮船解至九江，四日可到。余必须设法保全上海，意欲沅弟率万人以去。"[2]

当时江苏全省，长江以北尚多完善之地，江南则只有镇江一城为清兵所有，此外就只剩下一座上海孤城，靠着外国人的出力帮助，总算没有被太平军吃掉。但上海三面受敌，一面临海，毫无回旋余地，洋兵又"恃功骄倨，缓则索重赏，急则坐观成败"[3]，不能完全指望他们，长久之策是希望在安庆立下大功的曾国藩派兵到上海援助。但曾国藩虽以两江总督身份统辖苏、浙、皖、赣四省军务，其实手上直接掌握的兵力，主要就是曾国荃用来攻打安庆的几万湘军，并没有余力兼顾上海。可是，来安庆求援的上海官绅士商们，提出了一个让曾国藩大为心动的建议：只要曾国藩答应赴援上海，每月将得到十万两白银的助饷。

众所周知，湘军并非由国家供养的正规部队，而是一支类似民兵组织的地方武装，从成立那天起，粮饷与给养都得靠自己设法解决，因此湘军的兵力始终不能根据实际需要尽力扩充，筹饷也一直是曾国藩最感

1《薛福成选集》，上海人民出版社 1987 年 9 月第 1 版第 260 页。

2《曾国藩全集·家书》，第 20 册第 711 页。

3《薛福成选集》，第 259 页。

头痛的问题。

咸丰十年以后，曾国藩虽被正式任命为两江总督，有了可以收粮征饷的地盘，但其时江、浙两地大部分沦陷，赋入有限，安徽更是一片糜烂，湘军的粮饷主要依靠江西厘金，此外能够依靠的，就是大本营湖南以及湖北。多年来湖南方面虽然顾全大局，勉力支持，但低声下气求人，毕竟是一件让人抬不起头来的事情；胡林翼去世后，湖北饷源也面临枯竭危险，难以长久指望，如今上海方面主动提出每月助饷十万的建议，无异于天降财神，要说曾国藩不为之心动，怎么可能！

所以，不论是为了获得这笔巨额饷银的收入，还是为了保全上海，以便形成东西两线互相配合分进合击太平军之势，曾国藩都必须打消顾虑，派兵援沪。

曾国藩决定援沪后，让谁做主将，却颇费周折。

最初他想让曾国荃或陈士杰率部驰援上海。

曾国荃却另有想法，说金陵是太平天国的根本所在，我们急攻金陵，太平军主力肯定会撤回来全力保护，这样一来，苏州和杭州等城市就不难攻克了。[1]

原来打下安庆之后，曾国荃的眼睛只盯住金陵，其他地方全看不上。陈士杰则以母亲年老，他是独子，不便远行为由加以拒绝。其实他是一心想在家乡办团练，严防石达开再入湖南，既可保一方平安，又能尽人子之责。

最适合去的人不想去，不得已，曾国藩只好退而求其次。可是这个"次"，还轮不到李鸿章，而是沈葆桢。

后来为什么又变成李鸿章呢？

原来曾国藩翻来覆去地考虑许久之后，觉得沈葆桢虽然精于吏治，军事上却没有多少阅历，李鸿章则在安徽办过多年团练，积累了不少带兵打仗经验，加之李鸿章本人也很会抓住机会，曾主动向曾国藩请求前往，曾国藩"高瞻远瞩"的目光这才从远处收回，慢慢落到近在眼前的

1《曾国藩年谱》，第265页。

李鸿章头上。

薛福成《书合肥伯相李公用沪平吴》对此事有生动记载："朝廷密令曾公荐能胜抚苏任者（能够胜任江苏巡抚的人选）。曾公初欲荐沈文肃公葆桢，既念沈公虽精吏治，而军事阅历不甚深，乃荐幕僚延建邵遗缺道今伯相合肥李公，欲令创开淮军风气，以弥楚军之阙。"[1]

与曾国藩和李鸿章关系都不浅的湖南湘潭人欧阳兆熊，在《水窗春呓》中写到曾国藩推荐李鸿章出任江苏巡抚一事时，有段非常生动的记述，既可证明薛福成所说不假，也透露出李鸿章借故离开祁门大营一事，虽说没有从根本上伤害他和曾国藩的感情，但在曾国藩内心深处，还是留有阴影的，只是后来实在找不到比李鸿章更合适的人选，曾国藩才退而又退而"求其次"："后在东流，欲保一苏抚而难其人，予（欧阳兆熊）谓李广（此处指李鸿章）才气无双，堪胜此任。文正（曾国藩）叹曰：'此君难与共患难耳！'盖犹不免芥蒂于其中（李鸿章离开祁门大营之事）也。卒之幕中人无出肃毅（李鸿章）右者，用其朝气，竟克苏城。"[2]

欧阳兆熊是曾国藩和李鸿章闹矛盾后又重新和好的见证人，他写的这些事，当然可以相信。

《凌霄一士随笔》引用李鸿章在上海写给欧阳兆熊信中的一句俏皮话，可以看出李鸿章后来一直把欧阳兆熊当成自己的"知己"和"良媒"："吾在此以独脚戏登台，深惧贻羞知己，亦且怨及良媒，亦深悉区区推毂之意也已。"[3]

李鸿章的意思是说：如果不是欧阳先生为曾国藩细数幕府人才，唯有李氏超轶绝尘，若能用他的朝气和锐气，必定能够收复江苏，曾国藩很可能不会密荐自己为江苏巡抚。江苏这台独角戏虽不好唱，但毕竟为自己提供了一个大施拳脚的舞台，所以这台戏只能唱好，不能唱砸，否则不仅使欧阳兆熊蒙羞，而且自己也会埋怨欧阳兆熊这位好媒人促成了这段姻缘。

1《薛福成选集》，第259页。

2《水窗春呓》，第2页。

3《凌霄一士随笔》，中华书局2018年6月北京第1版上册第34页。

李鸿章信中的"怨"字，哪里真是怨怪欧阳兆熊，而是发自内心的感激。

人选一旦确定，曾国藩马上给朝廷上奏折，不仅夸奖李鸿章"才大心细，劲气内敛"，而且说他"堪膺封疆重寄"，希望朝廷任命李鸿章为江苏代理巡抚。[1]

李鸿章以翰林院七品编修派遣到安徽老家协办团练那几年，虽然落魄潦倒，很不得志，但没有功劳也有苦劳，所以也积累了赏加按察使衔，奉旨交军机处记名，遇有道员缺出，请旨简放的做官资本。咸丰九年九月，在曾国藩保荐下，李鸿章又获得了福建延建邵道实缺，只是由于种种原因没有赴任，继续留在曾幕效力而已。道员是四品官，按察使则官至三品，是副省级领导，较之七品编修，那是大多了。曾国藩能够推荐李鸿章出任江苏巡抚，就是由此而来。不补充说明这一点，人们难免感到疑惑：只是一个高级幕僚的李鸿章，何以一下子出任一省之巡抚。

当然，由享受按察使待遇的道员直升巡抚，连着跳过实职按察使和布政使两个层级，在曾国藩幕府成员中唯有李鸿章和沈葆桢两人，自然属于超常重用。后来，因为曾国荃和陈士杰都不愿去上海，曾国藩只好让李鸿章双肩挑，既做江苏巡抚，又当援沪统帅。

李鸿章是安徽人，在当地根基很深，社会关系很广，本人又在本省办过多年团练，与当地团练武装多有往来联系，他欣然领命招募淮勇后，招来几个较有名气的团练首领，以他们的基本武装为骨干，又有上海绅商提供的丰厚饷银，短时间内便招募数千人马，一律按湘军营规予以编练。曾国藩又将几营素质好的湘军老兵编入这支新军，提高它的战斗力，这在当时被戏称为"赠嫁之资"[2]。意思是李鸿章是曾国藩嫁出去的女儿，获得了曾家的丰厚嫁妆。

此后，不仅李鸿章写给曾国藩等人的书信中常以"女儿"自居，如"既嫁之女，岂能常向母家讨生活"[3]，而且同治元年十二月二十六日曾

1《曾国藩年谱》，第264页。

2《异辞录》，第28页。

3《李鸿章全集·信函一》，第29册第68页。

国藩给李鸿章回信时，也以玩笑的语气承认了李鸿章的"女儿"地位："又蒙惠解协饷，以四万济安庆各军，以三万济无（为）、庐（州）九营。女富则肥及外家，叶盛则粪及本根。台端去岁自皖垣御轮登舟，则安庆乃公之外家，而庐、巢枌社（泛指家乡故里）实公之本根也。"[1]

这支新武装后来被人称为淮军。

李鸿章的淮军不断发展壮大，不仅为保卫上海收复苏南立了大功，也因为扫清了太平天国的后院，使金陵成为一座孤城而加速了太平天国的灭亡。李鸿章和曾国藩一起受到朝廷嘉奖。曾国藩封为一等毅勇侯，加太子太保；李鸿章封为一等肃毅伯。两人同时赏戴双眼花翎，其地位名望已经不相上下。

这一年李鸿章四十二岁，离开安庆只不过两年多时间而已。

13　曾国藩开头为什么不选李鸿章做主将

早在李鸿章进入曾国藩幕府之初，他就最想培养李鸿章为军事统帅，后来有了援沪机会，李鸿章却不在主将名单首选之列，这是为什么呢？

首先是李鸿章手无一兵一卒，而曾国荃和陈士杰都有自己的老部队，这可能是最关键因素。咸丰十一年十一月十七日，曾国藩给季弟曾国葆回信时，就是这样说的："江苏请援，至少亦须八千人乃能往救，此刻实无此兵力。无论少荃在余处帮办奏折，不能分身前往，即少荃可往，亦无兵可带。"[2]

曾国葆是曾国藩最小的弟弟，他可能向大哥推荐过李鸿章，曾国藩回信时才写下这段话，解释为什么不让李鸿章做主将。

这里还有个小插曲，值得一提。

据咸丰十一年十月二十日曾国藩日记记载，钱鼎铭到安庆请援第五天，吴坤修得知消息后，立即跑到曾国藩面前毛遂自荐，要求派他募兵

1《曾国藩全集·书信》，第26册第324至325页。
2《曾国藩全集·家书》，第20册第717页。

六千，赴江苏上海一带救援，但遭到曾国藩当面拒绝，理由就是"新兵恐难得力"[1]。

咸丰三年曾国藩衡州练兵时，吴坤修就在幕府效力，第二年又随其东征。咸丰五、六年间，曾国藩坐困江西，文报不通，其弟曾国华赴湖北向胡林翼求援，吴坤修的彪营就是他搬来的一支救兵。咸丰十年，为了让李鸿章顺利当上淮扬水师统帅，曾国藩多方写信，积极为他物色替手，吴坤修就是曾国藩选中的两个人选之一，另一个是邵懿辰，其中邵懿辰办章奏，吴坤修写军务各信。吴坤修当时也是实授道员，另加按察使衔，官职跟李鸿章一样高。由此可见，吴坤修不仅带过兵打过仗，有军事斗争经验，而且在曾国藩幕府的资历比李鸿章老，他毛遂自荐当援沪主将，条件资格完全没问题，只是手无一兵一卒，曾国藩才没有答应。

其次就是欧阳兆熊《水窗春呓》写到的，李鸿章借故离开祁门大营一事，在曾国藩心里确实留有阴影，从而差点影响到对李鸿章的任用。

然后是李鸿章的工作离不开他，不能分身前往。这也是很重要的原因之一。

除了给曾国葆回信时写到过这一点，曾国藩在家书中还多次表达过相同意思。

咸丰十一年六月初九日，也就是李鸿章重回曾国藩幕府后第三天，在《致沅弟》信中，曾国藩写道："少荃于初七日到营（曾国藩日记明确记载初六到营），梅小岩（梅启照，江西南昌人。咸丰二年进士，十一年五月三十日入曾国藩幕，甚受器重）亦到。公事虽尚废搁，以后奏牍可勤发矣。"[2]

字里行间透露的意思十分清楚：此前因为缺少文字秘书，不仅"公事废搁"，而且该发的奏牍都没有发，李鸿章和梅启照来了之后，有了奏牍写手，这一问题才不复存在。

咸丰十一年九月二十三日湘军克复运漕镇（今属安徽含山）之后，考虑到此镇为南北交通枢纽而又河汊密布，不可不竭力防守而又十分难

1《曾国藩全集·日记》，第 17 册第 219 页。

2《曾国藩全集·家书》，第 20 册第 659 页。

守，曾国藩于是想让熟识当地地形的李鸿章率领淮扬水师前往，以便与曾国荃和黄翼升共同"面定防守之法，且可就地筹饷"[1]。但李鸿章临走前一天，曾国藩突然改变了主意，原因是梅启照因事回南昌后尚未返回，而"此间奏折应办者多，无人代笔"，所以"不得不留少荃在此略为清理"。九月二十九日，曾国藩为此特意向曾国荃发出一封急信，告知这一变动情况。[2]

《曾国藩全集·家书》中写到的这些事实，明明白白告诉我们：李鸿章是曾国藩须臾不可离的笔杆子，且他手下无兵，曾国藩自然不会首先想到让他带兵援沪。后来四顾无人，实在迫不得已，才不得不让李鸿章重新走上"翰林变作绿林"之路。

《清代名人轶事》写到的一个事实，也从侧面证明李鸿章担负的文字工作，确实让曾国藩舍不得他离开。

据说，曾国藩答应援沪之后，一时确定不了谁做主将，李鸿章于是自告奋勇，主动请缨，并"欣然以肃清自任"。曾国藩却笑着说："少荃去，我高枕无忧矣。惟此间少一臂助，奈何？"[3]

当然，不管原因是什么，李鸿章后来当上了援沪主将，第一个勇于自荐的吴坤修却向隅而泣，这一点却是事实。

能够跨出这一步，对李鸿章来说确实太关键太重要了，吴坤修则难免感到失落，甚至很不服气。李鸿章后来带去上海的淮军，也是临时募集的队伍，难道他招募的新兵，一开始就十分得力？所以曾国藩拒绝他时所谓"新兵恐难得力"这个理由并不充足。

可能主要是因为这个原因，当同治二年（1863）以后，曾国荃久攻金陵不下，社会上流言四起，质疑和批评之声不绝于耳，耿耿于怀的吴坤修也赶忙跳出来凑热闹，以《老妇行》为题写了篇小品文，"以讽金

---

1 《曾国藩全集·家书》，第20册第707页。

2 《曾国藩全集·家书》，第20册第708页。

3 《清代名人轶事》，书目文献出版社1994年9月第1版第107页。另见《湘绮楼诗文集》，第2册第34页："李（鸿章）在军中不见知，常发愤怏望，后以沅浦（曾国荃）、俊臣（陈士杰）俱辞避，李乃自请行，非曾意也。"

陵战事"，气得曾国荃要赵烈文写了一篇《老农行》予以回击。[1]

更让人遗憾和惋惜的是，吴坤修后来的死，也与情绪愤郁有关。

那时吴坤修在安徽做布政使兼代理巡抚，一天因赏菊之事，杯酒之际，竟与安徽巡抚英翰的幕僚张锦堂发生口角，张挥拳殴吴，吴愤极告病，后经人劝解虽未撂挑子，但第二年九月二十四日就得脑病死了。[2]

同治十年（1871）王闿运回湖南途中，于九月二十七日到达安庆，在安徽布政使官署与吴坤修会面，也当面听他说了自己酒后得罪英翰这件事："竹庄以酒后忤英抚，乞假一月，有去志。"[3]

所以，李鸿章能够得到命运垂青，都是因为曾国藩严重"偏心"，而曾国荃又不愿领头前往上海，一心只想获取攻占金陵的头功，陈士杰则是桑梓情重，不愿远离家乡，这才将崛起于政坛的难得机遇这份大礼拱手送给了李鸿章。其间变化契机，真不是几句话能够说清楚的。

14 "筑室忝为门生长"

正因为李鸿章后来能够大红大紫，位极人臣，所以对于年轻时遭遇过的一切苦难，他都有了全新感受；对于吕贤基当初强拉自己回家乡办团练一事，认识和评价也与从前大不一样。他不仅不认为吕贤基害苦了他，相反还非常感激吕贤基为自己创造了建功立业的机遇，觉得如果不是吕贤基的促成和推动，他李鸿章肯定成不了后来的李鸿章。

李鸿章的这些内心思想，都写在与晚清名士何莲舫的一首唱和诗中。在这首诗里，李鸿章既对吕贤基战死沙场表示沉重哀悼——"追怆同胞烈士魂"，又为自己鼓动吕贤基上疏后，人生道路发生全新变化感到庆幸并心怀感激："谏草商量捍吾圉，伏蒲涕泣感君恩。"[4]

"圉"在这里是边陲之意。

1《能静居日记》，第716页。
2《能静居日记》，第1534页。
3《湘绮楼日记》，第1册第265页。
4《异辞录》，第7页。

总而言之，李鸿章对自己在吕贤基促成之下走上投笔从戎、"保家卫国"之路是充满感激之情的。

对于恩师曾国藩，李鸿章的感情更不一样。

同治十一年二月初四日曾国藩去世，李鸿章闻讯悲痛不已。在致曾国藩之子曾纪泽等人的书信中，时任直隶总督的李鸿章怀着难以言状的悲痛心情，尽情追念老师对他的知遇之恩、师生之情；又从千里之外派专人送来挽联，对曾国藩的名望和事功推崇备至，赞誉有加："师事近三十年，薪尽火传，筑室忝为门生长；威名震九万里，内安外攘，旷代难逢天下才。"[1]

李鸿章不仅自诩为"薪尽火传"的"门生长"，而且暗下决心：一定要继承老师遗志，完成其未竟之业。这一雄心壮志和远大抱负，无疑值得肯定和赞赏。

然而，李鸿章顾盼自雄，视同僚如无物的表现，和以曾国藩衣钵传人自命的做法，也一度引起曾氏门人的反感并心生醋意，觉得他只顾自我标榜而不把他人放在眼里。

在曾国藩幕府做过八年幕僚的曾氏另一位李姓弟子李榕，在曾国藩死后送了一副挽联，是这样写的："极赞亦何辞，文为正学，武告成功，百世旗常，更无史笔纷纭日；茹悲还自慰，前佐东征，后随北伐，八年戎幕，犹及师门患难时。"[2]

李榕的下联，本是说自己对恩师曾国藩的去世，虽然深感悲痛，但能够稍稍自慰的是，不管东征太平军，还是北伐捻军，长达八年时间里，哪怕遭遇再多的艰难困苦，自己都紧随左右，没有因为恩师遇到危难就两脚抹油，借机溜走。

不管李榕有意还是无意，此联有讽刺李鸿章之意，则毋庸置疑。

曾国藩另一弟子且做过李鸿章九年幕僚的薛福成，后来辑录自认为写得最好的七副挽曾国藩联，载于《庸庵笔记·曾文正公挽联》之中。他不仅称赞这些挽联"周密无疵，为当时所推诵"，而且肯定它们均能

1《曾国藩年谱》，第 394 页。

2《清稗类钞·师友类》，第 8 册 3591 页。

"扫去陈言，别具机杼"。[1]

七副挽联中，有左宗棠、李鸿裔、郭嵩焘、李元度等人的作品，却不见李鸿章的大作。其用意显然也要告诉世人：李鸿章的挽联在社会上虽然引起了极大反响，但毫无疑问是有瑕疵的。

所谓瑕疵，就是李鸿章不应该自封为"门生长"。曾国藩一生弟子无数，各方面有出息者不乏其人，李鸿章不能因为自己官最大、功最高，就萌发"老子天下第一"的思想，舍我其谁地自封为"门生长"。再说李鸿章的哥哥李瀚章也是曾氏弟子，且进入曾国藩幕府时间更早，李鸿章要排座次，怎么也不能让哥哥屈居自己之下呀！

然而这正是说话不绕弯的李鸿章。他就是有这么耿直和可爱。

1《庸庵笔记》，第84至85页。

陈士杰：为曾国藩把好用人关

咸丰三年（1853），曾国藩在长沙办团练处处受到掣肘，于是想办法来到衡州，独自创建湘军。要创办这么大的事业，必然要有一个相应工作团队，陈士杰就是受邀来到衡州，进入曾国藩幕府担任高级参谋的。

1 由"陈京官"到"陈参谋"

咸丰四年（1854）正月曾国藩自衡州起程东征之前，于初七日给陈士杰写信并派专人送往湖南桂阳，约他前来相助。信中说："自别以后，日盼足下来音，而久不见达。足下深明武事，于御众之道，盖得古人之遗意。仆此次东行，博求吾乡血性男子有忠义而兼娴韬略者，与之俱出。足下于仆，有文字之缘，有知己之雅，岂可不联镳以偕？兹专人前往，乞足下禀告侍闱，即日来衡阳共筹诸务。"[1]

曾国藩说他与陈士杰"有文字之缘，有知己之雅"，是道光二十九年（1849）陈士杰以拔贡赴京参加朝考，曾国藩为读卷大臣，结果陈士杰以一等第一名用为七品小京官分发户部任职，陈士杰也由此成为曾国

1《曾国藩全集·书信》，第22册第419页。

藩的弟子并受其赏识。[1] 但正如曾国藩信中说的"日盼足下来音，而久不见达"那样，陈士杰确实是一个比较矜持的人，比如在京工作期间，他轻易不登曾家之门，每逢曾国藩宴请门生，受邀后才与李鸿章等人一道，来曾家参加师生聚会。用现在的话说，陈士杰应该属于智商高情商低且十分要面子的一类人，这种人虽然受人尊重，却难以让人亲近。

然而，陈士杰的孤僻清高不仅没有破坏曾国藩对他的良好印象，相反却受到曾国藩的加倍尊重。咸丰元年（1851）陈士杰父亲去世，急需携家带眷回家奔丧却手头拮据"贫不能归"，对陈家经济状况了如指掌的曾国藩，不仅亲自为他办装，而且"绵衣车帘，悉取为赠"。可能有人对曾国藩的做法感到不解，否则曾国藩不会特意对人解释说："隽丞（陈士杰字俊臣，也写作隽丞、俊丞、隽臣）外朴内朗，干济才也。"[2] 意思是陈士杰的外表虽然质朴憨厚，像一个不通人情的书呆子，其实他的内心比谁都明白，做任何事情都有自己的原则，不会随波逐流，是一个能干大事的人啊。俗话说世上没有无缘无故的恨，也没有无缘无故的爱，深具知人之明的曾国藩，原来是十分看重陈士杰的才能，才着意加以笼络的。有言道"知人则哲（能识别人的贤愚善恶就聪明）"，能识才爱才的人，本身就是有眼光、有胸怀、有抱负的人，曾国藩与陈士杰，可以说是惺惺相惜吧！

陈士杰家乡桂阳在湖南东南边，与两广相邻。太平天国在广西起义后，桂阳是湖南最早受到波及的地区之一。一些不安分的桂阳人，不仅纷纷聚众响应，而且有个叫李明先的读书人，还在当地建立割据政权，别称洪顺元年。为保一方安宁，在家守制的"陈京官（桂阳人对陈士杰的昵称）"，因受当地绅民拥戴，从咸丰二年（1852）开始，就在桂阳的北乡积极办团练，剿灭当地土匪和防堵太平军入湘，显示了突出的军事和组织才能，曾国藩信中说陈士杰"深明武事，于御众之道，盖得古人之遗意"，就是由于这个缘故。陈士杰的亲家王闿运，后来为其撰写行状，文中也特别写道："其时省城虚弱，仅自守。永、桂州县界两广，数有

1《郭嵩焘全集·文集》，第14册第424页。
2《湘绮楼诗文集》，第337页。

寇警。牧令或守或走，院司皆不问。乡团聚散胜败，牧令又不暇问。唯桂阳州北乡团有所禀承，人人得以自固。"[1]

曾国藩奉命帮办湖南团练后，对文能草檄、武能杀敌又有办理团练经验的陈士杰，自然格外看重，热情延接。陈士杰也没有让他失望，接信后很快赶到衡州，加入曾国藩幕府并"任以谋议"[2]。就是充当高参，专门为曾国藩出谋划策。

2 为曾国藩把好用人关

陈士杰一入幕府，就"毅然思得当以报，外简军实，内修营政，荐引人贤，量能而授之职，隐若负天下之重"[3]。他还认为：要想取得事业上的成功，"唯以用舍人才为大计"[4]。意思是一个团队的兴旺发达，关键是用对人、用好人，领导人身边如果不能聚拢一大批有才能且能干事的人并用其所长，其他一切免谈。曾国藩十分赞赏陈士杰的意见，就把考察鉴别人才的工作全部交给他做："始隽臣佐曾文正公军幕，嵩焘（郭嵩焘）与焉。文正公名能知人，独谓隽臣有识鉴，所部文武吏士始至，必先令诣隽臣，阴使相其能否，因授以事。"[5]

很显然，陈士杰进入曾国藩幕府后，身份是高参，主要职责是鉴别、考察和使用人才，相当于军事参谋和组织人事秘书这样的角色。所以当时来曾国藩大营寻求发展的人，都要先见陈士杰，经他考察鉴定有什么特长，能胜任什么工作，拿出使用意见后，再由曾国藩安排具体工作。对于暂时不能用的人，也给出明确说法，让人心悦诚服离去。工作中陈士杰也尽心尽力，坚决为曾国藩把好用人关却从不对外宣扬，"反复进论，他人或未知也"[6]。

1《湘绮楼诗文集》，第 338 页。

2《湘绮楼诗文集》，第 338 页。

3《郭嵩焘全集·文集》，第 14 册第 424 页。

4《湘绮楼诗文集》，第 338 页。

5《郭嵩焘诗文集》，第 452 页。

6《湘绮楼诗文集》，第 338 至 339 页。

由于陈士杰有鉴别人才的特长，所以他只见过鲍超一面，就认定是一位英雄，从而刀下夺人，救了其一命。原来陈士杰进入曾国藩幕府不久，恰逢鲍超因"诬告营官"论斩。鲍超当时只是一个毫不起眼的别校，差一点就说杀就杀了。说来鲍超命不该绝，当刀斧手将他绑缚帐前，即将推出斩首之际，却被陈士杰偶然发现，于是当即找到曾国藩，请求免其一死。陈士杰是从鲍超"颜色不挠"的神色中，认定他不是普通角色。[1]

这是王闿运《桂阳直隶州泗州砦陈侍郎年六十有九行状》中的说法。汪康年《汪穰卿笔记》所记略有不同。该书《纪鲍子爵轶事》记载说，鲍超担任戈什哈（满语，侍从护卫的意思）时，有一次持令箭调兵，途中贪食牛肉，酒醉误事，按法当斩。一位文案人员闻军中大哗并窥见鲍超面相高贵，当即带领其他文案人员共同出面求情，请曾国藩免其一死并获同意，那个领头呼救鲍超的文案人员就是陈士杰。[2]

除了鲍超这位未来名将，陈士杰还救了"老湘营"众多将帅的命。咸丰四年初，曾国藩率军援湖北。此前，湖南巡抚已派王鑫为统领带兵出岳州。这两支部队的目标虽然一致，都是出征湖北，但各自为战，互不统属，原因是王鑫与曾国藩早已闹翻，改投到了骆秉章、左宗棠门下。在湖北蒲圻，王鑫的部队遭遇太平军，败退岳州城内。曾国藩的部队当时扎营岳州城外，又是一支新集的军队，哪能抵抗得住乘胜追奔而来的太平军？于是一泄而退。王鑫却"耻与俱退"，打算死守"薪米俱绝"的岳州空城。[3]曾国藩虽知王鑫守不住岳州，会白白送命，但愤懑之际哪有心思管他死活？陈士杰则不然，他不急不躁，反复论说，最终说动曾国藩派水师回军相救。湘军水师炮船在岳州城外连放数炮，王鑫等九百余人乘机缒城逃出，从而保留了"老湘营"的一批骨干。后来"老湘营"的所有名将，几乎全在这九百余人之中。

若无陈士杰，世人哪能知道鲍超之名？至于"老湘营"后来的众多

1《湘绮楼诗文集》，第339页。

2《汪穰卿笔记》，上海书店出版社1997年1月第1版第195页。

3《湘绮楼诗文集》，第339页。

名将，更是早被王鑫葬送在岳州城内了。后来，左宗棠正是靠着"老湘营"的能征善战，才平定浙江和收复新疆，所以这是陈士杰对湘军也是对国家最重要的贡献。

3 脱离曾国藩

太平军攻克岳州后乘胜南进，决定由石祥祯扼守长沙北面的靖港，林绍璋率主力绕道宁乡赶往长沙西南的湘潭，形成南北合围长沙之势。曾国藩计无所出。这时陈士杰联合李元度主动献计打湘潭："湘潭为省城咽喉，宜先击之，湘潭败，靖港贼自走。"[1]意思是湘潭是省城长沙的咽喉，应首先攻打湘潭，湘潭拿下来了，靖港的太平军就会不战而败。曾国藩采纳了他们的意见，派塔齐布统领湘军陆师，褚汝航、彭玉麟等人率领湘军水师驰往湘潭，水陆夹击太平军。湘潭大捷后论功行赏，有建策之功的陈士杰"诏以主事用，仍留本部"效力。[2]

可是，就在湘潭大捷前夕，曾国藩误信谎报，不听陈士杰等人谏阻，临时改变计划，执意率领少数留守部队攻打靖港，结果被太平军打得满地找牙，自己也跳入湘江自杀，幸亏被人救起才没有死成。

不久，陈士杰跟随曾国藩进兵武汉，连续击败太平军，取得了一系列骄人战绩。

湘军的所向披靡，让曾国藩万分得意，不由自主地露出了骄气。咸丰四年十月二十一日，在报给朝廷的《请饬诸路带兵大臣各省督抚堵贼片》中，得意忘形的曾国藩竟然狂妄宣称："长江之险，我已扼其上游；……东南大局似有转机。……臣等一军，以肃清江面、直捣金陵为主。"[3]

朝廷受此鼓舞，也头脑发热发布命令："楚省大局已定，亟应分路

---

[1]《铜官感旧图题咏册》，第518页。

[2]《湘绮楼诗文集》，第340页。

[3]《曾国藩全集·奏稿》，第1册第328页。

进剿，由九江、安庆直抵金陵，沿江剿贼事责之曾国藩。"[1]

曾国藩于是兵分多路，试图一举攻占湖口和九江，然后直捣金陵。

骄兵必败，这是稍有理智和军事常识的人都懂得的道理。可是贪功冒进的曾国藩听不进任何意见，陈士杰在幕府于是"不复谋议"[2]，也就是被剥夺了参谋权。不久，陈士杰又被打发到湘军粮台帮助工作去了，当了后勤兵。这对自尊心极强的陈士杰来说，无疑是一个很大的伤害。

此事虽然埋下了陈士杰日后脱离曾国藩的祸根，但他没有破罐子破摔，照样一心扑在工作上，无时无刻不把湘军的安危放在心上。他于是主动找到曾国藩，"进策请屯重兵小池口，以固水师"。可是包括曾国藩在内的所有湘军将领，没有一个听得进他的正确意见，都认为"九江功在指顾"，很快就能打下来，没必要为自己留后路，后来太平军果然"踞小池，出轻舟，烧大营"。[3]曾国藩逃入陆军大营后，越想越沮丧，想策马赴敌而死，又不想活了。众人极力劝阻，他的情绪才渐渐稳定下来。

曾国藩两次寻死，都是听不进陈士杰等人的正确意见造成的，真是自作自受。

九江之败使得湘军出省作战以来取得的大好形势付诸东流。后来，曾国藩总结一生所遭遇的四大挫折，靖港之败和九江之败即为其中两个："余生平吃数大堑，而癸丑六月不与焉。第一次壬辰年发佾生，学台悬牌，责其文理之浅。第二庚戌年上日讲疏内，画一图甚陋，九卿中无人不冷笑而薄之。第三甲寅年岳州、靖港败后栖于高峰寺，为通省官绅所鄙夷。第四乙卯年九江败后赧颜走入江西，又参抚、臬；丙辰被困南昌，官绅人人目笑存之。吃此四堑，无地自容。故近虽忝窃大名，而不敢自诩为有本领，不敢自以为是。俯畏人言，仰畏天命，皆从磨炼后

1《湘军史料四种·湘军记》，第381页。

2《湘绮楼诗文集》，第340页。

3《湘绮楼诗文集》，第340至341页。

得来。"[1]

对湘军在省外的军事行动一直高度关注的左宗棠，得到九江大败消息后，在写给朋友的信中，除了怨怪曾国藩"师胜气骄"，还批评他的幕僚们"惟知一味将顺，毫无匡救之意；又其智虑皆出涤公之下，如何有成"？[2] 这就有些错怪了陈士杰。要说陈士杰有错，只能说没有犯颜直谏，这也是陈士杰的性格和为人所决定。他就是一个脸皮薄的人，确实强求不得。同样是曾国藩的门生弟子和幕僚，在敢于坚持正确意见方面，李鸿章就要勇敢得多，相比之下，陈士杰确实特别顾面子。

此时，传来桂阳地方武装"煽动乌合数万，攻泗洲寨，焚陈氏村庄"的消息，陈士杰忧心如焚又念母心切，趁机坚决要求离开湘军大营，从武汉乘一叶小舟独自赶回家乡。自此以后，陈士杰"不敢复远游"，一心一意在家乡办团练，以保卫桑梓为己任。[3]

后来，陈士杰把桂阳乡团训练成为很有战斗力的勇营武装，称为广武军。该军不仅以少胜多，打退了石达开对湖南的进攻，而且歼灭了从湖北金口叛逃入湘的数千"霆军"，其惊人表现让人赞不绝口。一向很少夸人的王闿运，后来在《湘军志》中，也指名道姓表扬陈士杰："叛军至桂阳县，乃遇陈士杰拒战，大破之，余千余人逸去。"[4]

"霆军"剽悍有名，官军畏之如虎，要不是陈士杰的广武军在桂阳将其打散、打垮，湖南真要遭大殃了。

4 将崛起政坛的机遇拱手送给李鸿章

曾国藩当然知道陈士杰是带着很大情绪离开自己的，也明知他眷恋家乡，无意出山，但咸丰八年（1858）夏天复出带兵后，还是多次亲自或委托别人写信诚邀陈士杰前来相助。如咸丰九年（1859）六月十二日

1《曾国藩全集·家书》，第 21 册第 488 页。

2《左宗棠全集·书信一》，第 10 册第 114 页。

3《湘绮楼诗文集》，第 341 页。

4《湘军史料四种·湘军志》，第 19 页。

曾国藩给陈士杰写信说："阁下桑梓之事少纾，能否命驾东来见访，作终月之谈？不胜企祷。"[1]

咸丰十年（1860）五月上旬，左宗棠从安徽宿松回到长沙不久，即收到曾国藩来信，除了通知募兵五千，还要他致信陈士杰迅速选募兵员，"刻日成军，东下赞助涤帅（曾国藩），成此伟绩，则东南大局之庆，不独桑梓光也"。在信中，左宗棠还特别注明说："涤帅书来，因军书烦冗，未及函致台端，属代致拳拳之意。"

为了敦促陈士杰出山，历来不讲私情的左宗棠，在信中竟然打出了感情牌："阁下频年驰驱戎马，名迹烂然，于涤帅尤素有针芥之契，睹时局之艰，念涤帅经画之苦，知必投袂而起，共赋同袍。"[2]

陈士杰却没有回应。

左宗棠后来听桂阳人说，应两广总督劳崇光之约，陈士杰可能去了广东，他马上给曾国藩去信，告知这一情况。当年八月十九日，曾国藩又亲自给陈士杰写了一信："江西一省，鄙意欲力求保全，以冀外图吴越，内固桑梓。敬求阁下仍招桂勇三千，专防南赣一路，每年可归省一次，以慰门闾之望。郴桂有警，亦可率师回援，实属公私两便。"[3]

陈士杰还是没有回应。

数度没有得到陈士杰积极回应的情况下，咸丰十一年（1861）十二月初七日，曾国藩再给陈士杰写信，要他在家乡招集旧部挑选精兵强将火速带到安庆来，然后出征江苏（上海）："苏省士民望救情急，使者数辈，更番迭至。国藩职领兼圻，谊不容逭，许以明春发兵驰援。而现计敝处兵力尚不敷用，即各营统领，亦亟需干城心腹之人。是以备具公牍，敦请大旆出山，相助为理，并令陈游击飞熊、马教谕先槐代达鄙悃。如获许允，即望招集旧部，挑募三千人，已另饬马（先槐）、陈（飞熊）各另募一营，随同东下，合成四千之数。旧人共事，调度易灵，务望及早着鞭，于明年二月底到皖。其留苏请简一层，以苏省办事乏

1《曾国藩全集·书信》，第23册第188页。
2《左宗棠全集·书信一》，第10册第367页。
3《曾国藩全集·书信》，第23册第721页。

人，而此军专为东征之用，故如此位置。若不惬尊意，则请到营面商，再行出奏。若阁下不愿赴苏，或带三千人，随鄙人同驻安庆，亦无不可。"[1]

似乎只要陈士杰肯来，不管他有什么条件和想法，曾国藩都能满足和答应。

文中写到的"其留苏请简一层，以苏省办事乏人，而此军专为东征之用，故如此位置"，是曾国藩为促令陈士杰赴沪，在未征得本人同意也来不及商量的情况下，预先奏荐他为江苏按察使，并获旨准。

这一切都是因为陈士杰既"深明武事"又"沉机有谋"，所以曾国藩认定他是一个能够担当大任的人。

曾国藩虽然热切期望陈士杰"来营一见，慰我饥渴"，但他最终还是拒不应命。拒绝的理由是"前出时家居为盗焚掠，惊忧太夫人，今边界日有游盗钞掠，而石达开党部往来郴、永，以桂阳为衢道，不敢一日离"。意思是他前次离家后，家里房子被土匪烧了，母亲受到严重惊吓，如今湖南边界盗贼如毛，石达开部又在郴、永一带往来穿梭，以桂阳为交通大道，所以他不敢一天离开桂阳，要留在家乡办团练，严防石达开再入湖南，既可保一方平安，又能尽人子之孝。为此陈士杰请湖南巡抚出面向朝廷"代奏请养"[2]，又亲自修书向曾国藩说明原因并表示真诚感谢，从而将崛起于政坛的机遇拱手送给了李鸿章。

曾国藩知道自己无法争取到陈士杰的协助和支持，深感失望甚至怨怪之下，不得已改用李鸿章。如果不是这样，曾国藩未来的接班人，极有可能是陈士杰而不是李鸿章。这一事实可能会让许多人感到意外，甚至完全不敢相信，但真实的历史就是这样，不是哪个人随意编造的。

这件事再次充分证明：英雄不仅是时势造就的，而且人生命运的关键，常在人们的一念之间，确实显得非常微妙。

曾国藩对陈士杰的失望和怨怪，写在同治元年（1862）五月十三日给朋友黄冕和赵焕联的信中。这封信主要是恳请他俩敦促郭嵩焘出山就

1《曾国藩全集·书信》，第24册第642页。

2《湘绮楼诗文集》，第344页。

任苏松粮道道员。为此，曾国藩怨气很重地写道："云仙（郭嵩焘）亲家于初一日简授苏松粮道，望劝其迅速东来，一慰远近喁喁之望，不可效俊臣（陈士杰）所为，轻率将事。"[1]

5　与曾国藩最后一次相聚

到了同治二年（1863），石达开已在四川失败，桂阳当地农民武装悉数平定，湖南已经没有大的战事，陈士杰这才前往安庆，当面向曾国藩表示歉意和感谢。见面交谈后，曾国藩想奏荐陈士杰代理江宁布政使，陈士杰却说："奉母命省公，非求官也（我是奉母命来拜见您的，不是来求官做）。"[2]一句话把曾国藩噎得哑口无言。

陈士杰是当年二月到达安庆的。这个月的二十八日，刚从无为、芜湖、金陵前线考察回来的曾国藩，一听说陈士杰到了安庆，立即安排他搬入公馆居住，第二天又为他设宴接风洗尘。此后半个月时间里，他俩不仅有过多次畅谈或久谈，而且曾国藩为陈士杰的《半解文稿》作了点评。为了让陈士杰广交有本事的朋友，三月初九日，曾国藩特意修书一封，介绍陈士杰与赵烈文相识。十四日上午陈士杰离去时，曾国藩又出城到河下送行。所有这一切，都说明曾国藩不仅给了陈士杰很高礼数，而且从内心十分敬重他，哪里看得出他俩有过很深的过节？俗话说宰相肚里能撑船，曾国藩的表现确实如此。

这也是曾国藩和陈士杰的最后一次相聚。

陈士杰这次安庆之行，虽然再次拒绝了曾国藩的好意，但也贡献了一条极为重要的建议。当时，湘军上下对长期盘踞江北滁、泗地区，经常与湘军搞摩擦的太平军降将李昭寿（即李世忠）极其痛恨，都怂恿曾国藩上书朝廷揭露他的反状。陈士杰却对曾国藩打包票说："李昭寿绝对不会造反。"接着进一步解释说："李昭寿一旦受到弹劾，必然激起他的强烈反抗，如今湘军悬兵金陵，李昭寿的数万之众如果生变，滁、泗

1《曾国藩全集·书信》，第 25 册第 282 至 283 页。
2《湘绮楼诗文集》，第 345 页。

将成肘腋之患，防不胜防。李昭寿只是一个有勇无谋的武夫，他的部队纪律虽差，本人也狂妄昏庸，但形势稳定下来之后，要取他的头颅非常容易，派个人带一纸命令就能让他束手就擒。如今这个人还有用处，为什么要新生一个敌人？"曾国藩开头怎么也听不进陈士杰的意见，反复开导后才无奈接受。后来攻打金陵尤其是平定安徽苗练（苗沛霖的练勇）过程中，李昭寿果然出力不少。多年后，形势完全稳定下来，找了李昭寿一个不是，轻而易举将其夺官处理，一切都在陈士杰预料之中。[1]

6 位列督抚堂官却未尽其用

同治十年（1871）陈士杰母亲去世，三年后服除，他才出来当官："吾养亲之事毕，则吾此身君身也。"[2]于是先做山东按察使，后任福建布政使、浙江巡抚和山东巡抚，所在均有政声。此时曾国藩已经去世多年了。

在曾国藩众多幕僚中，后来官至督抚堂官者二十余人，陈士杰虽然位列其中，但如果不是拼命要面子，而是像李鸿章一样"拼命做官"[3]，他在晚清政坛的地位极有可能不止如此。不是说非要当大官不可，也不是笔者是个官迷，特别为陈士杰感到遗憾，而是在世俗社会里，官当得越大，毕竟越有身份和地位，家人也越有面子，外人也认为他本事大、有出息，在这一点上有几个人能够免俗？

光绪十九年（1893），主动从巡抚职位上病退数年的陈士杰在家乡桂阳去世，享年六十九岁。

1《湘绮楼诗文集》，第 345 页。

2《郭嵩焘全集·文集》，第 14 册第 424 页。

3《春在堂随笔》，江苏古籍出版社 2000 年 1 月第 1 版第 9 页："湘乡公喜谐谑，因余锐意著述，戏之曰：'李少荃拼命做官，俞荫甫拼命著书，吾皆不为也。'"

程桓生：评价很高却不被重用

曾国藩与人聊天时，不仅经常说到自己的幕僚，而且对一些人的评价非常之高，如说李鸿章有"英雄气（英雄气概）"[1]，李鸿裔"夷简之致（性格恬淡、为人质朴而雅致）"[2]。但得到"好人"评价的，则只有程桓生一个人。那是同治六年（1867）九月十七日下午，当赵烈文问到程桓生的为人和表现时，曾国藩不假思索回答说："好人，心地颇坦白（是一个大好人，心地坦荡明白）。"[3]

然而让人不解的是，在曾国藩众多幕僚中，后来当了大官的不知有多少，既是曾国藩门生，又早在咸丰三年（1853）就加入湘军集团的程桓生，到曾国藩去世前，却只是按察使衔代理两淮盐运使，虽跻身副省级行列，却终身连个实职都没有获得。

是程桓生学识能力不足吗？不是。是程桓生功劳苦劳不高吗？也不是。是程桓生与曾国藩的关系不怎么样吗？更不是！

那究竟为什么呢？

老实说笔者也回答不出，所以长期被这个问题困扰着。有时甚至心想：正确答案可能会随曾国藩一起，烂死在他的棺材里了。

1《能静居日记》，第 1134 至 1135 页。

2《能静居日记》，第 1097 页。

3《能静居日记》，第 1114 页。

然而不久前，笔者再次通读《曾国藩全集》，在一份批示里看到一句话，才猛然醒悟：曾国藩不肯重用程桓生，原因很可能在"初政即偏于私昵"这句话中。

批示是写给程桓生的，他不久前被派去江西督销局主持工作。这是曾国藩第一次让程桓生独立负责某项工作。

在这道名为《批江西督销局程道桓生禀到局派员衔名由》的批示中，曾国藩写道："该道（程桓生时为候补道员）初政即偏于私昵，将来徽商在江者颇多，恐纠缠不能自主。人非太上忘情，亦谁能尽免于私？特徇私而漫无裁制，则不可；徇私而认为分内之事，认为理直气壮之事，则更不可耳。"[1]

"私昵"一语源自《尚书》："官不及私昵，惟其能；爵罔及恶德，惟其贤。"意思是不要把官职授予自己亲近的人，唯一看重的是能力；爵位不要赐予德行不好的人，唯一看重的是贤德。说白了就是要任人唯贤，不能任人唯亲。[2]

程桓生初次走上领导岗位，就明目张胆、理直气壮地大搞任人唯亲，私心如此严重，曾国藩以后对他的任用，自然十分慎重，因为私心重的人是不堪造就的。

1 曾国藩弟子中最早加入湘军集团的人

程桓生，字尚斋，祖籍安徽皖南歙县槐塘，嘉庆二十四年（1819）生于扬州。程桓生不仅出身盐商世家，而且槐塘程氏及其后裔是清代江南四大盐商之一。

程桓生天资聪颖，六岁能写诗，道光二十九年（1849）拔贡，次年朝考，得了第一名。时任礼部侍郎的曾国藩为阅卷大臣，程桓生由此成为曾氏弟子。同一年的朝考生，还有李鸿章哥哥李瀚章。曾国藩另一重要幕僚陈士杰，则是上一年的朝考生。

1《曾国藩全集·批牍》，第13册第553页。
2《尚书》，线装书局2007年5月第1版第106页。

咸丰元年（1851），程桓生试用为广西桂平县知县。就在上年的十二月初十日，洪秀全领导的太平军在桂平发动起义，此后一年半时间内，他们主要在广西境内同清军作战。咸丰二年（1852）四月，太平军冲出广西进入湖南后，桂平形势依然严峻，主要是饥民闹事此起彼伏。程桓生虽然疲于奔命，但终因疏防失职而被参劾革职。

咸丰三年（1853）曾国藩在衡州练兵，奏请广西代招水勇，由曾经担任过桂平知县和浔州知府的李孟群统带入湘。李孟群是人才济济的道光二十七年（1847）丁未科进士，他们当中产生了许多名人和高官，著名的有李鸿章、郭嵩焘、沈葆桢等人。

曾国藩与丁未科进士的渊源本来就很深，李孟群到广西任职后，又积极镇压从湖南转战广西的李沅发起义军和围剿追堵太平军，因而更加受到曾国藩的器重和赏识。

由于程桓生与曾国藩和李孟群都有老关系，革职后又无事可干，在衡州练兵的曾国藩事事需要人手帮忙，政府却不安排人员，全靠自己想办法解决，于是李孟群让程桓生综理营务。由此不仅李孟群成了湘军元老之一，而且程桓生也与陈士杰一样，是曾国藩弟子中最早加入湘军集团的人。

2　恢复工作，撤销处分

程桓生是革职人员，要恢复工作、撤销处分，必须得到朝廷批准。曾国藩为此颇费了一番脑筋，也冒了一定风险。

原来清朝定下的律令，对失地官员重则杀头，轻则革职，处分是很严厉的。曾国藩要收留使用他们，只能巧立名目向朝廷争取政策。这样的文章自然不好做。

咸丰四年（1854）八月二十七日，曾国藩向朝廷打报告："臣等自办理军务以来，凡管带练勇，襄办粮台，监制军械，在在需员差遣。"然而让他苦恼和无奈的是"苦无员可委"。

接下来他不厌其烦地列举数例，详细说明无人可用的事实和现状。

曾国藩之所以一起笔就向朝廷大倒苦水，絮絮叨叨地汇报自己找不到办事助手，目的就是向朝廷争取特殊用人政策。在他看来，一些束缚人才流动和使用的条条框框，该松绑的要松绑，该破除的要破除。

怎么才能解决人才短缺问题呢？曾国藩提出的办法是起用"丁忧、降革"官员："但使人才可用，即不能不兼用丁忧、降革之员。"

"丁忧"官员就是遭逢父母丧事三年内不能做官的人；"降革"官员就是程桓生这类受到过降职革职处分的人。如今是非常时期，当然应该特殊情况特殊对待。但前提条件是这些人必须具有一定才能，目前工作也需要他们发挥作用。

做过这番铺垫之后，曾国藩于是继续写道："前经广西抚臣劳崇光代招水勇，奏委升用道李孟群统带来南（湖南），随员中有已革同知衔广西试用县程桓生，……因疏防土匪被议，办事均甚勤奋，……准其仍留臣等营中差遣委用。"

程桓生既然已是广西水勇一员，如今又随李孟群到了湖南，本人办事又"甚勤奋"，更重要的是曾国藩急需人手帮忙，朝廷当然不能驳他的面子，也就顺水推舟，批复了曾国藩的报告，同意程桓生留于曾国藩军营差遣委用。[1]

曾国藩这个报告，不仅十分成功地为程桓生解决了工作问题，而且当时跟他同类性质的一批官员，如已革升用知府凤凰直隶厅同知刘建德、宁乡失守知县马丕庆、候补从九署永明县典史林周培、广西平乐县丞升用县赵启昀，以及后来的已革庐陵知县丁日昌等等，也都获准重新使用。

为了让程桓生彻底放下思想包袱，轻松愉快地投入工作当中，曾国藩接下来要做的，自然是为他撤销处分、恢复职务。

机会很快就来了。咸丰四年八月下旬湘军攻占武汉后，连续击败太平军，取得了一系列骄人战绩。咸丰皇帝得到一连串喜报后，一时忘乎所以，不仅赏给曾国藩湖北巡抚，而且连发"六次谕旨"，要求曾国藩

1《曾国藩全集·奏稿》，第 1 册第 249 至 250 页。

上报"自岳州剿贼，转战至金口一带，大捷十余次"的有功人员。曾国藩获此鼓舞，短短一个月内连续呈上《遵旨汇保出力员弁兵勇》三个奏折，为湘军官兵申请嘉奖。

可能是考虑到程桓生刚刚回到公务员队伍，不便马上为他申请嘉奖，所以直到九月二十七日呈上的第三个奏折里，曾国藩才把程桓生放进李孟群水营表彰名单并排在第一位："同知衔前广西试用知县程桓生。该员才优守洁，综理营务，矢慎矢勤，尤为出力。上年署桂明（平）县任内，因疏防艇匪劫狱，被参革职。……此次应请开复原官。"[1]

十月初九日内阁即奉上谕："已革同知衔广西试用知县程桓生，着开复原官。"[2]

十一月初六日，曾国藩又在另一份保单中，为程桓生申请特别奖励："同知衔广西即补知县程桓生。该员综理营务，昼夜辛劳，督催出队，屡次获胜，应请免补本班，以直隶州补用。"[3]

这么优秀的人才，朝廷自然没有不答应的理由。

在清朝的官职序列中，"同知衔"与"直隶州知州"虽然同为副知府级，但就像如今的"副巡视员"与"副厅长"虽然都是副厅级干部，但毕竟一个是虚衔，一个是实职，身份待遇尤其是前途是不一样的。

在不到三个月时间内，程桓生不仅恢复了工作和职务，而且官职由虚衔升为候补实职，可见曾国藩是如何关心和照顾他的弟子了。

后来朝廷虽然反悔，将曾国藩的湖北巡抚官帽拿掉了，但程桓生得到的所有好处，都是实实在在的。

众所周知，曾国藩创建湘军之初，奉行的是"不妄保举，不乱用钱"原则。[4]收复武汉后，曾国藩一共才保举三百余人，程桓生却在一个半月内连续两次得到保举，说明程桓生确实很优秀，曾国藩也十分看重他。

1《曾国藩全集·奏稿》，第1册第282至283页。
2《曾国藩全集·奏稿》，第1册第288页。
3《曾国藩全集·奏稿》，第1册第337页。
4《曾国藩全集·家书》，第20册第348页。

3　担任文字秘书

程桓生能够咸鱼翻身，固然是曾国藩大力推动的结果，但更重要的是遇上了湘军节节胜利的好时机。不久，曾国藩即遭遇九江之败。此后几年，曾国藩在江西四面楚歌，程桓生的境遇自然也好不到哪里去。

咸丰七年（1857）二月曾国藩回家守制，次年六月复出。时任湖北按察使李孟群已改水为陆，奉命援皖，不久升任安徽布政使。咸丰八年（1858）李孟群代理安徽巡抚，不久遭遇失败，在庐州（今合肥）被俘而死。当时曾国藩身边特别紧缺文秘人员，咸丰九年（1859）十一月初三日，程桓生于是从安徽赶来，负责草拟咨、札、函、奏事务。程桓生正式担任曾国藩的文字秘书，就是从这时开始的，以前即使在曾国藩幕府处理过文书业务，也是临时委办。

有些当代人讲故事，都说程桓生到了湖南后，即到曾国藩身边负责草拟咨、札、函、奏事务，相当于如今的文字秘书。但笔者没有看到史料上这样写，不知道他们的根据在哪里。也许是笔者孤陋寡闻，所以这件事只能暂时存疑。

程桓生的文字功底虽没有李鸿章、李元度和郭嵩焘等人扎实，所写公文也不是很有特色，但工作完全能够胜任，各项事务也处理得妥妥当当，曾国藩对此十分认可。咸丰九年十二月二十八日给李元度写信，他就说到了这一点："顷（不久前）请程尚斋司马代办公牍（负责写作和处理公文），又有冯孝廉司书记（普通文案人员），均尚妥叶，亦无废搁，足慰廑注。"[1]

明清时的同知俗称司马，说明咸丰四年十一月以后，整整五年时间里，程桓生与曾国藩一样，职务始终没有动过。

1《曾国藩全集·书信》，第23册第361页。

4　好人程桓生

程桓生成为曾国藩主要文字帮手后，幕府大量文书事务由他处理，工作之忙，可想而知。咸丰十年（1860）闰三月初七日，程桓生赶回老家处理母亲丧事后，刚过两个月，曾国藩就给督办皖南军务的地方长官张芾写信，请他督促程桓生赶快回来："尚斋在敝处任批禀事件，望饬其速来为荷。"[1]

不久他又亲自给程桓生写信，要他越早回来越好："幕府仅少荃（李鸿章）一人，忙迫之至。惟盼足下速来，愈早愈妙。"[2]

闰三月十一日，曾国藩又在《官军剿办粤捻逆匪大胜克复太湖潜山三案会保折》的保单中，为程桓生申请嘉奖，程也由此提升为知府："广西候补直隶州知州程桓生，随剿有年，屡经大敌，请免补本班，以知府仍归广西尽先补用。"[3]

细心的读者肯定会发现，为了让程桓生的获奖理由更具说服力，曾国藩有意增加了他的"随剿"时间。程桓生到曾国藩身边担任文字秘书，事实上不是"有年"，而是五个月零八天。这一细节透露的含义，自然意味深长。

当时程桓生正在奔丧途中，并不知道曾国藩的这番好意。

古代父母去世后，儿子要回家守三年孝，这个道理曾国藩不是不懂，他之所以强行剥夺程桓生的哀思之情，甚至连程家的丧事有没有办完，他都懒得过问，固然是程桓生担负的工作比较重要和繁杂，一天都耽搁不得，但也与当时的特殊形势和曾国藩面临的任务有很大关系。原来程桓生离开不久，清政府即任命曾国藩为两江总督，紧接着又连下八道命令，催促他救援江苏和浙江。五月十五日，曾国藩即离开宿松，渡江南下，率部进军皖南山区的祁门。急于扩充兵力的曾国藩，此时又做

1《曾国藩全集·书信》，第23册第570页。
2《曾国藩全集·书信》，第23册第592页。
3《曾国藩全集·奏稿》，第2册第464页。

出了兴办淮扬水师，由李鸿章出任统帅的决定（朝廷后来没有批准同意）。程桓生请假离营后，幕府只有李鸿章一个文字秘书，李一旦赴任淮扬，不仅工作会严重脱节，而且整个湘军指挥系统都可能瘫痪。

程桓生何时回来的，曾国藩日记没有具体记载，笔者也找不到其他材料来证明。现在能够确知的事实是：六月十八日，他就在祁门与曾国藩下了一盘围棋，而曾国藩抵达祁门的时间是六月十一日。也就是说，曾国藩前脚到祁门，程桓生后脚就赶到了。对于这种招之即来，不讲任何条件和困难的人，哪位领导不打心里喜爱？曾国藩后来说程桓生是好人，这件事可能给他留下了极深印象，对程桓生无疑是个很大加分项。

5　危难之中见人心

曾国藩匆匆忙忙将湘军大本营搬到万山之中的祁门，固然是此地毗连皖、浙、赣三省，皖南东部又与江苏接壤，战略地位十分重要，但更重要的是做给外人尤其是做给朝廷看，以表明自己坚决执行上级指示的态度。所以说，曾国藩进兵祁门，军事考虑是一个方面，政治考虑是更重要的方面。

然而李鸿章非常不看好这个地方。他说祁门像个锅底，也是兵家所说的绝地，必须赶紧离开。为此他跟曾国藩发生很大争执，不久又借口离去。

后来发生的事实，证明李鸿章的眼光十分毒辣，他也因此成了有名的乌鸦嘴。

就在曾国藩落脚祁门不久，太平军即开始第二次西征，以救援安庆。在很短时间内，皖南四府一州被太平军连续攻克，曾国藩在此几无立足之地。

更严峻的考验还在后面。

李鸿章离去不久，太平军进攻黟县。同日，战略要点羊栈岭、新岭、桐林岭被攻破。第二天曾国藩给沅弟、季弟写信，形容当时的形势是：太平军距祁门大营"仅八十里，朝发夕至，毫无遮阻"。又说："全局大震。比之徽州之失，更有甚焉。"[1]

十一月初一至十二日，太平军又分别攻克德兴、婺源、建德、浮梁等地，不仅安庆通信之路中断，而且祁门粮米也运不进来了，曾国藩再次陷于惊恐之中，并在家信中立遗嘱交代后事。后来形势虽有缓和，但他每当回想起来都还感到后怕："自十一月来奇险万状，风波迭起，文报不通者五日，饷道不通者二十余日。"[2]

为了打开一条通往浙江的粮道，以求死里逃生，咸丰十一年（1861）三月初三日，曾国藩由祁门移驻休宁，组织多路湘军进攻太平军坚固设防的徽州城。他在日记中写道："此举关系最大，能克徽州，则祁、黟、休三县军民有米粮可通济，不能克徽州，则三县亦不能保，是以忧灼特甚。夜，竟夕不成寐，口枯舌燥，心如火炙，殆不知生之可乐、死之可悲矣。"[3]

然而连日进攻不仅不能得手，而且十二日夜间反被太平军暗开城门，出城劫营，湘军全军大溃，二十二营仅有十四营尚能保持建制。他给儿子曾纪泽写信说："目下值局势万紧之际，四面梗塞，接济已断，加此一挫，军心尤大震动，所盼望者，左（宗棠）军能破景德镇、乐平之贼，鲍（超）军能从湖口迅速来援，事或略有转机，否则不堪设想矣。"[4]

为了应付最坏情况发生，悲观到极点的曾国藩，再次在家书中写好遗嘱，安排后事。

军事上屡遭困厄，已使曾国藩的情绪长期处于高度紧张状态，而恼人的人事纠纷，又一波接一波将他的精神推向崩溃边缘。

在祁门期间，不仅忠心耿耿的幕僚李元度与他闹翻，得意门生李鸿章借口离去，而且最忠实的粉丝和最贴心的朋友冯卓怀，也不能体谅曾

1《曾国藩全集·家书》，第20册第536页。
2《曾国藩全集·家书》，第20册第551页。
3《曾国藩全集·日记》，第17册第142页。
4《曾国藩全集·家书》，第20册第593页。

国藩的艰难处境和糟糕心情，一听批评即拂袖而去。

冯卓怀是道光十九年（1839）湖南乡试解元，进京赶考后与在翰林院学习的曾国藩相识，继而订交。他们两人不仅经常交换日记阅读并加以评论，而且冯卓怀对曾国藩特别崇拜，用曾国藩的话说是"爱我如兄，敬我如师"[1]。为了能够朝夕受教，冯卓怀居然放弃条件优越的工作，毅然来到曾国藩家里教子读书。咸丰十年十一月十五日，他又冒险来到祁门，投奔曾国藩麾下。后因工作当中受到曾国藩当众批评，冯卓怀一气之下决心离去，曾国藩怎么赔礼道歉也不能挽回。这件事对曾国藩的打击特别大。咸丰十一年正月十五日，也就是冯卓怀离去的第二天，曾国藩正与程桓生下围棋，想起种种不愉快的事情，痛苦和烦恼顿时涌上心头，于是"大作呕吐，吐向外厅、内房皆满"。可谓翻肠倒肚，一片狼藉。[2]

无日不处于惊涛骇浪之中的祁门大营，人心本来就不稳，李元度、李鸿章、冯卓怀等人的相继离去，更是加剧了湘军内部的恐慌气氛，不少人于是偷偷收拾行李放进船舱，做好随时逃命的准备。曾国藩见人心已散，不可强留，便心生一计，声言愿走者发给三个月薪水，危险过后仍可回来，他不介意。他这样一说，原来想走的人反倒不好意思再开口，只得提心吊胆留下来。

凡读过《曾国藩全集》的人就会发现，程桓生这个不显山不露水，只知道埋头做事的文职幕僚，往日里很难出现在曾国藩笔下，但自从曾国藩抵达祁门，尤其是当年九月下旬进入高度危险阶段之后，程桓生的名字便越来越频繁地出现在曾国藩的日记里。据笔者不完全统计，仅咸丰十年九月二十四日，到第二年三月二十六日曾国藩拔营离开祁门，短短半年时间内，程桓生的名字就高度集中地出现了八九十次之多。

这段时间曾国藩之所以常常在日记里写到程桓生，是因为要跟他下围棋，有时一天一次，有时早、中或早、晚各一次。咸丰十一年正月十五日《复李鸿章》信中，曾国藩也写到了这一点："去冬以来，诸事

1《曾国藩全集·家书》，第20册第36页。
2《曾国藩全集·日记》，第17册第124页。

皆废，惟每日与尚斋围棋二局，不敢间断。"可能是棋下得多了，棋子掉落不少，曾国藩于是在信中吩咐李鸿章买新的带来："比棋子散落不全，请代买一付，阁下自行带来。"[1]

曾国藩是个超级棋迷，不管走到哪里，都要带上棋盘，也不管多忙，都要与身边人展开对杀，实在找不到棋手或不便打扰别人，就自摆棋势自娱自乐。在战火纷飞的咸丰、同治年间，越是焦灼忧虑之时，曾国藩越要与他人对弈以镇定心神，或摆列棋势聊以自遣。比如咸丰十一年头两个月，曾国藩就跟自己下了六七十盘围棋，也是有时一天一次，有时早、中或早、晚各一次。

曾国藩的棋友既有身边幕僚，也有亲朋好友和过往官员与士子。程家是围棋世家，程桓生的父亲、弟弟和儿子都是围棋高手，后来也都成了曾国藩的棋友。以往曾国藩很少跟程桓生下围棋，是因为身边棋友多，程桓生的工作又繁忙，如今棋友全走了，外面的人也不敢来了，曾国藩手痒时，除了自摆棋势聊以自遣，只能捉住程桓生对弈了。

曾国藩好友欧阳兆熊有一部著名笔记《水窗春呓》，就真实记载了当时的严峻形势和曾国藩幕府死气沉沉的景象：由于"祁门军中，贼氛日逼，势危甚"，所以进入咸丰十一年以后，"幕府仅一程尚斋，奄奄无气"。

然而危难之中见人心。程桓生不仅自始至终留在曾国藩身边，而且做好了随时牺牲生命的准备，有一次便十分悲壮地对前来看望曾国藩的欧阳兆熊说："咱们死在一堆如何？"[2]

曾国藩后来说程桓生是个大好人，相信读者诸君绝对认同。

6 "初政即偏于私昵"

渡过祁门难关后，程桓生跟随曾国藩，先是迁到东流，而后移驻安庆，直到同治二年（1863）秋天被派往江西督销局主持工作。在此期

1《曾国藩全集·书信》，第 24 册第 136 页。
2《水窗春呓》，第 2 页。

间，曾国藩又两次保荐程桓生，第一次由知府提升为道员，第二次赏给正四品封典。

江西督销局是曾国藩设在南昌的一个盐务管理机构，设总办一人，例由候补道员担任；下属机构有吴城分局和抚建分局等。江西督销局的任务是负责淮盐在江西的销售，单位性质类似计划经济时期的省级盐业公司，凡淮盐到江西销岸，需到督销局签到，等候出售。盐价由督销局悬牌告示，盐商不得自行增减。为减少和防止邻省私盐入境，江西督销局及其分支机构，还在各通商要道设立盐卡并加抽捐税。

江西督销局的设置时间为同治二年夏秋之间。以前，淮盐销售虽有定法，行销地区也有严格划分，但自咸丰三年太平天国定都天京（今南京）以后，长江航运中断，私盐乘虚而入，淮盐销地江西和湖南等省的盐利，逐渐被川、粤、浙、闽等省私盐侵夺，巨大财源亦随之分流邻省。同治二年五月，湘军攻占太平军坚固设防的长江要塞九洑洲之后，水路被打通，曾国藩立即着手整顿两淮盐政，力图恢复旧制，从邻省夺回盐利。他不仅连续制定和刊布了《淮盐运行西岸章程》《淮盐运行楚岸章程》等盐务新章，而且在江苏泰州设立招商总局，总理招商承运各事，同时在南昌、汉口、长沙等地设立盐务督销局或代理机构，分别委派张富年、程桓生、杜文澜等人负责。

盐官历代都是肥缺。曾国藩把程桓生放下去，掌管一省盐业销售，既有几分公义，也有几分私爱。公义是程桓生从小受家庭耳濡目染，对盐业管理很熟，本人也小有能力，办事又牢靠，不用他该用谁？私爱是他毕竟是曾国藩的身边人，有好处容易得到，这一点古今概莫能外。

要去一个新机构主持全面工作，第一件要做的事情是搭配班子。体制是一把手负责制，用谁不用谁，自然程桓生说了算。可能是为了方便工作，也许是找不到更合适的人选，当然也有可能是完全出于私心，总之他带去的四个随员中，竟有三个歙县老乡。曾国藩一看程桓生报来的"组阁"名单，就发现有问题，于是在来文上挥笔批道："前此浙盐运西之时，局中似友多而员少，且局员亦不尽由本部堂给札。该道和平明练，攸往咸宜，所虑者瞻循私情，不能裁之以义。前来行辕告状递禀之人，询诸号房，每有由该道指引递入者，已属不知远嫌。此禀随带四员，而同县占其三，皆因私情胶葛，不能摆脱。同人之道，于野则亨，于宗则吝，以其私狭也。"[1]

曾国藩说的"浙盐运西"，是指咸丰五年（1855）开始实行的"淮盐浙运"一事。以前淮盐都是直接水运到江西和湖南等地销售，长江航道中断后，只能奏请户部批准，先绕道浙江，再往西运到江西和湖南。当时负责此事的人，所带随员不仅朋友多，委派的人少，而且有些委派的人也不由曾国藩任命，而是由主官自行选聘，那是权宜之计，因而可以理解。如今可不同，湘军地盘和队伍都扩大了，可用之人遍地皆是，如果再抱团取暖，搞任人唯亲那一套，就是假公济私、作风不正，当然不应该，要批评。

曾国藩因此批评说：你程桓生平易近人，质直好义，办事也明白干练，唯一让人担心的是做事抹不开情面，常常顾了私情忘了公义。前来行辕告状递禀（大概是指来督销局申领食盐销售指标）的人，你常常公开半公开地给关系户提供便利。这样做已经明显不公，而你带去的四个随员，竟有三个歙县老乡，这不是私心太重又不知道避嫌是什么！《易经》说："同人于野，亨；同人于宗，吝。"[2] 意思是平等对待和广泛团结各阶层人士，遇事就会亨通顺畅，任何艰难险阻都能安然度过；如果只局限于宗族之内交往和抱团取暖，必然使人心胸狭窄，目光短浅，行事也肯定艰难。冲破闭塞局面的最好办法，就是广泛团结志同道合的朋友。

接着曾国藩又拿出自己的事例告诫程桓生："本部堂治事有年，左右信任之人，湘乡同县者极少。刘抚部院相从三年，仅保过教官一次。近岁则幕僚近习并无湘乡人员，岂戚族乡党中无一可用之才？亦不欲示人以私狭也。"意思是我居官多年，身边极少湘乡老乡。现在官居陕西巡抚的刘蓉，既是我的密友，早年又在我的幕府工作过三年，出生入死，患难与共，但我也只保举过他一次，并且只是保举教官。此外，这些年我身边任用的工作人员，干脆没有一个湘乡人。难道是我的亲戚朋

1《曾国藩全集·批牍》，第 13 册第 552 页。

2《易经》，中国言实出版社 2017 年 1 月第 1 版第 51 页。

友和老乡同学中没有一个可用之才？当然不是。但他们再有才、再能干，我也不用，这样做，无非是怕别人戳脊梁骨啊！

最后曾国藩又苦口婆心开导说："该道初政即偏于私昵，将来徽商在江者颇多，恐纠缠不能自主。人非太上忘情，亦谁能尽免于私？特徇私而漫无裁制，则不可；徇私而认为分内之事，认为理直气壮之事，则更不可耳。"[1]

曾国藩确实不是唱高调。他也承认，凡人都有私心，要完全大公无私，圣人都做不到。但如果徇私而漫无节制，甚至理直气壮，就大错特错，绝对不可以。所以曾国藩特别提醒和开导程桓生：你初次走上主要领导岗位，就大搞任人唯亲，以后在江西做盐业生意的安徽人越来越多，恐怕更加纠缠不清而不能自主。

或许是针对自己的老秘书，所以曾国藩的批评虽然蛮严厉，话也说得很直接，但语气是亲切的，就像面对面谈心聊家常，既苦口婆心，又语重心长，既良药苦口，又很有人情味，不打一点官腔，抵触情绪再重的人，看过之后相信都会有所触动。

7 给江西督销局领导班子"掺沙子"

不知读者有没有发现，曾国藩的批示虽然毫不客气地指出了问题，也充分讲明了道理，对程桓生却没有提出希望，好像不指望他改正错误。这是为什么？

答案就在当年八月二十七日的《致沅弟》信中："尚斋之札（任命状）久发，渠（他）又禀带随员数人矣，万难更改。万与程之才亦互有短长，其无坚强之力，则彼此相同。江西开局并非甚繁难之事，所虑者，淮引不胜邻私，行销不旺，非尚斋所能为力耳。余有一告示稿，抄寄弟阅。此外则尚斋当可胜任。"[2]

家书与批示的写作时间只间隔两天。从家书写到的情况看，他对

1《曾国藩全集·批牍》，第 13 册第 553 页。
2《曾国藩全集·家书》，第 21 册第 203 页。

程桓生确实非常失望，正因如此，所以两天后正式批复他的来文，才会毫不客气地批评他。对程桓生，曾国藩确实是恨铁不成钢。另外家书中提到的"告示稿"，是指《刊刻试运西盐章程》，这在八月二十七日的曾国藩日记附记中是有明确记载的。在如今的《曾国藩全集》中，此文更名为《淮盐运行西岸章程》，并注明本件约作于同治三年十一月，[1]这一注明显然有误。曾氏全集传忠书局稿本将此文编在同治二年，才是正确的。

另从《致沅弟》一信中流露的失望情绪看，程桓生赴任江西之前，曾国藩对他不仅有过诚勉谈话，而且当面指出了私心过重问题，但就是不能改，你有什么办法！再说，程桓生到江西督销局主持工作，做的是官商，搞的是垄断经营，工作不难开展，至于打击走私，维护江西盐业市场秩序，不让邻省私盐侵占本地市场，并不是程桓生一个人能够办到的，上任时有什么必要带一帮狐朋狗友前往？

总之在曾国藩看来，程桓生这个人虽有他的长处，但也存在致命弱点，既私心过重，又缺乏坚定意志，要指望他改正错误，是难之又难的，既然如此，就不指望了。

曾国藩信中写到的"万"叫万启琛，咸丰四年加入曾国藩幕府后，长期负责筹饷和盐务工作。万启琛和程桓生虽然各有优点和特长，但共同不足是公私不分，立场不坚定，工作容易被私情所左右。

当年九月十八日，曾国藩即采取补救措施，派人去江西协助程桓生工作，说得好听是加强江西督销局领导力量，说得不好听是"掺沙子"。

所谓"掺沙子"，就是栽种农作物之前，在较为肥沃的腐殖质土壤中掺入沙子增强透水性，以防止植物烂根。这种土壤改良技巧用来治理某个单位或组织的"山头"割据现象，具体做法是引进不同派系的人，改变这个单位和组织的班子成员结构，达到互相猜忌和牵制的作用。核心目的是打破单一政治势力集聚，从不同派系的制衡中掌握控制权。

1《曾国藩全集·诗文》，第14册第450页。

8　因祸得福

程桓生上任之初的表现，如果说让曾国藩深感失望，那么接踵而来的一封告状信，却将他们的利益紧紧捆绑到了一起。

告状人是一小青年，叫许长怡，既与曾国藩有"世谊"关系，也是程桓生的歙县老乡。他原是北京某部主事，后来被曾国藩照顾到江西粮台负责文案工作，每月薪水四十两白银，是主事收入的十倍多，待遇可谓不薄。然而此人很不安分，平日里不仅动用公权力，动不动干涉原籍地方事务，而且经常居高临下发指示，如用《照会》行文徽州府，用《札饬》行文歙县政府，要办的却是与己无关的事情，纯属狗拿耗子多管闲事。曾国藩听到群众反映后，撤了他的差事，让他卷铺盖走人。不想这小子回到北京后，口出狂言，说要请御史弹劾曾国藩，后因此事受阻，于是把怒气撒到曾国藩在江西的得力干将程桓生身上，一纸状子将他告了。许长怡这样做，一来可能觉得程桓生在曾国藩面前说了自己的坏话，二来可以破坏曾国藩名声，可谓一箭双雕，同时打了程桓生和曾国藩两人的脸面。

接到许长怡告状信后，朝廷当即批给江西巡抚沈葆桢复查，批复全文记录在《清实录》当中："谕议政王军机大臣等。有人奏：江西督销盐引委员、广西候补道程桓生，把持盐务，借督销之势，使其父程颍（颖）芝，于安徽省城开设合和盐行，其弟江西候补知县程朴生，于饶州开设泰和盐行，名为督销盐引，实则利归于己，以官民并准试办之引地，几为一人独办之引地。并闻该道之父，在枞阳开栈之日，护勇号褂私用'钦差大臣'字样，尤属妄诞，恳请饬查严办等语。两淮引地，前经重定章程，派委监司大员分驻督销，原以裕课便民。承办之员，理应洁己奉公，实力整顿，方于盐务有裨。若如所奏各情，以督销盐引之员，一味倚势招摇，营私牟利，如果属实，殊属可恶。着沈葆桢按照所参各节，确切查明，据实具奏，毋稍徇隐。原折着抄给阅看，将此谕令知之。"

许长怡所告内容，可以归结为两点：一是程桓生把持江西盐务，公私不分，甚至干脆将官办盐业公司变为程家盐业公司；二是程桓生父亲程希辕（字颖芝）狐假虎威，倚势招摇，明目张胆地打着钦差大臣旗号以壮声威。在朝廷看来，问题自然相当严重。

沈葆桢奉命调查后却认为，许长怡所告内容纯属捕风捉影，毫无事实依据，相反，程桓生担任江西督销局总办以来，工作勤勤恳恳，卓有成效，每月为湘军接济七八万两白银，贡献甚巨。同治三年（1864）九月，沈葆桢于是回复朝廷说："遵查程桓生被参各款，均无其事。自设局以来，领运踊跃，每月接济饷银七八万两，不无裨益。报闻。"[1]

许长怡的一纸告状信，虽将曾国藩和程桓生推到了舆论的风口浪尖，引起全国人民高度关注和热议，他们的名字也成为舆论"热搜"对象，但由于沈葆桢的力挺，程桓生最后不仅轻松过关，而且成了湘军筹饷的一大功臣，最后因祸得福，贪官变好官！更重要的是，由于此事是曾国藩无端招惹的，程桓生纯属被害者，事发之后，曾国藩自然要不遗余力保他过关，并从精神上给予安慰和补偿，这就无形中促进了他们的关系，并将双方利益更加紧密地捆绑在了一起。

同年十一月十八日，曾国藩果然在《续保攻克金陵之水陆等军及随营筹饷各员弁折》的附保单中，为程桓生申请了特别嘉奖："蓝翎广西补用道程桓生，请赏换花翎，并加按察使衔。"[2]

结果程桓生不仅换了顶戴，而且跃升为副省级官员。如果没有许长怡的告状，他能否得到这么高的奖励，或许还是个疑问。俗话说坏事能变好事，信然！

两年后，曾国藩又推荐程桓生出任实权更大、管辖范围更广的两淮盐运使，可见此次弹劾的结果，程桓生不仅安然无恙，而且官越当越大，家里的盐业生意也越做越红火。

当然，两淮盐运使不是实授，只是代理，所以直到光绪二十三年（1897）程桓生去世，"按察使衔"一直是他的最高职衔。

<hr>

1《清实录·穆宗毅皇帝实录》卷一一五，中华书局1987年2月第1版第47册第553页。
2《曾国藩全集·奏稿》，第8册第94页。

众所周知，曾国藩是一个十分珍惜名声的人，告状风波平息后，他怕许长怡在京城乱嚼舌根，就给在京工作的"同年"丁浩（字子然，又字养吾，号松亭，时任监察御史）写信，信中先是叙述事情原委，接着向丁浩探询：许长怡在京城是不是还说了自己其他坏话？为了将许长怡的臭嘴封住，不让他继续搬弄是非，曾国藩最后愤怒写道："弟在外十年，从无一字议及京中长短，惟许长怡年少猖狂，颠倒黑白。弟若非念许玉翁家式微太甚，必当据实参奏。因便密布一二，伏希鉴照。"[1]

丁浩和曾国藩都是道光十八年（1838）进士，咸丰二年六月十二日，礼部右侍郎曾国藩和江南道御史丁浩，又分别外放江西主考和副主考，之后一路南行，走到安徽太湖县的小池驿，曾国藩得到母亲去世的讣闻后才分手。正因为他俩的关系如此不一般，所以曾国藩在信中才敢直抒胸臆，否则，以内阁协办大学士兼两江总督之尊，怎么可能跟一个有"世谊"关系的小青年较劲，并在信中说出"据实参奏"和"年少猖狂"这种重话？就是真有此意且很想一吐为快，也不好形诸笔墨，毕竟面子和身份在这里摆着，架子在这里端着呢！

9　管理体制和办事规则上的漏洞

程桓生虽然逃过了这次攻击，但许长怡揭露的事实，并非空穴来风，他所弹劾的两点，也不是沈葆桢所说的"均无其事"，更不是曾国藩所说的"颠倒黑白"，而是完全击中了程桓生的要害，只是最后受到了沈葆桢的刻意保护，程桓生才侥幸过关。

许长怡既是程桓生老乡，两人又在南昌共事，对程桓生利用手中权力大行其私，以及程家在安徽和江西的盐业经营情况，当然知根知底，所以出自他的弹劾，不可能没有证据。至于沈葆桢刻意保护程桓生过关，也自有其考虑，并非全是官官相护。此前不久，因江西厘金之争，沈葆桢已与曾国藩闹翻，如果再把程桓生拱出来，非但对他没有任何好

---

[1]《曾国藩全集·书信》，第28册第319页。

处，而且会加深与曾氏的裂痕，冤家毕竟宜解不宜结。更重要的是，户部将江西厘金一半判给江西使用，已使曾氏恼羞成怒，如果再让他失去或部分失去每月七八万两江西盐利，急于要钱用的曾国藩不仅会恨死他，而且已划归江西使用的一半厘金，也有可能被狗急跳墙的曾氏重新夺走。加之沈葆桢和程桓生既是同事又是朋友，所以于公于私都要保他过关。这是做官的诀窍，也是朋友应有之义。沈葆桢是何等精明的一个人，受命复查之后，对其中利害关系不可能不精心算计。

笔者绝不是空口无凭乱发议论，而是有充分事实依据。比如程桓生之父程希辕倚势招摇，明目张胆打着钦差大臣旗号以壮声威一事，在曾国藩自己的书信中就可得到印证。同治三年四月初三日给李鸿章写信，他就十分无奈地写到了这一点："此间选将整军、用人治财，都乏实际，而虚枵之象，浮烟涨墨，日甚一日。长江三千里，几无一船不张鄙人之旗帜。"[1]

长江上的船只既然都打曾国藩旗号，与曾国藩有着特殊关系的程希辕，在安徽安庆开设合和盐行，其子程朴生在江西饶州（今上饶市）开设泰和盐行，以及程希辕在安徽枞阳（今属铜陵市）开设的盐栈，做的都是官商结合的买卖，开张之日请来的护勇，穿着印有"钦"字号褂，以及他们雇用的运盐船只，行驶途中打出钦差大臣旗号，又有什么好奇怪呢？商家需要的就是轰动效应以吸人眼球，再说别的船只都能打，他们为什么不能打？若论条件和资格，他们应该更具备。兵荒马乱年代里，不仅土匪出没无常，而且江河沿岸关卡林立、随意抽税，为防沿途关卡雁过拔毛和土匪拦路抢劫，打出钦差大臣旗号，就能狐假虎威、畅行无阻。

至于程桓生把持江西盐务，公私不分，将官办盐业公司变成程家盐业公司，不仅不奇怪，而且很正常。试想想：江西督销局决定盐价后，悬牌告示出售，但他们只做垄断批发生意，不搞零售，盐业专卖中的"盐引"，即食盐运销许可凭证（称为销售指标也可）给谁不给谁，当然是

1《曾国藩全集·书信》，第 27 册第 564 页。

一把手程桓生说了算，曾国藩派来再多副手都没用。这是体制决定的，不是领导成员越多越能解决问题，他们顶多一起分杯羹而已。程桓生既然掌握了批条子大权，父亲和弟弟还有其他七大姑八大姨，要在他的权力范围内做盐业生意，当然是天时地利人和占尽，其他盐商哪怕早三小时起床，晚两小时休息，也别想跟他们展开竞争，因为拿不到销售指标只能干瞪眼。久而久之，官办盐业公司能不变成程家盐业公司吗？变成程家盐业公司不奇怪，不变成程家盐业公司才奇怪呢！

所以说，许长怡说的虽是事实，但程家利用的是管理体制和办事规则上的漏洞，做的是合法半合法生意，你说是腐败还是不腐败，就看你怎么认为了。朝廷不知道下面的猫腻，下面对此类现象却习以为常，不仅见怪不怪，而且觉得再合理不过，这就是朝廷认为问题特别严重的事情，到了沈葆桢和曾国藩那儿，却被轻描淡写地说成子虚乌有甚至斥之为颠倒黑白的原因之所在。从这个意义上说，沈葆桢保程桓生过关，其实是屁股决定脑袋，只需付出四两力气，即可拨开千斤压力，他无非做了个顺水人情而已。

好端端的举报线索，硬是被沈葆桢给查没了。

10 程家与曾国藩的亲密关系

再回过头来说说程家与曾国藩的亲密关系。这一点在曾国藩日记中有不少记叙。如咸丰十一年十一月初八日至同治三年九月初一日，曾国藩日记便经常写到与程希辕父子在安庆两江总督府下围棋的事实。程家当时与曾国藩下围棋的，除了程桓生和他儿子，还有程希辕，以及程希辕的另一个儿子程朴生。和程桓生一样，程希辕和程朴生这对父子盐商，出入两江总督衙门也像进出自家大门一样随便，以至于有人曾经怀疑，著名盐商程希辕或许就是曾国藩的幕僚。两江总督府迁到金陵以后，程希辕还几次去看望曾国藩，并在总督府跟人下围棋，曾国藩则在一旁观战。同治七年（1868）程希辕去世后，曾国藩写有《挽程封翁颖之（芝）》挽联，其中特别说到了下围棋之事："更无遗憾，看儿孙中外服官，频叨九重芝诰；频触悲怀，忆畴昔晨昏聚处，相对一局楸枰。"[1]

上联盛赞程氏家族人才辈出，世代簪缨，下联则是对昔日交往的追忆，描写了两人早晚"相对一局"的事实。旧时棋盘多用楸木制造，故称棋盘为"楸枰"，有时也指下棋。

另外曾国藩书信中，同治六年十一月初四日有一封《复程颖芝》的信函，其中写道："顷接惠书，猥以晋位端揆，远劳笺贺（写信祝贺曾国藩由协办大学士晋升为大学士）。并贻朱墨二种，多而且精，几案增华，感谢曷任！……尚斋器识闳深，婉而不阿，明而能浑，两载蓰纲，大有裨补。适逢瓜代，来晤金陵。鄂省督销需人，仍拟借重一往，虽雅意坚辞，而熟视无以相易也。文孙英年拔萃，今岁闱卷极佳。虽霜蹄之暂蹶，终风翮之高骞。廷试不远，行将定价燕台，扶摇直上。诸孙亦兰玉森森，联翩鹊起，德门余庆正未有艾。附寄拙书联幅，借资补壁，聊以当会晤时手谈为欢耳。"[2]

此信不但赞誉了程桓生器识闳深，肯定了他在江西督销局和两淮盐运使任内的贡献，而且对程桓生之子学业优异寄予厚望。信中还特别提到了程希辕送给曾国藩朱墨二种的事实。礼物虽是家乡特产，情谊却是无价的。

众所周知，除了至亲好友送来的吃食和小物件，曾国藩是拒收他人礼物的，程氏不仅能将礼物送进曾府，而且能让曾国藩愉快接收，表明曾国藩早已不把程家当外人。

所以无论曾国藩的日记还是书信，其中透露的信息无不体现他曾国藩与程家存在异常亲密的关系。程家的政、商资源如此雄厚，生意能不做得红红火火吗？

11　靠山似乎还在

曾国藩与程家以及与程桓生本人的关系虽然非同寻常，但曾氏做事

1《曾国藩全集·诗文》，第 14 册第 126 页。
2《曾国藩全集·书信》，第 30 册第 262 页。

很有分寸，用人很讲原则，不会乱来。具体到程桓生的使用上，就充分体现了这一点。而程桓生的几个前任郭嵩焘、丁日昌和李宗羲，都是做两淮盐运使不久，就分别重用为广东巡抚、江苏布政使和江宁布政使。

曾国藩虽没有推荐程桓生出任更高职务，甚至没有安排他去地方上担任实职，但对他的关心和照顾，不仅始终不渝，而且无微不至。如程桓生卸任两淮盐运使后，曾国藩又积极向湖广总督李鸿章推荐，让他去武汉主持湖北督销局工作，似乎立意要在经济上给他丰厚回报，延续程家红红火火的盐业生意。同治七年正月二十七日，曾国藩又呈上奏折，为程桓生申请二品顶戴，让他在政治上获得更高奖赏和荣誉。程桓生当然感恩戴德，没齿难忘。

同治十一年（1872）二月初四日曾国藩去世后，程桓生送了一副挽联，既写得情真意切，又表达得十分得体和到位："修谒甫归来，忆精神步履矍铄如前，何期变出须臾，半壁东南惊柱折；考终缘福备，况道德勋名昭垂不朽，独念恩承高厚，廿年依倚痛山颓。"[1]

上联回忆自己刚从金陵拜谒回来，看不出曾国藩有任何异样，现在突然撒手人寰，既让他感到意外又觉得东南半边天都要塌下来；下联描写自己与曾国藩二十年相濡以沫的深厚情谊，既给予曾国藩崇高评价又为自己失去曾氏这个靠山而感到天旋地转、山崩地裂。感恩之情，溢于言表。

程桓生最后一次到金陵看望曾国藩的具体时间虽不十分清楚，但同治十一年一月十三日和十八日的曾国藩日记，分别记载了和程桓生长时间交谈的事实。另外十八日这天曾国藩还亲自当导游，兴致勃勃地领着程桓生参观总督府后花园，边看边介绍园内景物和建筑。这种私人情谊，确实非同寻常。二十日曾国藩又正式宴请了程桓生，此时距曾国藩去世仅剩十三天时间。正如程桓生挽联所写，他离去不几天，曾国藩就逝世了。程桓生当然做梦都想不到会发生这种事，因而很难接受这一事实。

1《曾国藩年谱》，第385页。

　　光绪十年（1884）曾国荃出任两江总督后，马上安排程桓生代理两淮盐运使。此时曾国藩已去世十二年，这件事当然与他没有直接关系，但间接影响谁能否认？

　　靠山似乎还在。

赵烈文：无话不谈的机要秘书

要研究晚清历史，就不能不研究曾国藩，这话没有任何疑问。如果说要研究曾国藩，就不能不研究赵烈文，估计许多人会迷惑不解。

名不见经传的赵烈文是什么人，对曾国藩的影响力竟有如此之大？

赵烈文其实就是曾国藩的一名机要幕僚。他于咸丰五年（1855）、咸丰十一年（1861）、同治六年（1867）三入曾国藩幕府，在曾国藩身边总共待了八年时间。

在曾国藩幕府工作期间，赵烈文还根据曾国藩的安排和要求，前后两次到曾国荃幕府帮助工作，亲眼见证了湘军攻克金陵这一重大历史事件。在曾国藩数百位幕僚中，赵烈文极有可能是唯一同时在曾氏兄弟幕府担任机要幕僚的人。

但赵烈文对曾国藩的影响力，不在于曾经三入曾国藩幕府，也不在于同时做过曾氏兄弟的机要幕僚，更不在于政绩有多么突出、地位有多么重要，而在于凭着自己的智慧和能力，除了充当曾国藩的心腹智囊，还成了曾国藩的心灵保健医生和无话不谈的知心朋友。曾国藩晚年许多决策，包括对自己家人的生活安排等，都是认真听取了赵烈文的意见和看法之后，才最终定下来的。

1　第一次进入曾国藩幕府，两人差点失之交臂

咸丰五年，在周腾虎举荐之下，曾国藩派员携巨资从江西赶赴江苏阳湖，礼聘赵烈文入幕。

曾国藩渴求和爱惜人才虽然举世皆知，但赵烈文与曾国藩既无交往，也从未通音问，用赵烈文后来呈给曾国藩的《书感》诗说，他与曾国藩"自昔声名通北海，也无书札到荆州"[1]。仅凭手下某位幕僚口头推荐，况且推荐者与被推荐者是郎舅至亲关系，就礼重如此，派专人携巨资千里迢迢奔赴外省招募一个二十岁出头的年轻人，此种做法还是非常少见的。

究竟什么原因促使曾国藩下这个决心呢？同治六年七月十二日下午，曾国藩和赵烈文闲谈时，曾经提到过这件事。曾国藩说："胡林翼做事最有气魄，过去常常规劝我，说我不敢大胆保举人，用钱也不大方，难以吸引和留住人才。我认为他说得很有道理，后来慢慢就照他说的做了。"赵烈文听后说："老师并不是这样的人。您只是对自己要求严，对别人其实挺宽厚的。记得当时您只是听发甫（周腾虎）介绍过我的情况，就派人带着二百两白银，专程来江苏招聘我，这种举动不能说没有气魄。"曾国藩说："在我这里也是绝无仅有之事。当时不仅周腾虎夸奖推荐你，而且你往日的一些言论，也传到了我耳中（即赵烈文诗中说的"自昔声名通北海"之意），这才毫不犹豫做了这件事。这样的事真的不常有。"[2]

俗话说"士为知己者死"。曾国藩如此看重自己，赵烈文哪能不被深深感动？正因如此，他才不顾严冬将至和路途艰险，不仅决定前往江西应聘，而且毅然邀上好友龚橙，于咸丰五年十月十一日离家动身，春节前三天的十二月二十六日天黑之前赶到南康曾国藩大营（今江西星子），路上走了整整两个半月。到达当天，他们就与曾国藩见了面。

1《能静居日记》，第 1103 页。
2《能静居日记》，第 1080 页。

　　赵烈文虽是曾国藩用特殊政策招聘的人才，可接下来的日子里并没有被他当特殊人才使用：曾国藩除了接见、宴请过赵烈文和龚橙几次，并没有给他们安排具体工作，直到春节过后，才派人通知他和龚橙前往湘军各营参观。这是为什么呢？

　　原来曾国藩在聚集、培养、选拔、使用人才上，有一套自己的理论和方法，概括起来就是"博取慎用"四字。所谓"博取"，就是凡具一技之长者，即广为延揽，多多益善，唯恐有所遗漏。所谓"慎用"，就是使用时慎之又慎，唯恐用非其人，人非所宜。所以曾国藩对各种人才先是广为搜求，延之幕府，然后试之以事，验之以效，待到对其了解较深，把握较准时，再根据实际需要量才使用。如有胆气血性者令其领兵打仗，胆小谨慎者令其筹办粮饷，文学优长者令其办理文案，等等。后来的实践证明，曾国藩的这套理论和方法，确实取得了非常好的效果。

　　现在，曾国藩不急于安排赵烈文和龚橙的工作，而是让他们下部队参观考察，就是让他们到第一线增长见识，开阔眼界，熟悉工作环境，同时也是正式分配工作前的一次全面考察。可是他俩并没有理解曾国藩的良苦用心。结束考察从樟树回来当天，见到曾国藩后好话未说一句，赵烈文就很不客气地批评湘军有暮气："樟树陆军营制甚懈，军气已老，恐不足恃。"

　　曾国藩最见不得空口说大话的书生，对赵烈文的这番表现自然老大不高兴。

　　赵烈文敏锐地感觉到了这一点。他觉得曾国藩不是善于听取意见的人，就没有详细阐述意见和看法。

　　坐了一会儿，曾国藩将江苏来的一封家信转交赵烈文，赵阅后，得知母亲病重，就以此为借口，向曾国藩辞行。曾国藩连句客套的挽留话都没有，那意思很清楚：你们要走我也不强留。

　　如果真是这样，这两个人从此就会分道扬镳，失之交臂。

　　然而几天之后，周凤山部湘军就被太平军击溃，印证了赵烈文的判断是多么准确。

　　当时，江西新巡抚文俊刚上任，情况不熟，朝廷命令曾国藩赶赴南昌会商防务。长江水路已被太平军控制，赵烈文回江苏必须绕道南昌，曾国藩于是邀他和龚橙同行。他们是二月二十一日到达南昌的。当天，赵烈文到曾国藩船上见面，才得知周凤山部十八日在樟树溃败的消息。曾国藩是何时得知这一噩耗的，赵烈文没有详问。

在江西的湘军，周凤山部人数较众，兵力最强，既是曾国藩在江西赖以立足的主要军事支柱，也是湘军创建后历史最老、战绩最辉煌的一支部队。它原属于湘军名将塔齐布统带，塔死后，才交由周凤山重新组建。周在湘军中的资格虽然很老，但此人胆子太小，骤临大敌常常丢魂失魄，结果在太平军进攻面前束手无策，被石达开踏破营盘，江西南部大门由此洞开，弁勇往江西省城溃奔而来，周凤山也离曾国藩而去。

消息传到南昌，人心大震，夺门奔走者不可禁御，或相践以死。刚到南昌的曾国藩做梦也没有想到，迎接他的居然是这种混乱局面。曾国藩只好收集溃勇，调派兵力，筹备守御，抚慰居民。曾国藩此后在江西陷入困境，与周凤山无能和樟树镇溃败有很大关系。

人心虽然暂时安定下来了，但南昌是守是弃，一时议论纷纷，苦无良策。

二十三日早晨，已定好行船的赵烈文向曾国藩辞行，曾国藩却向他征求防守南昌的意见。赵烈文说："南昌三面临水，太平军在赣江上游没有水军，而湘军有战船二百余艘，守之有余，太平军断无力量合围南昌。且南昌城内有万余兵力，登陴（城上的矮墙，亦称"女墙"，俗称"城垛子"。上有孔穴，可以窥外）足用。但太平军十分狡猾，他们必定舍江西省城不顾而东袭抚州和建昌，断绝我们的粮道，这才是最可担忧的事。"

后来的事实证明，赵烈文的分析和判断是完全正确的。

曾国藩十分赞同赵烈文的意见，对他的看法因此有了彻底改变，觉得这个年轻人确实名不虚传，很不简单。他一定要赵烈文说出周凤山部湘军不靠谱的原因，赵烈文则以不幸言中搪塞过去。他又要赵烈文留下来，协助他防守南昌城。赵烈文也只是老调重弹，献上"登陴之役"，再没有其他话说。那意思其实十分明白：只要照他说的话做，守住南昌没有问题，本人留不留都无所谓。此时的赵烈文显然不想把自己的命运交给前途未卜的曾国藩。

曾国藩是何等聪明的一个人，哪能看不出赵烈文的内心想法？于是马上自找台阶下："阁下因为母亲有病请求回乡在前，并不是见难而退，有意回避艰险。只是请你快速成行，家中无事，希望能够早些归来。"赵烈文"唯唯而退"，既没有拒绝，也没有明确答应。[1]

当天下午，赵烈文同龚橙一起乘船离开南昌，于四月十三日回到江苏家中，结束了为时半年的江西之行。

2 第二次进入曾国藩幕府，是一种机缘巧合

应该说，赵烈文第一次进入曾国藩幕府，是怀着希望而来，带着失望而去的。既然如此，五年之后，他为何再次来到曾国藩幕府？

原来就在咸丰十年（1860）闰三月，太平军第二次击溃清军江南大营后，又于四月中下旬接连攻占常州和苏州，赵烈文无处安身，全家逃往浙江湖州。接着，太平军从苏州进攻浙江，攻占嘉兴，赵烈文又携家带眷匆忙逃往上海。因物价高昂，谋生乏术，不久赵烈文全家只得再迁往生活费用相对低廉一些的崇明岛，他本人则返回上海城里，靠给人看病和算命维持生计。而此时的曾国藩，不仅已任两江总督，而且授钦差大臣，大权在握了。

第二年夏天，赵烈文好友金安清主持江苏筹饷总局。为了扩大饷源，他打算以夷船拖带民船，运淮盐至汉口等长江上游城市销售，仅抽厘一次，以充军需。此事必须得到朝廷批复才能实行，金安清因而想请两江总督曾国藩出面给朝廷上一份奏折。考虑到赵烈文和曾国藩曾经有过的特殊关系，金安清于是派人送信给赵烈文，想劳驾他去一趟曾国藩大营。

金安清字眉生，浙江嘉善人，曾任督粮道、盐运使、按察使等职。同治二年（1863）正月初一日，赵烈文和金安清还交换帖子，成

1《太平天国史料丛编简辑》第三册《春花落雨巢日记五》，中华书局 1962 年 10 月第 1 版第46 至 68 页。

了结拜兄弟。

于公于私，赵烈文都不好推辞，所以没怎么考虑就爽快答应了。

如果不是这个机缘巧合，自尊心很强的赵烈文很可能抹不下面子，在自己落难时主动投靠曾国藩。

赵烈文于咸丰十一年六月二十八日由上海乘坐轮船逆流而上，七月二十日上午八时左右到达东流，同行者为杭州人袁铎（桐君）。船在小南门一停泊，赵烈文就进城直奔湘军大营。他先与曾国藩警卫参谋桂正华等人取得联系，请他们安排时间面见曾国藩。曾国藩当天就跟赵烈文见了面，并约定后天上午再详谈。

二十二日八时左右，赵烈文来到总督府，详细汇报了金安清托办的事情，曾国藩则着重问了与外国有关的情况。当谈到天下大局如何挽回时，曾、赵两人虽然坦诚交换了意见和看法，但包括曾国藩在内，都拿不出切实可行的办法，因而唯有"蹙额而已"[1]。

当年四月初一日，曾国藩才从安徽祁门移营到这里。湘军主力在安庆与太平军激战，东流城内驻有三营湘军，官兵一千五百人。曾国藩告诉赵烈文，现在共有湘军五万余人，每月正饷二十万两，加上犒赏和抚恤费用以及其他军需开支，没有三十万两白银无法维持，而现在能够依靠的饷源，只有江西和安徽厘金一项，这些收入仅有正常开销的一半，各营口粮已欠发六个月。赵烈文听后，深深感到担忧。

八月初三日早晨，赵烈文去曾国藩那儿询问盐税的事情是否有结果。曾国藩怀疑这件事与外国人有牵连，而发端由我们提出，因此一时迟疑不决。他说还要写信跟金安清商量后才能做决定。

从当年十二月初九日曾国藩写给乔松年的信件看，此事后来并未实行，主要是与外国人订立的条约中，有不准洋商运盐的规定。乔松年时任两淮盐运使，曾国藩因此在信中说："至洋船护运入楚，弟意总觉未妥，缘和约内本有不准洋商运盐一条。我既引虎入室，彼将垄断独登。获利甚微，为害滋大。更忍之一年半载，江路通畅，事在意中，固无虑

1《能静居日记》，第345页。

盐之终不能达汉岸也。"[1]

意思是一年半载之后，湘军从太平军手中夺回了长江水道控制权，从下游拖运淮盐到汉口等长江上游城市销售就是意料之中之事了。

赵烈文请曾国藩写一纸便函，让征税委员回去向金安清交差。曾国藩问赵烈文能不能留在他的幕府里工作，赵烈文说他想去湖南和湖北走走，还想去婺源（今属江西）看望在那里领兵打仗的左宗棠。曾国藩的意思是希望他能够留下来，还说可以写封介绍信给左宗棠。赵烈文于是回答说："结束了湘、楚之行，我会再回到这里。"至于是否留下，意思不是十分明确。

八月初一日湘军攻下安庆，五天后，曾国藩派人送来了给薛焕和金安清的复信，同时告诉赵烈文：当天他有急事要去安庆，希望赵烈文等他回来后再动身。赵烈文答应下来。六天后，曾国藩却从安庆来信，要东流留守人员全部迁往安庆，赵烈文只好同去。不巧的是，此后几天接连刮强风且气温骤降，天色也是黄黄的，像要落雪的样子。这样的天气自然不能行船。直到二十三日，赵烈文才到达安庆。

到安庆后，又遇到一个新情况：湖北巡抚胡林翼身患重病，致信曾国藩，要他派医术高明的欧阳兆熊前往诊治。欧阳兆熊知道赵烈文医道不错，提出一定要他同去，否则自己也不去。赵烈文素来仰慕胡林翼的名望和为人，而计划中原本就有湘、楚之行，正好借此机会结识胡林翼，所以毫不犹豫答应了。

曾国藩给胡林翼回信时，特意写了一段介绍文字："筱岑（欧阳兆熊）兄今日赴鄂诊视尊恙。有赵君惠甫烈文，常州恭毅公之后，学问闳通，文辞雅赡，尤精于黄氏之医说。筱岑兄要之同行，侍亦浼其（我也恳托他）并诊玉体，渠（他）亦亟思瞻对大贤光仪，重阳前后当可奉谒左右也。"[2]

"恭毅公"即赵烈文六世祖赵申乔，字慎旃，康熙时的名臣。康熙四十一年（1702）十一月调任偏沅巡抚，即后来的湖南巡抚（《能静居日

---

[1]《曾国藩全集·书信》，第24册第652页。

[2]《曾国藩全集·书信》，第24册第513页。

记》说是"康熙四十二年莅偏沅巡抚"，系指到任时间），后官至左都御史、户部尚书。为官清介刚直，卒谥恭毅。赵申乔任湖南巡抚长达十年，名望很高，影响很大。

八月二十八日，曾国藩不仅派人送来了路费，而且特意让欧阳兆熊转达他的意见：赵烈文回来后，就在幕府专门负责洋务工作。

第二天，赵烈文到总督府辞行，感谢曾国藩赠送的路费。曾国藩又当面邀请他做自己的外事秘书，还说这方面的工作目前不是很多，赵烈文进入幕府后，完全"可以游行自适"[1]。

赵烈文深受感动，就爽快表示说：从湖北、湖南回来后，一定接受您的盛情邀请，留下不走了。

与赵烈文第一次进入曾国藩幕府相比，曾国藩这次的态度明显不同，不仅所有考察程序全免了，而且显得非常急迫和主动，用"求贤若渴"来形容都不为过。

还有个细节也可证明曾国藩对赵烈文确实特别看重：凡属比较重要的客人，到了曾国藩大营后，曾国藩都会请顿饭。这是中国人的待客礼节，曾国藩也不能免俗。可是七月二十四日和二十五日，曾国藩连请赵烈文吃了两顿饭，这就很不寻常了。

之所以如此，一是对赵烈文有了更全面了解，知道他确实是个人才。二是此时的曾国藩，已经认识到了洋务工作的重要性，他的幕府又特别缺乏这方面的人才，对于"主动送上门来"的赵烈文，自然不会再错过。

当年十一月，朝廷命曾国藩举荐人才，曾国藩特别保举了六个人，其中称赵烈文"博览群书，留心时务"[2]，朝廷诏令咨送曾国藩大营录用。这样，赵烈文就从一个社会闲散人员，变成在吏部注册的国家候补官员，曲线进入了公务员队伍。此时赵烈文还在湘、楚之行途中，次年一月十七日才回到安庆。

一年之后，曾国藩又保荐赵烈文为县丞（副县级官员）。曾国藩显然

1《能静居日记》，第371页。
2《曾国藩全集·奏稿》，第3册第352页。

想用这种特别保荐的方式，留住赵烈文这个青年才俊。

同治二年正月二十四日，赵烈文在日记里记载这件事时，是这样写的："未刻，谒帅久谭，闻去冬以县丞保叙，余申谢。帅言保优恐致人言，不得不从微末而起，庶不致人侧目，其肫肫见爱如此，可感非凡。余因陈鄙情素无仕宦之志，愿为大将军掮客（来去自由的座上客）。帅笑颔之。"[1]

赵烈文从一个布衣文人跨入副县级官员行列，仅用了一年多时间，已经够快了，可曾国藩还是觉得亏待了他，解释说如果不从"微末而起"，就会"致人侧目"。说明在曾国藩心目中，赵烈文是何等重要的一个人。

3　肩负特殊使命去上海

同治元年（1862）七月二十三日，赵烈文姐夫周腾虎身患痢疾，在从上海返回安庆的火轮上去世。十天之后，赵烈文才得知这一不幸消息。他当即在寓所设置灵位并作《哭弢甫文》，哭悼这位亦兄亦师亦友的亲戚和同事。

周腾虎家属当时在南昌。赵烈文向曾国藩请假，专程赶赴南昌，将姐姐全家接到安庆同住。此后他又带领周腾虎儿子赴上海料理其后事。当年十二月上旬，按照周腾虎生前愿望，将其安葬在江苏省如皋县西来庵之东北。

赵烈文此次去上海，除了料理周腾虎后事，还肩负一项特殊使命，就是当面向李鸿章搬兵，救援进兵金陵雨花台的曾国荃湘军。

曾国藩制订围攻金陵计划时，仍然采取围城打援老办法。可是，当同治元年五月上旬曾国荃率领湘军主力进驻雨花台之后，以旗人将领多隆阿部为主力的其他几路会攻和打援部队，或受阻于太平军的拦截，或不积极协同作战，结果不仅不能实现合围金陵之势，而且使得争功冒进

1《能静居日记》，第 624 页。

的曾国荃部湘军陷入孤军无援的极端危险境地。湖广总督官文本来就不希望多隆阿与曾国荃合军金陵城下，加速曾国藩的成功，如今看到多隆阿不愿与曾国荃合作，干脆上书朝廷，将多隆阿所部一万五千精锐之师调往陕西，镇压由四川进入陕西的农民起义军，以及从河南转到山西与陕西的捻军。

多隆阿之所以在关键时刻拆曾氏兄弟的台，是因为咸丰十年围攻安庆时，多隆阿在外围打援，牢牢守住桐城挂车河一线，不仅有力阻止和推迟了太平军的救援行动，而且消灭了陈玉成的大量精锐部队，在安庆决战中起了关键作用。然而最后论功，曾氏兄弟得上赏，多隆阿虽由正红旗蒙古都统授荆州将军，仍不免有功高赏薄之憾。

多隆阿不仅对曾氏兄弟有怨气，而且与湘军名将鲍超、李续宜等人的关系也不好。行伍出身的多隆阿一向轻视文臣，也不识汉字，同以文人带兵为特征的湘军自然格格不入。会攻金陵时，多隆阿的部队虽奉旨归曾国藩指挥，但他还是怨气未消，于是通过官文奏请远走陕西。

多隆阿远走陕西这一突发形势，立刻在湘军内部激起大哗，曾国藩也极为忧虑。他一面出题目，让幕府高参们就"多将军撤会攻金陵之师西援关中"一事展开讨论，一面火速致信"轻踏死地"的曾国荃，要他赶快退回来。

同治元年五月二十三日，赵烈文奉命撰写了《多将军会攻金陵或援陕西议》，提出了多隆阿西援关中有"五不可"，攻打金陵有"四应该"的看法。[1]

可是，急功近利、一心贪恋金陵财货，不惜冒险蛮干的曾国荃，不仅听不进曾国藩的意见，而且对多隆阿出走暗自高兴，因为这样一来，就没有人与他争功，可以无所顾忌地独吞金陵财货了。

更让曾国藩焦虑万分、夜不能寐的是，同治元年夏秋以后，江南传染病流行，湘军官兵纷纷病倒，一时间造成大批人员非战斗死亡。曾国藩最小的胞弟曾国葆，即死于此疫。而就在此时，率军在上海郊区作战

1《能静居日记》，第512页。

的太平天国著名将领李秀成，奉命率领十余万太平军主力回援金陵，很快进兵金陵城下，轮番对雨花台湘军大营展开猛烈进攻。战斗打得异常惨烈，曾国荃亲自督战，"面受枪子伤，血流交颐，仍裹创巡营，以安众心"。曾国藩听到消息后，"日夕旁皇，寝不安席者数旬"。[1]

万般无奈之下，曾国藩不得不檄调远在上海的淮军回援金陵。这时赵烈文刚好要去上海，曾国藩就要他当面向李鸿章说明这里的情况，让李鸿章务必分兵前来。

同治元年九月初七日赵烈文辞行时，曾国藩要赵烈文当面向李鸿章传达他的指示："飞调程学启一营由轮舟至镇江上岸，赴金陵大营，助九帅（曾国荃）同突围而出。……此次大营危急，无论上海攻剿如何吃紧，均须即速遣发前来。青浦各县不必急急进取，其营到金陵解围后，即仍遣回沪，决不久留。"[2]

程学启原为太平军将领，投降湘军后被任命为开字营营官，归曾国荃统领。同治元年三月奉命随李鸿章赴援上海，改隶李鸿章，成为淮军的一支劲旅。

动身去上海之前，赵烈文又奉曾国藩急命，专程赴九江雇用外国轮船拖转运船接济金陵。赵烈文是曾国藩外事秘书，此项工作非他前往办理不可。

九月二十一日天黑前赵烈文赶到上海时，李鸿章带兵在外作战，第二天他将随身携带的文件和曾国藩交代要说的话函告李鸿章。又给李鸿章写信说："来时中堂（曾国藩）命（烈）面启阁下，言所调程军，务须遄往，以救金陵危急。一俟解围，立即饬回沪营，以资攻剿。……兹谨飞启，即希鉴察施行。"[3]

二十五日，赵烈文听说李鸿章当日回到上海，当即冒雨赶到城外迎接并相见久谈。第二天，赵烈文给曾国藩写了一封长信，报告与李鸿章接洽情况，并汇报来上海途中路过金陵时亲眼看到的事实。

1《曾国藩年谱》，第 143 页。
2《能静居日记》，第 579 页。
3《能静居日记》，第 584 页。

公事办理完毕，赵烈文才专心处理姐夫周腾虎的后事。

4　临时安排到曾国荃身边帮忙

同治二年正月初九日，赵烈文乘船返回安庆途中，再次路过金陵，特意到湘军指挥部拜见曾国荃并住了一晚。曾国荃正在病中，本不方便见人，听说赵烈文来了，当即请他换上便服进内室执手相见并谈话多时。赵烈文告辞时，曾国荃又借了一架十分珍贵的西洋望远镜给他，让他出营后登高瞭望金陵全城。

正月二十四日，赵烈文回到安庆当天，就向曾国藩详细汇报了上海之行情况。

曾国藩对金陵城下的湘军安危一直十分惦念。二十七日，曾国藩告诉赵烈文，明天他要去无为、芜湖、金陵等地实地考察营务，到时再决定曾国荃部湘军要不要撤出金陵。赵烈文完全赞同曾国藩的意见。曾国藩没有要赵烈文随行，可能考虑他刚从上海和金陵回来。

整整一个月之后，亲自考察了金陵雨花台湘军大营和池州、芜湖、巢县、无为等地湘军营地的曾国藩回到安庆。曾国藩认为，围攻金陵的湘军营盘坚固，各部之间关系协调紧密，没有必要从金陵撤出来。

曾国藩要求调回程学启的指示虽被李鸿章打了折扣，但在此前后，曾国藩调派的其他部队和不断增募的新兵补充到营，使得曾国荃围攻金陵的湘军很快增加到近四万人，半年后又扩充为五万人。集中兵力对金陵发动新攻势的同时，曾国藩又调鲍超率军攻占江浦，令湘军水师攻陷了太平军坚固设防的九洑洲。九洑洲是金陵被围后通向下游的唯一出路，运兵、运粮皆赖此一线，两岸往来也以此作为中转和跳板。从此，困守金陵城内的太平军失去了与下游联系的唯一通道，太平天国的生存危机越来越严重了。

曾国藩还告诉赵烈文一条信息：曾国荃当面恳请他让赵烈文到自己幕府工作。

赵烈文以为曾国荃只是嘴上说说，就没有认真放在心上。哪知曾国荃打心里看上了赵烈文，此后给哥哥曾国藩写信，不仅多次重提此事，而且要哥哥一定做通赵烈文的工作。

同治二年四月十三日，赵烈文去见曾国藩，曾国藩便将曾国荃来信拿给他看，并征求意见说："足下意见如何？"

赵烈文回答说："我赋性疏拙，不谙世务，到那里恐怕对沅帅（曾国荃字沅甫）没有多大帮助。况且我的生平志向，但求有碗安稳饭吃，能够静心读书就行了，别人梦寐以求的升官发财、建功立业，本人都没有多大兴趣，所以还是不去为好。"[1]

曾国藩却坚持要他去，赵烈文只好以缓几天再作答复为借口，告辞而出。

十五日，曾国藩不仅设午宴招待赵烈文，而且请了与赵烈文关系密切的欧阳兆熊、刘翰清等人作陪。

即使如此，赵烈文还是决定不去金陵，并请欧阳兆熊向曾国藩转达此意。

想不到第二天欧阳兆熊回话说："曾公还是想请你去一趟。曾公还说，到金陵后，是去是留，悉听尊便；或者往返金陵和安庆两处，也无不可。"意思是赵烈文可以"身兼二职"，同时做曾家兄弟的秘书和"高参"。[2]

由此可见曾氏兄弟对赵烈文是如何器重了。

话已说到这个份上，赵烈文自然不好再回绝。

赵烈文一答应，曾国藩当天就迫不及待给曾国荃写信，告知这一消息："赵惠甫可至金陵先住月余，相安则订远局，否则暂订近局。"[3]

赵烈文初步确定行程后，曾国藩再致信曾国荃："惠甫定于端午节后起程。"[4]

五月十二日下午，赵烈文离开安庆，一路由炮船护送，于二十日中

1《能静居日记》，第 652 页。
2《能静居日记》，第 653 页。
3《曾国藩全集·家书》，第 21 册第 150 页。
4《曾国藩全集·家书》，第 21 册第 154 页。

午抵达金陵曾国荃指挥部。曾国荃给了赵烈文很高礼遇，让提督、总兵级别的大员穿着官服到帐下迎接。

这一方面是曾国荃很看重并急需赵烈文这个人才，另一方面是接到了哥哥五月初七日从安庆写来的信件，叮嘱他对赵烈文"不忘一敬字"，曾国荃自然不敢怠慢。

在这封家书中，曾国藩不仅叮嘱曾国荃特别敬重赵烈文，而且对赵烈文的优缺点做了全面介绍，信中原话是："赵惠甫今日来辞行，订八月回皖一次，或久局或暂局，弟与之相处一月便可定夺。其人识高学博，文笔俊雅，志趣不在富贵温饱，是其所长；藐视一切，语少诚实，是其所短。弟坦白待之，而不忘一敬字，则可久矣。"[1]

赵烈文清高自赏，太要面子，有时难免言不由衷；他又律己极严，让人觉得好像是故意违反世俗人情，以显示自己的与众不同。这些确实是赵烈文的缺点。曾国藩能把赵烈文了解得如此透彻，说明他看人确实非常厉害。

在和太平军进行生死较量的关键时刻，曾国藩不惜违背赵烈文个人意愿，坚持派他到曾国荃身边，既是为了让他协助曾国荃工作，也是希望他在大事上替九弟把关，让九弟尽量少惹或不惹麻烦。

当然曾国藩内心也十分清楚：金陵迟早将被攻下，到时论功行赏，也好让自己的心腹幕僚赶上这个千载难逢的立功机会。

从攻克金陵后发生的一系列情况看，当初曾国藩的这个决定实在太英明、太有远见了。如果没有赵烈文在身边，独断专行、一味蛮干的曾国荃不知会惹下多少麻烦。

5 曾国荃的秘书和参谋不好当

同治三年（1864）六月十六日中午，湘军攻进太平天国都城金陵。

下午五时左右，赵烈文听说曾国荃回到了老营（曾国荃指挥部），就

1《曾国藩全集·家书》，第 21 册第 161 页。

和众人一起前往祝贺。曾国荃穿着布衣，光着双脚，汗、泪并流，一副狼狈不堪的样子。他示意大家不要祝贺，然后拿出一份提纲交给赵烈文，要他据此起草奏折。

赵烈文很快写出初稿，亲手交到曾国荃手上。

到了晚上八九点钟，赵烈文听到龙脖子（位于南京太平门城墙东边，为一高坡，系"钟山龙蟠"余脉，俗称"龙脖子"）到孝陵卫一带响起巨大炮声，料想太平军头目逃了出去。

当时金陵城虽然攻下来了，但太平军重要首领都没有抓到，幼天王、李秀成、林绍璋等主要人物的下落都不清楚。

赵烈文顾不了许多，硬是从卧榻上将曾国荃摇起来，请他派骑兵拦截逃敌，曾国荃却不以为意。

休息许久之后，曾国荃这才开始修改奏折。

赵烈文的原稿写得比较简略，曾国荃涂涂改改，增删略尽。叫人重新抄录后，曾国荃让彭椿年另外起草了一个稿子，并吩咐赵烈文与彭椿年一起商量定稿。

赵烈文说："回营这一层不必提到。各位将领的战功，这次也不宜写得太多，以后应该由曾国藩大帅详细上报。"

曾国荃颇不耐烦地说："不必取巧。这样做好像我们要隐讳什么。至于各位将领的功绩，我这里不上奏，我哥不一定会详细上报，这是有负诸位啊。"总之，他完全听不进赵烈文的意见。

奏折基本定稿后，曾国荃叫人誊写，又关上门睡觉了。

四更时城北传来报告，说有两百多太平军骑兵和一千多步兵，全部装扮成湘军模样，带着不少妇女从缺口逃出去了。负责防守这一地段的湘军部队，主力还在城内清剿太平军余部和掠夺财物，留守人员不多且疲惫不堪，因而不能阻挡。太平军由孝陵卫福字李泰山、节字萧孚泗等防区逃出城后，直接向句容方向奔逃。来报告的人不敢惊动正在酣睡的曾国荃，只好说给赵烈文听。正在誊写奏折的人员听到报告的情况，无不摇头叹息。

赵烈文估计幼天王和其他首领都混在这群逃跑的人中，如果再按先前的定稿誊写奏折，以后肯定有大麻烦，于是不管曾国荃高不高兴，急忙敲门叫醒了他，要他在奏折中加上太平军如何逃走一段话，以便为将来留下一个回旋余地。曾国荃这回没有发火，不仅采纳了赵烈文的意见，而且急令骑兵迅速追击。

奏折誊写完毕，等待寄走时，天也快亮了，赵烈文这才进房休息。

可是躺下不久，赵烈文想起还有三封急信要写，就又起来工作。

写完三封公函，随奏折一起发走，赵烈文又写了一份条陈，向曾国荃提出四条建议：一、停止杀戮，命令所有湘军回到自己营地，进行全城大搜查，搜寻、捉拿太平军头目。二、找地方安顿好妇女，不要使她们尽遭掳掠。三、设立善后局。四、禁米麦出城。

曾国荃答应实施后面三条，第一条暂缓实行。

昨晚几乎忙了个通宵，十七日白天赵烈文也无法休息。当天他主要做了这几件事：一是起草了两封信件。二是起草了《禁米麦出城告示》和《关于成立善后局的通知》。三是起草了三份通知，要求全体湘军迅速救火、清剿太平军残兵败将等等。

当时金陵城中的天王府、忠王府还存在，其余王府大多数被太平军放火烧了。湘军进城后，也烧杀抢掠，四面放火。到十七日中午，天王府和忠王府也烧起来了。再不赶快救火，金陵城很可能被烧得精光。

下午，赵烈文得到昨天深夜派去追击太平军的骑兵送回来的报告，说逃出城的太平军实际上有二三千人，幼天王洪天贵福和忠王李秀成都在这些人中，他们追赶不及，只抓获一人。赵烈文去见曾国荃，建议将这一情况如实报告曾国藩，并商定如何再给朝廷写奏折，不要落在别人后面，但曾国荃不同意。

晚上赵烈文又处理了好几封公私信件。

十八日凌晨，赵烈文被曾国荃叫进内室，要他给曾国藩写报告，内容就是昨天赵烈文对他说过的那些话。他要赵烈文将情况详细报告曾国藩，幼天王逃走的事情已经得到证实。写给曾国藩的报告有数千字。忙完此事，赵烈文又分别给四川总督骆秉章和湖广总督官文等人写信，忙得喘息的时间都没有。

经过一夜冷静思索，曾国荃有所醒悟，同意按赵烈文的意见给曾国藩写报告，以便统一兄弟两人给朝廷上奏的口径，因为此事实在非同小可，不能不慎重对待。湘军破城后，由于曾国荃放任不管又处置不当，结果出了大问题，幼天王洪天贵福和太平天国后期的顶梁柱李秀成都不知下落，大批太平军从缺口逃了出去，这如何向朝廷交代？更不必说湘军在金陵城内烧杀抢掠、放火毁灭罪证了。

所以，如何向朝廷上奏，交代相关情况，确实是曾氏兄弟必须首先面对和考虑的问题。在此方面，赵烈文比曾国荃清醒得多。

可是十九日傍晚，赵烈文与曾国荃又因为要不要继续给曾国藩写报告的事情发生争执。

那是十六日深夜派去追击太平军的骑兵首领伍维寿回来向曾国荃报告说：他们在淳化镇抓获了太平天国列王李万材，据他供称，幼天王和李秀成逃出城后，分成两队，幼天王等人为前队，已远走；忠王李秀成与璋王、顺王、幼西王、幼南王、信王等为后队，现在去追可能还追得上。他们便要李万材带路，追至湖熟大桥边果然追上了，于是将李秀成等太平天国头目一起杀死，如今只将李万材一人生擒回来。曾国荃完全听信伍维寿的说法，当即要赵烈文起草报告，向曾国藩补报这一情况。赵烈文觉得这个姓伍的骑兵首领空口无凭，说的话非常值得怀疑，就说这个报告不必急着写，等完全弄清了情况再说。曾国荃坚持己见，非要赵烈文写不可，两人一时相持不下。赵烈文转念想：这个报告是写给曾国藩的，即使汇报不实也无大碍，就顺着曾国荃的意思起草了这一报告。[1]

只要认真看过这一时期曾国藩写给曾国荃的家书，就会发现：由于曾国藩不能及时、准确、完整地得到金陵方面的信息，结果不仅为如何上奏朝廷大费心思，而且特意推迟了来金陵的时间。

曾国藩哪里知道，这一切都是因为他的九弟不能认真听取赵烈文的意见，随心所欲，该如实报告的信息不报告，不该急于报告的错误信

1《能静居日记》，第 799 至 802 页。

息，又"畅通无阻"地送来了。

曾国藩日记也记载了曾国藩被曾国荃报送的错误信息所误导的事实。六月二十二日曾国藩日记写道："巳初接沅弟咨信，知金陵子城（内城）于十六日夜攻克，逃出之贼被马队追杀净尽。"显然是十九日晚上曾国荃发出的报告误导的结果。六月二十三日，曾国藩日记又写道："接沅弟咨，知李秀成于十九日生擒，因将折稿再为核改。"[1]

好在曾国荃后来及时补报了真实情况，前一天曾国藩写出的奏折尚没有发出去，来得及修改，否则不仅会闹出一个李秀成先死后活的大笑话，而且会严重影响曾氏兄弟的信誉。

骑兵首领伍维寿的谎言，二十日一大早就被彻底戳破：太平天国忠王李秀成不仅被方山村村民活捉，而且已经缚送至萧孚泗营，如今被押送到湘军指挥部来了，曾国荃正在亲自审讯他呢。

曾国荃将尖刀和锥子摆放在李秀成面前，打算一刀一锥杀死这个与他终日苦战、让他损兵折将的李秀成，以解两年来的心头之恨。

有人迅速将情况报告了赵烈文。赵烈文觉得李秀成不是一般人物，现在杀了他，以后不好向朝廷解释，就急忙赶过去，对着曾国荃的耳朵细声提醒他不能杀死李秀成。

赵烈文不说还好，一说反而害了李秀成。曾国荃当即从座位上弹起来，厉声责问赵烈文："这是土贼啊，怎么能留下来，难道要献俘吗?!"说完，就让士兵拿刀割李秀成手臂上的肉。虽然鲜血直流，但李秀成纹丝不动。赵烈文碰了这么大个钉子，真是意想不到。

不一会儿，曾国荃又命人将天王洪秀全的胞兄福王洪仁达绑来，也让士兵一块一块割他手臂上的肉，洪仁达也闭口不发一语。

看到这种情形，赵烈文知道自己无力阻止曾国荃的暴虐行为，就默默退出去了。

庆幸的是，曾国荃很快意识到了自己的行为是多么不可思议，于是下令停止用刑，将李秀成和洪仁达分别收入禁室，然后叫赵烈文过去，

1《曾国藩全集·日记》，第18册第66页。

商量究竟应该如何处置这两个人。

曾国荃说："过几天处死李秀成也可以。我是担心有献俘（克敌凯旋，献俘于宗庙以告成功）的事情发生，让朝廷滋生骄心啊。"

赵烈文说："是否献俘不必由我们提出。但李秀成是太平天国后期主要将领之一，既然被活捉，理当请示皇帝裁决。假如您的手下人将他抓获后擅自将其杀掉，是可以呢还是不可以？"

曾国荃一时无言以对，就说等报告我哥后再做决定，并要赵烈文尽快写出报告。[1]

曾国荃要赵烈文在报告中必须写明李秀成是湘军将领萧孚泗抓获的，实际上数千名太平军正是从萧孚泗的防区逃走的。曾国荃颠倒黑白，无非是为了报功，也是为了顾全他自己和整个湘军的面子。萧孚泗也由纵敌劫财的罪人摇身一变为功臣，封一等男爵，赐双眼花翎。赵烈文对此非常愤慨。

赵烈文对曾国荃有看法，曾国荃对赵烈文更是耿耿于怀，其中两件事，甚至让曾国荃感到恼恨。

一是十六日下午曾国荃从前线回到指挥部后，赵烈文听说湘军官兵进城后大肆抢掠，秩序大乱，很担心激起变故，就请曾国荃赶快出去号令约束部队。曾国荃却把赵烈文的好心当成了驴肝肺，说赵烈文对他一点也不体谅，理由是他当时疲乏至极，哪有精力管这些破事？当时他最需要的是休息，至于外面乱成什么样子，他不想管也管不了。作为湘军统帅，居然如此意气用事，一点责任心都没有，真是天下少有。

还有就是十七日凌晨，赵烈文在几乎忙了一个通宵的情况下，给曾国荃写了一份条陈，提出四方面建议，其中一条是尽快设立善后局，做好善后工作。曾国荃虽然采纳了这一建议，也委派了彭毓橘、陈湜、彭椿年、易良虎等人负责其事，但由于工作难度太大，这些官员或消极怠工，或推诿不干，或骂赵烈文"不识时务"。曾国荃无奈，第二天便对赵烈文说："此事是你提议搞的，现在别人不干，只有请你兼顾了。"当

1《能静居日记》，第 803 页。

时赵烈文每天要起草许多文件和公私信函，连休息时间都没有，哪有精力兼任此事？再说曾国藩要他来这儿，不是负责某项具体工作，而是做机要秘书和高参，为曾国荃出谋划策、处理重要文案，曾国荃再怎么糊涂，工作中遇到再大难处，也不能这样胡乱安排，所以赵烈文考虑都没有考虑，就婉拒了曾国荃的要求。

曾国荃于是觉得赵烈文不仅不体谅他的难处，而且只会指手画脚，乱出主意。曾国荃从此就把这两件事放在心里，耿耿于怀。到了六月二十四日，曾国荃向赵烈文的朋友谈起这些事时，还是满脸不高兴的样子。

这些话传到赵烈文耳中，他心里虽然很不是滋味，甚至颇感委屈，但也懒得和曾国荃计较。

然而非常有趣的是，过了一天，也就是六月二十五日，曾国荃却主动邀请赵烈文到内室谈话，诚恳地对他说："我读书太少，常常不明事理，喜欢意气用事，如果有什么怠慢和得罪的地方，还请多多包涵。"曾国荃说这些话时，满脸难为情的样子，就像一个做了错事的孩子。[1]

赵烈文猜想，曾国荃是为自己昨天说过的那些不得体的话，在向他做检讨了。如果真是这样，这个心直口快的曾国荃，倒也有几分可爱的地方。

事情其实不是赵烈文想象的那样。曾国荃能够放下身段，主动找赵烈文交心，委婉做自我批评，是因为曾国藩当天要到金陵，他觉得如果不尽快与赵烈文修复关系，到时哥哥批评起来，自己不好交代。

曾国藩到来后，曾国荃对赵烈文的态度果然大变。

六月二十六日上午，曾国藩与赵烈文长时间说话，曾国荃不仅一直陪着，而且当天中午又与曾国藩一起宴请赵烈文和他的同事。要知道，曾国藩昨天才到金陵，该有多少重要事情要处理，有多少重要人物要接见，有多少应酬要参加，却如此厚待赵烈文。

更好笑的是，六月二十九日曾国藩一天在外，曾国荃不仅单独请赵

1《能静居日记》，第 806 页。

烈文吃晚饭，而且饭后两人又长时间谈话，曾国荃真是套足了近乎。

应该说，曾国荃的关系修复工作起到了积极作用，此后，赵烈文完全放下了包袱，不仅精神顾虑没有了，而且身上的疮疾也逐渐有了好转。这段时间，赵烈文原来一直带病工作。

七月初三日傍晚，身心轻松的赵烈文到河中痛痛快快洗了个澡。这是他来金陵后第一次到河中洗澡。农历六、七月是一年中最热的日子，又是在火炉城市金陵，从小生活在江南水乡的赵烈文入夏以后就没有洗过澡，这种滋味，无须亲自体验，谁都能够想象有多难受，这就怪不得赵烈文戏水时会发出这种欢呼："浣濯甚快，安得纯灰百斛，并涤胸中块磊邪！"[1]

这哪里是身体在洗澡，分明是精神在洗澡，可见前一段时间，赵烈文的身心负担有多沉重！

6 曾国荃的错误记到了赵烈文账上

可是朝廷发出的一份廷寄（不通过内阁，由军机处直接寄发的机密文件），又使得赵烈文与曾国荃的关系骤然紧张起来。

原来朝廷收到十七日凌晨曾国荃与杨岳斌、彭玉麟共同署名发出的《官军克复金陵外城情形疏》之后，因为再没有收到后续报告，十分担心金陵这边发生了什么变故，未免不悦；又因为曾国荃在金陵外城刚刚攻下便贪图安逸，丢下部队不管，立刻回老营休息，所以朝廷觉得曾国荃太不负责，于是在廷寄中用十分严厉的语气批评了曾国荃。

看到这份廷寄后，赵烈文的心情本来就十分沉重，而一些不了解事实真相的人却认为朝廷之所以有功不赏，反而对曾国荃横加指责，都是奏折起草人赵烈文没有写好，尤其是奏折中写了"伪城甚大"的缘故，所以这一切都是赵烈文的罪过。

听到这些不负责任的议论后，心思缜密、对工作精益求精的赵烈文

1《能静居日记》，第808页。

心里虽然在喊冤，却无法向他人说明事情真相。

实际上正如前文所写，十六日晚间赵烈文起草的奏折初稿，内容非常简略，并没有涉及曾国荃回营这件事。曾国荃修改时，才不顾赵烈文反对，执意加上了回营的内容。在曾国荃改稿的基础上，彭椿年另外起草了一个稿子后，曾国荃要赵烈文一起商量定稿，赵烈文又一再主张删除"赶回老营"四个字，曾国荃不仅不听，反而发脾气说"不必取巧"，赵烈文才无可奈何地放弃自己的意见。最后，赵烈文只将奏折原稿中的文字"令官军环城严守，四路搜杀"，改成"环城内外扎定，兼扼各路要隘，冀使无一漏网"。

曾国荃在奏折里执意写上"赶回老营"方面的内容，估计是做贼心虚，结果却此地无银，不打自招。

那么"伪城甚大"的内容又是怎么加进去的呢？

那是下半夜四更，赵烈文得到来自前线的报告，说有大批太平军在混乱中化装逃出了城，湘军主力则在城内烧杀抢掠，只留下少数人员在防区站岗放哨，此事日后断难掩饰，这次如果奏明歼灭净尽，日后如何转弯？所以赵烈文觉得必须在奏折中留有回旋余地。当时奏折尚没有誊写完毕，赵烈文于是强行叫醒睡梦中的曾国荃，建议他对奏折文字做些修改，否则以后朝廷怪罪下来，自己无法应对。曾国荃采纳了他的意见，赵烈文于是在奏折中添写了"伪城甚大"的内容，同时在下文加了一段话："万一城大兵单，窜漏一二，臣自当严饬各军尽力穷追，会合前路防军悉数擒斩，免致流入他方，复贻后患。"

赵烈文这样添改，主要有两层用意：一是表明曾国荃离开前线，并非为了休息，而是回营安排各路布防，防范太平军逃窜，也是为了淡化前后矛盾，掩盖前文留下的语句毛病。二是金陵城这么大，湘军又不占绝对优势，破城之后，即使防范不严，有少数太平军趁乱逃窜，也是不奇怪的，朝廷日后要怪罪，自己不仅能够自圆其说，而且预留了推卸责任的理由。

赵烈文"不求有功，先求无过"的良苦用心，因不为外人所知晓，结果背了黑锅，承担了骂名，真是"悠悠之口，何足与言"！[1]

写到这里，笔者不得不遗憾地指出：经赵烈文修改后的奏折，内容虽然更妥当，用语虽然更严密，但对照读过《曾国荃集》中的正式文本《官军克复金陵外城情形疏》之后，就会惊讶地发现，赵烈文精心修改过的内容，曾国荃最后又做了删改。这一点赵烈文可能不知道，否则定会在日记里予以记载："臣国荃至太平门倒口进，登龙山督阵，见攻克省城大势已定，遂赶回老营，将大略情形一面具报，一面饬官军环城内外扎定，兼扼各路要隘。计自十六日午时起至日暮，歼毙悍贼数万，攻毁伪府数十处。惟首逆洪酋等所居，筑有伪城甚大，死党不下万人，经官军四面环攻，尚未破入，大约一二日内即能剿洗净尽。"[2]

由此可见，不仅"赶回老营"四字是曾国荃坚持写进去的，而且"伪城甚大"后面的文字，也是曾国荃改过了的。朝廷正是恼火曾国荃不等攻破内城便赶回老营休息这一点。假如不写"赶回老营"而又能完全按照赵烈文修改后的内容定稿，曾国荃这次不仅不会挨骂，而且对于当天深夜幼天王逃走一事，也有了自圆其说和推卸责任的理由。曾国荃完全咎由自取，确实怪不得赵烈文。

曾国荃对此也是承认的。事过三年之后的同治六年七月二十七日，曾国荃给曾国藩写信时，就提到过这件陈年往事："赵惠（甫）添内城未破一层，启朝廷之疑，固我之疏也，亦命也，于吾心均无悔焉。"[3]

由于事情过去了三年多，曾国荃可能记不清当时草拟奏折的具体细节，但他没有怪罪赵烈文的意思，则是十分明确的。

让赵烈文感到欣慰的是，曾国荃挨了朝廷严厉批评，虽然气得七窍生烟，却没有给自己脸色看。一是曾国荃知道全部事实真相，明白责任不在赵烈文身上，没有怨怪他人的理由。二是曾国荃和赵烈文都心知肚明，朝廷这次借奏折问题严词谴责，其实与奏折用词本身没有多大关系，完全是借题发挥，节外生枝，有意刁难。去年冬天攻克苏州时，李

1《能静居日记》，第809页。

2《曾国荃集·奏疏》，第1册第20页。

3《曾国荃集·家书》，第5册第266页。

鸿章在奏折中明白无误地写了李秀成率部从小路搭桥而去；今年春天攻克杭州时，左宗棠在奏折中也明确告诉朝廷太平军倾城先走：可是李鸿章和左宗棠不仅没有受到指责，反而很快得到了恩赏。

朝廷之所以厚此薄彼，要这样严厉对待曾国荃，主要想打压他的骄盈作风。湘军攻下金陵外城后，曾国荃便丢下部队不管，立刻回老营休息，自然是骄傲自满又狂妄自大的表现。其次是给曾氏兄弟提出警告，告诉他们必须夹紧尾巴做人，不要得意忘形，不能有任何非分之想。如果违背朝廷意旨或有不轨的行动，朝廷随时可以将他们一免到底，甚至可以采取更严厉的惩罚措施。

当时曾氏兄弟手里握有天下第一重兵，身边聚集着全国第一流人才，长江流域几乎都是湘军的势力范围，曾国藩本人威望又很高，对清政府是一大威胁，所以满族统治者从骨子里疑忌和害怕他们。正因如此，他们才会虚张声势，既给自己壮胆，又能加大政治压力，最终逼迫曾氏兄弟就范。

大凡熟悉中国历史的人，都知道"功高震主"的典故。现在，曾氏兄弟和清政府的关系，正处在这样一个节骨眼上。

自曾国藩担任两江总督并节制四省军事以来，清政府又要用他，又对他不放心，越是接近太平天国失败，清政府的疑心就越重。一会儿突然无来由地指责，一会儿又加以安慰，就是清政府矛盾心理的具体体现。曾国藩熟读史书，又十分谨慎，曾国荃则不然，天不怕，地不怕，性格倔强，行事鲁莽，不时时敲打一下，说不定真会做出骇人听闻的事情来。

这些，就是清政府借奏折一事向曾国荃发难的主要原因。

至于金陵城破后曾国荃立即赶回老营，丢下部队不管，除了自己需要休息，另外就是故意放纵湘军官兵进城抢掠。六月十六日傍晚，赵烈文请曾国荃出去号令约束部队，曾国荃不仅不听，反而大发脾气；当天深夜，赵烈文向曾国荃提出四条建议，曾国荃只采纳后面三条，对最重要的第一条"停止杀戮，命令所有湘军回到自己营地，进行全城大搜查，搜寻、捉拿太平军头目"完全不感兴趣，根本原因都在这里。

太平天国经营多年的都城金陵金银如山、财货似海，既是湘军攻城前所有人的心理预期，也是曾国荃动员湘军拼命攻城的主要诱饵，破城之后，当然要放纵他的部下大肆抢掠。赵烈文不明白其中奥妙，因而瞎操了许多心，饱受了许多气。

7　需要曾国藩尽快决断的几件大事

曾国藩到了金陵之后，许多棘手问题需要尽快决断，其中与赵烈文工作密切相关的有这么几件。

一是如何上报洪秀全死亡之事。

首先要找到洪秀全遗骸，证实其确已死亡。

六月二十八日，经天王府一位姓黄的宫女指点，找到了洪秀全的埋尸地点并将其掘出。曾国藩见到这位老对手时，只见其全身用绣龙黄缎包裹，头秃，胡须微白稀疏。说也奇怪，上午本来还晴朗朗的天空，曾国藩验完洪秀全尸身后，暴风骤雨突然降临，之后又悄然而止。也许是这位搞乱了大半个中国，且在金陵做了十一年天王的人，不甘心自己的失败，如今"见到"打败自己的老对手，故意让老天爷风雨大作吧。

其次是如何在汇报洪秀全遗诏一事上自圆其说。

七月初四日晚上，曾国藩、曾国荃、赵烈文三人一起商议此事时，因为赵烈文先前说过"洪秀全伪遗诏似关紧要"的话，所以曾国藩认为：四月二十日听说洪秀全死了后，就在奏折中向朝廷报告了此事，现在看到的洪秀全遗诏，落款时间却是六月十七日，相差近两个月，如果按现在这一日期上报，肯定会引起朝廷猜疑。于是在他亲笔拟写的奏折初稿中是这样说明的："洪秀全实际上是四月二十日服毒而死，但秘不发丧，而城里的太平军和城外的官军都知道洪秀全已死的消息，拖至六月十七日，才迫不得已颁发他的遗诏。"奏折中还说这是得自洪秀全的宫女黄氏之口，同时准备将洪秀全的遗诏和玉玺一并呈给朝廷。

赵烈文见曾国藩写的与四月二十日奏折内容完全吻合，可以避免朝廷猜疑，就同意按此说法上报。但办事喜欢直来直去的曾国荃有不同意见。他说这样绕来绕去，虽然能够自圆其说，却失之纤巧，还不如不报。他说的当然有一定道理，曾国藩也就失去了主意。赵烈文于是将洪秀全遗诏要过来，看它上面究竟写了什么。这一看才发现大谬不然。

原来这份遗诏根本不是洪秀全死后发布的，而是叙述癸亥年（同治二年）六月十七日天父下凡的事，与洪秀全之死毫不相干，而且时间已过去一年，并不仅仅是月份和日期与洪秀全死亡时间对不上的问题。赵烈文将情况向曾国藩做了汇报后，曾国藩不得不放弃重新奏报洪秀全死亡的打算。[1]

这说明，在商议定稿有关洪秀全死亡时间的奏折之前，没有谁认真看过洪秀全的遗诏。如果不是赵烈文做事认真和细心，及时发现了问题，洪秀全的所谓遗诏一旦作为附件呈报给了朝廷，不仅会闹出大笑话，而且会加重朝廷对曾氏兄弟的疑忌。

二是要不要处死李秀成。

七月初二日晚上，赵烈文到曾国藩处商量工作，曾国藩问他："我打算将李秀成就地正法，不必等朝廷指示，你觉得可以吗？"

赵烈文说："活捉李秀成十多天了，大家有目共睹，而且又遵照您的吩咐，录下了他的口供，应当不会让任何人怀疑。况且李秀成这个人十分狡诈，不能把他押送到朝廷处理。"[2]

很显然，在处死李秀成的问题上，曾国藩与赵烈文的意见完全一致。

处死李秀成的决心虽然已下，但曾国藩觉得李秀成是个人才，所以对他很怜惜。

七月初五日，曾国藩再次来到囚禁李秀成的地方，与他进行了最后一次谈话。李秀成有乞活之意。曾国藩说："对你的处理要等候朝廷指示，不是我能决定的。连日来我也为此事反复考虑，等朝廷有了明确指示再告诉你。"

第二天，也就是七月初六日立秋这天，曾国藩派幕僚李鸿裔通知李秀成："国法难逃，中堂（曾国藩）不能为你开脱罪责。"

1《能静居日记》，第808至809页。
2《能静居日记》，第808页。

李秀成听了很感动，说："中堂厚德，铭刻不忘，今世已误，来生愿图报。"

曾国藩的一番谎言，显然让李秀成信以为真，所以他到死也不清楚是曾国藩要处死他。

不过曾国藩最后还算"善心大发"，吩咐不要对李秀成处以凌迟极刑，只将他的首级传示各省，并用棺材装殓他的尸体。[1]

曾国藩和赵烈文为什么急于处死李秀成？这个问题比较复杂，但又不能不交代清楚。

李秀成被俘后，尚在安庆的曾国藩报给朝廷的奏折中，就如何处置李秀成一事专门做过请示："应否槛送京师，抑或即在金陵正法，咨请定夺。"[2]

既有此请示，按理应该等候朝廷批复再做决定才是。曾国藩到了金陵后，为什么突然改变主意，擅自做主，匆匆把李秀成杀了呢？这样做不仅会失信于朝廷，而且要承担专擅自决的巨大风险，曾国藩如此谨慎的一个人，怎么会做出这种前后矛盾、让人不解的事情来？

没有别的解释，只能说明曾国藩到了金陵，与李秀成亲自接触两次，又目睹金陵全城被湘军焚掠一空之后，心里有不能不这样做的苦衷，也就是他不敢把李秀成解送到北京。

其间利害关系，大体有这么三点。

首先是太平天国"圣库"财物被曾国荃纵兵抢掠一空，李秀成对此知之甚详，将他解送至京，势将供出实情，对曾国荃和湘军其他将领极其不利，曾国藩也难逃失察之责。

其次是曾氏兄弟历次奏报战绩，多所夸饰，为人"十分狡诈"的李秀成到了北京后，为了讨好朝廷，乞求活命，难免"搬弄是非"，一一将其拆穿。

最后是金陵城破之后，湘军只顾抢掠，对太平军毫无防范，致使幼天王洪天贵福轻易逃脱、李秀成为方山村民活捉等等一系列事实真相都

1《能静居日记》，第 810 页。

2《曾国藩全集·奏稿》，第 7 册第 299 页。

将大白于天下，这对曾氏兄弟和整个湘军的声誉，都将造成极其巨大的损害。

对此，处死李秀成的前一天也就是七月初五日，赵烈文在日记中是这样写的："所恨中丞（曾国荃）厚待各将，而破城之日，全军掠夺，无一人顾全大局，使槛中之兽，大股脱逃，幸中丞如天之福，民人（方山村民）得忠酋（李秀成）而缚之，方得交卷出场，不然，此局不独无赏，其受谴责定矣。"[1]

正因如此，所以到了金陵，了解全部事实真相尤其是两次亲审李秀成之后，工于心计的曾国藩自然会反复权衡利弊，改变原先决定，坚决果断地把李秀成和洪仁达一起杀了。留着他们确实是个巨大祸患，不如冒些风险，将他们就地正法为好。

曾国藩擅杀李秀成之后，果然引起朝野上下纷纷猜疑。为了弄清事实真相，科尔沁亲王僧格林沁，奉命委派江宁将军富明阿，到金陵查访李秀成的"真伪及城内各事"。富明阿"泊船水西门（南京城西面最重要的一座城门），见城上吊出木料、器具纷纷"，不仅"颇有违言"，而且"逢人辄询伪忠王是否的确云云"。

对于当时人心惶惶、无不让人后怕的情景，在七月二十一日的日记中赵烈文也有如实记载："幸此人（李秀成）留之半月，经中堂（曾国藩）亲询口供，众难伪造；又夷人及各路来人见之者甚多。然犹众议如此。若本日戮之（指李秀成被送到湘军老营那天被曾国荃杀死），即剖心视众，无以明之矣。"[2]

意思是幸好当时没有马上杀死李秀成，而是留了半个多月，让他写了口供，见过李秀成的人也很多，其中还有外国人，否则朝廷追问真假，就是剖开胸膛把心掏出来给人看，也无法让人相信了。

三是如何向朝廷汇报处死李秀成一事，尽力做到自圆其说。

曾国藩既然擅杀了李秀成，自然要让朝廷相信他有不得不这样做的理由，所以必须尽快给朝廷上奏折，说明其中原因。

1《能静居日记》，第809页。
2《能静居日记》，第816页。

做这种假话连篇、强词夺理的文章，本是极其困难的一件事，但曾国藩本人是奏牍高手，身边又有赵烈文这个高参，结果在他们的周密谋划之下，居然能够妙笔生花，一步步把朝廷哄骗得无话可说。

处死李秀成的次日，也就是七月初七日，曾国藩报给朝廷的奏折中，是这样强调和解释处死李秀成的理由的："臣窃以圣朝天威，灭此小丑，除僭号之洪秀全外，其余皆可不必献俘，陈玉成、石达开即有成例可援。且自来元恶解京，必须诱以甘言，许以不死。李秀成自知万无可逭，在途或不食而死，或窜夺而逃，翻恐逃显戮而贻巨患。与臣弟国荃熟商，意见相同，辄于七月初六日将李秀成凌迟处死，传首发逆所到各省，以快人心。"[1]

文中除"凌迟处死"一句是明显假话外，其他都是冠冕堂皇的理由，不仅说他这样做有处治陈玉成和石达开的先例可循，而且是为了不把难题抛给朝廷。因为如果要保证活生生地把李秀成押到北京，就必须事先答应他不死的条件，而根据李秀成犯下的罪行，朝廷又不能不处死他，所以与其让朝廷做难题，不如将其就地正法。当然，如果不答应李秀成的活命条件，强行将他解送至京，并不是不可以，但将面临两个巨大风险，他可能绝食而死，可能逃走，不管如何，都不如将其就地正法为妙。

已经成了笼中虎的李秀成，要说押解途中绝食而死，尚能让人相信，说他逃走，不仅十分牵强，而且会让人觉得荒诞不经。曾国藩后来可能意识到了这一点，于是在随后的奏折夹片中，特意说明了这一情况，强调确实有这种可能性发生："臣在皖时声明该酋应如何办理，到营察酌具奏。到后知其被缚时，民人助之，杀伤亲兵某某，又已入囚笼，而伪松王陈得风尚为跪拜。臣以其人心未去，党羽尚坚，故决计就地正法。"[2]

据《能静居日记》记载，这一夹片是曾国藩亲笔起草，再让赵烈文提参考意见的。再查七月十八日曾国藩日记，果然证实了这一说法：

---

[1]《曾国藩全集·奏稿》，第7册第326至327页。

[2]《能静居日记》，第814至815页。

"又作复奏李秀成未解京之故一片。"[1]

别看这一奏折夹片的文字不多，但其中包含的意思，既让人无话可说，又使人触目惊心，觉得非这样处置不可。为什么呢？我们不妨逐句逐段分析一下。

"臣在皖时声明该酋应如何办理，到营察酌具奏。"此句是说：曾国藩在安庆时，虽然说过要等候朝廷指示，再做出处治李秀成的决定，但别忘了，他当时还留了一条尾巴，就是到了金陵，调查了解全部事实真相之后，根据实情做出决定后，再向朝廷详细报告。所以说，他后来不等朝廷批复，当机立断处死李秀成，是根据实际情况做出的正确合理的决策，并不存在失信于朝廷和专擅自决的问题。

"到后知其被缚时，民人助之，杀伤亲兵某某，又已入囚笼，而伪松王陈得风尚为跪拜。臣以其人心未去，党羽尚坚，故决计就地正法。"这一段是说：李秀成逃出金陵后，藏匿民间，萧孚泗率湘军前往捉拿时，当地村民竟然杀死萧孚泗的亲兵某某（有真名实姓，叫王三清）；李秀成被俘后，关在囚笼内，后来俘获了太平天国松王陈得风，他看到囚笼里的李秀成，倒地便拜，长跪请安。这说明李秀成不仅得民心，而且在太平天国内部享有崇高威望，具有巨大号召力，随时有可能被民众或太平军残余势力劫走，而当时太平天国确实还有众多部队没有消灭，到处潜藏着他们的党羽，如不尽快将李秀成就地正法，确实存在巨大隐患，所以必须采取断然措施，断绝他们的一切希望。

我们不说曾国藩编织故事，颠倒黑白，仅就文章做得如此圆熟老辣，不能不佩服他确实是一大高人。

群众杀死萧孚泗亲兵一事或许有之，但即使有，也不是为了帮助和保护李秀成，因为他们没有那么高的"政治觉悟"，也没有把李秀成当成为老百姓打天下的"革命领袖"。他们这样做，纯粹是极端仇视湘军，不满湘军的强盗行径。

前文写过，李秀成被见财起意的方山村民俘获后，那个无耻的萧孚

1《曾国藩全集·日记》，第18册第75页。

泗不仅贪天之功为己有，而且为了得到李秀成的金银财宝，居然搞得全村鸡犬不宁，对这样的强盗部队，老百姓哪能不像仇人一样对待？李秀成如果能得人心，也是被湘军逼的。

可是，曾国藩为了欺骗朝廷，睁眼说瞎话，居然真的骗取了朝廷的信任："所办甚是，着即将洪（仁达）、李（秀成）二逆首级传示被扰地方，以快人心而儆凶顽。"[1]

这就真的让人无话可说了。

从《能静居日记》记载的事实看，七月初二日晚上做出处死李秀成的决定后，曾国藩就亲自动手起草报给朝廷的奏折，至于何时拿出初稿，却没有明确记载。七月初四日晚上，曾国藩、曾国荃、赵烈文三人闭门密商许久，最后决定不再上报洪秀全死亡之事，也没有说明这道奏折是否定了稿。奏折最后定稿是七月初六日深夜，当天的曾国藩日记是这样记载的："夜再改折稿。二更四点睡，不甚成寐。"[2] 曾国藩睡得本来就晚，躺下后还久久不能成眠，说明此事确实非同小可，让曾国藩费尽心机。随后的奏折夹片，是十天以后附在别的奏折中上奏的，这在赵烈文日记中也有记载。

四是必须尽快抛出《李秀成供词》（即后人所称的《忠王李秀成自述》），消除众人猜疑。

既然七月初二日晚上就做出了处死李秀成的决定，为什么拖到七月初六日天黑之前才执行？原因无非三点：一是起草奏折颇费思量且迟迟不能定稿；二是必须得到李秀成的全部供词，要留给他足够的时间；三是七月初六日立秋，有肃杀之气。

据《能静居日记》记载，李秀成的亲笔供词有五六万字。同治三年七月初六日曾国藩日记说是四万余字。七月初七日曾国藩《谕纪泽》信中又说："伪忠王自写亲供，多至五万余字。两日内看该酋亲供，如校对房本误书，殊费目力。顷始具奏洪（仁达）、李（秀成）二酋处治

1《曾国藩年谱》，第299页。

2《曾国藩全集·日记》，第18册第71页。

之法。"[1]

照此看来，李秀成亲笔供词有五六万字的说法是比较准确的。

在这部自供状中，李秀成着重叙述了咸丰四年（1854）以后太平天国军中的事情，不仅写得很翔实，而且叙事井井有条，连赵烈文都觉得李秀成"在贼中不可谓非桀黠矣"，承认他是个人才。"美中不足"是李秀成文化不高，文笔不是很通顺，还有许多错别字。[2]

处死李秀成的第二天，曾国藩即嘱咐赵烈文，要他认真阅看李秀成供词，改定后报送军机处。赵烈文看了一整天，傍晚时才全部改完。

另据曾国藩日记记载，早在七月初五日，曾国藩就开始亲自校阅李秀成供词，当天看了八页纸。第二天，曾国藩又如"校对房本误书"一样，对李秀成供词逐字逐句审查。这一天他看了二万余字，尚有十页没有看完。晚上，他对第二天要寄走的奏折再次修改。七月初七日上午，曾国藩把剩下的八九千字李秀成供词看完。

如此看来，校阅修改李秀成供词的工作，首先是曾国藩自己在做，赵烈文只是在他审阅修改的基础上再通读一遍，最后润色把关而已。

这说明，曾国藩对这份供词是极其重视的，每一个字句都不放过，都必须经过自己严格审查，凡不利于自己的地方，都被他做了精心删改。这还不够，最后还得让赵烈文认真通读一遍，他才放心报送军机处。

七月初七日午饭之后，曾国藩即安排八九个书吏分头抄写李秀成供词。傍晚时分，赵烈文刚刚通读修改完毕，抄写工作也接近尾声，一共抄了一百三十页纸，每页二百一十六字，然后装订成册，随奏折一起报送军机处。

只要计算一下字数，就会发现：报送军机处的李秀成供词，只是其中的一部分，相当于一半内容。

七月初十，在送往安庆正式刊印之前，遵照曾国藩嘱咐，赵烈文又重看了一遍李秀成供词，并将其分成段落。

1《曾国藩全集·家书》，第21册第307页。
2《能静居日记》，第810页。

曾国藩急于将李秀成供词抄送军机处，无非想证明湘军确实俘获了李秀成。在奏折中，曾国藩虽然堂而皇之地找出了诸多理由为擅杀李秀成进行辩解，但曾国藩心里很清楚，仅此并不能使朝野上下完全信服，有了李秀成亲笔供词，外人就不得不相信了。至于他舍得花这么多时间和精力亲自校阅修改这份供词，则是其中有些内容不宜公开。据一些学者推测，李秀成曾建议曾国藩反清自代，如果真是如此，曾国藩当然不能让这些内容面世。

这些事情处理完毕，曾国藩即于七月二十日返回安庆，准备将两江总督府移驻金陵。八月初八日，赵烈文也启程回安庆，结束了第一次在曾国荃幕府的工作。

赵烈文第一次到曾国荃幕府工作，时间虽然只有一年几个月，而且是安庆、金陵两地跑，但因为机会千载难逢，工作又卖力，得到了曾国荃的高度认可，所以最后论功行赏，赵烈文亦由知县升为直隶州知州（副知府级），并赏戴花翎。

8　曾国藩要赵烈文写信做通曾国荃的思想工作

赵烈文虽然离开了曾国荃幕府，但回到安庆的第二天，曾国藩就要他给九弟写信，尽力做通曾国荃的思想工作。

赵烈文是八月二十日黎明到安庆的。可能是路上太辛苦，饭后一觉醒来，已是当天晚上。

第二天一大早，赵烈文就赶到曾国藩那儿报到。

曾国藩详细询问了曾国荃近况后，又把曾国荃的一封来信拿给赵烈文看，因信中情绪"颇悒郁不平"，所以曾国藩嘱咐赵烈文"切函排解"。[1]

当天上午，赵烈文就写出了一封千余字的长信，呈请曾国藩过目后，派人赶快发出去。在信中，赵烈文简要汇报了离开金陵后的行程，

1《能静居日记》，第823页。

然后切入主题，对曾国荃的"悒郁不平"之症做了全面分析。

赵烈文认为，曾国荃心中之所以长期感到苦闷和压抑，人也提不起精神，一是生理原因，二是心理原因。

生理原因是潮湿导致的疾病长期没有治好而沁入心脾，而脾脏又是受肝脏制约的，结果湿气更难消除。

至于心理原因，则是曾国荃对朝廷的不公、众人的嫉妒和社会舆论的指责始终耿耿于怀，时时为之忧虑，久而久之必然生出心病。

赵烈文为此劝解说：这些东西其实就像遮蔽天空的浮云一样，顷刻之间就会消散，丝毫不能有损您的光辉，怎么值得您长期郁积在心里？

赵烈文认为，要治好曾国荃的"悒郁不平"之症，生理治疗当然不可缺少，但关键要从心理上对症下药，因此要曾国荃好好学习唐朝的郭子仪而不做李光弼："昔唐之郭、李并为名将，并造中兴之业，世所并称，而其末途甚异。郭宽而不整，李严而微编，故治军则李优于郭，若处世之道则径庭矣。郭当肃、代之世，屡出屡入，任之事则如素有，夺之权则若本无。至人发其父墓，犹引过自责，而不理仇怨。是以功名全备，福泽及远。李当守太原、战河阳，岂不赫然在郭之上，而以愤激不忍之故，比身后尚有余议，此其事可不深长思哉？公之功名，自视若平平，至千载之后，青史之上，何郭、李之足并。所贵持盈保泰，益自谦损，思古人所处之难，慎终求全之不易，奚啻百倍于今，则向之介介不能尽忘者，有不云彻席卷也邪？"[1]

郭子仪和李光弼都是唐中期名将，两人共同创造了唐朝的中兴大业，所以世人常将他俩并称在一起。但两人的结局很不一样。郭宽厚而不整肃，李严厉而小有偏激。就治军而言，李比郭优秀，但说到为人处世，两人则大相径庭。

郭子仪在唐肃宗、唐代宗的时候，屡次身负重任，又屡次受到猜疑被剥夺权力。让他承担重任的时候，他觉得这些任务原本就是自己要完成的；剥夺他权力的时候，他又好像自己本来就没有这些权力。有人掘

---

[1]《能静居日记》，第 824 页。

开他父亲的坟墓，他仍然引咎自责而不记仇怨。最后他不仅建立了大功，得到了大名，而且福及子孙，永享富贵。

李光弼则不然。当他守太原、战河阳的时候，赫赫功绩岂不在郭子仪之上？只是因为愤激不忍，直到死后，还有人议论他的过失。所有这些，难道不值得人们深长思之？

赵烈文说：曾公您的功名，在自己看来，也许觉得微不足道，但千载之后，青史之上，却是郭子仪和李光弼无法比拟的。目前最可贵的是要保护好自己已经取得的功业，不让美好的声誉受到损害。要更加谦虚谨慎，低调做人，经常思考古人为人处世的难处，他们要善始善终都这么不易，如今又比古代艰难百倍。如果能明白这一点，以往耿耿于怀的一切烦恼忧愁，岂不像风卷残云一样彻底消散吗?!

赵烈文接着又写道：

我接近您的时间已经很久，目睹您任事之勇、致力之专、用心之厚，都远超他人，这也是您能成大功、享大名、受大禄的原因所在。然而，您遇事直截了当，不能回曲绕弯以躲避险境和坎坷，就像高山流水一样，激波扬澜，直流而下，很少有停下来歇息的时候。我心中日夜为您感到忧虑和始终不能忘怀的，就是这件事。您对我的照顾和关心不胜枚举，现在我虽然暂时离开了您，但怎么敢把自己私下想到和见到的，不全部贡献给您呢？古人事君，都希望他的君主能成为尧舜一样的贤君而享国长久，鄙人侍奉阁下，也是希望阁下名德福寿超越古今啊！

赵烈文这封信，既情真意切，又说理透彻；既充分肯定了曾国荃以往取得的巨大功绩，又直言不讳地指出了他的不足，还用正反两方面的例子，让曾国荃从历史上吸取经验和教训，明白"持盈保泰"的重要和不易，从而使自己生活得更智慧些，更宽容些，以便建立起更加通达和超脱的人生态度。

赵烈文的真诚开导，显然取得了比较好的效果。一个半月后的十月初九日，赵烈文携家眷赶赴金陵途中，与开缺回乡的曾国荃在大通相遇，曾国荃的湿疾之症，虽然由于"医者治之不中理"而显得"形状狼狈"，[1] 但精神状态已经完全不一样了，他不仅有说有笑，而且就自己今后究竟是待在乡下还是出来做官而专门征求赵烈文的意见。

曾国荃如果还像以前一样，心里老想着朝廷对自己的种种不公正，哪有兴趣考虑以后要不要出来做官？

9　第三次进入曾国藩幕府，两人成了无话不谈的朋友

同治四年四月下旬捻军击毙僧格林沁，清政府急调曾国藩督师北上剿捻。

曾国藩接奉剿捻命令后，赵烈文多次主动请求北上，曾国藩考虑他的家庭负担重，不便远行，因而没有同意。另外，曾国藩已不再担任两江总督，此后主要任务是带兵打仗，作为外事秘书的赵烈文，几乎无事可做，所以不管于公还是于私，曾国藩都要另行安排赵烈文的工作。曾国藩北上时，赵烈文一直送到邵伯镇（今江苏江都）才返回。

在陪伴曾国藩北行的一个多星期里，他们两人的关系翻开了新的一页：经赵烈文请求，曾国藩答应收下这个弟子。赵烈文第三次进入曾国藩幕府后，便一直称曾国藩为涤师（曾国藩号涤生），而以前或称揆帅，或称相君，或称中堂，或称相国。

曾国藩北上剿捻之前，虽为赵烈文在浙江觅得同知职位，不久浙江方面也来信催他尽快到任，并许诺先做代理知府，但赵烈文后来并未赴任，而是接受李鸿章安排，到苏州忠义局总纂《昭忠录》。曾国藩剿捻失败，于同治六年三月返抵金陵，第二次担任两江总督后，赵烈文当即辞去苏州临时工作，于四月二十四日赶到金陵，第三次进入曾国藩幕府。

据陈乃乾《阳湖赵惠甫先生年谱》记载，赵烈文与曾国藩重新相聚后，就像"久别胜新婚"的小夫妻一样，亲热得不得了。他们"每晚必叙谈，亲切如家人"。有时一天要聚谈数次之多，没有白天黑夜之分。

1《能静居日记》，第 835 页。

谈话内容更是海阔天空，包罗万象，极其广泛，"上自朝政军事，以至诗文掌故，无不畅论"。[1]对于内心烦恼和自己家人生活安排等，曾国藩也能完全敞开心扉，认真听取赵烈文的意见和建议。到最后，两人完全无拘无束，百无禁忌，以至于在其中的一次交谈中，赵烈文竟然石破天惊地说出了不出五十年清朝必亡的预言。

他们具体谈了什么呢？因《能静居日记》记录的谈话内容实在太多，也太丰富，断难一一介绍，所以只能做个大致归类，择其要者而言之。

一是担忧时局，感到无能为力、悲观失望。

同治六年六月初八日天黑不久，曾国藩来找赵烈文聊天，见有客人在，就回去了。过了一会儿，又来久谈。曾国藩说："因为捻军窜到河南东部，未能堵截防御，昨天皇上发下措辞严厉的谕旨，对统兵的各位将领予以训斥。沅弟（曾国荃）被摘去顶戴，与河南巡抚李鹤年一同交部议处。李鸿章戴罪立功。谕旨中还有这样的话：'各封疆大吏对捻敌进入自己的省份不能堵截，捻敌离开时又没有进行拦截，非常令人痛恨。李鸿章剿贼，已经半年，都干了些什么呢？'语气非常严厉，是近来所没有的。鸿章和沅弟的胸襟和涵养还欠磨炼，万一焦躁愤慨起来，以致发生意外，则国家的局面更难预料。大局成这个样子，决不允许再有什么差错发生，否则老夫恐怕仍然不免要北上啊！但我的精力已经颓唐不堪，也没有能力收拾这种局面，所以只希望自己早点死了好哇！"曾国藩说这话的时候，神气十分凄凉，赵烈文一时竟找不到恰当的话语安慰。

八月初六日下午，曾国藩又来和赵烈文久谈。当说到捻军进了山东境内，形势越来越严峻，负责剿捻的李鸿章受到朝廷指责，剿捻任务可能再次落到曾国藩头上时，赵烈文说要彻底剿灭捻军，必须把建立骑兵部队作为优先考虑的事情，因此建议曾国藩在江南开辟一处牧场驯养军马，另外在闲田多的地方大力开展屯垦，解决部队粮草供应问题。曾国

1《陈乃乾文集》，国家图书馆出版社 2009 年 4 月第 1 版下册第 695 页。

藩听后虽然为之动容良久，却无可奈何地说："我老了，快要死了，哪有时间考虑这么久远的事，足下的高见就算了吧！"

二是谈选拔和使用人才。

同治六年五月十一日上午，曾国藩到赵烈文处闲谈，说："今天有个四川籍的翰林院庶吉士来见我，他的言谈举止根本不像一个士大夫。前天也有一个同乡的庶吉士送诗给我看，但排律不成排律，古体诗不像古体诗。国家选拔的人才居然是这个样子，真是一代不如一代啊。自古以来，文章与国家的命运息息相关，看选拔人才的状况，天下事就可以预见了。"

一个月之后的六月十五日，曾国藩身体有些不舒服，就邀赵烈文到他那儿聊天解闷。他们几乎谈了一整天。上午主要谈曾国藩的身体状况，下午的谈话内容则非常广泛，说完兵事，又论人才。曾国藩说："人们常说要储存人才，却不知道第二、三等人才是可以找到并储存的，第一等人才却是可遇而不可求的。要成就某项事业，哪怕局面很小，亦必应运而生数人。即使得到了第一等人才，但由于性情各有不同，趣向又有远近，所以除了才识兼备，还得济之以福分，否则也是难以取得成功的。李鸿章等人的才能非常好，但实处多而虚处少，讲求只在形迹。比如沅弟攻打金陵，虽然侥幸成功了，却不能完全说是靠能力所取得，所以我常常对他说：'你虽然有才能，但也必须让一半功劳给老天。'他总是不以为然，到现在才渐渐明白过来。"曾国藩又说："人生无论做事还是读书，仰仗的都是胸襟二字。"赵烈文完全赞同曾国藩的看法。

三是谈官场交情离合。

同治六年六月十九日，赵烈文到曾国藩处闲谈，问起郭嵩焘和毛鸿宾为何闹矛盾的事。曾国藩说："毛鸿宾早年在京城，看到郭嵩焘的文章很有文采，极想与他结交，后来出任湖南巡抚，又屡次请他做幕友，等到担任两广总督，朝廷发出寄谕，询问广东巡抚黄赞汤是否称职，毛鸿宾马上打报告弹劾黄赞汤和广东布政使文格，保举郭嵩焘任广东巡抚、李瀚章任广东布政使，朝廷批准了他的请求。毛鸿宾能力平平，郭嵩焘到任后，他却以恩人自居，两人又彼此争权，不和就这样产生了。

发展到后来，两人更是成了不共戴天的死敌。左枢、王闿运、管乐三大名士到广东后，互相标榜有王佐之才。郭嵩焘本质上是个文人，三大名士因此多偏袒郭嵩焘，左枢甚至写信诋毁毛鸿宾，说他不齿于人类。他们两人最后闹成这个样子，平心而论是郭嵩焘对不住毛鸿宾，毛鸿宾没有大过错。因为我曾经保举过毛鸿宾，郭嵩焘后来连我也怨怪上了，说'曾某人保举的人很多，只是错保了一个毛鸿宾'。我反唇相讥说：'毛鸿宾保举的人也不少，只是错保了一个郭嵩焘。'听到这话的人无不捧腹大笑。"此时有客人来，赵烈文只好告辞出来。不一会儿曾国藩跟过来了，接着刚才的话题说："官场交情离合这件事，有在情理的，也有不在情理的。刘蓉与朱孙诒的关系，原来不亚于父子兄弟，最后却彻底闹翻，还刻印诗文相互讥讽和辱骂。与此相比，郭嵩焘与毛鸿宾的矛盾，总没有恶劣到这种程度。沈葆桢与我闹翻后，多次给他写信，想重修旧好，却一直没有答复。李元度和我闹翻后，后来金陵收复，我在奏折中讲他的好话，建议朝廷重新使用他，近来他便时常写信问候我，两人应该说是和好如初吧。至于左宗棠，则终归是一个不可接近之人。"

四是臧否人物。

曾国藩和赵烈文谈话时，经常臧否古今人物。同治六年五月十八日下午，曾国藩来和赵烈文聊天，看到他还躺在床上，就站在帐外等候；赵烈文发现后，急忙起来陪他坐下。这天两人谈话很久，涉及当时很多名人。曾国藩说："刘长佑为人厚道，对下属也很谦和，所以做直隶总督数年都很稳当。官文城府太深，当胡林翼在世的时候，表面上很推让，实际上不能丝毫触犯他的利益；他们只是互相应付，并不是真诚相交的官场朋友。左宗棠喜欢听恭维话，凡是对他毕恭毕敬、点头哈腰的人，大多得到了不次之赏，所以常常被心怀叵测之人所欺骗。李瀚章血性不如他弟弟李鸿章，但做事更周密稳重。吴棠昏聩无能。沈葆桢自从与我争夺饷银后，至今没有通信来往，心胸未免太狭窄……"

八月二十五日，曾国藩和赵烈文闲谈时，再次说到自己心爱的弟子李鸿章："李鸿章在东流、安庆时，足下经常与他共事，没想到几年之间，就发迹到这种程度。"赵烈文说："同治元年冬天我到上海，李少帅还只是代理江苏巡抚，他邀我坐到炕头，一再询问老师这边有没有人议论他什么，表情诚恳而又充满敬畏。没过一个月得到正式任命，从此以后隆隆直上，几乎和老师双峰对峙了。"曾国藩说："湘、淮两支军队的发展始末，足下再清楚不过了，可以说是洞若观火啊！"说完，曾国藩含笑而去。

五是谈论学问文章。

同治六年五月初四日，曾国藩到赵烈文处闲谈。曾国藩说："古代音韵学说，是顾炎武先生首创，后来人虽然也有一些新的见解，但很难超出他的范围。顾炎武就像建了一座音韵大厦，后来人只是在其中搞了一下装修而已。"说完音韵，曾国藩又转到著书立说上来："著书都由点滴积累而成，否则一知半解，最终不能成为大家。"

八月二十一日下午，曾国藩又到赵烈文处久谈。说："我最初在京城做官时，与许多名士有交往。当时，梅曾亮（字伯言，桐城派后期代表人物）因为擅长写古文，何绍基（字子贞，清代著名书法家，尤长草书）因为擅长书法，在士大夫中间享有盛名。我经常观摩他们的作品，觉得自己不比他们差多少，心想只要多读书，勤努力，以后或许也能达到他们那样的水平。但是没过多长时间，我的学问没有做成，官却越做越大，每天与公务文书打交道，只能把读书做学问的愿望和志向压在心里。咸丰以后，我奉命讨伐太平军，戎马倥偬，更没有多少时间和精力拿书本了。如今再读梅曾亮的文章，发现确有过人之处，说明自己当时的一些想法，还是意气的成分居多。不过到现在我还是坚持认为，只要能够给我读书做学问的时间，对梅曾亮、何绍基这些人，还是不甘拜下风的。"

六是谈佛学，论老庄，悟人生。

同治六年五月十七日，曾国藩看到赵烈文在读佛教典籍，就开口问其中的含义。听了赵烈文的解释后，曾国藩又嘱咐赵烈文解释佛经梵文名词，以便自己阅读。十天后的五月二十七日，赵烈文送了一本《圆觉经略疏》（全称《大方广圆觉修多罗了义经略疏》，简称《圆觉略疏》）给曾国藩，并为他解释和翻译其中的名词术语，抄写一册给他备查。

因为对佛学有共同兴趣，所以在五月十七日的谈话中又把话题转到

《庄子》上来。曾国藩说："你刚才所说佛教经典的意境，《庄子》一书也有论述。"赵烈文说他对《庄子》没有很深研究，不敢擅自断言。接着他就顺着《庄子》的话题问曾国藩："老师的学问阅历十分丰富，大事与小事，成功与失败，大喜与大悲，都经历过、体验过，人生可以说达到了很高的境界，现在对自己能否做到有十分的把握呢？"曾国藩对这个话题似乎很感兴趣，于是摸着胡须想了很长时间才回答说："把握不敢说。但眼下想来，就是有股不怕死的精神，因此无论遇到什么事情，都本着死的想法，不知算不算足下所说的把握？"赵烈文说："一切至高至大的境界，都不过生死，连生死都置之度外，还有什么放不下呢！不过从佛学的最高境界来看，不怕死仍然是境界未到至高至大啊！因为不怕死仍然是有一念在心中，还没有到真本原。"曾国藩听后表示完全赞同。当天，他们两人谈了很长时间。

七月十九日下午，曾国藩到赵烈文处闲谈，坦露自己多年来历经艰难困苦终于有所成就的心路历程。他说："我刚创办湘军那会儿，几乎所有人都表示怀疑，对我的非议和诽谤也很多。靖港之役失败后，更是受到湖南地方官僚的指责和谩骂，布政使陶庆培（应为徐有壬）、按察使徐有壬（应为陶恩培），甚至要求骆秉章弹劾我。我的部下出入长沙城，常常被人大声斥责和谩骂，有的甚至被驱逐或挨了打。咸丰四年以后在江西数载，人人指责我。在鄱阳湖时，足下都亲眼看到了。后来退守省城南昌，更是成了众矢之的。咸丰八年重新出山后，忽而让我进兵四川，忽而让我援助福建，自己丝毫不能做主。到了咸丰九年与湖北合为一军，胡林翼事事相顾，彼此亲如一家，这才得以按照自己的规划行事，并逐步取得今天的成就，真是百感交集、令人难忘啊！"

七是回忆往事。

同治六年六月十六日午后，曾国藩邀赵烈文到内室谈话，遍论咸丰末年清军致败的原因和诸位将帅的缺失后，曾国藩说："回想周腾虎刚到我军中时，曾对我说：'自古成就大事的人，都是肯用心的人。我全面观察了长江下游的统兵将领，没有一个人知道这个道理，所以料定他们最终都会失败。曾公您目前虽然兵微将寡，但最后能成就大业的人一定是您。'我当时很佩服他所说的用心这句话。他评论世间的事情，确实超出寻常者许多，不能不说是个怀有异才的人啊。"

七月二十日傍晚，赵烈文到总督府后花园登台而望，不一会儿曾国藩跟上来了，并问起曾国荃攻破金陵时的一些事情。赵烈文说："沅帅是受身边人牵累了，其实没有人向他进献玉帛子女。当时各文武官员，包括那些文案人员和勤杂工，每人都预备了一个箱子，凡是得到贵重物品，就放进箱子藏起来，看到有人来了，便用身体挡住箱子，真是丑态可掬。"曾国藩狂笑不止。笑完，曾国藩说："我的老弟所得无几，老饕的名声却传遍了天下，岂不太冤枉了吗？"赵烈文说："自古以来成就大功业的人，哪一个不蒙受不白之怨？功名与毁谤，从来都是如影随形，何必挂怀！现在沅帅大功已成，原来对他的毁谤，不是日渐消退了吗？千秋之后，盖棺定论，沅帅最终还是瑕不掩瑜。"曾国藩表示完全赞同。

八是谈家事。

同治六年九月初十日，曾国藩设宴为赵烈文饯行。赵烈文将去湖北看望在那里做巡抚的曾国荃，所以曾国藩的谈话主要围绕自己的家事进行。

曾国藩说："我读书虽然不是很顺，但比一般读书人吃的苦少。到外面求学不久，就中了举人，后来中了进士又进了翰林院。不过我的家庭并不富裕，仅有薄田一顷多，全靠祖父、父亲辛勤操持，才能勉强维持生计。我常常回想起辛丑年（道光二十一年。此处有误，应为戊戌年，即道光十八年）回家探亲时，听祖父对父亲说：'老大虽然当了官，但我们家中应该照往常一样过日子，不能问他要钱帮助家里。'我听到这番训导，很受感动，发誓一生坚守清廉，一直到今天，所遵守的还是这句话。而家中也能谨慎操持，没有闪失，家人也没有一件事干扰影响我，真是人生难得的福分。亲戚和族人贫穷窘迫的很多，虽未寄钱接济，但我毕竟身享高官厚禄，所以反躬自问，心中也不免感到歉疚。好在九弟手头宽裕又大方，将我分内应该做的事一概做了。他得了贪名，而我的夙愿得以完成，都是意想不到的。家中虽然没有其他优越之处，但一年到头没有病人，衣食充足，兄弟儿女们都知道读书求上进，大体上足以自慰。"

九是关心赵烈文家事和前途。

同治六年八月二十二日，赵烈文听说曾国藩身体不适，就去看望并给他看病、开方。他在曾国藩那里坐了很长时间。谈话间说到赵烈文的家事，曾国藩心情很沉重，却又找不到理想的解决办法，因而很是忧虑："足下自身的吃饭问题已很艰难，却有那么多亲戚和族人要你照顾和赡养，义气虽然高尚，可也力不从心啊！"可能是想让话题变得轻松些，曾国藩说着说着，又和赵烈文开起玩笑来："穷得连老鼠都不愿待，却要啃下骨头去送礼！"

赵烈文于是说了一番乐善好施的人都应该这样做，在老师的关心照顾之下，本人家族才得以苟延残喘到今天之类的话。

赵烈文本是来看望病中的曾国藩，最后反让他关心起自己的家庭困难来了，自然让他有些难为情，于是转移话题说："烈文想利用这次去湖北的机会，顺路到黄山一游。"曾国藩马上表示同意，并笑着开他的玩笑："家里人饥肠辘辘，还有心情放浪山水，真是陶渊明、谢灵运一类人物啊！"

九月十五日晚饭后，曾国藩到赵烈文处闲谈，再次说起赵烈文家庭负担重这件事。曾国藩先是紧皱眉头，然后慢慢舒展开来："我九弟那里太缺乏人才，你这次去了后，可以留在那里帮助他，他肯定受益很大。"

曾国荃弹劾官文后，日子很不好过，他自己也十分懊悔，这是曾国藩同意赵烈文去看望他九弟的主要原因。但让赵烈文留在湖北帮助曾国荃工作，则是曾国藩临时起的意，所以赵烈文忙说自己才力不济，并说湖北离家太远，无法料理家事。

曾国藩说："家事不过是缺钱罢了！你在我这里的职位照常保留，你外甥孟舆（周腾虎之子）可到苏州忠议局做事，就近代你料理家务。你在湖北兼职，九弟另外给你一份工资，接受了也不为贪，岂不两全其美吗？"赵烈文无话可说，表示可以勉强接受这种安排。

十是无话找话，相互调侃。

曾国藩和赵烈文的谈话不仅海阔天空，无所不包，而且常常无话找话，相互调侃。如同治三年七月初八日，赵烈文得知曾国藩被清廷封为一等侯，就入内贺喜，并打趣说："此后应当称您中堂呢，还是侯爷？"曾国藩笑着说："你不要叫我猴子就可以了！"说完两人都大笑不止。

又如同治六年九月初六日，曾国藩到赵烈文处闲谈，刚好有人送给曾国藩一只古碗，非常大，不知是曾国藩不懂得文物的价值，还是有意开玩笑，他对赵烈文说："我的脾胃特别差，多吃点东西就难受，因此要用几个小碗盛菜，以便提醒自己不能多吃。送这么大的碗给我，有什么用处？"赵烈文听得有趣，也忍不住开起玩笑来："非常有用。"曾国藩很认真地问："有什么用？"赵烈文说："烧满一碗鱼翅给烈文吃，也是件妙事啊！"曾国藩于是大笑说："好！"赵烈文也大笑说："烈文今年三十有六而童心方盛，怎么办？"曾国藩说："这正是足下过人之处，说明你有胸襟啊！"说话间，曾国藩脱下马褂放到床榻上，谈话结束时忘了带走，赵烈文拿起一看，不仅面料里料都很普通，而且非常短小，贫寒之士都很少穿这种衣服，赵烈文为此感叹不已。

像这类相互打趣的事例，在赵烈文日记中随处可见，就不再啰唆了。

由此可见，曾国藩和赵烈文之间，只要一相见交谈，就会忘了等级身份，完全把自己摆在平等、自然的地位，如朋友、同学、亲戚、家人，毫不掩饰，真情流露，本真自然，没有半点做作和任何虚情假意。谈话也没有时间、场合、内容限制，无论是难熬的金陵盛夏之夜，还是公牍饭后之余，有空就谈，人来即止，话多久谈，话少短谈，知之为知之，不知为不知，可以商量，可以探讨，也可以调侃。谈话内容更是海阔天空，包罗万象。

正是在这种无话不谈的特殊关系氛围之下，赵烈文才会在其中的一次交谈中，石破天惊地说出了不出五十年清朝必亡的预言。

那是同治六年六月二十日天黑后，曾国藩到赵烈文处聊天，忧心忡忡地说："听京城来人说，那里的形势非常不好，明火执仗的抢劫案经常发生，大街小巷乞丐成群，有的妇女甚至赤身裸体，连条裤子都买不起。民穷财尽到这种地步，恐怕要发生不同于往常的大灾祸，该怎么办呢？"

赵烈文回答说："天下平安和大一统局面已经维持很久了，长此以往势必形成分裂割据局面。不过皇帝的权威向来很重，现在社会风气未开，如果不是中央政府先烂掉，还不至于迅速出现土崩瓦解的局面。按照烈文推测，将来发生的祸患，一定是中央政府先垮台，然后出现各自为政、割据分裂的局面。大概不出五十年，这种灾祸就会发生。"

听了赵烈文这番石破天惊的谈话，曾国藩立刻眉头紧锁，沉思半天才说："难道要迁都南方吗？"显然，他不完全同意赵烈文的观点，认为清王朝不可能完全被推翻，顶多发生中国历史上多次出现过的政权南迁后南北分治，维持"半壁江山"的局面。

对此，赵烈文明确回答说："恐怕是直接玩完。本朝未必效仿得了晋、宋两朝，南迁后偏安一隅。"他认为清政府不可能像东晋、南宋那样，南迁后还能苟延残喘百余年，恐将彻底灭亡。

赵烈文虽然回答得十分坚定，但曾国藩还是不能完全认同他的说法："本朝皇上的德行还是比较正派的，或许不会落到这种境地。"

赵烈文立即回答道："皇上的德行诚然不错，但国势隆盛之时，得到的回报已经很丰厚了。清朝开国的时候，创业也太容易了，诛戮之气也太重了，得到天下也太取巧了。天道虽然很难预知，但善恶是无法互相掩盖的，后面这些皇帝的所谓德泽，已经抵消不了以前的负面影响。"

赵烈文的回答确实非常坦率。他实际上否定了清王朝得天下的道德合法性。明朝灭亡后，清军因吴三桂冲冠一怒大开城门而入关，所以"创业太易""有天下者太巧"；入关后为震慑人数远远多于自己的汉人而大开杀戒，如"扬州十日""嘉定三屠"，所以"诛戮太重"。清王朝得天下的偶然性和残暴性这两点，决定了它的统治缺乏道德合法性。而清王朝后来的君王如开创了康乾盛世的康、雍、乾三朝皇帝的君德固然比较纯正，但善与恶并不能相互掩盖和弥补。何况天道已经给了清王朝十分丰厚的回报，给他们带来过文治武功远超前人的康乾盛世，因此这些后来君王的德泽，既不能抵消清王朝开国时的惨无人道，也不能成为后继者享用不尽的政治老本和天然倚靠，更不足以补偿其统治合法性的严重匮缺。

赵烈文这么一说，曾国藩才真正意识到了问题的严重性，也预感到了清王朝正面临灭顶之灾。他没有继续反驳，而是在沉默良久之后表示了默认，于是颇为无奈地说："我日夜希望自己快点死掉，不愿意看到王朝覆灭的悲剧发生，你不要认为我是在开玩笑。"

以上谈话内容均来源于赵烈文的《能静居日记》，不再一一注释。读者诸君若想了解更多密谈详情，请参阅岳麓书社即将出版的拙著《私语：曾国藩与心腹幕僚的 100 次密谈》和《能静居日记》修订版，此不赘述。

10 尾声

同治五年（1866）曾国荃出山担任湖北巡抚后，冒冒失失弹劾官文，致使自己陷入四面楚歌的窘境。为帮助曾国荃渡过难关，赵烈文接受曾国藩安排，于同治六年十一月初一日乘船到武汉，第二次成为曾国荃的机要幕僚。但这次在曾国荃幕府待的时间仅有半个月，因为到湖北不久，曾国荃就辞职不干了。本月十七日，赵烈文离开武汉，返回金陵。

同治七年（1868）十一月初四日，曾国藩离开金陵北上就任直隶总督，赵烈文从此告别了曾氏兄弟幕府。不久奉曾国藩之召，到直隶担任知州。曾国藩去世后，赵烈文也于光绪元年（1875）辞职回乡。光绪十九年（1893）夏天，赵烈文在江苏常熟家中去世，终年 62 岁。

周腾虎：一流的财经与货币专家

赵烈文能与曾国藩发生交集，就是四姐夫周腾虎推荐的。

就在赵烈文的人生翻开新的篇章，一切都觉得越来越美好的时候，周腾虎却于同治元年（1862）七月二十三日在一艘客轮上病逝。得到噩耗的赵烈文，当即关起门来哭了个昏天黑地。之后他在日记中写道："惟君与吾之情非复常交可拟，中道舍我，天之酷虐至此，夫复何言！"[1]

两天后，赵烈文又在寓所为周腾虎设立灵位，并作《哭弢甫文》祭奠。

呜呼周君！年不半百，事无一成，而竟死邪！上天酷虐，不遗典型，祸胡止邪，邦之虚邪，家之恤邪，而至此邪！君之襟怀，炳于日星；君之性情，厚于胶醇；君之品类，贵于兼金。尽君之美，罄纸不足，痛不能言，但有一哭。古人有言：生我父母，知我鲍叔。噫嗟余生，终老离索。君之交游，万杰千英。癖谬所耽，而余独深。况余与君，趋道各异，何图高明，不我遐弃。君得异书，必以示余，君有至言，必以诏余。茫茫之情，孰则继余？毕生之悲，孰则起余？名山幽岩，江流川原，今君已死，孰与游观？秘册高文，奇论异作，今君已

1《能静居日记》，第566页。

死，孰与探索？呜呼哀哉！ [1]

对周腾虎的死，赵烈文之所以如此悲痛，是因为他俩的关系极为特殊：既是郎舅，又是兄弟；既是师生，又是朋友；既是同事，又是知音。可以这么说，对赵烈文一生影响最重要的人，既不是父母，也不是恩师曾国藩，而是四姐夫周腾虎。

1 周腾虎与赵烈文的特殊关系

周腾虎字弢甫（也写作韬甫），又名瑛、天民，江苏阳湖人。周、赵两家既是世交也是老亲。周腾虎母亲是赵烈文姑姑，夫人是赵烈文四姐。赵烈文与四姐感情最深，周腾虎又年长自己十六岁，所以他从小十分依恋四姐和四姐夫。周腾虎与赵烈文还有师生之谊，对此不仅《哭弢甫文》已经写到，而且赵烈文后来追述自己早年的师承关系时，也在日记中记述说："癸丑年遭乱，吾时年二十二岁，遂辍举业，稍探古学，常请益于族兄伯厚（赵振祚）先生及诸友人周君弢甫、刘君开孙（刘翰清）、龚君孝拱（龚橙），至今稍有知识，二三子与有力焉！" [2] 癸丑年即咸丰三年（1853）。当年春天，太平军攻克金陵后，前锋抵达镇江和扬州，苏州、常州告急。

另外周腾虎和赵烈文都懂得医道，都能开方治病。赵烈文的医学知识和看病本领，多半也是跟周腾虎学的。咸丰十年（1860）九月二十六日，赵烈文就在日记中写道："弢甫来访，谈医理，遂以《神农本经》一部见惠。" [3]

周腾虎还是个"奇人侠士"。在少年男孩心目中，这种人就是英雄的代名词。赵烈文从小依恋和崇拜周腾虎，与他是个"奇人侠士"也是分不开的。

1《能静居日记》，第 567 页。
2《能静居日记》，第 300 页。
3《能静居日记》，第 218 页。

周腾虎去世多年后的光绪四年（1878）四月初七日，赵烈文写了一篇纪念性长文《有清奇士周先生墓表》，其中有段话是这么说的："烈生平善游，今天下行省十八，历其十一，所至见名儒硕士、豪杰长者以百计；公卿监司、郡邑守长以千计，皆未能奇。奇者乃在里闬，则周先生韬甫当之矣。"[1]

所有这些，都表明赵烈文和周腾虎的关系确实比较特殊；他们的情谊之厚，确实"非复常交可拟"。而以周腾虎这样的瑰奇磊落之士，对于赵烈文的思想性行，发生很大的左右作用，也就毫无可疑了。

2 周腾虎究竟"奇"在哪里

在《有清奇士周先生墓表》一文中，赵烈文既对周腾虎波澜壮阔、跌宕起伏的一生进行了全面总结，又对周腾虎这个"奇人"所做的"奇事"作了生动描述。

周腾虎二十多岁，刚走上社会，就到陕西省凤翔县协助父亲周仪暐工作。凤翔是个大县，工作非常繁忙，身为一县之长的周仪暐却"老耽诗酒，不治事"，政务全靠周腾虎操持。这个初出茅庐的年轻小伙，居然把凤翔治理成了远近闻名的模范县："政无巨细皆治。"当时陕西巡抚是大名鼎鼎的林则徐，他觉得周腾虎是个了不起的青年才俊，道光二十六年（1846）周父去世后，就将周腾虎招入幕中。林则徐是个"负世厚望"之人，幕中人才济济，但周腾虎入幕后，只要提出什么意见和建议，林则徐"未尝不释然忘其位"。

离开陕西后，周腾虎在四川和江西工作了几年，后到淮南从事盐务管理和改革工作。在此之前，淮南盐政管理十分混乱，周腾虎一来，就"上书鹾使者，言当更革状"。上司不仅完整采纳了他的建议，而且委托其全权负责改革事宜，周腾虎"遂以寒生业鹾"，做了官商，不到一年，赚了"数百万"，发了横财。

---

[1]《能静居日记》，台湾学生书局 1964 年 12 月手写影印版第 3157 页。

钱多有时并不是好事。周腾虎暴富后，"舍华屋，荐珍馔，交游狎至"，花钱如流水。他还在办公桌后面放置一个装满白银的大木柜，交代会计人员：朋友要钱用，可以随意拿，无须记账。歌舞筵会，更是"一日辄数十金"。

周腾虎有个少年同乡，受周腾虎委派，负责管理某个业所，这个纨绔子弟竟然"夜召妓数辈裸逐室中"。有天清晨周腾虎从业所门前路过，见此情景，却不以为怪，只笑着说了句："少年豪乃尔！"连句责备的话都没有。

不久农民起义爆发，天下大乱，"蹉事大败"。周腾虎不仅事业受挫，而且欠了一屁股债。但他自觉承担还债责任，不要朋友出一分钱。

太平军攻占金陵后，长江水路中断，清政府财政来源枯竭。在清军江北大营帮办军务的刑部侍郎雷以諴，听说周腾虎善于理财，就招他做助理。

周腾虎进入雷以諴幕府后，与同事钱江（字东平）共同建议开征厘金。所谓厘金，就是征收行商的货物过境税和坐商的商品交易税。自此以后，厘金制度风行全国并成为清政府的重要财源，征收数额也逐渐超过地丁和漕银收入。清政府后来能将太平军、捻军等农民起义镇压下去，主要就是依靠此项收入。《有清奇士周先生墓表》因此说："韬甫首建策，征商税，纳者以厘计，饷大裕，数十年间海内踵行之，虽名臣巨公勿能变也。"[1]

但不久周腾虎就离雷以諴而去，原因是雷以諴将钱江杀了。

雷以諴为什么杀钱江？原来钱江和周腾虎一样，虽有本事却不知道低调做人。他不仅负才使气，睥睨同僚，而且言谈举止锋芒毕露，常常出口伤人。尤其是开征厘金大见成效之后，他更加居功自傲，不把雷以諴放在眼里。雷以諴原本就是得鱼忘筌之人，对钱江的所作所为自然难以容忍。有一天雷以諴宴会下属，计议军事，钱江竟然借酒使性，当众含沙射影、指桑骂槐，让雷以諴大失面子。雷以諴制止他，钱江不仅不

1《能静居日记》，手写影印版第 3157 至 3158 页。

听，反而骂得更凶更难听。早就憋了一肚子气的雷以諴忍无可忍，就下令把钱江杀了（这个钱江就像三国时的祢衡，结局也同），然后以“跋扈狂肆、谋不轨闻”[1]。这不过是“欲加之罪”而已。钱江是名人，雷以諴杀了他，自知难免舆论谴责，不得不诬以谋反的罪名。

同治三年（1864）二月十九日，赵烈文在《能静居日记》中记了一条传言，说太平军第一次攻克武昌后，有一个叫钱江的浙江人上书洪秀全，建议太平军“东至金陵，断南北要道，疾趋以袭燕都（北京），贼（太平军）皆用其言”。但这个钱江是不是雷以諴杀掉的钱江，赵烈文无法确定：“江不知何许人。两楚（湖南、湖北）盛传其事，江南（江苏、安徽）未尝闻之。或言即钱东平，未知是否。”[2]

两个钱江如果真是同一个人，笔者推测很可能与雷以諴的诬陷有关。也就是说，钱江本没有上书洪秀全，只因有了雷以諴的诬陷，后人才演绎了这个离奇故事。

对钱江之死，陈其元的《钱东平创厘捐法》不仅写得更详细，而且表示了深深同情和惋惜：“当是时，江（钱江）之名闻天下，然江恃功而骄，使气益甚。玩同幕于股掌，视诸官如奴隶，咄嗟呼叱，无所顾忌。于是上下交恶，谮毁日至，雷公亦稍稍疏之，胶漆而冰炭矣。江愈怒，即于雷公亦面加讥斥，雷积忿日久，第钦其才，姑含容之。一日饮次，议论相左，雷加诮让，江使酒大骂，雷怒甚，在旁者又怂恿之，立即斩首。乃以江跋扈狂肆，将谋不轨奏焉。冤矣。使当日江稍委蛇，必可不死。使雷公左右有略与周旋者，亦不至于死。”又说：“后雷公以他罪褫职，闻亦颇心悔其事，流寓清江浦佛寺，诵经自忏，然而江则已死矣。”[3]

钱江如果真的充当了洪秀全的军师，有“通敌”谋反嫌疑，雷以諴杀了他，事后还会受到良心谴责而出家为僧、吃斋念佛吗？

雷以諴杀钱江时，周腾虎并不在场，事后却特意找上门去，指着雷

1《清史稿・雷以諴传》，中华书局 1977 年 8 月第 1 版第 40 册第 12192 页。

2《能静居日记》，第 741 页。

3《庸闲斋笔记》，中华书局 1989 年 4 月第 1 版第 295 页。

以诚的鼻子大骂一通："你这样做，谁还敢与你一起共事？我之所以来，无非申明大义，救人于倒悬。你的表现真是太让人失望了，别指望我再协助支持你！"说完扬长而去。[1]

众人都替周腾虎捏把汗，但雷以诚最终不敢动他一根汗毛。

当时天下大乱，各统兵将帅都知道人才的重要性，因而千方百计搜求、网罗有本事的人，周腾虎于是"抵掌群帅间，声名藉甚"[2]。

3　一句话温暖了曾国藩一辈子

咸丰五年（1855）周腾虎来到南康（今江西星子）曾国藩幕府。曾国藩和周腾虎见面交谈后，即"一见倾倒，出知交上"[3]。

周腾虎就是在江西南康向曾国藩推荐了赵烈文。

与众多清朝高官大吏周旋过的周腾虎，独独愿意把年轻有为的小舅子推荐给曾国藩，他发现曾国藩是所有统兵将帅中最有可能成就大业的人。

当时曾国藩既遭遇了湖口和九江之败，又与江西地方官员斗得死去活来，正处于人生最灰暗阶段，也是这辈子活得最窝囊的时候，周腾虎却慧眼识英雄，认定他可以成就一番大业，眼光确实老辣。

此事也让曾国藩感慨万端，终生不忘。多年之后的同治六年（1867）六月十六日，曾国藩和赵烈文在金陵两江总督官署回忆往事，还特意提到这件事。

那天午后，曾国藩邀赵烈文到内室聊天，历数咸丰末年清军致败的原因和诸位将帅的缺失后，深有感触说："回想周腾虎刚到我军中时，曾对我说：'自古成就大事的人，都是肯用心的人。我全面观察了长江下游的统兵将领，没有一个人知道这个道理，所以料定他们最终都会失败。曾公您目前虽然兵微将寡，但最后能成就大业的人一定是您。'我

1《能静居日记》，手写影印版第 3158 页。

2《能静居日记》，手写影印版第 3158 页。

3《能静居日记》，手写影印版第 3158 页。

当时很佩服他所说的用心这句话。他评论世间的事情，确实超出寻常者许多，不能不说是个怀有异才的人啊。"[1]

由此可见周腾虎的这句话在曾国藩心目中的分量有多重，说它温暖了曾国藩一辈子都不为过。

这句话不仅彻底点醒了曾国藩，而且让他重新认识和改造了自己。正因如此，所以咸丰八年（1858）夏天曾国藩复出带兵后，才能化蛹成蝶，以全新面貌出现在世人面前。

原来曾国藩回乡守制后，僻居乡间，思前想后，不仅对周腾虎说的"肯用心"三字反复琢磨，而且对自己以往的做法进行了全面深刻反思，从而有了"大悔大悟"：以往与同事朋友关系不好，与家人常常怄气不愉快，自己其实要负很大责任，具体表现是把自己看得太高，对事太急于求成，对人太严格要求，加之个性太过倔强，脾气太过暴躁，这才弄得里外不是人。他决心改弦更张，重新做人，努力搞好与同事、朋友和家人的关系。他还告诫自己：对别人的原谅和理解，比什么都重要；要想取得成功，只能取决于自己，不能怨天尤人。

所有这一切，曾国藩都写在给弟弟曾国荃的一封家书中："兄自问近年得力惟有一悔字诀。兄昔年自负本领甚大，可屈可伸，可行可藏，又每见得人家不是。自从丁巳（咸丰七年）、戊午（咸丰八年）大悔大悟之后，乃知自己全无本领，凡事都见得人家有几分是处。故自戊午至今九载，与四十岁以前迥不相同，大约以能立能达为体，以不怨不尤为用。立者，发奋自强，站得住也；达者，办事圆融，行得通也。"[2]

俗话说态度决定一切。后来曾国藩果然诸事顺遂，越来越"站得住"，越来越"行得通"，最终建立盖世大功。

在江西南康大营，周腾虎和曾国藩虽然如胶似漆，无话不谈，但待的时间并不长，因为不久之后，他就奉曾国藩之命，与郭嵩焘一起赴浙江办差去了。

咸丰五年冬天，赵烈文和龚橙一起赴赣，去曾国藩大营应聘，于

---

[1]《能静居日记》，第 1066 页。
[2]《曾国藩全集·家书》，第 21 册第 476 页。

十二月十二日在江西省余干县瑞洪，正巧遇上离赣赴浙的郭嵩焘与周腾虎。他们两人是去浙江劝捐和筹办"淮盐浙运"事项。

郭嵩焘日记也写到了这件事，只是时间为十三日，比赵烈文《春花落雨巢日记》所记时间晚一日。《春花落雨巢日记》所记往返江西日记原文已经丢失，现在看到的是赵烈文事后追忆补记的，而郭嵩焘日记是当天事当天记，当然应以郭说为准。

所谓"淮盐浙运"，就是江西和湖南向食淮盐，咸丰三年太平天国建都金陵后，水路中断，淮盐不能运抵江西和湖南，当地百姓只好改食从四川、广东等地偷运过来的私盐，以及被太平军截获并销售的淮盐，不仅给百姓生活带来不便，而且国家盐税收入随之流失。为筹集军饷，咸丰五年四月初一日，曾国藩呈上《请拨浙引盐抵饷以充军用民食折》，奏请户部拨给浙盐三万引，由他招来有实力的商人，"自备场价，自备运脚，自行运至江、楚两省而销售之"。朝廷批准了这一请求。[1]

郭嵩焘与周腾虎就是受曾国藩委派，专程赶赴杭州，会同浙江巡抚何桂清等当地官员，协商办理"淮盐浙运"事项。此后数年，"淮盐浙运"获利甚丰，成为湘军和江西、湖南两省地方当局的重要财源。

4 从太平军手中成功逃出

"淮盐浙运"一事有了名目后，周腾虎母亲去世，他不得不回常州老家丁忧。此后几年，他在江、浙一带活动，奔走于上海、南京、苏州、杭州等地，与清军江南大营统帅和春、两江总督何桂清、江苏巡抚徐有壬、浙江巡抚王有龄等人周旋。咸丰九年（1859）四月二十日曾国藩《致郭嵩焘》信中，说周腾虎已约好回营，后来不知什么原因未能如愿。在此前后，为和春筹办军饷的某位负责人，经常向周腾虎讨教，每次都能得到有益指导。周腾虎还给广东某大员献计，让他在广东开征烟土税，每月增饷银二十万。周腾虎做的这些"义工"，虽都取得显著成

1《曾国藩全集·奏稿》，第1册第463页。

效，但事成之后论功行赏，他不仅"笑谢勿受"，而且"拱手去之"。

写到这里有个事实需要说明一下。《有清奇士周先生墓表》写道周腾虎为和春幕府筹饷人员出谋划策的原话是："江南事棘，帅和委饷事某，某争走咨问计。"[1]照此看来，周腾虎显然是个场外指导角色。但中华全国图书馆文献缩微复制中心1995年影印出版的《太平天国稀见史料三种》，其中收录了周腾虎撰写的《秣营琐记》，该书叙述清军江南大营见闻，尤其对于江南大营主帅和春与副帅张国梁的关系以及他们的个人好恶，记述得颇为详细。从这本书的书名及所写内容来看，周腾虎似乎是和春幕府中人。

事情说来真是非常凑巧，本文写出数年之后，笔者阅读《郭嵩焘全集》，在咸丰九年四月初六日日记里，郭嵩焘记载收到周腾虎一封来信，此信不仅注明"由金陵小水关大营发"出，而且明确注明周腾虎"在雨亭将军（和春字雨亭）幕中"。[2]这也很可能是周腾虎未能如愿返回曾国藩大营的原因之一，毕竟金陵就在他的家乡常州附近。

咸丰十年太平军攻陷常州时，周腾虎在江苏巡抚徐有壬幕府工作，他当即自告奋勇招募兵勇负责收复常州。然而兵勇尚未募齐，周腾虎还在翻阅募兵名册，苏州就被太平军攻克（江苏巡抚衙门当时驻苏州），结果常州收复未成，周腾虎父子却一起成了太平军的俘虏。和春、徐有壬等清朝大员则相继死于太平军的这次进攻。

周腾虎是个脑瓜子特别好用的人，不久之后成功逃了出来。

他是怎么逃脱的，《有清奇士周先生墓表》没有详细介绍，只说"以计得脱"，就是使了个小诡计吧。

周腾虎逃到吴兴时，刚好遇上在外逃难的赵烈文。周腾虎敲打赵烈文乘坐的船只，不无得意地大声呼叫说："我料定事情不会太糟糕！"满脸骄傲和自豪。[3]

周腾虎虽没有收复常州，却做了另外一件漂亮事。

1《能静居日记》，手写影印版第3158页。
2《郭嵩焘全集·日记》，第8册第210页。
3《能静居日记》，手写影印版第3158页。

太平军兵指常州时，吓破了胆的何桂清决心出逃（两江总督府当时驻常州）。常州百姓跪在他面前，流泪恳求其留下守城，何桂清不仅不听，反而放任亲兵枪杀十余人。何桂清逃到苏州时，徐有壬"闭城不纳"并上奏弹劾他。何桂清只得狼狈逃往上海。徐有壬弹劾何桂清的奏折，就是周腾虎起草的："奏参督臣弃城逃窜一疏，得达圣聪，系出毗陵（常州）周弢甫之手。语甚激切，朝廷震怒，着即革职拿问。"[1]

此时正是第二次鸦片战争期间，英法联军攻陷北京，咸丰逃往热河，自顾不暇。在上海，贪生怕死的何桂清常"居沙船为航海计"[2]。苟且偷生两年之后，清政府才将其绳之以法。

5 改换门庭再入曾国藩幕府

咸丰十一年八月，赵烈文第二次来到曾国藩身边后，周腾虎也于当年十月下旬来到安庆，再次投身曾国藩幕府。

与第一次进入曾国藩幕府不同，周腾虎二进曾幕，是曾国藩专折奏调的。

当年十一月二十五日，曾国藩上了一道《保奏周腾虎等片》："去年常州之陷，守土官吏皆去。该郡士民，尚能婴城固守，与贼鏖战多日。城破之后，各村镇团练拒贼，如无锡荡口等镇，至今尚与贼相持不懈，是其中必有二三贤智为之倡率。臣闻该郡素尚节义，其士子多好读书稽古，研究事理。臣所知者，有候选主事周腾虎，疏通知远，识趣闳深；候选同知刘翰清、监生赵烈文，博览群书，留心时事；监生方骏谟不求闻达，行谊卓然；蓝翎六品衔监生华蘅芳、议叙从九徐寿，研精器数，博涉多通。此数人者，若令阅历戎行，廓其闻见，必可有裨军谋，蔚为时望。自常州沦陷之后，诸人多已远避，周腾虎在浙江，刘翰清在山东，方骏谟在河南，其余在本籍。应请饬下各省抚臣访求，咨遣前来。俟到臣营数月之后，臣悉心察看，再行出具考语，奏请皇

1《吴中文献小丛书之十八》，江苏省立苏州图书馆 1940 年 8 月第 1 版第 25 页。
2《能静居日记》，第 149 页。

上量材录用。"[1]

咸丰十年太平军横扫苏、常，两江总督何桂清率先出逃，地方官员随之树倒猢狲散，唯有当地一些士绅组织团练武装据城抵抗。常州城破后，他们还"相持不懈"，在一些地方继续与太平军抗争。历来将忠义血性作为选人用人首要条件的曾国藩，对这些常州籍士绅赞赏有加、推崇备至，于是上书朝廷，保举周腾虎、刘翰清、赵烈文、方骏谟、华蘅芳、徐寿等六人，请求朝廷饬令各地督抚将他们咨遣来营，收入幕府加以任用。曾国藩不久即收到军机处发来的咨文："本日已奉有寄谕，令薛焕（江苏巡抚，当时驻上海）等饬令前往矣。"[2]

在《保奏周腾虎等片》中，曾国藩说周腾虎在浙江，事实上一个月前他就到了安庆。咸丰十一年十月二十二日的曾国藩日记，也明明白白写道："中饭后，周弢甫来，坐极久。"[3]

此后二十多天里，周腾虎的名字几乎天天出现在曾国藩日记里，两人要么畅谈，要么下围棋。十一月初五日，周腾虎还给曾国藩看过病。另外周腾虎还替曾国藩起草了数篇文件材料。

这是怎么回事呢？

原来周腾虎从太平军那儿成功逃出后，不久到了杭州，暂时依附浙江巡抚王有龄。据《能静居日记》咸丰十年十二月十八日记载，周腾虎家人此前接到周腾虎从杭州发回的家信，说他"即拟迎赴曾营，闻曾公尚在祁门云云"。二十日，赵烈文也收到周腾虎来信，说他"前月廿后赴曾营矣"。[4]后因道路中断，周腾虎才不得已返回杭州，继续留在王有龄幕府办理团练。如果不是这个原因，一年前周腾虎就主动回到了曾国藩身边。

到了咸丰十一年下半年，浙江形势越发危急，杭州被太平军围得飞鸟难进，周腾虎反倒冒险来到安庆，又是怎么回事呢？原来他是奉王有

1《曾国藩全集·奏稿》，第3册第352至353页。

2《曾国藩全集·奏稿》，第3册第353页。

3《曾国藩全集·日记》，第17册第220页。

4《能静居日记》，第255页。

龄之命，冒死前往安庆，向曾国藩求援。

据《能静居日记》咸丰十一年九月二十四日记载，周腾虎到安庆之前，还"间道"去了赣东北"左帮办处乞师"。[1]"左帮办"即左宗棠，当时的身份是"帮办两江总督曾国藩军务"，在赣、浙边境带兵打仗。

《左宗棠全集》收录的咸丰十一年十月初四日《复毓又坪》信，不仅证实了这件事，而且说明了他不能分兵援浙的原因："雪轩中丞屡缄呼援，又遣周殷甫主政，间道至军，作包胥之请。无如敝军病后士气未复，急需整理，不能奋飞，愧愤无已。顷闻制军已奉命赴浙援剿，或是彼中转机耳。"

"毓又坪"即江西巡抚毓科，"雪轩中丞"即浙江巡抚王有龄，"制军"即两江总督曾国藩。左宗棠与王有龄没有个人恩怨，又与周腾虎惺惺相惜，只因军中病后元气大伤，才无力援浙。"愧愤无已"的他，只能将希望寄托在已经奉命援浙的曾国藩身上。[2]

周腾虎冒死到达安庆大营后，虽然暗中改换了门庭，成了曾国藩的座上宾，但他的公开身份，仍是浙江巡抚幕中人。不说明这一点，还以为曾国藩有意欺骗朝廷，或出于某种策略方面的考虑才这样写。

周腾虎来安庆求援这件事，绝少见于公开史料。倒是咸丰十一年九月十一日曾国藩给郭嵩焘、郭崑焘兄弟回信时，自己一不小心透露了这个秘密："浙事日棘，无力往援，是一疚心事。闻殷甫来为包胥之请，尚未见到。"[3]

据《春秋左传正义》卷五十四《定公四年》记载，春秋时期，诸侯混战，吴国进攻楚国，楚国大败。楚国大夫申包胥前往秦国求援，秦哀公举棋不定，迟迟不愿发兵。申包胥站在秦国城墙外大哭七天七夜，滴水不进，终于感动了秦哀公，答应出兵援救楚国。左宗棠和曾国藩信中写到的"包胥之请"，指的就是这件事。

但曾国藩不是秦哀公，周腾虎更不是申包胥，申包胥能够感动秦哀

1《能静居日记》，第 387 页。

2《左宗棠全集·书信一》，第 10 册第 421 页。

3《曾国藩全集·书信》，第 24 册第 527 页。

公，周腾虎却感动不了曾国藩。曾国藩不仅没有派兵救援浙江，而且公开挖了王有龄墙脚。直到曾国藩向朝廷专折奏调周腾虎来自己幕府工作，杭州都在清政府手中，王有龄也继续做他的浙江巡抚。

曾国藩平时最喜欢讲忠诚，历来痛恨手下人改换门庭，在对待王有龄和周腾虎这件事上，却充分暴露了他的私心和言行不一。

如果从另外的角度考虑，当然也可认为：对周腾虎这个人才，哪怕遭人非议，曾国藩也要想方设法弄到手。

除曾国藩私信透露了周腾虎来安庆求援这一秘密，周腾虎本人日记也详细记载了这件事。日记中还附录了周腾虎代王有龄起草的《奏报浙省艰危情形》疏稿。另外日记记载说，如今《曾国藩全集》中收录的《左宗棠定议援浙请节制广徽饶诸军并自行奏报军情折》，也是他起草的。

让人遗憾的是，这本具有高度史料价值的个人日记，仅由中华全国图书馆文献缩微复制中心影印过一次，原稿至今仍然深藏在苏州市图书馆。

6　曾国藩为什么不救浙江

曾国藩对浙江或者说对王有龄如此狠心，是有深层原因的。

早在咸丰四年（1854）九月，何桂清出任浙江巡抚后，与曾国藩的矛盾就产生了。

那时曾国藩在江西四面楚歌，处处挨打，浙、赣两省毗连，何桂清对曾国藩在江西损兵折将、被动挨打情况了如指掌，于是不断给朝中权贵写信，密报江西军情，说了许多不利于曾国藩的话。如咸丰六年（1856）十月十一日致"自娱主人"信中说："江右（江西）误于涤生（曾国藩）之胆小，竟是坐观，一筹莫展。中丞（江西巡抚文俊）又不敢独任仔肩，各路俱是客兵自办，惟围攻抚州系西省之事，并无悍贼，数月不开一大仗，九月中旬不过数百贼出来，已全军皆逃矣。广信至今无一兵来，我浙赴援之兵，仍留该群（郡），在彼已开漕，而我则仍供兵饷，岂不冤哉。"[1]

晚清军机大臣向以斋名自称，"自娱主人"是谁的斋名，尚须考证。

何桂清不但在私人书信中老说曾国藩坏话，而且经常向朝廷汇报对曾国藩不利的消息。咸丰六年九月十七日，李元度兵败抚州，林源恩战死，过了快一个月，曾国藩才呈上《抚州分兵克复宜黄崇仁老营被贼扑陷折》，想方设法为部下减轻罪责。他哪里知道，何桂清早已抢先密报了实情，朝廷因而在十月二十日发出上谕："曾国藩、文俊自八月三十日奏报瑞州、建昌胜仗之后，已及月余，未见续报。昨据廉兆纶奏，有探闻抚州官军失利之语，与本月何桂清奏报相同，亦未见曾国藩等入奏。"[2]

这就使得曾国藩非常尴尬，并直接影响了清政府对他的看法。所以说，那些年曾国藩在江西始终不得志，与何桂清不断对他"抹黑"是有关系的。

咸丰五年以后，曾国藩坐困南昌，军饷不继，曾向浙江借钱，时任浙江巡抚何桂清和杭州知府王有龄却分文未给："以全善之区而丝毫未允。"之所以如此，是因为曾国藩来函中有"'平昔挥金如土'一语芥蒂其间"。[3]

更让曾国藩难堪的是：当时的带兵统帅，如果有钦差大臣名号，朝廷会发一个铜制关防，曾国藩虽有钦差大臣之实，却只有"督办军务"之名，为了工作方便，于是请人刻了一个木制关防作为凭信。这是通行做法，历来得到朝廷认可。但事情传到何桂清那儿之后，却在来文中"谬题'钦差大臣'"加以取笑，同时写来信件批评说："贵部堂并非钦差，合行更正。"曾国藩"不堪其侮"，于是"愤然辞归"。[4]

何桂清与湘军集团不和的种子就这样深深播下了。

咸丰七年（1857）四月，何桂清升任两江总督后，又与湘军集团在

1《何桂清等书札》，江苏人民出版社1981年4月第1版第39页。

2《曾国藩全集·奏稿》，第2册第158页。

3《中国近代史资料丛刊》，上海人民出版社1957年6月第1版第六册第590页。

4《湘绮楼诗文集》，第2册第36页。

争夺浙江地盘问题上发生了明争暗斗。

为解金陵之围，李秀成于咸丰十年初亲自率领一支数千人的队伍，由皖南进入浙江，然后急速进兵杭州。李秀成的计划是轻兵间道，奇袭杭州。

清军最怕江南大营的金库和粮道被断绝，知道太平军进攻杭州，一定会分兵相救，到时李秀成率军迅速回撤，直捣江南大营，不但金陵之围可解，而且苏、杭等膏腴之地也将为太平军所有。

这支奇兵出动后，果然震动了两江，也震动了朝廷。朝旨急命江南大营统帅和春分兵赴援。湘军也从湖北派出了一支数千人的援浙部队。但李秀成攻破杭州好几天，张玉良带领的江南大营部队才姗姗来迟，援浙湘军更是鞭长莫及。

李秀成奇袭杭州，目的是引诱江南大营分兵援浙，见清军果然中计，他立即展开撤退计划，给清军留下一座人死城破的空城，自己则率军直扑江南大营。等到和春发觉上当，檄调张玉良回师，却已经来不及了，结果太平军以绝对优势兵力，于当年闰三月击破江南大营，收到了一箭双雕之效。

李秀成是二月十八日开始攻城，二十七日攻破杭州的。而据当时在苏州居住的赵烈文亲耳所闻和亲眼所见，二月十五日，张玉良的援兵就到了苏州。俗话说救人如救火，一分一秒耽误不得。可他们到了苏州之后，不仅不急于进兵，反而在苏州地区肆无忌惮地骚扰百姓和抢掠钱财。[1]

苏州到杭州只有三天路程，如果不在苏州耽搁时间，援兵完全可以赶在太平军攻城之前来到杭州，就当时双方兵力而言，面临内外夹击险境的李秀成，要攻破杭州绝对不可能。

可是，张玉良的部队来到杭州时，已经是三月初三日了！

援兵在苏州耽搁的原因，赵烈文听人说是没有领到军饷，是闹饷的结果。实际情况根本不是这样。

---

[1]《能静居日记》，第113页。

　　江南大营是国家经制之兵，是清政府依靠的重要军事力量。清政府曾把绞杀太平天国的希望，主要寄托在两江总督何桂清和由绿营兵组成的江南大营身上。所以清政府对这支部队的饷需是特别加以保证的，工资发放远比其他部队好。但江南大营习于安乐，兵丁各有家室，诸大校复饮博嬉戏，视战事如儿戏。有"救时宰相"之称的理财能手阎敬铭，后来就曾一针见血指出："吾闻江南大营未败时，诸将锦衣玉食，倡优歌舞，其厮养皆吸洋烟，莫不有桑中之喜（指两性间的不正当关系）。"[1] 如果领不到军饷，哪有银子玩这类高消费？

　　那么原因究竟是什么呢？据咸丰、同治年间长期在浙江为官的许瑶光《谈浙》一书披露的史料，张玉良率军经过常州时，何桂清指示他到苏州后，听候其死党江苏布政使王有龄的安排，王有龄于是心领神会，先请张玉良视察苏州城垣，后又安排他先救援湖州。之所以如此，是因为王有龄曾任湖州知府，如今"左右湖州人居多"，所以"促张率师救湖不必救杭"。所以说，江南大营援兵未能及时赶到杭州，完全是心怀叵测的何桂清和王有龄故意延缓造成的。[2]

　　王有龄安排张玉良先救湖州一事，和春机要幕僚萧盛远的《粤匪纪略》也有披露："杭州警报频至，和帅又飞饬记名提督张公玉良由六合带兵二千，即日渡江赴浙援剿。张提军统兵将次到杭，正值逆匪围攻湖州，甚为吃紧，遂即驰往，会合水师总兵曾秉忠、绅士赵景贤连日痛击，毙贼无算，城围立解。随即带兵赴杭，途次闻信，浙省已于二月二十七日为贼攻破。"[3]

　　萧盛远虽然不知其中另有猫腻，但可证《谈浙》所写一点不假。

　　除此之外，曾国藩为浙江巡抚罗遵殿撰写的挽联，也从侧面透露了这层意思："孤军少外援，差同许远城中事；万马迎忠骨，新自岳王坟畔来。"[4]

1 《忠义纪闻录》，台湾华文书局 1968 年 6 月印行第 1 册第 149 页。

2 《中国近代史资料丛刊》，第六册第 572 页。

3 《中国近代史资料丛刊续编》，广西师范大学出版社 2004 年 6 月第 1 版第 4 册第 39 页。

4 《曾国藩全集·日记》，第 17 册第 38 页。

此联不仅用词工整，而且寓意深刻。曾国藩说罗遵殿与许远（唐朝名臣，杭州人）一样壮烈，都是失援而死的；又说罗遵殿是岳飞，那么秦桧是谁呢？不是很值得玩味吗？

曾国藩在江、浙一带耳目甚多，消息十分灵通，对何、王阻滞张玉良救援杭州的行动，自然了然于胸。只是碍于当时形势，不便于直笔写出而已。

何桂清和王有龄为什么要下这个毒手？

原来浙江既是有名的富庶之区，又与两江总督管辖的江苏、安徽和江西接壤，是江南大营的钱包和粮仓，这是何桂清处心积虑图谋控制浙江的主要原因。湘军首领曾国藩和胡林翼也认为，如果夺取了浙江地盘，既能控制已经划归浙江管辖的皖南，防止太平军从皖南楔入江西，震撼湖北、湖南，又可以解决一部分军饷，所以对浙江这块肥肉也垂涎三尺。这样，曾、何两个派系为了争夺浙江的控制权，不仅始终在暗中较劲，而且常常斗得你死我活。

咸丰八年七月，清政府任命胡兴仁为浙江巡抚，何桂清大为不满。由于何桂清的倾轧，胡兴仁任职一年就下台了。

何桂清本以为王有龄可以顺利接任浙江巡抚，但出乎意料的是，清政府竟从福建调来了罗遵殿。罗遵殿字澹村，安徽宿松人，道光十五年（1835）进士，曾长期在湖北为官，为胡林翼所激赏，拔擢为布政使后，又先后调任福建和浙江巡抚，所以罗遵殿不仅是胡林翼的老部下，而且和曾国藩等湘军领袖的交谊都很深。

由于希望再次落空，所以何桂清非将罗遵殿撵走不可。

李秀成攻破杭州，罗遵殿兵败自杀后，清政府终于任命王有龄为浙江巡抚。

何桂清在与湘军集团围绕争夺浙江地盘发生的你死我活的争斗中，虽然成功赶走了胡兴仁，又借太平军之手杀死了罗遵殿，如愿以偿地夺到了浙江这块富庶之地，但他没有得意多久，就随着江南大营的第二次覆灭，为自己敲响了丧钟，真是人算不如天算。

所以，咸丰十一年下半年浙江形势万分危急，下至浙江百姓，上至朝廷当局，都希望曾国藩火速派兵救援时，他哪有什么积极性？

曾国藩岂止没有积极性，而且巴不得王有龄早死，这样一来，他就好乘机推荐左宗棠做浙江巡抚，真正掌控浙江全省。如果过早出兵，救下杭州，岂不要让左宗棠落到客军虚悬境地？曾国藩可谓机关算尽。

这就是政治的残酷无情，说它毫无人性也不为过。

7　出任上海办事处主任

周腾虎和曾国藩再次相聚后，似乎有说不完的话："每论事，穷日夜不舍，左右亲近任枢机管事者，经旬不得见。"

这虽然是曾国藩迫切希望听取周腾虎的意见和建议，但周腾虎旁若无人、舍我其谁的表现，自然会让一些人看不惯。当然曾国藩是十分欣赏周腾虎的，否则两人根本达不到"如胶似漆、难舍难分"的程度。

在曾国藩幕府，周腾虎不仅顾盼自雄，而且"好为盛气质贵人"。加之"识最高，辩论如刃出匣"，因而让许多人感到不爽。周腾虎还总是得理不让人，凡事都要争个赢输。一时如果争不出结果，便"血上注，面正赤如鸡冠"，就像一只斗红了眼的公鸡。[1]

曾国藩知道周腾虎难与自己身边人共事，就安排他去上海催饷，职务相当于湘军驻上海办事处主任。咸丰十一年十一月十三日曾国藩在日记中记载了这件事："羧甫将赴上海催饷，禀辞邑邑，余勉之以维持风教，勿自菲薄，引顾亭林《日知录》'匹夫之贱，与有责焉'一节以勖之。"[2]

可见周腾虎与身边同事的关系搞得相当紧张，自己也灰心丧气。

周腾虎去上海，除了催饷，还负责采购洋船、洋枪、洋炮。如同治元年正月二十一日曾国藩日记写道："接周羧甫信，买洋船一只，湾泊城下，欲余登船阅看定夺。其价已议定五万五千金。一委员朱筱山别驾（官名，主官的助手）押坐来皖（安庆），因与朱同登舟一看，无一物不工

1《能静居日记》，手写影印版第 3158 页。
2《曾国藩全集·日记》，第 17 册第 226 页。

致。其用火激水转轮（蒸汽机驱动）之处，仓卒不能得其要领。"[1]

同治元年四月十六日，周腾虎回安庆述职，还带来二百门大炮，由水师提督彭玉麟分拨内外各营使用。

曾国藩虽然很想得到一只洋船"为运送子药、飞递文报之用"，但读《曾国藩全集》可知，这只洋船名叫"宝顺"，后因"嫌小退还"。再买"吧吡"船一只，却为"售者所欺"，又未成。几经周折，最后才买定一只名叫"威林密"的轮船。[2]

曾国藩对此虽没说什么，但刚到上海带兵打仗的李鸿章，在写给曾国藩的汇报信里，却说了这样的话："殺甫将趁轮船回皖，于沪事颇得纲要，小有出入，尚无大劣迹。此等人清谈甚高，未可出手办事。"评价颇负面。[3]

在安庆期间，周腾虎曾与李鸿章一起共事，周腾虎留给他的印象，看来确实不怎么好。

咸丰八年八月二十八日，郭嵩焘与朋友聊天时，一位叫陆祐勤（字彦颀）的人也说周腾虎才气"太露"。还说："凡人有才须是敛，敛得一分，便深一分，大一分。"郭嵩焘听后，不仅深表赞同，而且说："次青（李元度）长于文，处事见解，不及殺甫（周腾虎），然却有后劲。殺甫办事，规模尽大，却一发便了，往往前后不相照管。次青便一直任得到底。须看他一旅残军，与悍贼相持数年之久，要战就战，要守就守，无一毫退阻，此是何等力量。殺甫才尽大，到此便用不着，只缘殺甫无此后劲故也。"[4]

与郭嵩焘一样，陆祐勤也是周腾虎的至交，他俩对周腾虎的了解，自然比较深刻。这就怪不得李鸿章会说周腾虎"清谈甚高，未可出手办事"。真是人有所长，必有所短，没有完人。同时也说明：周腾虎是当高参的料，不是办具体事务的人。

1《曾国藩全集·日记》，第 17 册第 254 页。

2《曾国藩全集·书信》，第 25 册第 200 页。

3《李鸿章全集·信函一》，第 29 册第 76 页。

4《郭嵩焘全集·日记》，第 8 册第 128 至 129 页。

五月初十日，赵烈文在安庆长江码头送周腾虎乘船回上海，不想这一别竟成永诀。

8 朋友多交际广是把双刃剑

周腾虎与身边同事虽然格格不入，却是个交友十分广泛的人。朋友多当然有朋友多的好处，如耳目多、信息灵、遇事可帮忙等等。但朋友形形色色，鱼龙混杂，若不能看清他们的真面目却过分迷信朋友的作用，有时也会坏大事。

说到朋友多的好处，有件事很值得一提。

咸丰死后，那拉氏联合奕䜣发动宫廷政变，曾国藩虽从官方渠道得知京中出了大事，却不明究竟，内心因而极度惶恐。直到私拆了周腾虎朋友张曜孙的来信，明白了事情真相，一颗悬着的心才落回肚子里。

那是咸丰十一年十一月十四日，曾国藩突然接到四件廷寄，其中"抄示奏片一件，不知何人所奏。中有云，载垣等明正典刑，人心欣悦云云。骇悉赞襄政务怡亲王等俱已正法，不知是何日事，又不知犯何罪，戾罹此大戮也！"当天晚上，惶恐不安的曾国藩三更过后才睡下，合眼不久又醒了，此后一直在惊慌失措中胡思乱想到天亮。接下来两天连下大雨，潮湿沉闷的天气更是让曾国藩压抑得透不过气来，仿佛世界末日就要来临。在十七日的日记中，他于是无限悲怆地写道："天不甚寒冷，而气象愁惨。"直到二十二日私拆了张曜孙寄给周腾虎的信件，"内言京师近事，皇太后垂帘听政，以恭亲王为议政王，拿问载垣、端华、肃顺等三人，肃顺斩决，载垣、端华赐自尽。穆荫发军台，景寿、杜翰、匡源、焦祐瀛革职。另用桂良、周祖培、宝鋆、曹毓瑛为军机大臣。始知前日廷寄中所抄折片中语之端末矣，因与幕中诸人劇论时事"。[1] 数日间坐卧不安的曾国藩方才知道政变内幕和结局，于是一身轻松地与身边幕僚公开谈论时事。

1《曾国藩全集·日记》，第 17 册第 227 至 230 页。

如果不是有了张曜孙这封传播小道消息的私人来信，曾国藩肯定还会在极度紧张焦虑中饱受煎熬，这就是朋友多的好处。

当然，这回帮曾国藩消除焦虑情绪的是周腾虎的朋友，而不是自己的朋友。周腾虎前几天去了上海，张曜孙寄到安庆的私人信件，自然不能及时收阅。曾国藩本应转寄上海，但为了探知京中消息，竟然私拆别人信件，说明他内心的恐惧是多么严重，探求秘密的心情是多么急迫。

然而，周腾虎最后倒霉也倒霉在朋友手上。

周腾虎有个好友叫林福祥，原任浙江布政使，咸丰十一年十一月二十八日太平军第二次攻破杭州时，没有以身殉职，而是落入太平军手中并受到优待，不久又被李秀成礼送出城，负责护送浙江巡抚王有龄等人的灵柩去上海，最后被人指为"投贼"。朝廷接到指控后，令曾国藩查清事实后予以严肃处理。

周腾虎来上海催饷之前，就在浙江巡抚衙门工作，杭州陷落后，当地幸免于难者纷纷涌入上海，不久林福祥一行也抵达沪上，所以周腾虎对浙江的情况十分了解，也非常清楚林福祥不是主动投降。就连杭州失守、王有龄殉职的消息，曾国藩也是得到周腾虎从上海写来的信件后才知道的。[1]

事实证明周腾虎对浙江的了解和由此得出的判断，都是完全正确的。同治三年六月李秀成被俘后，赵烈文来到囚室，与他谈了很久的话。谈话过程中，李秀成主动说到了林福祥被俘及受到优待一事："至于用兵所到，则未尝纵杀，破杭州得林福祥、米兴朝皆礼之，官眷陷城者，给票护之境上。"[2]

同样的意思，后来在自述中，李秀成又写了一次："其中上（尚）有米贤招（米兴朝）、林福祥两人，外有林（麟）趾一人，亦是杭省布政司之职，到省上（尚）未接任，原任仍是林福祥。此等亦言（然）被获，我亦不杀，礼而待之，又未锁押，落在书房，与我文官闲及（叙）。夜静，我与米、林谈及世情。后并将林福祥家小儿子一并寻回，交还林福

---

[1]《曾国藩全集·日记》，第 17 册第 236 页。

[2]《能静居日记》，第 804 页。

祥，将米贤招（米兴朝）之马匹亦寻见付交。后米贤招（米兴朝）将其之马送与我部将汪安钧。林（麟）趾乃是满人，心中自畏，次夜私逃，并不追赶。然后过了十余日，林、米二人欲去，不愿在营，即而备舟只各一条，由杭州到上海，各给艮（银）三百两。后其两人不敢要，各领百两，临行各具一信与我辞行。云：'今世不能为友补报，来世不忘。'并云：'尔忠王本事出色，未偶（遇）明君，好惜！好惜！'等语之文，辞行而去。"[1]

可见不仅林福祥没有投降，而且杭州城破后，太平军优待的对象，并不是林福祥一个人，而是包括满人官员麟趾及所有清军家属。

再据《清朝野史大观》记载，"李秀成兵入杭州矣。壮愍自经院中桂花树下，秀成入，叹为忠臣，以王者冠服葬之"[2]。可知李秀成对自缢身亡的浙江巡抚王有龄，也十分敬重。

不过需要说明的是：《清朝野史大观》说的"葬之"应为"备棺盛殓送出"，详见曾国藩提交的复查报告《密陈访查林福祥等来自贼中情形折》："李逆寻觅殉难各官尸身，备棺盛殓送出。"[3]

王有龄的灵柩，即由林福祥负责送往上海。

正因为林福祥不是主动投降，被迫进入招贤馆并受到李秀成优待的清军官员又不止他一个人，所以周腾虎很想替林福祥洗雪"投贼"冤屈，否则很不公正。周腾虎于是仗着自己朋友多、路子广的优势，致书军机大臣曹毓英，请他出面说句公道话。曹毓英是江苏江阴人，与周腾虎既是朋友又是苏南老乡，周腾虎托他办事，完全可以理解。

令周腾虎意想不到的是，曹毓英不仅不为林福祥说话，反而把周腾虎的来信上交了恭亲王，并以"招摇"为罪，告了周腾虎一状，结果周腾虎救人不成，自己反而惹了一身麻烦。[4]

曾国藩不久即接到军机处发出的廷寄，说周腾虎"长于持论，而心

1《中国近代史资料丛刊续编》，第 2 册第 377 页。

2《清朝野史大观》，上海书店 1981 年 6 月印行第 55 页。

3《曾国藩全集·奏稿》，第 4 册第 119 页。

4《能静居日记》，第 935 页。

术不端"，经曾国藩保奏后，不仅"在沪颇近招摇"，而且"与通贼之藩司林福祥交好，因为画策代作奏稿，冀图消弭，并有欲为林福祥求作江苏巡抚之信。颠倒是非，胆大妄为"。为此命令曾国藩：着即饬令周腾虎回籍。[1]

这一打击本来就让周腾虎感到郁闷，紧接而来的弹劾，更是让他血往上涌。

原来周腾虎第二次进入曾国藩幕府后，出于对他的关心和厚爱，曾国藩又于同治元年上半年向朝廷保荐了他。曾国藩称周腾虎为"奇才异能"之士，希望朝廷重用他，周腾虎因此由主事提升为郎官（员外郎或郎中）。但这一荐牍在《曾国藩全集》中找不到，仅见于赵烈文《有清奇士周先生墓表》一文。

可是，曾国藩一上荐牍，周腾虎即被连章弹劾，结果曾国藩的保荐不仅没有给周腾虎带来好运，反而使他无辜受到连累。

带头弹劾周腾虎的是江苏吴江老乡殷兆镛。殷兆镛原任詹事府詹事，直上书房，教皇室子弟读书。咸丰十一年丁忧回家，避居上海和江浙等地。同治元年服除，仍直上书房。殷兆镛弹劾周腾虎的根据，说是周腾虎在上海"遇事招摇，为林福祥撰折，夸于人，以为保管无虞"[2]。虽是老调重弹，朝廷为此发出的廷寄中，也没有提出新的处理意见，但对于老乡和朋友从背后射来的冷箭，周腾虎当然会气个半死。

曾国藩接连看到两份廷寄后，虽然满头雾水，甚至不愿相信其事实，但同治元年六月初六日，还是给在上海带兵打仗的李鸿章写信，就"弢甫两次挂名，究竟在沪如何招摇"一事，要求他就近"细心察访"。曾国藩要李鸿章尽快查清事实，"无漏吞舟而诛及虾蛭也！"[3]

李鸿章不敢怠慢，即于六月十四日给曾国藩回信，将"察访"到的事实做了禀报："弢甫在沪，惟殴打王永义丝行、代林福祥草疏二事脍炙人口。殷詹事与王永义姻亲，故加媒蘖。冯敬亭（冯桂芬）、潘季玉

1《曾国藩全集·奏稿》，第 4 册第 317 页。

2《曾国藩全集·奏稿》，第 4 册第 327 页。

3《曾国藩全集·书信》，第 25 册第 344 页。

（潘曾玮）皆得京信，訾殷公挟嫌之意多于为公。煦甫初膺保荐时，气焰少盛，尤犯绅忌，近则渐自敛抑，然吴绅私嫌小怨，动辄疏劾，他日士大夫亦将视吴为畏途矣。前单所论，是非较允，不无过当之处，如查文经二十五万、林福祥求作巡抚、李德麟不可多得，似多未确。"[1]

李鸿章虽为周腾虎澄清了不少事实，也明确指出殷兆镛弹劾周腾虎是假公济私、挟嫌报复，但由于接连遭受意外打击，加之当时苏、浙、皖一带流行病暴发，同治元年七月二十三日，心情郁闷又身患痢疾的周腾虎，在从上海返回安庆的火轮上去世。周腾虎生于1816年9月，死时不到四十六周岁。

当年八月郭嵩焘赴任上海粮道途中，在安庆停留二十多天，有一次李鸿裔告诉他，周腾虎受到弹劾后，曾国藩与身边幕僚商量处理办法，李鸿裔说："朝廷谕旨十分严厉，周腾虎看来难以留在湘军大营做事。"曾国藩说："我最担心就是这一点。有了朝廷这道谕旨，周腾虎肯定无法在上海立足，我这里如果也不收留，他就无路可走了，不如把他召回安庆养起来。"李鸿裔于是感叹说："相国疏节阔目，而其实事事精微细致，其精微细致处却不以示人，而一切以空语解脱之。"[2]

李鸿裔说曾国藩"事事精微细致"，笔者当然赞同。但十分遗憾的是，曾国藩如果知道周腾虎身患痢疾，肯定不会让他带病离开上海。周腾虎的病状起于六月十一日，七月初八、九日间屡次昏倒。当然他不相信自己会死，否则不会在酷热中冒险踏上旅途。"事事精微细致"的曾国藩，无形中好心办了件坏事。

9　哥们义气害死人

从赵烈文《有清奇士周先生墓表》和李鸿章回信所写内容，以及得到周腾虎死讯后的第二天，曾国藩即致信李鸿章，要他"在沪助其后

1《李鸿章全集·信函一》，第29册第97页。
2《郭嵩焘全集·日记》，第8册第554页。

事，而鄙人在皖恤其家口"来看，[1] 周腾虎致书军机大臣曹毓英，请他出面替林福祥说话，很可能是事实，也符合周腾虎急人所难、为朋友可以两肋插刀的性格和为人；至于周腾虎为林福祥代作奏稿，并夸下海口，一定能帮他谋取江苏巡抚之位，则是无稽之谈，显系无中生有、造谣中伤。然而正是这一点，才招致苏南籍在京官员的反感和时任江苏巡抚薛焕的嫉恨，从而联手出重拳打击周腾虎。不过薛焕的江苏巡抚之位不久还是被李鸿章所取代。

曾国藩虽不相信周腾虎会干出这种太出格的事情，但对他不爱惜自己的羽毛、到处惹是生非的行为还是很不高兴。同治元年六月初十日写给曾国荃的家信中，他就这样写道："许惇诗有才而名声太坏。南坡（黄冕）专好用名望素劣之人，如前用湖南胡听泉、彭器之、李茂斋，皆为人所指目，即与裕时卿、金眉生交契，亦殊非正人行径。弟与南坡至好，不可不知其所短。余用周弢甫，亦系许、金之流，近日两奉寄谕查询，亦因名望太劣之故。毁誉悠悠之口，本难尽信，然君子爱惜声名，常存冰渊惴惴之心，盖古今因名望之劣而获罪者极多，不能不慎修以远罪。吾兄弟于有才而无德者，亦当不没其长，而稍远其人。"[2]

曾国藩最终把周腾虎定性为"有才而无德者"，虽然有些言重，但这段出自曾氏兄弟信中的私密话，无疑最能反映曾国藩对周腾虎的真实看法。

由此也就完全明白：周腾虎两次进入曾国藩幕府后，很快就被派往外地工作，显然是曾国藩既不想埋没他的长处，又不愿意和他走得太近，两者始终保持适当距离，对人对己都有好处。

在《有清奇士周先生墓表》一文中，赵烈文也明确写道，曾国藩让周腾虎离开安庆去上海工作，确实是周腾虎与幕府同事无法共事："辛酉（咸丰十一年）冬，复从曾公皖江（安庆）。每论事穷日夜不舍，左右亲近任枢机管事者，经旬不得见。弢甫又好为盛气质贵人，识最高，辩论如刀出匣，见者色沮气丧。遇事曲直，争之不得不置，血上注，

---

1 《曾国藩全集·书信》，第 25 册第 470 页。
2 《曾国藩全集·家书》，第 21 册第 31 至 32 页。

220

面正赤如鸡冠，于是音之者益怒之。曾公使以事赴江苏（上海），避诸人。"[1]

众所周知，曾国藩是一个既爱才又重德之人。为了成就事业，他不得不网罗各种人才为己所用，甚至可以与声誉较差才干却十分出众的人成为好朋友，但他更喜欢和更希望得到的，还是德才兼备之人。在一个团队里，有德才能团结人心，为团队做出更大贡献；缺德或少德，就会涣散人心，甚至干出有损团队利益的事情来。

豪爽大气、仗义执言、爱打抱不平的周腾虎，常常惹是生非，这是事实，但说他"无德"，则又言之过重了。然而，不分场合，不看对象，不考虑事情前因后果，说话办事完全从哥们义气出发，又过分迷信朋友的作用，这就非常要不得了。

周腾虎这个"奇人"，常常做出这种"奇事"，最后不仅损害了声誉，而且搭上了自己的性命，教训不能说不深刻。

周腾虎当然也没有救成林福祥。据《清史稿·本纪二十一》记载，同治元年七月底（《左宗棠年谱》说是八月），也就是周腾虎死后不几天，林福祥和米兴朝也被押回浙江，以失守逃避之罪，交由左宗棠处治并在衢州军营正法。

咸丰十年秋天，英法联军打进北京之前，咸丰可以带着一群女人逃往热河，林福祥兵败被俘受到优待，却不能不死，真是君要臣死，臣不得不死啊！

林福祥遭遇这种结局，很可能与曾国藩提交的复查报告有关："伪忠王李逆（李秀成）占据抚署（浙江巡抚衙门），将藩署（浙江布政使司衙门）作为招贤馆，大小文武官员皆准投入，或授以伪职，相待甚优；或给与护照，听其自便。"又说："藩司林福祥已降贼为伪官。织造恒起、署杭嘉湖道刘齐昂、已革总兵米兴朝均在招贤馆中。"[2]

报告当然不是曾国藩自己所写，而是负责复查林福祥问题的工作人员。当时浙江尚在太平军手中，他们不可能深入实地调查了解真实情

1《能静居日记》，手写影印版第3158页。

2《曾国藩全集·奏稿》，第4册第119页。

况。仅仅凭借道听途说得来的片言只语，就下笔断言"林福祥已降贼为伪官"，结果要了他的小命，这不是草菅人命又是什么?!

曾国藩后来看到李秀成自述，最终明白林福祥死得冤枉，不知内心会不会掀起波澜。

周腾虎是个奇士，他的夫人，也就是赵烈文四姐，也是个奇女子。

据赵烈文介绍，他的四姐既乐善好施，又"磊落有丈夫气"，经常尽家中所有急人所难。有时家里已经揭不开锅，周夫人"犹解衣助人急"。周腾虎暴富后，在外面过着花天酒地的生活，任由狐朋狗友跟着他一起显摆，却长年不往家里寄一分钱。周腾虎去世后，赵烈文赶赴上海料理后事，才发现一辈子从事财经工作，长期与金钱打交道的周腾虎，身后竟然不名一文。可他四姐对丈夫从无怨言，所以赵烈文说周腾虎和他四姐是"奇壮相合，若有天命焉"。[1]

俗话说一床被子盖不住两号人。没有缘分的两个陌生男女，是不可能走到一起的，即使暂时走到了一起，最终也会分离。

周腾虎去世时，常州在太平军手中，赵烈文按照周腾虎生前愿望，将其临时安葬在江苏省如皋县西来庵之东北。下葬前一天，赵烈文撰写《再祭弢甫先生文》，沉痛悼念这位良师益友。他在文中自注说："君生时向余言西来庵地方之佳，欲他日居之，不图遂成语谶。"[2]

光绪元年（1875）赵烈文四姐去世后，周家后人才将周腾虎夫妇合葬在吴县木渎镇东北某个山坡上，他们生前曾长期在木渎居住。

10　一流财经和货币专家

从以上介绍可以知道，周腾虎既是讲义气、重友谊、仗义执言、不拘小节以及视金钱如粪土的"奇人侠士"，又是点子极多并善于理财的一流财经专家。周腾虎生平也颇以"经济才自负"。这是周腾虎的至交

1《能静居日记》，手写影印版第 3158 页。
2《能静居日记》，第 605 页。

王韬对他的评价。[1]

王韬还说，周腾虎曾在自家大门上贴了一副对联："有王来取法，无佛处称尊。"观周腾虎的为人气概，这十个字确实是他夫子自道，并非虚言妄语。这样的人要是生于和平年代，定会为国家的经济建设做出特殊贡献。

周腾虎的特殊经济才能，在其主张中国应该改革币制和自铸银元一事上最能体现出来。他曾撰写《铸银钱说》一文，为近代中国的币制改革发出了呐喊。[2]

进入清代以后，随着社会经济商品交易的发展，中国市场上使用的贵金属货币主要是银两。银两名称单纯，成色、重量没有统一标准，属称量货币，在商品交易中存在着计算、评色、称重等颇为烦难的缺点。外国银元以枚计算，有统一的成色及重量标准，交易方便，因而深受中国商民喜爱。

随着中西方贸易逐年增加，西班牙等西方国家的大量不同种类的银元源源不断流入中国。西方人带着满船银元来中国购买茶叶、生丝和瓷器的同时，也换回中国的银锭或生银。到了道光年间，外国银元不仅在东南沿海各省畅通无阻，并且不断向内地渗透，致使中国对外贸易受到严重损失。巨额白银外流，银价暴涨，危及国计民生，暴露了中国币制的混乱与不完善。朝野有识之士莫不忧心如焚，于是纷纷提议改革币制，主张自铸银元。

咸丰六年正月初三日，郭嵩焘在日记里写到了江浙一带银元与白银的兑换价格：一枚银元兑换九钱一分五厘白银。这是挂牌价，黑市价更高。而外国制造的银元，每枚用银六钱六分、铜四分、铅二分。就是说，用白银兑换银元，每枚损失白银将近三钱。然而中国人习以为常，不以为异，所以郭嵩焘感叹说："西夷之患，岂一朝一夕之故哉。"[3]

1《瀛壖杂志》，中国文联出版社 2014 年 9 月第 1 版第 151 页。
2《中国货币理论史》，厦门大学出版社 2003 年 9 月第 1 版第 271 页。
3《郭嵩焘全集·日记》，第 8 册第 18 页。

第一个提出自铸银元的是林则徐。道光十三年（1833）林则徐在江苏做巡抚时，目睹外国银元给中国经济带来的种种危害，上奏朝廷，委婉提出了自铸银钱的建议。

咸丰五年，周腾虎在其著作《铸银钱说》中，不仅公开发出了"铸造银钱"的呐喊，而且提出了明确的实施办法："宜准洋银分两铸造银钱，……一仿洋银之式变其文字，以为中国宝货。……银钱铸成之后，准今之洋钱之价出入，取其盈余给工值火耗外，尚可以通有无，足国用，赡军食，因民之所利而利之，惠而不费，此之谓矣。"[1]

此后许多有识之士相继提出了改革币制的建议。

林则徐、周腾虎等人的建议和呐喊，清政府虽未马上采纳，但他们发出的声音，还是起到了振聋发聩、醒人耳目的作用，林、周等人也因此成了近代中国币制改革的先觉者，使中国的近代货币思想初露端倪。

除了主张自铸银钱，周腾虎还建议发行地方性纸币。

早在咸丰十年十二月，周腾虎就向浙江巡抚王有龄上书，建议发行地方性纸币。同治元年在上海催饷期间，他又建议江苏巡抚李鸿章发行纸币："今日用银之广极矣。用之既广，收之有额，何能取给？故凡货币之道，实实虚虚，补不足损有余，子母相权，大小相扶，而国用常足。……夫钞与银一也，上信用之，民甚便也。"

所谓"钞与银一"，是说钞票与银子有相同功用。

当时上海的关税、厘金年收入为五百万两，周腾虎提出以这笔收入为钞本，先发钞五百万两，在市场上流通后，再发钞五百万两，不能再增加，"再益之则滞矣"。也就是准备率为百分之五十。他认为："通此意以权之，一实一虚，则骤益五百万金也，何求而不得乎？"可惜他的建议均未被采纳。[2]

正因为周腾虎有如此之高的经济才能，所以早在咸丰五年十二月，浙江会稽籍御史宗稷辰，在保举左宗棠的同一个保案里，就将常州周腾虎、管晏，桂林唐启华等名列其中，不仅说他们"策议深沉，才识过

1《中国近代金银币图典》，浙江大学出版社2002年10月第1版第1页。
2《中国货币理论史》，第273页。

人"，而且感叹说：周腾虎等人"皆关心时务，今尚郁郁伏处田间。诚能破格招贤，连茹并进，则得一人可以平数州，得数人可以清一路"。这种评价和期许自然非常之高。[1]

11 泛泛悠悠之口枉杀磊磊落落之才

宗稷辰保奏周腾虎后，朝廷要征用他，不巧遇上母亲去世，因而失去了良机。至于曾国藩后来的保举，则是主观上欲爱之客观上反害之，最后竟导致周腾虎暴卒于由沪返皖的轮船上，使曾国藩痛悔不已。

同治元年八月初三日得知周腾虎去世消息后，曾国藩在当天日记中写道："接少荃（李鸿章）上海信，知周弢甫在沪沦逝。老年一膺荐牍，遽被参劾，抑郁潦倒以死。悠悠毁誉，竟足杀人，良可怜伤。"[2]

读过曾国藩日记的人都知道，他的日记文字是相当简略的，听到某位友人或同事去世，能在日记中记上一笔，已非常难得，把事情记完整并加上自己的评论和感叹，更是少之又少。咸丰十一年九月初三日，曾国藩听到胡林翼去世消息后，也只写道："巳正接信，知胡宫保于八月廿六日亥时去世，哀痛不已。赤心以忧国家，小心以事友生，苦心以护诸将，天下宁复有似斯人者哉！"[3]

记周腾虎去世消息竟与胡林翼差不多文字，由此可见曾国藩是多么同情周腾虎的遭遇，并为自己的行为感到后悔并自责。

同治元年九月初一日，曾国藩复赵烈文哥哥赵熙文（《曾国藩全集·书信》编者为此信拟题时误为《复赵烈文》）信中，再次沉重写道："弢甫潦倒半生，遽埋玉树，人世泛泛悠悠之口，乃能枉杀磊磊落落之才，足为扼腕。"[4]

对一个幕僚的死，曾国藩如此痛悔，虽与他的热心保荐导致周腾虎

1《清史稿·宗稷辰传》，第 40 册第 12200 页。

2《曾国藩全集·日记》，第 17 册第 314 页。

3《曾国藩全集·日记》，第 17 册第 202 页。

4《曾国藩全集·书信》，第 26 册第 4 页。

遽被参劾有关，但更重要的是为失去周腾虎这个难得的财经人才而打心里难过。

此事使得曾国藩后来荐贤亦多所顾忌。

据《曾国藩全集·家书》记载，同治二年（1863）八月初二日写信回答曾国荃的责难时，曾国藩就这样说过："近世保人，亦有多少为难之处。有保之而旁人不以为然，反累斯人者；有保之而本人不以为德，反成仇隙者。余阅世已深，即荐贤亦多顾忌，非昔厚而今薄也。"[1]

曾国藩说的"有保之而旁人不以为然，反累斯人者"，显然是指周腾虎和李元度；"有保之而本人不以为德，反成仇隙者"，则是说左宗棠。[2]此不赘述。

曾国藩说周腾虎是"磊磊落落之才"，此话确实一点不假。

周腾虎不仅有很高的经济才能，而且工诗善文，著述不少。仅诗歌一项，光绪十三年（1887）十月，赵烈文经过三次精心筛选，为周腾虎编成诗集，就保存了约六百首。另据郭嵩焘日记记载，咸丰五年冬天，郭嵩焘与周腾虎去浙江筹办"淮盐浙运"事项途中，两人经常诗歌唱和，郭不仅称赞周诗"佳构极多，而五言长排尤为近今罕得"，而且将周腾虎一百韵五言诗句抄录在日记中。第二天，他又将周腾虎的即兴之作《论道流原委》一文摘录在日记中，可见他对周腾虎的诗文是多么喜爱。[3]

遗憾的是目前能见到的周腾虎著述不多，只有《餐芍华馆遗文》三卷、《餐芍华馆诗集》八卷附《蕉心词》一卷和《采兰斋诗》二卷等数种存世。前两种见于上海古籍出版社出版的《清代诗文集汇编》一书。中华全国图书馆文献缩微复制中心1995年影印出版的《太平天国稀见史料三种》，其中两种虽然分别是周腾虎的《餐芍花（华）馆日记》和《秣营琐记》，但至今没有点校出版。

周腾虎还精于书法，擅长医理。他生前到处为人诊治各种病症。

1《曾国藩全集·家书》，第21册第194页。

2《左宗棠全集·书信一》，第10册第102至103页。

3《郭嵩焘全集·日记》，第8册第10至14页。

影印出版的《餐芍花（华）馆日记》即为周腾虎亲笔书写，可谓行草兼优。

周腾虎还是围棋高手，在安庆期间常与曾国藩对弈，互有胜负。

周腾虎的洋务知识也很丰富。咸丰十一年十月二十四日，曾国藩在日记中写道："酉刻，与弢甫鬯谈。弢甫颇习夷务，所言亦晓鬯事理。"[1]

周腾虎对世界地理也很有研究。咸丰五年周腾虎第一次投身曾国藩幕府，就带来若干本中国较早出版的世界地理志著作《瀛寰志略》送给友人。对于当时不在曾国藩南康大营的朋友，他去浙江筹办"淮盐浙运"事项之前，还委托曾国藩转送。咸丰六年二月，曾国藩给刘蓉写信时，就提到了这件事："弢甫有《瀛寰志略》一书寄呈阁下，亦以道梗，俟将来一并专送。"[2]

可见周腾虎确实是一个兴趣广泛又多才多艺之人。对这样的稀有人才，曾国藩怎么能不看重，并希望为己所用呢？

正因如此，所以咸丰八年六月曾国藩复出带兵后，便非常急切地多次向人打听周腾虎下落，希望尽快联系上他。

当年十月十二日，曾国藩在《加沈葆桢片》中说："周弢甫北上，果否成行（问刘委员应知）？若尚在常州等处，当通一信也。"[3]

第二年正月二十四日，曾国藩在《加袁芳瑛片》中问："周弢甫现在何处？并祈觇缕示知（并请详细告知）。"[4]

四月二十日，曾国藩在《致郭嵩焘》信中说："陈作梅、周弢甫均约一来，朋游差不寂寞。"[5]

二十三日，曾国藩又在《加沈葆桢片》中说："周弢甫信，尊处可以代寄否？渎请便示。"[6]

五月初二日，曾国藩在《加周腾虎片》中说："敝幕友许仙屏振祎

1《曾国藩全集·日记》，第 17 册第 220 页。

2《曾国藩全集·书信》，第 22 册第 512 页。

3《曾国藩全集·书信》，第 22 册第 681 页。

4《曾国藩全集·书信》，第 23 册第 43 页。

5《曾国藩全集·书信》，第 23 册第 157 页。

6《曾国藩全集·书信》，第 23 册第 158 页。

为我作此书奉报，阁下视之，能道得鄙人心事不也。李次青（李元度）、少荃（李鸿章）两观察均在幕中，霞仙（刘蓉）以亲老多病，未能相从。筠仙（郭嵩焘）入都，一直南斋，比从僧邸在天津防所。有礼部主事李榕申甫奏调来营，即日可至，筠公所荐也。子序（吴嘉宾）以累年积劳，保以同知即选。方长府、县两书院，或时来营，或辞去，无定踪，而力学不倦，是可敬仰。何廉昉（何栻）亦拟相从。此间文人多于武将，已成风气，终恐积弱难振。诸关廑注，附报一二。"[1]

曾国藩如此急切地联系周腾虎，其意不言自明。

曾国藩不仅十分看重周腾虎的才干，而且对他敢在自己面前说真话的勇气，也极为赞赏。如咸丰十一年六月二十八日曾国藩日记写道："与少荃久谈，至二更三点始散。论及余之短处，总是儒缓，与往年周弢甫所论略同。"[2]

曾国藩知道自己的智商很一般，性格也比较儒缓，做事缺乏魄力，但除了周腾虎和李鸿章，再没有人敢当面指出这一点。

而从上面所引曾国藩日记原话可知，周腾虎不仅敢当面指出曾国藩的性格弱点，而且是第一个这样做的人，所以给曾国藩留下了难以磨灭的印象。

后来曾国藩特意写了一篇题为《儒缓》的短文，其中说："《论语》两称'敏则有功'。敏，有得之天事者，才艺赡给，裁决如流，此不数数觏也。有得之人事者，人十己千，习勤不辍，中材以下，皆可勉焉而几。余性鲁钝，他人目下二三行，余或疾读不能终一行。他人顷刻立办者，余或沉吟数时不能了。友人阳湖周弢甫腾虎尝谓余儒缓不及事，余亦深以舒缓自愧。"[3]

可见曾国藩对周腾虎的判断是充分首肯的。如今他却死了，曾国藩能不痛惜吗！

---

1 《曾国藩全集·书信》，第 23 册第 164 页。

2 《曾国藩全集·日记》，第 17 册第 180 页。

3 《曾国藩全集·诗文》，第 14 册第 412 至 413 页。

12　亲友之痛

对周腾虎的死，好友王韬也非常痛心，他在《瀛壖杂志》中写道："同治壬戌（元年），奉上官檄，勾当公事。时沪上方兴疫疠，君竟罹其灾。命不副才，良可惜已！"[1]

既是曾国藩幕府同僚，又是晚清著名科学家的华蘅芳，听到周腾虎死讯后，愤然命笔，写下《哭周弢甫》一诗，不仅对"旷代才华空老死"的周腾虎表达了深深同情和惋惜，而且对害死周腾虎的"谣诼"和"吠声"进行了严正鞭挞和谴责："无端涕泗又纵横，闻尔骑鲸（喻游仙）上玉京（喻仙境）。旷代才华空老死，几人谣诼误平生。英雄有泪同悲命，流俗无知竟吠声。我似苍蝇君是骥（良马），当时惭愧共驰名。"[2]

最痛苦的当然是赵烈文。他在《再祭弢甫先生文》中沉痛写道："昔吾先公作官豫章，不幸即世，孤露无处，君实左右之以免于大忧。逮余成人，君之笃爱，逾于昆弟。诱掖奖劝，使弗坠其志，论议反复，以开余心。进之于学，无间幽显，绳誉弗绝，盛德厚施，以至于有今日。呜呼！死生亦常数矣。顾吾一日未殇，而能忘君乎哉！……吾又闻之，君子能为善而不能必得其福，不忍为非而不能必免其祸。以君之衷，可质于鬼神，而终不宥于蜂虿之口。君之视之，亦适然耳。而命遇之穷，至此已极。呜呼！何其颠倒错乱之甚也？"[3]

此文既回顾了周腾虎关心爱护自己成长，教育辅导自己读书，开导劝慰自己求上进等一系列往事，又提到了一件周腾虎保全赵家孤儿寡母的陈年往事。原来赵烈文幼小时，父亲赵仁基在江西为官，总理南安粮台亏空九千余两银子，不久又得病去世，按照当时制度规定，此款不准移交后任偿还，必须在死者家属名下追赔。赵烈文父亲是个廉洁的官吏，生前没有存多少钱，也没有留下值钱的东西，死后哪能偿还巨额亏

1《瀛壖杂志》，第 151 至 152 页。

2《清代诗文集汇编》，上海古籍出版社 2010 年 12 月第 1 版第 515 页。

3《能静居日记》，第 605 页。

空？但亏空不偿还，家属就不能离去，死者也难以入土为安。周腾虎这时充分发挥自己交往广、朋友多和活动能力强的特长，特意跑去北京，找到某位京官老乡帮忙，又从有关部门抄得"道光十三年苏松太道王瑞珍关亏查追报家产尽绝案卷"作为根据，终于摆平了这一案子，使赵氏孤儿寡母免受拖累。[1]

如果没有周腾虎百般关心和呵护，赵烈文日后别说成才，能否健康成长都是问题。正因如此，所以他对周腾虎的不幸逝世，才会如此悲痛；对于那些中伤陷害周腾虎的"蜂虿之口"，才会那么痛恨，从而发出"何其颠倒错乱之甚也"的愤怒质问。

在写给郭嵩焘的一封信中，对陷害周腾虎的"驵侩"之徒，赵烈文更是予以无情鞭挞："念其（周腾虎）生平慷慨豪迈，此犹世之所有，若性度醇厚，心地光明，见识超卓，谋虑奇纵，殆乎绝世独立。乃不获展毫末，祸起针芥，遂以至死，可为腐心腹烂！至于元老（曾国藩）爱才，殷勤拥祐，竟不敌一驵侩之逞。臆则所悲甫大，非一人一家之事矣。"[2]

然而痛苦是没有期限的，心中的愤怒，更不是痛骂几次就能发泄完毕。同治五年（1866）六月初五日，赵烈文路过下沙塘周腾虎故居，看到小桥流水，门巷如昔，触景生情，顿时热泪欲涌，又作《过亡友周弢甫先生旧居当哭二首》。

其一

汝南先生一代豪，遗庐重过泪如潮。人才阅尽思元箸，世味尝余痛久要。黯黯岚云何处雨，潺潺流水昔年桥。经秋宋玉伤心甚，谁下巫咸赋楚招。

其二

学识惭余一蚬多，敢于溟澥测全波。文章尔雅真余事，尘刹深心总不磨。浩气贯霄君有在，孤踪四海我怀何。鼠肝虫臂寻常耳，转为

1《能静居日记》，第107页。
2《能静居日记》，第570页。

余生涕泗沱。[1]

可见赵烈文对他的四姐夫周腾虎，是多么崇敬和爱戴！对他的不幸早逝，是多么痛苦和难过！对那些陷害周腾虎的人，又是多么痛恨和蔑视！

对死者的最好怀念，对哀思的最好寄托，无疑是完成死者的未竟之业，关心呵护好死者的家人。这一点，赵烈文可以说做得特别好。

周腾虎去世时，家属均在南昌。同治元年八月十二日，赵烈文流着泪向曾国藩请假，专程赶赴南昌接四姐一家来安庆。赵烈文哥哥赵熙文当时在上海李鸿章幕府工作，本可代表家人料理周腾虎后事，事实上李鸿章也做了这种安排："周弢甫闻被纠劾，意甚郁郁，一病不起，身后凋零，已属赵敬甫照料殓殡，赙金助丧。"[2]但赵烈文还是带着周腾虎的儿子，从安庆专程赶赴上海料理其后事。此后三十余年，直到赵烈文去世，他不仅主动承担照顾四姐一家生活的责任，将他们带在身边居住，而且对周腾虎大儿子周世澄（字孟舆）的关心爱护，更是超过了自己的子女。到了晚年，赵烈文又搜集整理和编辑了周腾虎的诗集，而对家人和亲朋好友劝自己编辑文集的建议，却一笑了之。

所有这一切，都说明赵烈文和周腾虎的情谊深厚，确实有逾寻常。

1《能静居日记》，第 985 页。

2《李鸿章全集·信函一》，第 29 册第 107 页。

龚橙：给火烧圆明园的英法联军带路？

　　龚自珍长子龚橙，字孝拱，号半伦，在晚清学界是一个名声很大又存在巨大争议的人物。即使到了一百多年后的今天，对他的评价仍然言人人殊，难以定论。之所以如此，是因为有人把他和英法联军焚烧圆明园一事牵扯在一起，说他是引导外国人焚园的罪魁祸首，因此骂他是汉奸、卖国贼；有人则认为并无其事，龚橙是被忌恨者诬陷的。

　　此事究竟孰是孰非，在正史中很难找到材料来说明，野史笔记小说的记载却众说纷纭，正反两方面都有，而持贬损态度的居多。

　　如《新世说》写道："庚申之役，英以师船入都，焚圆明园，半伦实同往，单骑先入，取金玉重器以归，坐是益为人诟病。"[1]

　　《南亭笔记》也说："或曰圆明园之役，即龚发纵指示也，以是不齿于人，晚年卒以狂死。"[2]

　　《新世说》是民国初年出版的一本很有名气的笔记小说，作者易宗夔也是个名声响亮的报刊作家。《南亭笔记》则是赫赫有名的官场讽刺小说《官场现形记》的作者、晚清四大小说家之一李伯元的遗著，于民国初年出版。龚橙引导外国人焚烧圆明园这件事，经他们一宣扬，便"三人成虎"，在一些人的脑子里定了格。

1《新世说》，山西古籍出版社 1997 年 7 月第 1 版第 383 页。
2《南亭笔记》，江苏古籍出版社 2000 年 1 月第 1 版第 80 页。

当然，持不同意见和看法的著作也有。孙静庵的《栖霞阁野乘》一书写到此事时，就提出过不同看法；[1] 蔡申之的《圆明园之回忆》，也公开为龚橙喊过冤；[2] 何海鸣的《求幸福斋随笔》，更是对龚橙引导外国人焚园的说法强烈质疑："当时人鄙弃之过甚，又恶其（龚橙）好谩骂人，或造作圆明园之谣以污之未可知也。"[3]

但这些书籍和文章的影响都没有前两书大，作者在社会上的名气也远不如前者，最主要的是，他们也拿不出有说服力的证据，加之人们宁信其有不信其无的心理使然，于是近百年来，不少书籍和文章写到圆明园被焚事件，仍然人云亦云，将龚橙贬得一无是处。有的甚至骂龚橙是中华民族的千古罪人，对他肆意攻击和丑化。

然而，笔者撰写此文之前，通读了龚橙最要好的朋友赵烈文的《能静居日记》，发现了一个完全不同的龚橙。

1　赵烈文日记里的龚橙

据《陈乃乾文集·赵烈文言行摘记》所记，"烈文于交游中，与龚孝拱（橙）最昵。咸丰五年，始相识于曾文正南昌营中"[4]。

龚橙是赵烈文最要好的朋友之一，诚然不错，但他们的相识时间其实更早。据赵烈文另一部日记《落花春雨巢日记》记载，咸丰五年（1855）五月初六日，他们就有相互走访；两个月之后的七月初九日，两人还正式交换了帖子，成了结拜兄弟。他们不仅是无话不谈的朋友，而且结伴去江西投奔曾国藩之前，还是隔河而居的邻居，有什么事情需要商量，在家门口就能把对方喊出来。咸丰五年冬天他们结伴去江西，首先抵达的，也不是曾国藩"南昌营中"，而是位于九江市附近的"南康营中"。

1《栖霞阁野乘》，山西古籍出版社1997年5月第1版第144页。

2《中和月刊史料选集》，台湾文海出版社1970年12月初版第94页。

3《民国史料笔记丛刊》，上海书店出版社1997年1月第1版第50页。

4《陈乃乾文集》，上册第37页。

另外，咸丰十一年（1861）三月二十六日赵烈文追述自己的师承关系时，曾说：咸丰三年（1853）二月之前，他与龚橙不仅早就熟识，而且有师生之谊。[1]

当年八月，也就是赵烈文和龚橙从江西曾国藩大营回来五年后，赵烈文来到安庆，再入曾国藩幕府。在此之前，龚橙因为认识满洲文字、蒙古文字和英文等，又熟悉了解外国情况，在社交圈关系极广的宝顺洋行买办商人曾寄圃的推荐介绍下，被英使威妥玛（后来担任驻华大使）聘为秘书，主要从事翻译工作，赚取丰厚报酬。他和赵烈文走了两条完全不同的道路。

在此前后，他们两人不仅书信往来频繁，而且多次见过面。

咸丰十年（1860）五月，赵烈文全家逃难到上海，曾到瑞珍洋行找过龚橙并受到热情款待。可惜第三天龚橙即不辞而别，并从上海消失了，只留下一信托人交给赵烈文。龚橙信中应该说明了离去原因，但赵烈文没在日记中记载而已。笔者猜测是跟威妥玛去了天津。

同治元年（1862）九月二十一日，赵烈文来上海料理姐夫周腾虎的丧事，并奉曾国藩之命，当面向李鸿章搬兵，要求将原来属于曾国荃指挥的程学启部调回，增援被困雨花台的吉字营。此后一个多月里，赵烈文和龚橙不仅经常见面，而且龚橙告诉赵烈文，周腾虎去世之前，曾留下一首诗在他那儿："虽无事业千秋后，却有工夫一寸中。撒手归途真浩荡，鹤翎定不坠江风。"赵烈文阅后，觉得周腾虎"慧命不绝"。[2]

赵烈文与龚橙弟弟和儿子都很熟识，周腾虎与龚橙的关系显然也不错，由此看来，龚、赵两个家庭成员之间的关系也是相当密切的。

一星期后的九月二十七日是龚橙生日，赵烈文特意到龚橙家中参加了生日晚宴。

更值得注意的是，同治二年（1863）五月，赵烈文被临时安排到曾国荃身边帮助工作后，曾积极向曾国荃推荐龚橙和他的另一位好友魏彦（字般仲，魏源侄子），希望他们到金陵来，加入曾国荃幕府，刚好有个叫

1《能静居日记》，第 300 页。

2《能静居日记》，第 585 页。

龙湛霖的湖南人，此前不久也向曾国荃推荐过他俩，曾国荃便要赵烈文写信，叫他俩速来。不久曾国荃又亲自给龚橙写信，欢迎他和魏彦一起加入自己幕府。

第二年四月十四日，龚橙和魏彦虽到了金陵，曾国荃也热情接待了他俩，但一星期后只魏彦留了下来，龚橙则返回上海。

赵烈文自然不会感到意外，因为去年八月十五日龚橙曾给他回信说："六月十日反（返）自京师。……沅浦中丞（曾国荃时任浙江巡抚，尊称中丞）忽辱书见招，是皆吾弟（赵烈文）为延誉，中丞过听。其实橙之迂拙径直，嬾（此字影印不清，难以辨认）率不合时宜，无足当用，皆足下所审知。尚当为从容陈辞，俾遂其猿鸟之性。"[1]

龚橙既然做好了不应聘的打算，他和魏彦来金陵，就只剩下三个目的：一是看望赵烈文这个老朋友，二是当面向曾国荃"从容陈辞"，三是陪魏彦来上班。

龚橙不来金陵工作，除了信中说的几条表面理由，肯定还有其他因素。可惜《龚孝拱遗札》和《能静居日记》都没有进一步说明，我们也就不好乱猜。

不过龚橙回信中写到的"六月十日反（返）自京师"这句话很值得玩味。同治二年六月初十日龚橙才从北京回到上海，由此是不是可以这样推测：龚橙那时尚在威妥玛手下工作，且收入更高，一时自然难以割舍。

当然更主要是当时的金陵正处于鏖战之中，既没有读书环境，安全又无法保障，过惯了养尊处优生活且一直爱好读书做学问的龚橙，当然不愿来这里工作了。

这些都是笔者私下推测，不能作为信史。

至于他俩拖到第二年四月才来金陵的原因，龚橙回信中也有说明："般仲病久，大抵脾胃受伤，一俟稍愈，即当偕来。"

同治四年（1865）赵烈文第二次离开曾国藩幕府后，曾在苏州忠义

局临时工作了一段时间。在此期间，他到上海游玩过一次。此后半个多月里，赵烈文与龚橙几乎天天见面，常作彻夜之谈。

有一次，龚橙还带了新鲜荔枝给赵烈文吃。这是赵烈文第一次吃荔枝，为此填了一首《虞美人·上海食生荔支（枝）》词："画奁难约香风逗，红褪春衫绣。华清新出玉肌肥，却笑绝尘一骑走如飞。　　凭谁缩地移仙种，远思罗浮重。拈来颗颗晓珠妍，合与绿纱窗底试纤纤。"[1]

赵烈文和龚橙再一次相见，是同治七年（1868）二月十三日，地点还是上海。

恃才傲物的龚橙脱离威妥玛后，为众人所排挤，最后流寓上海，郁郁不得志。

这天天刚亮，特意来上海拜会朋友的赵烈文派人与龚橙取得联系，不久龚橙就叫了一辆马车来迎接。

老朋友相见，要说的话分外多。但这天谈得最多的是与外国交换条约的事。龚橙担任过威妥玛秘书，消息非常灵通，对外国的情况尤为熟悉。他告诉赵烈文：这次与英、法、俄等国交换条约，外国列强"要求颇甚，非止铁路、电线各条，盖借以生衅，非寻盟也。"哪里是诚心交换条约，分明是乘机讹诈，寻衅闹事。

龚橙又说："英酋威妥码（玛）奉急旨，征回议事（奉命回英国述职），约三月可到，换约已展至九月，其中甚不可测。"

他还告诉赵烈文：在外国列强中，"以俄国兼并之念为最急"。日本则"乘中西有事之秋，为保邦自全之计，心甚深远"，是一个爱使诡计比较难对付的国家。

更让龚橙担忧的是：外国列强虎视眈眈，做好了寻衅闹事准备，中国"各在位（各位掌权者）方泄泄沓沓，视如无事，惟恭邸（恭亲王）心知之，亦无能为谋"，所以"真可一喟"！

他们谈了一整天，直到傍晚赵烈文才告辞。

第二天，赵烈文再到龚橙那里久谈。这次主要是谈中国高层的腐败

1《能静居日记》，第987页。

无能。

龚橙说：恭亲王贪得无厌，"其用人行政，不过供外人之指索，无所谓求贤待用，备预不虞之事也"[1]。言谈中充满了忧国忧民之情。

表面上很"叛逆"的龚橙，内心里居然也有炽烈的爱国情怀。

2　丁日昌坏了龚橙好事

同治七年闰四月，赵烈文陪曾国藩游无锡、苏州、昆山等地，最后到上海江南机器制造局考察工作。在上海期间，赵烈文不仅又与龚橙见了面，而且向曾国藩推荐了龚橙，希望曾国藩能够见见他，然后留他在幕府做事。曾国藩答应了赵烈文的请求。

历来看不惯龚橙为人的江苏巡抚丁日昌得知这一情况后，当即向曾国藩进谗言说：曾国藩答复朝廷预修和约的奏折，英国人之所以能够详细了解其中内容，就是龚橙将其卖了。曾国藩一听，非常恼怒。

丁日昌和其下属、上海道道员应宝时又告诉龚橙：同治元年你给曾中堂写信，由于责备得太厉害，这时去见中堂，不仅自取其咎，而且必有奇祸。龚橙当即询问赵烈文有没有这回事。

赵烈文只得一面向曾国藩做解释工作，说答复朝廷预修和约的奏稿许多人见过，英国人耳目又多，哪里需要凭借龚橙的告密才知道其中内容？一面答复龚橙说曾国藩当时收到他写来的信，并没有责怪他，所以还是力劝龚橙与曾国藩见一面。

龚橙此时虽然穷困潦倒，很需要得到一份体面工作，但他骨子里有股天生的傲气，又是天生的叛逆性格，加之对曾国藩并没有好印象，于是主动放弃了面见曾国藩的机会，赵烈文自然非常遗憾。

离开上海后，曾国藩由水路返回金陵，赵烈文走陆路，回了一趟苏南家乡。

五月初三日赵烈文回到金陵，第二天见到曾国藩，再次为龚橙辩

1《能静居日记》，第 1150 至 1151 页。

诬，然后说："二月份我在苏州见到江苏巡抚丁日昌，他亲口对我说打算聘用龚橙；四月我在上海向老师推荐龚橙，他却在老师面前告龚橙的黑状，其言语之反复，一至于此！前几天我再次路过苏州时，丁日昌说，都是应宝时与龚橙矛盾很深，才特意在老师面前说了龚橙一通坏话。"赵烈文于是问曾国藩："事实果真如此吗？"

曾国藩告诉赵烈文，龚橙出卖自己奏稿的话，是丁日昌说的，不是应宝时。

赵烈文一听，气愤地叹息说："其诬罔又如此。噫！以封疆大吏而所为一婢妾之伎俩，吁，可危矣哉。"[1]

作为堂堂一省之巡抚，丁日昌竟然和龚橙如此过不去，自然让赵烈文十分气愤。

龚橙后来知道了事情全部经过，特别感动，特意写信向赵烈文表示感谢。其中说："足下大是血性，久成绝调。而于鄙人尤承始终不弃，实深泣感。知我者其谁乎？其于外间易知耳。久不动心，此次既使橙不失礼，亦不失节。尤感大德，勿复再言，橙叩头谢。"[2]

"既不失礼，亦不失节"，大概是龚橙坚守的做人底线，当然也可以认为是他的"傲气"。

丁日昌不仅有意破坏龚橙的"好事"，而且连龚橙弟弟龚家英（字念匏）也不放过。同年七月二十一日，龚橙写给赵烈文的另一封信中，曾这样说："别后思报一二而不得便。前奉到苏州来书，当往叩谢。及回而某公（丁日昌）往，于是问念匏言：上海有一姓龚的是汝何人？声色俱厉。先是念匏以考列一等，妄希差使，须予往谒，并为言之，至此遂不复录用。"[3]

城门失火，殃及池鱼。丁日昌的心胸真是太狭窄，为人真是太小家子气了！《陈乃乾文集》于是说："此后孝拱益困窘，烈文每资助之。"[4]

---

1 《能静居日记》，第1177页。

2 《中和月刊史料选集》，第15页。

3 《中和月刊史料选集》，第15页。

4 《陈乃乾文集》，上册第37页。

3 龚橙与赵烈文失和

赵烈文和龚橙最后一次见面，是光绪元年（1875）称病辞官回乡之后。

光绪二、三年间，龚橙多次来到赵烈文家中，即如今的江苏常熟赵园。同治四年赵烈文第二次离开曾国藩幕府后，于当年八月在虞山脚下购地及水面四五亩建屋以居，辞官归隐乡里之后，便在此大治园林，构筑赵园。龚橙有一次来后，说有一批尊彝瓦当及碑拓之类的金石拓本文物，想带来送给赵烈文。赵烈文知道龚橙家里藏品甚丰，早年又见过他的瓦当一种，非常精异，就表示愿意一观。当然他哪里会让龚橙白送，到时肯定会计价给钱的。

不久之后，龚橙果然带来一批文物，其中虽然不乏精品，却没有几件是赵烈文很想要的，这就使他非常为难：接受龚橙的馈赠，心里过意不去；全部买下来，内心又不情愿。再说赵烈文也没有这么多闲钱。龚橙见此，非常失望，于是"一言失欢，不辞而别"[1]。

龚橙离去后，赵烈文"以孝拱二十余年旧交，而以琐故至此"，因而"颇为怅然"。[2]

为了挽回和龚橙二十多年的友谊，光绪三年（1877）九月初二日，赵烈文写了一封长信给魏彦，希望他居间调解："阁下彼此均属至好，务乞婉言居间道烈悔过之诚。……以完一而庶交情不至弃捐。"[3]

经魏彦做工作，此后龚橙虽有反悔，并与赵烈文恢复了通信，但态度明显疏远。越到后来，书信越少，直至音信全无。纯真的友谊一旦受到伤害，要完全恢复，确实相当困难，甚至绝无可能。

同治元年赵烈文在上海料理周腾虎丧事期间，龚橙弟弟龚家英有一次宴请赵烈文，龚橙兴致很高地朗诵西人诗歌助兴："慢得哩，慢言友

---

[1]《陈乃乾文集》，上册第 37 页。
[2]《能静居日记》，第 1819 页。
[3]《能静居日记》，第 1821 页。

相失，愿弃怨重好如不能，则愿仍未相识之无好无恶。"赵烈文也朗诵汉乐府民歌《上邪》以答之："我欲与君相知，长命无绝衰。山无陵，江水为竭，冬雷震震，夏雨雪，天地合，乃敢与君绝！"[1]

现在，不仅"慢言友相失，愿弃怨重好如不能"不幸成了事实，而且"我欲与君相知，长命无绝衰"的真诚愿望和铮铮誓言，也只剩下美好回忆。

有言道人情似纸薄。在金钱和利益面前，人情真的不堪一击？

王韬《瀛壖杂志》说龚橙"性好挥霍，友朋投赠，到手辄尽"[2]。出手十分阔绰和花钱如流水的龚橙，晚年如果不是实在太穷又极要面子，哪会出现这种让人扼腕的情况？！

更让人遗憾和哀叹的是，第二年也就是光绪四年（1878）十二月，龚橙就去世了！

过了整整两个月，赵烈文才从龚家英口中得知龚橙"已于去腊作古"的消息。深感悲痛和惋惜的同时，他首先想到的是龚橙"子嗣久逐在外，闻亦愚弱，著作一生，谁与结集"，因而十分"可叹也"！[3]

龚橙比赵烈文大十五岁，生于嘉庆二十二年（1817）九月二十七日未时，以此推算，龚橙去世年龄是六十二岁。

对于龚橙的出生年月，赵烈文在《能静居日记》中有多次提到。

一是咸丰五年七月初九日两人结拜为兄弟时，交换的帖子上均写明了出生年月。

二是同治元年九月二十七日，当时在上海的赵烈文特意到龚橙家中参加了生日晚宴。

三是光绪二年（1876）九月初六日，龚橙来到赵园，住在见微书屋，直到二十三日才离去。本月二十七日，是龚橙六十岁生日，赵烈文坚持留他过完生日再走，但龚橙执意不肯，只好在他离去前一天提前给他庆祝六十大寿。开宴前，杨沂孙等朋友不期而至，大家于是热热闹闹

1《能静居日记》，第 588 页。

2《瀛壖杂志》，第 157 页。

3《能静居日记》，第 1911 页。

玩了一整天，直到晚上才散席。

然而笔者见过的写龚橙的书籍和文章中，几乎都称不知龚橙死于何时、卒年多少。

本文部分内容约 5000 字，以《龚橙是火烧圆明园的向导吗》为题，在 2013 年 9 月 12 日《南方周末·往事版》整版刊登时，责编刘小磊先生加了一个编者注："香港大学梁绍杰教授 1999 年发表的《龚橙事迹考述》，已考出龚橙卒年。该文对龚橙生平有详尽的考证，亦不同意龚为英法联军向导之说。"笔者事后去图书馆查询，发现梁教授的文章载于香港大学中文系出版的《明清史集刊》第四卷。但至今也只看到目录，无缘拜读梁教授原文。

与龚橙失和的事，从此便成了赵烈文的一块心病，觉得很对不住这位曾经患难与共的老朋友。

4 向导之说纯属子虚乌有

笔者之所以不厌其烦地把赵烈文日记中的龚橙以及他俩的关系如实写出来，是想说明一个情况：民国年间出版的那些笔记小说，虽把龚橙和英法联军焚烧圆明园一事扯在一起，说他是引导外国侵略者焚园的罪魁祸首，因而骂他是汉奸、卖国贼，但他最要好的朋友、为人十分正直又品德高尚的赵烈文，在他卷帙浩繁的日记里，除了在请魏彦做调解工作的信中不得已说了几句埋怨龚橙的话，再也见不到半句责怪之词，相反却记了江苏巡抚丁日昌对龚橙的造谣中伤、龚橙热心关注国事、赵烈文自己多次在曾国藩面前为龚橙辩诬的种种事实。由此看来，龚橙是汉奸卖国贼的说法，既不足为信，也不值一驳。

不仅《能静居日记》没有写龚橙引导外国侵略者焚园一事，而且在最初的各种记载中也完全找不到根据。

一是当年的侵略者的回忆录中没有提及此事。二是留在京城的大臣如恭亲王奕䜣以及文祥、宝鋆等人上呈咸丰帝的奏折中，也未说到此事。三是当时留京官僚的日记中，如翁同龢的《翁文恭公日记》、李慈铭的《越缦堂日记》等，都详细记载了北京城里关于火烧圆明园的种种传闻，却未提及龚橙引洋兵入园之事。四是周腾虎和王韬等人的日记，也没有说到此事。他俩既是龚橙亲密的朋友，又是人脉关系极广的消息灵通人士。龚橙如果犯浑，充当了火烧圆明园的向导，不仅周腾虎、王韬会深深替他惋惜，而且翁同龢、李慈铭也会记上一笔，赵烈文更没必要为龚橙讳饰。

退一万步说，龚橙当时如果确有世所传言的"汉奸"嫌疑，江苏巡抚丁日昌、上海道员应宝时等人早就不会与他来往，或以此进谗言于曾国藩；曾国藩对此事也应早有耳闻，哪会存在接受赵烈文的推荐再次聘用龚橙之理？曾国荃更是不会主动写信邀请龚橙加入自己幕府。

那么，《能静居日记》有没有留下与圆明园被焚事件相关的文字记述？事实上是有记述的。

咸丰十年十月十一日，正在上海避难的赵烈文听到一条传闻，就如实记载在当天日记里："北京闻已与议和，尚未十分融洽。夷酋欲见恭王不得，因火圆明园，宫殿尽毁。又必欲如前约，驻兵京都。"[1]

半个月前的九月二十四日，《能静居日记》也写道：咸丰逃离北京后，从"密云县递回上谕一件，送来各部、院、卫、寺钥匙四十九，分派豫王义道、尚书全庆、中堂桂良、中堂周祖培、提督文祥等留守内外城，恭王住圆明园办事"[2]。

赵烈文是一个落笔十分严谨的人，他在日记中写下的这些传闻和事实，即使不完全真实，至少反映了当时众多人的看法。

这些传闻的意思是说：圆明园被焚的最主要原因，是通州谈判失败，尤其是清朝政府有意劫持和杀害英法谈判人员之后，恭亲王奕䜣躲在圆明园不敢出来见外国人，英法联军才放火焚园以"泄愤"。

当年八月二十三日翁同龢在日记中写到的事实，完全证实了《能静居日记》所记不假："张松坪来，始知昨日申刻夷人直扑淀园（圆明园），

1《能静居日记》，第 222 页。
2《能静居日记》，第 217 页。

恭邸以下仓猝出行，淀园报被蹂躏。"[1]

当然，外国人烧掉圆明园，还有一个不可告人的目的，就是掩盖劫掠圆明园宝物的罪行。

外国强盗这么做，哪里需要中国人做向导啊！

除此之外，《能静居日记》还有一处与庚申之变有关的记载。那是同治七年正月赵烈文在常熟虞山过年期间，二十日这天有一个叫杨滨石（名泗孙，号滨石，江苏常熟人）的朋友来访，谈话中详细说到了"庚申海淀之变（圆明园被烧）及文宗上宾（咸丰皇帝去世）诸奸（肃顺等顾命八大臣）擅政始末"[2]。杨滨石当时在南书房工作，是皇帝的亲信和顾问，既对庚申之变内情十分了解，又知道龚橙与赵烈文的特殊关系，龚橙如果确有引导外国人焚烧圆明园的恶行，闲谈中岂会不向赵烈文说起此事？

所以说，所谓龚橙引导外国人焚园一事，纯属子虚乌有，是后人编造的鬼话。

5　编造鬼话的人基本事实都不顾

不信举两个例子请读者看看。

龚橙与曾国藩发生交集，在赵烈文日记里有三处记载，其中两次与求职有关。

龚、曾第一次发生交集，是在曾国藩南康大营。

咸丰五年，被太平军整得灰头土脸，又和江西官员内斗不休的曾国藩，正处于军旅生涯的又一个低谷时期。赵烈文的姐夫周腾虎，在曾国藩手下充任幕僚，多次极力举荐赵烈文，曾国藩因此派员从江西赶赴江苏阳湖，以二百两白银礼聘赵烈文入幕，并嘱其邀请其他有才能的朋友一同前往，赵烈文于是前往好友龚橙家中邀其同行。龚橙也是科场失意之人，当时也没有固定职业，两人一拍即合。

赵烈文和龚橙虽是曾国藩用特殊政策招聘的人才，但到了曾国藩大

1《翁同龢日记》，第74页。
2《能静居日记》，第1144页。

营后，曾国藩却没有把他们当特殊人才使用，甚至没有安排具体工作。直到春节过后，才派人通知他俩下部队参观考察。

赵烈文和龚橙原计划正月初三日前往青山营，不巧接连几天都是风雪天气，直到初七日才好转。当天他们到了青山营，参观前、后、左三营之后，返回座船休息。

初八日，赵烈文和龚橙又应邀前往虎字营参观。虎字营驻扎在一个山顶上，天气晴朗时，能隐隐约约看到梅家洲驻扎的太平军。第二天午间，曾国藩也来到该营，与赵烈文等人一道骑马至各处观军。

几天之后，赵烈文和龚橙又到李元度的平江营和其他部队参观考察。在此期间，他俩目睹了湘军与太平军发生的小规模战斗。

赵烈文和龚橙此次下部队，时间有十来天，于咸丰六年（1856）正月十九日返回曾国藩大营。

二十三日，赵烈文和龚橙一道去见曾国藩，以"抵营后未受事，且闻故乡多警"为由，请求离营回乡。

他俩如果不是闲得发慌，就是感到深深失望。曾国藩却说过几天去樟树考察后再议。

樟树在南昌上游，是赣江、袁水的交汇处，距南康大营约两百公里，历史上就是江西四大名镇之一，也是兵家重点争夺之地。由于九江已失，曾国藩因此将兵力厚集于此，湘军主力周凤山部和水师彭玉麟部都驻扎在这里。曾国藩用重兵扼守樟树和南康这两个南北重镇，以保卫江西省城南昌的安全。

从二月初八日午前到达樟树，到十二日早晨离开，赵烈文和龚橙在樟树总共待了四天。他们参观了水陆各营，拜见了各营营官，出席了数次宴请。湘军各位将领都认为他俩是曾国藩派来的"耳目"，所以相见之后态度都很恭敬，唯恐有所怠慢。

二月初九日中午，赵烈文和龚橙出席周凤山举行的宴会，除彭玉麟等湘军将领和当地地方长官外，另有两三个客人作陪。

在周凤山营中，当地一位姓谢的贡生嘴巴上缺个站岗的，说起话来不仅无所顾忌，而且"语甚狂悖"，居然当众夸赞太平天国高级将领石达开长得"龙凤之姿，天日之表"。赵烈文听了很不舒服，便问这是什么人？周凤山马上让这个姓谢的离开。

除此之外，赵烈文和龚橙在樟树再没有表达过意见和看法。他俩这次来，似乎只带眼睛，不带嘴巴。

此举既可认为他俩十分谨慎，也可理解为不愿意多说什么。

从樟树回到南康大营后，赵烈文和龚橙果然表现得很不耐烦。见到曾国藩，赞扬的话未说一句，就很不客气地批评湘军有暮气。[1]曾国藩最讨厌空口说大话的书生，他俩也不想把自己的命运交给前途未卜的曾国藩，于是借口离去。

然而几天之后，驻守樟树的湘军主力周凤山部被太平军一举击溃，验证了赵烈文和龚橙的判断是多么准确。曾国藩对他俩的看法因此有了彻底改变。

就在赵烈文和龚橙即将离开曾国藩大营的咸丰六年二月，曾国藩给刘蓉写信，其中提到了他俩这次江西之行（此信只标明月份，没有具体日期），原文是："弢（周腾虎字弢甫）所荐士，有龚孝拱、赵惠甫，顷已到营，皆英迈有识。"[2]

这是目前能见到的曾国藩对龚橙和赵烈文两人最早也是最直接的评价。让人遗憾的是，当曾国藩认识到龚、赵两人"皆英迈有识"时，他们已决定离营而去了。

赵烈文和龚橙这次专程到曾国藩幕府应聘，在曾国藩大营停留时间虽然不足两个月，但龚橙曾经参加曾国藩幕府，是曾国藩幕僚之一，这是无法否认的。左宗棠之所以向来被认为是曾国藩幕僚，不就是咸丰十年落难时来到安徽宿松，在曾国藩大营待了二十几天？说到赵烈文，也是三入曾国藩幕府，并没有把咸丰五年这次排除在外。

可不知什么原因，在笔者见过的所有与龚橙有关的著述里，竟然不约而同地无视这一客观事实，作者们仿佛患上了集体遗忘症或选择性遗忘症。

1《太平天国史料丛编简辑》，第三册第62页。
2《曾国藩全集·书信》，第22册第512页。

假如龚橙后来像左宗棠一样，是世俗社会认定的成功人士，而不是一个"叛逆者"和所谓的"失败者"，人们自然会换一副嘴脸对待他了。

与求职有关的龚、曾第二次交集，是同治七年赵烈文在上海向曾国藩推荐龚橙，希望曾国藩留他在幕府做事，曾国藩已同意任用龚橙，最后却因丁日昌的背后捣鬼而未能如愿。

龚橙两次向曾国藩求职，不管主动还是被动，最后都出现波折，不能如愿，这一结果应该说双方都有责任。可在易宗夔的《新世说》等野史笔记里，编造的故事是曾国藩担任两江总督时，慕其才，拟擢用，为此特设盛宴款待，并以言试探，想不到龚橙竟大笑说："以仆之地位，公即予以官，至监司止耳。公试思之，仆岂能居公下者？休矣！无多言。今夕只可谈风月，请勿及他事。"气得曾国藩半天说不出话来，最后只得不欢而散。[1]

这是哪儿来的事情呢？真是让人无语！

在《孽海花闲话》中，作者冒鹤亭甚至写道："英使在礼部大堂议和时，龚橙亦列席，百般刁难。恭王大不堪，曰：龚橙世受国恩，奈何为虎傅翼耶？龚厉声曰：吾父不得官翰林，吾贫至糊口于外人，吾家何受恩之有？恭王瞪目看天，不能语。"[2]

这就更离谱了。

第二次鸦片战争爆发后，中国与英、法两国分别签订的《北京条约》，最后换约地点确实是北京的礼部大堂，但谈判地点开头是天津，接着是通州，最后是英法联军在北京的驻地。双方主要谈判人员，英方是专使额尔金和他的中文秘书兼翻译巴夏礼，中方则屡有变化，开头是东阁大学士桂良。桂良奉命前往议约，却遭到额尔金拒绝，说他以前屡次失信，即使来了也不相见。清政府无奈，只好改派怡亲王载垣为钦差大臣，与兵部尚书穆荫一道赴通州谈判。通州谈判失败，英法联军进入北京后，清政府三易钦差，才由恭亲王奕䜣接办和局。奕䜣受命后，却

1《新世说》，第384页。
2《孽海花闲话》，海豚出版社2010年11月第1版第10页。

躲着不敢出来，与外国人往来交涉都是通过照会，基本上是英国怎么说，中国怎么办，没有商谈的余地。直到交换和约之日，奕䜣才公开露面。换约仪式只是完成订约的最后一道程序，不可能有言辞交锋情况出现，龚橙当时如果能够出现在换约现场，充其量只是个跑腿的，哪有上前说话的机会？更不可能"百般刁难"。

退一步说，真有龚橙刁难恭亲王的事，在场的中英双方人员，日后肯定有人把它当成笑料写出来，或在日记中加以记述，哪会出现在数十年后由局外人写成的一部"闲话"作品里？何况《孽海花闲话》的作者冒鹤亭出生时，《中英北京条约》已经签订十余年，他写这部作品的时间更晚，是 1944 年，主要是为曾朴的著名小说《孽海花》的人物和事件进行注解。冒鹤亭虽然自称书中所写人物与故事，大都是自己亲历熟悉的，只有百分之一是他不知道的，但只要看看龚橙参与中英谈判这段记载，就知道他的话是多么不可信。

6 苍蝇不叮无缝蛋

既然如此，后人为什么要把汉奸卖国贼的屎盆子扣到龚橙头上？

除了当时确有中国"奸人乘时纵火，入园劫掠"[1]，给好事者提供了想象余地和发挥空间，另外两个主要原因，一是龚橙不仅给英国人做过秘书，而且"英师船闯入天津，孝拱实同往焉"[2]，这就为其引导英国人焚园提供了口实，留下了话柄。二是龚橙不检细行，放荡不羁，不仅言语惊世骇俗，而且行为举止特别怪异，让人看不惯，也得罪了许多人。

龚橙刚到威妥玛那里做秘书时，"民族主义"虽然"尚未发达于吾国"[3]，给外国人打工并不犯忌，但因为龚橙凭着自己的才学，得到威妥玛高度赏识，不仅拿着很高的工资，而且行动有护卫跟从，包括威妥玛本人在内，上上下下都恭恭敬敬地称他先生，那些吃不到葡萄的人产生

1《湘绮楼诗文集》，第 1401 页。

2《淞滨琐话》，重庆出版社 2005 年 5 月第 2 版第 97 页。

3《栖霞阁野乘》，第 144 页。

葡萄酸的心理，也就自然而然了。

另外，龚橙从小跟随父亲居京多年，熟悉朝廷情况，在中英谈判中，英国人向他咨询有关情况，甚至让他参与翻译工作，都是可能的，当然也是犯忌的。

况且不久风气即大变，排外仇外成为一种潮流，广大民众对"洋鬼子"恨之入骨，而对某些号称中国人，却在对外交往中认贼作父、为虎作伥之徒，更是痛心疾首。于是面对洋人，人们避之唯恐不及，生怕沾了一点洋腥，玷污了自己的名声。

龚橙倒好，不仅洋装照穿，洋车照坐，洋饭照吃，洋腔照打，继续热心为洋人服务，而且招摇过市，一点也不避嫌。他甚至当众说过这种愤激之词："中国天下与其送与满清，不如送与西人。"[1] 结果被人误解，被忌恨者诬陷，最后成为人们集体泼脏水的对象，也就毫不奇怪了。

说到龚橙不检细行，放荡不羁，社会上各种各样的传闻和说法那就更多了。

龚橙虽是学贯中西的大才子，在晚清的科举考试中却屡试不第，始终没有混到功名。他是一个天生的叛逆性格之人，从此对这个社会的所有一切都看不惯，士大夫极力宣扬的礼义廉耻、忠孝仁义观念，在他看来简直虚伪透顶，都是坑害人的精神鸦片。他根本看不起那些标榜忠君爱国的士大夫，士大夫自然也不愿和他往来。

龚橙又好谩骂人。别人眼里的社会名流和贤达，在龚橙嘴里全是男盗女娼。大家既怕他这张臭嘴，又恶其为人，于是惹不起躲得起，见了龚橙的身影或听见他的声音，就赶忙避开。

清末著名学者也是龚橙好友的王韬，在《淞滨琐话·龚蒋两君轶事》中，就这样写道："居恒好嫚骂人，轻世肆志，白眼视时流，少所许可，世人亦畏而恶之，目为怪物，不喜与之见，往往避道而行。"[2]

龚自珍本来就是一个特立独行之人，抨击时弊，讥刺权贵，无所顾

1《民国史料笔记丛刊》，第50页。

2《淞滨琐话》，第97页。

忌，被人骂为"龚痴"[1]，视为"怪物"[2]，如今龚橙比他父亲有过之而无不及，自然更为世人所不容。

对自己的家人，龚橙也好不到哪里去。他长期不理妻子陈氏，儿子龚簪（字去疾）等来了也不见，对于一奶同胞的弟弟龚家英（字念匏），也时热时冷，关系极不正常。

龚橙也瞧不起父亲龚自珍，常常拿出父亲的文稿率意而改，边修改边拿棍子敲打父亲的牌位，嘴里还念叨："某句不通，某字不妥，若为我父，故为改易，不敢欺饰后人也。"意思是写的什么破玩意儿，真丢人！看你是我亲爹的份上，才帮你改过来，以免贻害后人，否则才不干呢。[3]

笔者对此有些不解，忍不住质疑：龚橙虽狂傲，当不至于悖逆至此；斥其父文稿不通或许有之，要说拿棍子敲打父亲牌位，应该绝无是理。

在龚橙的世界里，只有两个小妾是他喜欢的人。中国人历来讲究五伦，五伦者，君臣、父子、兄弟、夫妻、朋友也。这龚橙只爱自己的小老婆，五伦去了四伦半，这就是他后来自号"半伦"的由来。[4]

不过到龚橙晚年穷困潦倒之时，这两个他喜欢的人，也跟着别人跑了。这是光绪六年（1880）三月初十日龚家英亲口对赵烈文说的。[5]

总之，龚橙最后连"半伦"也没有了。

中国有句俗话叫"苍蝇不叮无缝蛋"，又说"是非上身皆有因"。龚橙被人扣上汉奸卖国贼的屎盆子，确实不是无缘无故。

从龚橙的不幸遭遇可以明白一个道理，虽然身正不怕影子斜，但一个人如果不检点自己的言行，生活放荡不羁，一些不负责任的口水，有时确实能将其淹死。

1《中国通史》，上海人民出版社 1989 年 4 月第 1 版第 1163 页。

2《清代名人轶事》，第 302 页。

3《栖霞阁野乘》，第 144 页。

4《清稗类钞》，第 5 册第 2165 页。

5《能静居日记》，第 1961 页。

不过谎言毕竟是谎言，一戳就破。

7 龚橙的叛逆性格是如何形成的

俗话说"有其父必有其子"。龚橙的叛逆性格，毫无疑问主要来源于遗传基因。他在继承龚自珍绝顶聪明的同时，也因袭了其父狂放不羁的性格。

龚橙又因为精通满、蒙语言且在上海的十里洋场学会了英语，从而较早接受了西方文化。

龚橙所处的时代，是中国文化与西方文化发生激烈碰撞的时代。封闭已久的中国大门早已被打开，随着外国枪炮和商品涌入中国的，还有西方文化。在外有列强侵略，内有太平天国之变，处在前所未有动荡之中的中国，人们的思想，尤其是知识分子的思想，自然变得相当活跃。

上海自从被列为通商口岸城市之后，对外贸易的中心便由广州逐渐移至上海，生活在这里的知识精英，由于得风气之先，思想表现更是异常活跃。

为了生活，龚橙不仅做过威妥玛的秘书，还一度进了英国伦敦会传教士麦都思等人在上海创建的墨海书馆，参与《圣经》翻译工作。在这里，龚橙结识了王韬并与之成为好友。王韬是近代中国有名的改良派思想家、政论家和新闻记者，是当时中国少有的思想激进的文化精英之一。龚橙受其影响，加深了对满族贵族专制统治的仇恨和不满。

龚橙与提出过"师夷之长技以制夷"名言的启蒙思想家、近代中国"睁眼看世界"先行者之一魏源的关系也非同一般。他们两人不仅学术上有师承关系，而且思想上彼此相通。

据岳麓书社原社长、《魏源全集》编辑委员会执行主编夏剑钦先生撰文介绍，魏源除了请龚橙校读过《诗古微》等书，而且晚年完成的《元史新编》之初稿《元史稿》七十六卷，也由龚橙校订。元史中蒙古、满洲等少数民族的人名、地名非常复杂难辨，由精通满洲、蒙古文字的龚橙完成此项任务，自然再合适不过。[1]

读《魏源全集》还可知道，咸丰初年魏源在高邮做知州时，曾写信给龚橙，请他佐撰《蒙雅》等书。龚橙为此写了篇跋文以记其事："此默深（魏源字默深）丈著。忆在高邮州署，书招橙佐撰诸书，以此稿见示，属为成之。橙以可不必。后出此稿，仍属改定。"[2]

如果能够跳出固有的思维模式，用开放的而不是封闭的眼光来观察和了解龚橙这个人，就不得不承认：龚橙其实是那个时代较早接触西方文化，思想觉醒比较早的文化精英之一。

大凡处于急速变革时期的社会，总会有一批文化精英出现。他们由于接受了新思想、新文化的熏陶，因而往往具有反传统意识。龚橙就是这样一个人。

龚橙鄙视正统儒家思想文化和礼仪、孝悌、纲常等伦理道德，正是他具有独立人格、思想和信仰的地方；他自号"半伦"，则是有意宣告与传统观念和行为习惯彻底决裂的铮铮誓言。

众多历史事实和经验告诉人们：凡是具有超前思想意识且不向现实社会妥协的人，注定会成为脱离社会大众，历经许多磨难且常常被误认为"叛逆"的悲剧人物。

龚橙的"叛逆性格"，想必就是这样形成的。

8　龚橙也有非常世俗的一面

特立独行似乎不食人间烟火的龚橙，其实也有非常世俗的一面。

比如周腾虎在上海去世后，龚橙不仅送了很重的丧礼，而且在协助赵烈文办理丧事过程中帮了大忙。周腾虎的灵柩运到乡下安葬前，听赵烈文说"一心扑在革命工作上"的周腾虎生前一贫如洗，龚橙马上掏出二十两赞助银，此举让赵烈文感动得眼泪都要流下来。

又如同治四年四月二十六日龚橙给赵烈文寄信时，不仅寄赠了清代

1《龚橙与魏源》，《书屋》2007 年 8 期。
2《魏源全集》，岳麓书社 2011 年 2 月第 1 版第 2 册第 647 页。

文字训诂学家段玉裁的《说文解字注》初印本一部、宋朝印刷的纪传体北宋史《东都事略》一部、汉隶字典《隶韵》初印本一部，而且附寄了洋糖和茶叶等物品。

龚橙给赵烈文寄这些珍贵书籍和奢侈生活消费品，显然是外地不易买到。

龚橙的这些表现，能说他只有智商，没有情商吗？

龚橙不仅很懂人情世故，而且有时表现得非常世俗，让人觉得他就是一个地地道道的凡夫俗子。

如咸丰十一年八月赵烈文第二次进入曾国藩幕府后，朝廷要曾国藩举荐人才，曾国藩特别保举了六个人，其中称赵烈文"博览群书，留心时务"[1]，朝廷诏令咨送曾国藩大营录用。这样，赵烈文就从一个社会闲散人员变成在吏部注册的国家候补官员，曲线进入了公务员队伍。

老朋友能够步入仕途成为"国家干部"，龚橙理应高兴并祝贺才对。然而让人惊讶不已的是，龚橙得知这一消息后，不但不高兴，反而写信讽刺赵烈文并骂他"为虎作伥"！更为奇特的是，龚橙同时给曾国藩写了一信，用龚氏语言嬉笑怒骂了一通。

这是目前所知龚橙唯一一次给曾国藩写信，也是本文要写的龚橙与曾国藩有三次交集的地方。

龚橙为什么这么做呢？原因不外乎两个：一是他觉得赵烈文再次投靠曾国藩是明珠暗投、自跌身份；二是他对曾国藩迟迟不派兵援沪表示强烈愤慨。

咸丰五年冬天龚橙和赵烈文去江西曾国藩大营求职，确实是满怀希望而去，带着失望而回。龚橙对曾国藩没有好印象，与此次江西之行大有关系。

然而曾国藩对龚橙的感觉却不坏。除了给刘蓉信中说过龚橙"英迈有识"，咸丰九年（1859）五月初二日给周腾虎写信时，曾国藩还特意打听过龚橙和赵烈文的情况："龚孝拱、赵惠甫两君今在何处？常得通

1《曾国藩全集·奏稿》，第 3 册第 352 页。

问否？……便中亦望示及崖略。"[1]

可能正因如此，所以同治七年闰四月赵烈文在上海向曾国藩推荐龚橙时，虽然数年前无缘无故挨了龚橙骂，如今又听了丁日昌的谗言，但当赵烈文解释清楚后，曾国藩还是愿意接纳龚橙，由此不能不佩服曾国藩的度量和胸怀。

既然如此，龚橙为什么突然给曾国藩写这封既失礼貌又有损君子风度的书信呢？关键是他对曾国藩产生了新的误解。

原来太平军丢失安庆后，采取西线防御、东线进攻方略，不仅连克浙东、浙西和苏南大部分地区，而且兵锋直逼上海，上海一日数惊，危如累卵。

面对太平军的凌厉攻势，上海官绅士商惶惶不可终日。他们一面请求朝廷"借师助剿"，一面派代表到安庆向曾国藩乞师求援。"借师助剿"又称"借夷助剿"，就是借用英、法等国军事力量帮助剿杀太平天国。

龚橙既是"借师助剿"的牵线搭桥人，[2]又曾受上海官绅士商委托，代表江、浙绅商赴京请愿，要求清政府同意外国军事力量防守上海及"代为收复"金陵、苏州、常州等城市。

然而，对于上海方面的急切请求，曾国藩不仅迟迟不做积极回应，而且对于"借师助剿"一事也有不同意见和看法。曾国藩只赞成借洋兵帮助守护上海，以保此财赋之区，坚决反对借洋兵"代为收复"其他城市。

同治元年正月二十二日，曾国藩在《议复借洋兵剿贼片》中阐述了他的主张："臣于上年（咸丰十一年）腊月初四日，接苏州绅士潘曾玮等信函，商借洋兵之事。臣此复函言：宁波、上海皆系通商码头。洋人与我同其利害，自当共争而共守之。苏、常、金陵，本非通商子口，借兵助剿，不胜为笑，胜则后患不测。目前权宜之计，只宜借守沪城，切勿遽务远略。"[3]

1《曾国藩全集·书信》，第 23 册第 164 页。

2 详见同治元年六月十四日《能静居日记》录杨沂孙语："助夷助剿之事起于冯桂芬，为之介绍于夷者，龚橙也；惑其计而毅然为之者，潘曾玮也；为冯说潘者，顾文彬也。"第538 页。

3《曾国藩全集·奏稿》，第 4 册第 55 页。

曾国藩留给龚橙的印象原本就不佳，如今他的表现又如此让人"寒心"，自然让龚橙更加恼火。

龚橙写给赵烈文的信中，有段话是这样说的："足下为衣食计，为虎作伥，乃又以为进身幕府之资，皆非所敢知。而督帅（曾国藩）遂联翩而保奏，亦太左宜右有矣。乞师之举，鄙人所发，今日得不被发，赖西人一纸之揭。……督帅不皇我顾，又不以乞师为然，窥其用心，岂遂以江浙为壑而乃缓带上游从容布置？用兵如是，可谓寒心。"[1]

对曾国藩的印象和评价既然如此恶劣，对此时重新加入曾国藩幕府并受到曾国藩"联翩而保奏"的老朋友赵烈文，龚橙当然十分不理解。可见特立独行似乎不食人间烟火的龚橙，其实也有非常世俗的一面。

龚橙是同治元年正月十五日写这两封信的。他哪里知道，曾国藩此时其实已经做出了派李鸿章组建淮军驰援上海的决定，于是龚橙信中写的一些话，等于无的放矢，乱放空炮。

可能正因如此，所以二月初八日曾国藩收到龚橙来信后，除了将其交给赵烈文一起回复，没有再说什么。

赵烈文虽然能够理解龚橙的内心愤慨，但对于他说自己加入曾国藩幕府是"为虎作伥"，回信时就不能不做必要的解释了："来书又云，为衣食之故，为虎作伥，又以为进身幕府之资。……幕府众所欲也。〔烈〕之情，亦众之情。夤缘进身，理或有之，又何辩。顾外之幕肥，中之幕瘠，足下取其肥如索囊然，〔烈〕求其瘠则将进趑趄……至于餔啜是图，诚在不免。我佛有言，一切众生，皆依食住，〔烈〕何人斯，而能废此？"[2]

赵烈文的意思是说：你来信又说，我为了解决生计问题而进入（曾国藩）幕府是"为虎作伥"，还说这是我进入幕府的最主要资本。……希望进入大官的幕府工作，是多数人的理想啊，我赵烈文当然也不例外。我能重新进入（曾国藩）幕府，靠的也许是某种关系，这个我也不想多做解释。进外国人幕府收入高，进中国人幕府收入低，足下进"外资企

1《中和月刊史料选集》，第10页。
2《能静居日记》，第477至478页。

业”就业如探囊取物，我赵烈文到中国人手下混碗饭吃却十分艰难（由此也可知道：给外国人打工，在当时确实不怎么犯忌且收入更高）……人都长了嘴巴，都要吃饭，谁能免得了？佛祖都说过，一切众生，都离不开衣食住行，我赵烈文是什么人，哪能完全超然物外？

龚橙对赵烈文讽刺不留余地，赵烈文回信时，虽然一提笔就揶揄了龚橙一番："月初八日捧还示，并请读上揆帅（曾国藩）书。久不见，龚君神情跃然纸上，觉行间皆饶酸辣气，醒人脾胃，可当抵足一快谭也。"[1]但接下来的文字全都是平心静气耐心解释，没有针尖对麦芒回敬对方。

赵烈文能够冷静控制自己的情绪，固然是龚橙年龄比他大，又素以畸人狂士著称，不想同其一般见识，另外关键原因是：以赵烈文对龚橙的了解，他岂能不知道，别看龚橙眼下在外国人那里吃香喝辣的，其实他对赵烈文能够重新进入曾国藩幕府并得到特别保举，内心是既羡慕又妒忌的。也就是说，龚橙说的那些牢骚风凉话，实际上是正话反说，是吃不到葡萄说葡萄酸的心理反应。在这种情况之下，赵烈文自然没必要和龚橙斤斤计较了。

后来，赵烈文反复向曾氏兄弟推荐龚橙，急于为龚橙谋求一份体面而稳定的工作，固然是想帮龚橙解决生计问题，实际上也想让他在心理上得到平衡。这说明，赵烈文对龚橙确实知之甚深，又爱之甚切。

而在龚橙方面，这不是他的"俗"又是什么？

龚橙最大的"俗"其实还在于：他表面上很叛逆，对清政府也有一肚子不满，但当太平军威胁到自身安全时，他不但与上海官绅士商一样"惶惶不可终日"，而且同别的凡夫俗子一样，对曾国藩既希望过切，又督责过严。

龚橙的这些表现，自然会让人觉得他就是一个地地道道的凡夫俗子。

1《能静居日记》，第 477 页。

9 晚境凄凉

除了做过威妥玛秘书，龚橙似乎没有从事过其他固定职业。

咸丰五年冬天，他与赵烈文一起跑到江西，投奔曾国藩，原本想在曾国藩幕府找到一条出路，最终却未能如愿。

理想找不到归宿，精神失去了家园，玩世不恭就成了龚橙生命里最好的慰藉品和麻醉剂。

英国人对龚橙也失去兴趣后，他只能靠着祖上留下的积蓄，变卖典当家里的古董文物和书籍字画，过着"今朝有酒今朝醉"的生活。

临死前一年，龚橙说是赠送赵烈文一批文物，实际上是急需用钱，只是一开始不好在朋友面前谈钱而已，最后却因此失和。

赵烈文是同情龚橙的，龚橙却不能理解赵烈文的苦衷。

假如龚橙不说赠送文物，而是直接开口向赵烈文求助，结局很可能不是这样。以前常常资助龚橙的赵烈文即使不能帮他解决根本困难，两人至少不会因金钱而闹翻。他们毕竟是相交了大半辈子的好朋友，既有师承关系，又在性格、脾气和兴趣爱好方面十分投缘，这样的情谊，真是打着灯笼也难找啊！

龚橙最后穷困潦倒而死是真，前引《南亭笔记》卷六"晚年卒以狂死（因精神失常发狂而死）"的说法则值得商榷。

王韬《淞滨琐话·龚蒋两君轶事》虽然也说龚橙"卒以发狂疾死"，但提供的证据是："死时出所爱碑本，其值五百金者碎剪之，无一字完。"[1]

龚橙如果真疯了，还搞得清家中收藏的"碑本"哪些能"值五百金"以上，然后一一找出来剪碎？世上哪有这种深谙文物古董行情的疯子？龚橙这样做，无非是气极而狂，用极端方式发泄心中的怨气以表明鱼死网破、玉石俱焚的决绝态度而已。

---

[1]《淞滨琐话》，第97页。

沈葆桢：竟然跟提拔自己的上司翻脸

自从同治二年（1863）五月湘军攻克太平军坚固设防的九洑洲要塞，完成对金陵的全面包围之后，清政府对曾国藩的态度发生了明显变化，突出表现是对他的疑忌越来越深，防范措施越来越严，分化瓦解湘军集团的手段和做法也越来越直接和露骨。在他们看来，对自己的最大威胁，似乎不再是行将失败的太平天国，而是手握重兵、广揽利权的曾国藩。看到清政府对曾国藩的态度明显变冷，不仅各省督抚马上效尤，而且在湘军集团内部，也渐生离心离德甚至分道扬镳倾向。沈葆桢、左宗棠等人为了各自利益，急不可耐地跳出来，断然与曾国藩翻脸，就与这种大环境、大气候有密切关系。

1 曾国藩想不明白在什么地方得罪过沈葆桢

同治三年（1864）初，正当金陵战事十分吃紧、粮饷极端匮乏之际，江西巡抚沈葆桢事前不经协商，即奏请截留原本解送安庆湘军大营的江西厘金归本省使用，使得曾国藩骤然失去月入十余万两白银的饷源。更为严重的是，户部不仅同意分一半厘金给江西，而且在批复中虚列湖南、湖北、四川、江西每月高达十五万五千两白银的四省协饷，让外人觉得曾国藩已经富得流油，无形中让他背上了广揽利权、贪得无厌的黑锅。此事不仅在曾、沈之间爆发了一场惊天动地的官司，闹得双方断绝往来，而且在曾国藩心中留下了一个永久之谜：沈葆桢为什么要与自己翻脸？以至于后来跟亲朋好友通信，反复多次提出过这个疑问。

同治三年四月十六日给沈葆桢同科进士李鸿章写信时，曾国藩写道："幼丹（沈葆桢字幼丹）中丞与敝处私交已绝，自问数年以来，未尝挟权市德，稍有触犯，此心可质鬼神。"[1]

第二年五月十二日给沈葆桢另一同科进士郭嵩焘写信时，曾国藩再次大发感慨："至幼丹则自问实无开罪之处，而其相逼已甚，迥出意外。"[2]

曾国藩奋起反击后，在打给皇帝的报告《沈葆桢截留江西牙厘不当仍请由臣照旧经收充饷折》中，同样提出过这个疑问："此次截留厘金，亦并未函商、咨商一次，不知臣有何事开罪而不肯一与商酌？"又说："人恒苦不自知，或臣明于责沈葆桢而暗于自责？臣例可节制江西，或因此而生挟权之咎？臣曾保奏沈葆桢数次，或因此而生市德之咎？几微不慎，动成仇隙？"[3]

曾国藩向皇帝诉苦抱屈说："我一直反躬自省，真不知道什么事情得罪了沈葆桢，以至于他连句商量都没有，就从背后狠狠捅我一刀。一个人最难了解的是自己，难道是我对沈葆桢责备过严而对自己要求过宽？体制上我能管辖江西，难道是我平日里高高在上仗势欺人？我曾经保荐沈葆桢数次，难道是我以恩人自居，非让他记我的恩情不可？要不就是我有什么地方做得不周到，无意中得罪了他却毫无自知之明？"

总之在曾国藩看来，沈葆桢是不应该也不至于与自己翻脸的。为什么呢？一是他对沈葆桢有大恩情，这一点世人皆知。二是事后曾国藩反复自问过，实在想不明白有什么地方得罪过他，以至于他要这样"相逼已甚"。

---

1 《曾国藩全集·书信》，第 27 册第 590 页。
2 《曾国藩全集·书信》，第 28 册第 437 页。
3 《曾国藩全集·奏稿》，第 7 册第 86 页。

2 倾注的关心和关爱太多，情感上的痛觉很难消除

说到曾国藩对沈葆桢有大恩情，还得回顾沈葆桢的为官经历。

道光二十七年（1847）考取进士后，沈葆桢被选为庶吉士，散馆授翰林院编修，迁都察院御史。

咸丰五年（1855）沈葆桢简放江西九江知府，却无法赴任，因九江当时尚在太平军手中。进退无依之际，曾国藩将其收入幕府，征收厘金、办理营务、参与机要。一年后沈葆桢改任广信知府，组织官兵和民众严密防守，太平军连续七次进攻都无法得手，确保城池万无一失。曾国藩对其倍加赏识，荐其才堪封疆之寄。

咸丰七年（1857）沈葆桢升任广饶九南道道员，却因得罪江西地方大员而负气走人。这件事让曾国藩特别刮目相看。

原来沈葆桢升任道员后，广信府百姓说什么也不让他离开。为了留住这个能保一方平安的"父母官"，不仅"士人罢考，河口罢市（广信府管辖的河口镇是江西古代四大名镇之一），修房者停工，赁屋者退租"，而且大家主动筹集路费，派出一批又一批人员到上级官府上访，坚决不让沈葆桢离去。广信民众甚至对天发誓说："谁撑船送沈大人走，就把他的船只烧掉；谁抬轿送沈大人走，就把轿夫杀死。"态度可谓十分蛮横。可是不管广信民众如何"汹汹如此"，江西巡抚耆龄仍"持前议颇坚"，非要沈葆桢赴任新职不可。双方僵持一段时间之后，最后以沈葆桢负气辞职方告结束。沈葆桢虽然"丢"了官并得罪了江西地方大员，名气却更大，声望也更高了，所以咸丰九年（1859）四月十五日给胡林翼写信时，曾国藩便说沈葆桢"极精明，而其过人处在拙，故不可量耳"[1]。

在写给胡林翼的另一封信中，曾国藩甚至断言沈葆桢将来的事业和成就，或许能够超过他的舅舅（也是岳父）林则徐："幼丹近亦猛进，心地谦而手段辣，将来事业，当不减于其旧（舅）。"[2]

---

1 《曾国藩全集·书信》，第 23 册第 153 页。
2 《曾国藩全集·书信》，第 22 册第 657 页。

咸丰十年（1860），沈葆桢被起用为吉南赣宁道道员后，仍然坚卧不起，已是两江总督的曾国藩不仅屡荐其才，而且极力主张重用沈葆桢，清政府因此将他由道员超擢江西巡抚。这种做法不仅在当时极为罕见，而且在曾国藩一生所荐举的官员中，只有沈葆桢与李鸿章两人是由道员直接升为巡抚的。

而沈葆桢超擢江西巡抚之前，曾国藩曾想让他担任援沪主将，进而推荐其出任江苏巡抚，后来觉得沈葆桢虽然精于吏治，军事上却没有多少阅历，才转而推荐李鸿章。

这充分说明，沈葆桢在曾国藩心目中的地位，原本是高于李鸿章的，也正是由于这个缘故，曾国藩才转而推荐他出任江西巡抚。在当时，江西巡抚远比江苏巡抚重要。湘军（包括左宗棠的楚军）军饷主要由江西供给，江苏则是糜烂之区，长江以南除了镇江和上海，其他地方全在太平天国手中，巡抚职权根本无法正常行使。

对于曾国藩这个一而再，再而三鼎力荐举过自己，且对自己没有任何开罪之处的大恩人，沈葆桢哪能如此无情无义，说以怨报德就以怨报德，说恩将仇报就恩将仇报，说翻脸不认人就翻脸不认人？这就是沈葆桢与自己翻脸后，曾国藩始终迷惑不解的原因。

曾国藩并不是一个不知反省和不肯认错之人。前面提到的曾国藩写给郭嵩焘那封信中，他除了觉得沈葆桢与自己翻脸"迥出意外"，对于当年与骆秉章、朱孙诒的"恼终隙末（彼此友谊不能保持始终，朋友变成了仇敌）"，就老实承认自己也有不对且"情状令人难堪"。可谓痛心疾首，后悔莫及。[1]

由此可以看出，曾国藩对沈葆桢的不解和埋怨，确实发自内心深处，不是随便说说，更不是无病呻吟。也许是他对沈葆桢倾注的关心和关爱太多又期望过高，才很难消除情感上的痛觉吧！

1《曾国藩全集·书信》，第28册第437页。

3 曾国藩与江西的军饷之争

那么，沈葆桢究竟出于什么动机，或者说有什么抛不开的利害关系，让他非这样做不可呢？

同治三年三月十二日，赵烈文在《能静居日记》里有一段详细记载和精辟论述，既介绍了曾、沈闹翻的前因后果，又指出了曾国藩与江西的军饷之争不仅由来已久，而且沈葆桢截留江西厘金也是事出有因。不妨转述如下：

见到沈巡抚二月二十六日奏折，请求将江西省茶厘牙税，统归本省征收，钦定江西每月协济安庆湘军大营的军饷数额等语。是因为曾国藩中堂于咸丰十年担任两江总督以后，由皖北移师皖南，而当时江苏和安徽一片糜烂，没有征收军饷的地方，于是奏请朝廷将江西全省茶厘牙税统归两江总督派员设局征收使用，朝廷批准了这一请求。到如今过去了数年，每年收入不下一百余万，成为军饷主要来源。然而，江西本身没有多少部队，遇到紧急情况，都是曾中堂派兵千里驰援。咸丰十年和十一年间，太平军屡次从安徽和浙江进入江西境内，均由曾中堂调派左宗棠、鲍超率军前往截剿并将其赶出江西，当年秋天报告说全部肃清。所以这些年用的虽是江西之饷，但历任巡抚都把它看作理所当然，从来没有发生过意见。沈巡抚于同治元年春天上任后，开始时也不想改变以前的老办法，后因曾中堂派驻的征税大员干预地方公务，又因为九江道道员蔡锦青未经沈巡抚同意，擅自作主将洋税银（一万五千两）解送安庆粮台，加上小人从中搬弄是非，于是逐渐产生了矛盾。沈巡抚心地端正，办事敏捷干练，但心胸未免狭窄。本是曾中堂保荐升任的，自以为只有把地方治理好，才不负中堂提携，不能因为顾忌私恩而避免嫌疑和推卸责任。他还很看不起前几任江西巡抚的工作表现，说他们尸位素餐，毫无建树。所以到任后，招募了王沐的继果营、韩进忠的韩字营等八千人，又将席宝田的精毅营、江忠义的精捷营等万余人奏调入赣，各府也分别招募五百人，兵员越来越多，军费却无着落，这才给朝廷上了这个折子。平心而论，曾中堂荐举贤才，原希望他们为国效力，沈巡抚奋发有为，不能说超越了职权范围。只是江西需要军饷虽然十分迫切，而安庆粮台开支缺口更大，况且中堂对江西军务从来没有漠视过，再说攻打金陵的战斗到了生死攸关时刻，沈巡抚也不能因为金陵距离江西较远，就产生畛域观念。当此沧海横流、公私涂炭的时候，公忠体国的大臣彼此之间如头目手足一样互相照应犹嫌不够，而分崩离析，不顾大局，搞窝里斗，即使你是贤者，也不能不受到责备啊。[1]

原来咸丰十年四月曾国藩被任命为两江总督时，安徽、江苏两省绝大部分地方均在太平军手中，能够筹饷的地区主要是江西，于是与江西巡抚约定，将江西主要饷源地丁银、漕折银和厘金一分为二：地丁银全部和漕折银一半，归江西巡抚支配，充作全省行政费用；厘金全部和漕折银一半，归两江总督支配，充作军饷。这笔收入从此成为湘军主要资金来源。江西防务则由湘军全部承担，本省不养大支兵勇："江西每遇警报，辄请分兵往援。"[2]双方相依为命，关系一直这样维持。

同治元年（1862）以后，曾国荃部湘军移兵下游，进攻金陵，原在江西境内作战的左宗棠部楚军进兵浙江，鲍超部湘军转入皖南和苏南作战，江西一时无兵可守，防务出现空虚。淮军和楚军相继攻克苏州和杭州之后，太平军逃兵大股涌进江西，曾国藩却无力分兵救援，为了保境安民，沈葆桢一面迅速建立了一支江西地方部队，一面将席宝田、江忠义、周宽世等军从贵州、湖南、安徽等地陆续奏调入赣，这才勉强支撑住了局面。可是军队是要钱养的，沈葆桢又想不出别的筹资办法，只得将原来解往曾国藩大营的款项奏请截留。这就是沈葆桢擅自截留江西厘金的主要原因。

正因为江西急于要钱用，所以沈葆桢担任江西巡抚之后，除了同治三年擅自截留厘金，另外还断然放过曾国藩两次鸽子。

第一次是同治元年八、九月间，曾国荃的两万吉字营官兵，不仅被李秀成的二十余万太平军重重围困在南京雨花台，而且湘军"疾疫大

1《能静居日记》，第752至753页。
2《左宗棠全集·书信一》，第10册第389页。

作，死亡无算”，沈葆桢却于此时“截留漕折银四万，既不函商，又不咨商，实属不近人情”。[1]

在当年九月十三日的日记中，曾国藩为此表达了严重焦虑：“因沈中丞奏截留江西漕折，银两每月少此四万，士卒更苦，焦虑无已。”次日日记又写道：“江西抚（巡抚沈葆桢）、藩（布政使李桓）二人似有处处与我为难之意，寸心郁郁不自得。因思日内以金陵、宁国危险之伏，忧灼过度。又以江西诸事掣肘，闷损不堪。”[2]

第二次是同治二年四月二十七日，曾国藩上奏朝廷，提出从九江洋税项下，每月提取三万两解往安庆，以济军饷。皇帝刚刚批准他的奏请，沈葆桢即向朝廷打报告，要求将关税全部留在江西，“专供江（江忠义）、席（席宝田）二军之饷”。皇帝觉得沈葆桢的要求有点过分，于是“饬抚臣妥筹兼顾，如数分拨”。也就是要他每月如数拨给湘军三万两关税。但就在九江地方长官蔡锦青将一万五千两银子拨付过来时，沈葆桢马上跳出来，不仅勒令蔡锦青将原款全部追回，而且向曾国藩发文抗议。曾国藩无奈，只得再次忍气吞声，将款项如数退回。[3]

曾国藩是两江总督，江西是他的辖区，可是官再大，若遇到沈葆桢这种愣头青，也是有理说不清的。加之沈葆桢是曾国藩亲手提拔的人，现在如果出面弹劾他，不仅有翻手为云覆手为雨之嫌，而且等于自己抽自己的嘴巴，所以只能“打脱牙齿和血吞”。

沈葆桢前两次放曾国藩鸽子，与同治三年擅自截留江西厘金的做法如出一辙，可见任何事情都是有征兆的。按理说曾国藩应该料得到沈葆桢会走到最后这一步，可他宁愿以君子之心度小人之腹，也不肯把沈葆桢想得太坏。或许正是他的忍气吞声和宽宏大量，才导致沈葆桢不断得寸进尺，从而一而再，再而三地挑战曾国藩的忍耐极限。

咸丰九年三月初四日，曾国藩写给沈葆桢的信中，曾说过这样的话：“戏语次青曰（跟李元度开玩笑说）：‘幼丹偏激似鄙人，蠢拙亦颇近

1《曾国藩全集·奏稿》，第7册第86页。
2《曾国藩全集·日记》，第17册第340至341页。
3《曾国藩全集·奏稿》，第7册第86页。

似。'笑笑。"[1]

那时曾国藩因为十分欣赏沈葆桢，所以在他眼里对方的缺点也是优点，后来他如果再想起这件事，恐怕想笑也笑不出来了。

4 搞窝里斗的人应该受责备

曾国藩与江西的军饷之争虽是老问题，沈葆桢截留江西厘金也事出有因，但沈葆桢与曾国藩的关系毕竟非同寻常，江西又是两江总督辖区，曾国藩则是沈葆桢的顶头上司，所以于公于私沈葆桢都不能如此无情。其次是湘军集团有一条通行已久的原则，就是不管遇到什么事情，必须内部先商量好，统一了意见之后再向上奏请，否则会把事情弄得很糟。沈葆桢却未经协商，背着曾国藩向朝廷奏请截留江西厘金，等于从背后捅了曾国藩一刀，自然让他伤心痛恨不已。

沈葆桢为什么做得这么绝情呢？根本原因是他担心与曾国藩商量不成，所以与其商量还不如不商量。朝廷批复他的奏折时，就曾说到了这一点："沈葆桢前奏，未经先与曾国藩商酌办理，似疑曾国藩不允所商而然，事属因公。"[2]

另外读过《能静居日记》还可知道，赵烈文不仅与沈葆桢的个人关系非常好，而且对沈的为人和办事能力十分称道，所以曾、沈爆发厘金争夺战之后，他虽然深感痛心和遗憾，在私人情感上很难站边，但最终还是将板子打在沈葆桢身上，说沈葆桢即使是贤者，但既然搞了窝里斗，就应该受责备。很显然，赵烈文是站在维护湘军集团的团结和利益这一角度上看待这一事件的。

也就是说，沈葆桢截留江西厘金不能说没有理由，做法却非常不妥。主要是沈葆桢是站在江西的角度，认为江西的税收自应用于江西，地方主义倾向压倒了全局观念，更不顾及与曾国藩的特殊私人感情和上下级关系，既忘恩负义又不讲政治规矩。赵烈文则是站在湘军大局的角

1《曾国藩全集·书信》，第 23 册第 113 页。
2《曾国藩全集·奏稿》，第 7 册第 99 页。

度：此时曾国荃统率的湘军主力，一方面要围攻金陵，一方面要与赶来救援的李秀成部十余万大军作战，正处于腹背受敌、生死攸关的关键时刻，无论如何不能断饷断粮，否则金陵城下的湘军只有两条路可走，要么闹饷哗变，要么在战场上活活饿死，沈葆桢无论如何不能在这个时候出此损招。其次是沈葆桢违背了湘军集团通行已久的原则，即先内部商定妥当之后，再向上奏请的一贯做法，从而为清政府的挑拨离间创造了可乘之机，这对曾国藩的伤害无疑是非常之大的。

当时，赵烈文尚在金陵曾国荃幕府，并不在曾国藩身边，沈葆桢也是刚刚向朝廷上呈奏折，请求将江西厘金统归本省征收，并请朝廷钦定江西每月协济安庆湘军大营的军饷数额。他看到沈葆桢这一奏折抄件后，就能一眼发现问题的严重性并断定必将产生严重后果，说明这个"小诸葛"确实是一个洞察力特强的人。

5 曾国藩与江西地方官员的历史恩怨

除赵烈文叙说的原因之外，曾国藩与江西地方官员的历史恩怨，也是促使沈葆桢跟曾国藩翻脸的一大原因。那就是：从咸丰四年（1854）底曾国藩带兵进入江西作战开始，整个江西官场就对他没有好印象，在江西人眼里，曾国藩根本就是一个只知横征暴敛而不顾地方死活的人。

湘军初进江西时，江西巡抚陈启迈不仅是曾国藩的湖南老乡，而且道光十八年（1838）两人同年参加会试并都榜上有名，只是遇到特殊情况，陈启迈才缺席当年殿试，直至下一科即道光二十一年（1841）殿试补考后才正式成为进士。更难得的是，时任江西按察使（简称臬司）的恽光宸也是曾国藩的同科进士和翰林院同事。三人关系如此特殊，真是打着灯笼都难找。可他们在江西相遇后，偏偏水火不相容并斗得死去活来。其中原因虽然比较复杂，但关键是体制不顺。

原来曾国藩受命编练的湘军，完全属于地方部队，没有固定军费来源，一应钱粮都需要自己想办法解决。曾国藩带兵进入江西作战后，多次要求江西补充军饷，江西虽然给了一些，但都是需要湘军出力卖命时给钱就爽快，形势稍微宽松，给钱就不痛快了，跟讨债差不多。江西官员不仅把供应湘军钱粮视为额外负担，而且对湘军战胜不予奖励，战败讥笑百端。后来为保江西防务，曾国藩与陈启迈面商，在江西重办水师，建造船只，以固本省鄱湖之门户，以作湘军后路之声援。陈启迈开始答应得好好的，后来却忽办忽止，无三日不改之号令，无前后相符之咨札，让人无所适从，难以忍受。

不和的种子就这样播下了。

万般无奈之下，曾国藩只好自己想办法在江西筹饷，这又侵犯了江西地方的财政税收权和用人权。比如曾国藩要在江西抽取厘金，就不能不设立征收机构并聘用本地绅士和官员，就不能不与江西地方官员打交道，这在江西官员看来无疑是侵越了自己的权力，于是在陈启迈的带领或授意下，江西通省官员与曾国藩针锋相对，寸权必争。陈启迈还联合负责一省刑狱诉讼事务的按察使恽光宸，对曾国藩委派的筹饷人员百般刁难甚至严刑拷打。《曾国藩年谱》为此写道："江西巡抚陈公启迈与公谋调遣兵勇，意见多不合，饷尤掣肘。万载县知县李皓，与某乡团举人彭寿颐，以团事互相控诉。公见彭寿颐，赏其才气可用，札调来营差遣。陈公乃收系彭寿颐，令臬司恽光宸严刑讯治之。以是尤多龃龉。"[1]

江西不仅不让湘军在本地筹饷，而且阻止他们搞募捐活动，如果有谁捐了钱，马上有人上门刁难和指责。他们还故意找茬，甚至鸡蛋里面挑骨头，于是只要看到捐款收据上盖有曾国藩"钦差大臣"关防，就一概认定是假的，然后捉拿审讯捐款人员，肆无忌惮地把好人当坏人处理。

原来当时的带兵统帅，如果有钦差大臣名号，朝廷会发一个铜制关防，曾国藩虽然有钦差大臣之实，却只有"督办军务"之名，为了工作方便，只好请人刻了一个木制关防作为凭信，这是通行做法，历来得到朝廷认可，可是江西偏偏不认账，这就不仅搞得曾国藩无地自容，而且不能不忍气吞声，否则在江西一天也待不下去。《湘军记》作者王定安

---

[1]《曾国藩年谱》，第 57 页。

为此感叹道："曾文正以客军羁江西，外逼石达开、韦昌辉诸剧寇，内与地方官相抵牾，其艰危窘辱，殆非人所堪。"[1]

在调兵遣将方面，曾国藩与陈启迈的意见本来就难统一，在饷银方面，陈启迈又常常故意刁难，再加上陈启迈偏袒江西万载县知县李皓，不分青红皂白，就将该县举人、曾国藩手下爱将彭寿颐抓进班房严刑拷打，俗话说打狗还要看主人呢，曾国藩哪能不气个半死？

咸丰五年六月十二日，忍无可忍的曾国藩于是呈上《奏参江西巡抚陈启迈折》，将陈启迈弹劾去职："臣与陈启迈同乡、同年、同官翰林，向无嫌隙，在京师时见其供职勤慎，自共事数月，观其颠倒错谬，迥改平日之常度，以致军务纷乱，物论沸腾，实非微臣意料之所及。目下东南贼势，江西、湖南最为吃重，封疆大吏，关系非轻。臣既确有所见，深恐贻误全局，不敢不琐叙诸事，渎陈于圣主之前，伏惟宸衷独断。"[2]

结果不仅陈启迈丢了乌纱帽，而且参折中附带提到的恽光宸也被停职检查，听候新任江西巡抚文俊查办。

然而，接下来的日子曾国藩并不好过。文俊到任后，江西官员明里不跟曾国藩斗，暗中却更加抱成一团，处处给他下绊子设障碍，斗争形式也变得隐蔽而捉摸不透。曾国藩在江西的艰难处境，并没有因为陈启迈的去职而得到根本改善。

就在江西官员与曾国藩内斗不休的时候，太平军大将石达开于咸丰五年底回师江西，短短几个月，赣中、赣北地区尽为太平军所有。湘军被打得七零八落，曾国藩终日坐守危城。

咸丰七年二月，被折腾得焦头烂额的曾国藩得知父亲去世消息后，如蒙大赦，不等朝廷同意，当即回籍奔丧，将江西烂摊子丢下不管。

曾国藩脚底抹油，匆匆逃离江西，历史却故意跟他开玩笑。咸丰八年（1858）六月曾国藩复出带兵后，名义上进兵浙江，实际上此后一年多都待在江西，直到咸丰九年八月以后才进兵安徽，本是进兵四川，后

1《湘军史料四种·湘军记》，第393页。

2《曾国藩全集·奏稿》，第1册第485页。

来朝廷再次改变了主意。

为了与江西地方官员搞好关系，复出后仿佛变了一个人的曾国藩，再次进入江西之后至完全退出江西之前，分别于咸丰八年七月和咸丰九年七月专门绕道南昌拜访当地官员；与以前的陈启迈、文俊相比较，耆龄的态度好得多，耆龄的继任者毓科，表现又比耆龄好，这便是曾国藩第二次进入江西后，能与当地官员融洽相处，以及咸丰十年四月曾国藩做了两江总督后，能向朝廷奏明提取江西全部厘金的原因所在。

可是，江西巡抚耆龄尤其是毓科的委曲求全、胆小怕事，并不代表该省其他官员对曾国藩的看法有了改变。咸丰十年六月，宦海沉浮多年的张集馨到江西担任布政使后，不仅对曾国藩提走江西全部厘金的做法多有不满，而且在自叙年谱《道咸宦海见闻录》中，就曾大胆指出江西与曾国藩的决裂不可避免："曾涤生不筹全局，决裂无疑。"又说："曾帅所批，直是玩视民瘼。平昔尚以理学自负，试问读圣贤书者，有如是之横征暴敛，掊克民生，剥削元气者乎？"[1]

咸丰十一年（1861）六月初八日，曾国藩即递上《遵查张集馨畏葸片》，将张集馨参劾去职："曾国藩奏：'查明江西藩司张集馨在九江办理通商事宜，闻湖北警报辄即避回，请革职。'"[2]

张集馨的继任者本是庆廉，因未到任，所以最后是由李桓接任布政使。李桓字叔虎，号黼堂，湖南湘阴人，其父李星沅曾任两江总督、钦差大臣，与曾国藩有老交情。李桓原为江西粮道，因聪明能干，咸丰十年五月奉曾国藩札委办理江西牙厘总局，兼理江西粮台，从此成为曾国藩幕僚。咸丰十一年下半年，巡抚毓科、布政使庆廉（未到任）因办理江西防务不力为言官论劾后，沈葆桢升任江西巡抚，李桓升任江西布政使。然而就是这个与曾国藩关系也算亲密和特殊的李桓，同治元年下半年即因工作消极导致江西厘金收入日减而被曾国藩赶下台，并被夺去掌管江西牙厘总局和江西粮台的实权。

李桓落得这个结局，就是因为对曾国藩的做法越来越看不惯。曾国

---

[1]《道咸宦海见闻录》，第 306、309 页。
[2]《翁同龢日记》，第 1 册第 127 页。

藩为此十分恼火，在同治元年九月二十五日的日记中写道："日内因江西藩司（布政使简称）有意掣肘，心为忿恚。"[1] 十月二十五日，又在《复沈葆桢》信中大发牢骚："黼堂于前敌之事，太不关心，今年下游各军疾疫（同治元年夏秋以后，江南传染病流行，湘军官兵纷纷病倒并造成大批人员非战斗死亡，曾国藩最小的弟弟曾国葆，也因此疫死于金陵前线），实属非常灾变，始终无一字慰问。江西厘金，苟经理得宜，亦实不止此数。"[2]

在九月二十五日日记中，曾国藩虽然强忍愤怒，告诫自己要动心忍性委曲求全以磨砺德性，而不要做"诛锄异己"的"权臣"，[3] 但早在九月十二日上呈的《江西厘金整顿情形片》中，他就露出了权臣面目，毫不留情地告了李桓一状："该藩司李桓总办粮台，兼管厘局，漫不经心，玩视饷务。"接着又恶狠狠写道："该司李桓经理不善，此次姑免参办，数月后如仍前玩泄，即当从严参奏，并提讯经手员役，以惩积弊。"[4]

可能是顾念黄泉之下李星沅的交情，曾国藩这次只向皇帝吐槽，没有正式弹劾李桓，但产生的后果之严重，与弹劾其实没有两样，甚至有过之而无不及。

第二年正月，李桓即被调离江西，赴陕西办理陕南军务。陕西当时乱成一锅粥，孙悟空去了也要皱眉头，李桓哪愿前往？但又不敢不去。所以他回到湖南后，开始虽然假装积极，在家乡捐资招兵买马，既出钱又出力，但内心一直将陕南之行视为畏途，拖到五月才走到武昌。之后李桓又声称中风，恳请湖广总督官文出面向朝廷打报告，数月后如愿以偿被免职，从此终老于家。

曾国藩如果直接将李桓弹劾去职，岂不可以省去许多精力和金钱？李桓此后便成了曾国藩的死对头，对其攻击不遗余力。郭嵩焘为此在日记中写道："楚人专喜戕贼同类，攻击前辈。近年如左季高（左宗棠）、

1《曾国藩全集·日记》，第17册第347页。
2《曾国藩全集·书信》，第26册第146页。
3《曾国藩全集·日记》，第17册第347页。
4《曾国藩全集·奏稿》，第5册第122至124页。

李辅（黼）堂，尤专以此为能。”[1]

李桓对曾国藩都这样，江西官场其他人，对曾国藩什么印象和态度，就完全可以想象了，只是耆龄和毓科两任江西巡抚都不敢得罪甚至有意讨好曾国藩，双方才能暂时相安无事。

6 沈葆桢与曾国藩翻脸的其他因素

咸丰十一年十二月沈葆桢被任命为江西巡抚后，事实上承受着巨大心理压力。他上任后，如果像前任一样不敢得罪曾国藩，自己不仅无所作为，而且势必得罪江西人民，最终被当地群众所轻视和嘲笑，也就在所难免。沈葆桢恰恰是一个不愿尸位素餐，想在江西干出一番成绩的人，正因如此，所以得知自己被任命为江西巡抚后，并没有“即行驰赴新任”，而是“迭经檄催，尚未到营”。直到清政府发文征询曾国藩意见，似有收回成命、改变赣抚人选之意时，曾国藩复奏担保沈葆桢“计可迅速赴任”，他才不得已到江西任职。[2]

所以说，沈葆桢如果想在江西站住脚且能有所作为，不至于落得前任毓科那样的结局（李桓估计也不想做第二个庆廉），除了得罪“贪得无厌”的曾国藩，没有第二条路可走。性格强悍、敢作敢为且勇于任事的沈葆桢，最后选择与曾国藩叫板，很大程度上也是出于无奈。

由此看来，曾国藩虽没有得罪沈葆桢个人，却大大得罪了江西官场和江西人民。作为江西的“父母官”，沈葆桢不得不出面替他们说话。所以与其说沈葆桢与曾国藩翻脸，不如说江西与曾国藩决裂。刚好当时的大环境、大气候为沈葆桢提供了跟曾国藩叫板的条件和机会，个性倔强的他也就横下一条心，不失时机地挑起了这场势必与曾国藩彻底闹翻的争斗。

当然，除了以上原因，沈葆桢的个性尤其是为人方面的缺点，也是他与曾国藩闹翻的重要原因之一。

1《郭嵩焘全集·日记》，第11册第130至131页。
2《曾国藩全集·奏稿》，第4册第2页。

因有曾国藩的力荐，沈葆桢才由道员直升巡抚，这一点当年尽人皆知，也是谁都抹杀不了的事实。没有曾国藩，就没有后来的沈葆桢，这话可能说得太绝对，但如果曾国藩不搭好江西巡抚这个重要台阶，他肯定要多折腾数年甚至十几年，才有可能达到这个地位，所以不管是曾国藩的公心还是私恩，都不应该受到漠视。然而曾国藩去世数年后，为人刻薄寡情的沈葆桢做了两江总督，不仅十分狂妄自大，而且绝不承认曾国藩对自己有恩。有人批评他忘恩负义，他还发怒说："我之所以有今天，是命中注定，上天只是借曾国藩之手做了他应该做的事，他却贪天之功为己功，岂不十分可笑？况且我心里只有国家，没有曾国藩，我为国效劳，曾国藩对我即使有恩，也不放在心上，何况无恩呢！"

这个逻辑确实十分新颖别致，再会脑筋急转弯的人，恐怕也跟不上他的思路。正因如此，所以《清代名人轶事》作者葛虚存才会发出这种感叹："沈为人犷暴，好自负。"意思是沈葆桢为人凶狠暴戾，刻薄寡情，十分自负。[1]

另据《世载堂杂忆》记载，沈葆桢做了两江总督后，当年他参加会试时的阅卷老师孙锵鸣，罢职后担任钟山书院院长，有一次排出考生成绩前十名，按惯例呈送两江总督圈阅。换成别人，也就走走过场，沈葆桢却认真阅完，不仅将老师的排名全部打乱，而且在孙锵鸣的简短批语之后，写了一道长批，毫不留情地指出老师所批不当。孙锵鸣受不了这一恶补，于是愤然辞去。孙锵鸣的另一弟子李鸿章，却历来与老师关系亲洽，对老师执礼甚恭，江南读书人于是议论说："李文忠有礼，沈文肃无情。"[2]

像沈葆桢这种绝无情商之人，怎么可能处理好各种人际关系？他又是天生的反骨头，希望他记住曾国藩的恩德，怎么可能？最后与曾国藩彻底闹翻，就在意料之中了。

最后需要指出的是，沈葆桢与曾国藩翻脸，与他过分在意自己的名声也有极大关系。沈葆桢的同科进士和密友郭嵩焘，就说沈葆桢"好名

---

1 《清代名人轶事》，第416页。
2 《世载堂杂忆》，中华书局1960年12月第1版第25页。

太过"："幼丹好名太过，与相国（曾国藩）抵牾有名，留厘金以饷江西之将士又有名。幼丹惟知务此，是以背公负义而亦有所不辞。故人不可有所蔽，蔽于一指而不见天日，幼丹始终蔽于好名之一念耳。"[1]

同治三年，郭嵩焘在广东做巡抚，当时也在广东工作的李瀚章，将沈葆桢截留江西厘金的奏折拿给郭嵩焘看，郭嵩焘一点也不感到意外，因为他对沈葆桢实在太熟悉、太了解了，这个人太喜欢树立自己的名声了。与曾国藩叫板，能够获得藐视权贵和独立行事的好名声，替江西人民说话，将江西厘金用于本省军事，又可以赢得当地百姓称赞。只要能够获得好名声，沈葆桢"背公负义"也就在所不辞。

当然，郭嵩焘对沈葆桢的做法是持否定态度的。他认为，一个人绝对不能被一个固执的念头蒙蔽了心智，一旦被蒙蔽，就什么也看不见了，沈葆桢的心智就是始终被好名这个念头所蒙蔽。

7　冤家宜解不宜结

据《清稗类钞》记载，曾国藩曾对幕僚开玩笑说："遗大投艰，固非常人所能，然亦未可概期之贤者也。当于德行、文学、言语、政事四科之外，别设一科，曰'绝无良心科'。"意思是重大艰难的任务，固然不是平常人所能完成，但也不能指望贤人豪杰可以大包大揽，所以应当在德行、文学、言语、政事四科之外，增设一个"绝无良心科"。[2]

曾国藩的言外之意是：有些事情，靠正当手段，在道德良心和法律法规允许范围内，是无法做到的，只有那些不要脸皮，不讲良心，为达目的不择手段的人才能办成。如果再进一步发挥，就是：要达到目的、成就大事，先得将良心流放才行。李宗吾的"厚黑学"，说那些政治上左右逢源并取得高位的人，大都是"脸厚心黑"的"厚黑"高手，道理也在此。在古代政治斗争中，如果不心黑手辣，面对朋友和同事，尤其是面对自己的老师、恩人和顶头上司，如何下得了毒手？

1《郭嵩焘全集·日记》，第9册第13页。
2《清稗类钞》，第4册第1799页。

这当然是曾国藩的愤激之言，人们因而普遍认为是说左宗棠和沈葆桢。

沈葆桢多次背后捅刀，曾国藩虽十分不解并极度生气，也断绝了与沈葆桢的个人交往，但经人调解，最终还是宽恕了沈葆桢。冤家毕竟宜解不宜结。

此事记载在《睏庵杂识》之中："曾国藩移军安庆时，与江西巡抚沈葆桢约：厘捐均归大营，有事则分兵回救。既而江西寇四起，曾军益东，葆桢惧救不时至，上疏请留厘金养兵，诏许之。国藩疑葆桢卖己，绝不与通。葆桢以书谢，亦不答。会陈右铭（陈宝箴）游江南，闻之，往见国藩，从容言曰：'舟行遇风，舵者、篙者、桨者顿足叫骂，父子兄弟若不相容，须臾风定舟泊，置酒慰劳，欢若平时。甚矣小人喜怒之无常也。'国藩曰：'向之诉，惧舟之覆，非有私也。舟泊而好，又何疑焉！'右铭曰：'然曩者公与沈公之争，亦惧两江之覆耳。今两江已定，而两公之意不释，岂所见不及船人哉？'国藩大笑，即日手书付沈，为朋友如初。"[1]

经陈宝箴调解，曾国藩与沈葆桢虽未达到和好如初状态，但从此恢复了交往，则是事实。

同治六年（1867）三月二十八日，在写给儿子曾纪泽的家书中，曾国藩更是谆谆告诫儿辈们，说他与左宗棠和沈葆桢的个人恩怨，只能停留在他们这一代，下一辈不能参与其中，相互只要保持适当距离就可以了，此外"着不得丝毫意见"："余于左、沈二公之以怨报德，此中诚不能无芥蒂，然老年笃畏天命，力求克去褊心忮心。尔辈少年，尤不宜妄生意气，于二公但不通闻问而已，此外着不得丝毫意见。切记切记。"[2]

正因为曾国藩具有如此博大的胸襟，所以后人才对其推崇备至，并称他为大圣贤和古今第一完人。

更值得一提的是，曾纪泽不仅牢记乃父教导，不与左、沈二人"妄

1《睏庵杂识》，岳麓书社1983年6月第1版第62页。

2《曾国藩全集·家书》，第21册第490至491页。

生意气"，而且光绪四年（1878）八月二十八日谒见慈禧太后，当面听到太后批评"现在各处大吏，总是瞻徇的多"，他马上回话说："李鸿章、沈葆桢、丁宝桢、左宗棠均系忠贞之臣。"慈禧太后不得不改口说："他们都是好的，但都是老班子，新的都赶不上。"[1]

俗话说虎父无犬子，此话信然！

1《曾纪泽日记》，岳麓书社 1998 年 8 月第 1 版中册第 777 页。

容闳：中国近代化的卓越先驱

国内已经面世的著述，写到容闳投身曾国藩幕府，几乎都是依据容闳本人的回忆录《西学东渐记》，认为是张斯桂和李善兰推荐的，只有中国社会科学院著名研究员朱东安先生等极少数几个人提到过赵烈文，其中朱先生还认真论证过这件事。他在《曾国藩传》中写道："容闳则是李善兰、张斯桂、赵烈文三人推荐的。容闳回国后曾在上海一家洋行做事，几次被派到安徽、江西一带收购茶叶，并在九江设立事务所。他乘商务之便，于同治元年行抵安庆，经人介绍结识了赵烈文，求见曾国藩。赵烈文很快报告了容闳的情况与要求，并得到曾国藩的同意。不知何因，容闳竟不辞而别，赵烈文苦寻不获，只好作罢。容闳后来在《西学东渐记》一书中回忆入幕经过时未提此事，亦不知何因。不过赵烈文在日记中已有详细记载，事情是确凿无疑的。其后李善兰、张斯桂入幕，再次向曾国藩推荐，曾国藩遂招聘容闳入幕。"[1]

朱先生显然是依据赵烈文的《能静居日记》提出这一观点的。这确实是他的独到发现，值得肯定与祝贺。但不知何因，朱先生既然是岳麓书社2013年版《能静居日记》点校出版前读过该书的为数不多的读者之一，对日记中写到的事实却没有完全叙述清楚。如容闳结识赵烈文，

1《曾国藩传》，百花文艺出版社 2001 年 4 月第 1 版第 330 页。

并不是到了安庆后经人介绍的，而是事先有人函托赵烈文，请他向曾国藩推荐容闳，这个人叫左桂[1]。所以，同治元年（1862）五月初三日容闳行抵安庆，并不是乘商务之便，而是怀着求见曾国藩的目的，专程来找赵烈文。再如容闳到安庆见到曾国藩后，并没有不辞而别，赵烈文也没有苦苦寻找，而是于五月初七日特意上门为容闳送了行，事后双方也一直保持联系，所有这些，均在《能静居日记》中有详细记载。

另外，朱先生虽然肯定了赵烈文是推荐者，却没有否定张斯桂和李善兰是推荐者，也是挺让人遗憾的。至于容闳后来在《西学东渐记》一书中详细叙述进入曾国藩幕府经过，既未提左桂函请赵烈文推荐一事，也未提同治元年五月自己主动到安庆求见曾国藩一事，其原因其实也不难探究。

1 赵烈文推荐容闳经过

赵烈文与容闳原先并不相识。咸丰十一年（1861）某天，赵烈文突然接到左桂从上海写来的信件，要他向曾国藩推荐容闳。

原来容闳从美国留学回来后，先后在广州美国公使馆、香港高等审判厅、上海海关和一家由英国人经营的丝茶商行打工，数年间之所以多次跳槽，不断更换工作，不辞辛劳地辗转于广州、香港、上海等地，除了个别不可抗拒的因素，另外就是受到雇主或同事的歧视、猜疑和敌对，加之接触了解到所从事行业的内幕情况后，各种看不惯的事情也让他气愤难忍，最后除了辞职走人，别无选择。

由于找不到理想的报国门路，咸丰十年（1860）十一月，容闳带着对太平天国的好奇心和一心想要实现的教育救国理想，曾经冒险去了金陵。他想实地考察一下"太平军中人物若何？其举动志趣若何？果胜任

---

1 左桂又名左枢，字孟辛，族名左茂桂，湖南湘乡人，其父曾在江苏为官。详见咸丰十一年八月二十九日曾国藩日记、咸丰八年四月二十七日周腾虎日记、王韬著《瀛壖杂志》卷五及湘乡左氏族谱等。

创造新政府以代满洲乎？"[1] 如果有可能，便打算在太平天国推行他所设想的西学东渐新政。

到了金陵之后，他当面向地位相当于太平天国国务总理的干王洪仁玕提出"建设有效能的政府、创办银行、设立新式学校"等涉及政治、经济、军事、教育方面的建议和主张，与洪著《资政新篇》有不少相吻合的地方，同样受过欧风美雨浸润的洪仁玕，不仅热烈欢迎容闳为太平天国服务，而且代表太平天国赠给他一个"义"字爵位（按太平军官制，王一等爵，义字四等爵。——容闳原注）。但此后通过和太平天国各阶层人物一个半月深入而广泛的接触，尤其是了解到洪秀全的一些情况后，容闳发现自己的理想在当时的金陵基本上就是空谈，不要说一个"海龟"的建议，即便亲如族弟洪仁玕的《资政新篇》，也被洪秀全束之高阁，况且太平军内部成分不纯，急速走向腐化，已处于危机四伏境地，要指望他们解决中国的社会问题，把中国引向光明的前途，是根本不可能的，继续待在金陵毫无价值。

容闳这次金陵之行，用他自己的话说，就是"本希望遂予夙志，素所主张之教育计划，与夫改良政治之赞助"，满心希望中国大地上能出现一个朝气蓬勃的新政权，以取代满清贵族腐朽不堪的统治。然而让他大失所望的是："曩之对于太平军颇抱积极希望，庶几此新政府者能除旧布新，至是顿悟其全不足恃。"在这种情况之下，容闳"于是不得不变计，欲从贸易入手。以为有极巨资财，则借雄厚财力，未必不可图成"。[2]

容闳此行当然不是毫无所获。洪仁玕发给他的一本特别通行证，就可以保证他在太平天国管辖范围内畅行无阻，对日后从事茶叶生意很有帮助。

次年一月上旬回到上海后，容闳即积极投身商场，在上海、安徽和江西等地经营茶叶生意。他希望早日赚到大量金钱，为实现心中的理想打下牢固的物质基础。

然而经商并不是容闳的长处，也与他的理想和初衷相隔甚远，加之

1《西学东渐记》，湖南人民出版社 1981 年 1 月第 1 版第 50 页。

2《西学东渐记》，第 63 页。

战争年代环境险恶，随时有被抢劫的危险，有一次甚至差点死于土匪的乱刀之下，生命根本无法得到保障，容闳于是不得不重新审视自己的选择，继续寻找实现理想的途径。

他环顾国内，觉得能成大事者，唯有曾国藩一人；只有投靠曾国藩，才有可能实现自己的宏伟计划。恰好友人中有一个叫左桂的人，左桂的结拜兄弟赵烈文又是曾国藩身边的大红人，这就是左桂函托赵烈文推荐容闳的原因。

同治元年五月初三日，在徽州茶商金子香陪同下，容闳果然来到安庆。当天的《能静居日记》是这样记载这件事情的："金子香同广东友人容君淳甫（光照，香山人，通夷言夷字，曾居花旗八年，应其国贡举得隽，去年左孟辛函荐于我，属引见撝帅，故来。——赵烈文原注）来。"[1]

所谓"通夷言夷字，曾居花旗八年，应其国贡举得隽"，是说容闳在美国读了八年书，既会说英语又会写英文，还获得了大学学士学位，如同中国科举时代考取了秀才。

接下来的两天里，《能静居日记》都有赵烈文去见曾国藩的记录。五月初四日："帅以夷事案牍见委，与殳甫（周腾虎）同谒谢。"初五日："谒帅贺节，未进见。"[2]

端午节这天赵烈文之所以没有见上曾国藩，是因为前来贺节的人员实在太多，而曾国藩头一天才正式任命赵烈文为外事秘书，此时尚未住进总督官署，所以当天的曾国藩日记写道："早起，各员弁贺节，止见公馆以内者，余俱不见。"[3]

初七日，赵烈文到容闳和金子香的住地为他俩送行。

由此可以断定，赵烈文向曾国藩推荐容闳的时间是同治元年五月初四日，容闳见曾国藩则是初四至初六日之间。

做出这个判断的另一个根据是：初四日从曾国藩那儿出来后，赵烈文即去找容闳和金子香，一时却没有找着。他显然是去通知容闳见曾国

1《能静居日记》，第 497 页。
2《能静居日记》，第 497 页。
3《曾国藩全集·日记》，第 17 册第 288 页。

藩的。过了不久，与容闳和金子香同住一地的周学濬和李善兰来回拜，他俩却没有同来。朱东安先生说"容闳竟不辞而别，赵烈文苦寻不获"，大概是指这件事。

容闳后来在《西学东渐记》第十三章《与曾文正之谈话》中写道："当时各处军官，聚于曾文正之大营中者，不下二百人，大半皆怀其目的而来。总督幕府中亦有百人左右。幕府外更有候补之官员、怀才之士子，凡法律、算学、天文、机器等等专门家，无不毕集，几于举全国人才之精华，汇集于此。是皆曾文正一人之声望道德，及其所成就之功业，足以吸引之罗致之也。"[1]

容闳在曾国藩大营见到的这些军界头面人物，其中很大一部分是来贺节的。这些人都担负着很重要的工作，平日里不可能围着曾国藩转。他们即使有空闲，经常来也会严重影响和干扰曾国藩大营的工作，所以这种现象只能偶尔出现在传统节日期间。

容闳写到的这一事实，无意中透露了同治元年端午节期间，他确实到过曾国藩大营，后来写作《西学东渐记》，却把此事移到了同治二年（1863）十月。容闳的本意是叙说曾国藩幕府人才之盛，却不料顾此失彼，让人看到了隐藏在文字背后的东西。

第二天是端午节，赵烈文在曾国藩那儿吃了闭门羹之后，即到朋友和同事处走访。在同一时间节点上，他拜访了周学濬、李善兰、容闳和金子香四人。

初七日赵烈文上门送行后，容闳和金子香并没有马上离去。初十日，周学濬和李善兰去上海，赵烈文前去送行，发现容闳和金子香还在那儿。

接下来的一个多月，赵烈文与容闳和金子香不仅常有通信联系，而且从五月二十八日金子香写来的信件，并附送茶叶六包，二十九日赵烈文就能收到，以及六月初四日容闳写来的信件，初五日赵烈文就能收到，且他俩都是派专人送信这些细节看，容闳和金子香显然还在安庆一

1《西学东渐记》，第 74 页。

带活动，估计是因为茶叶生意上的事情。

直到当年九月十七日，赵烈文乘船赴上海料理姐夫周腾虎的后事，于十月二十四日在宝顺洋行见到容闳，才可完全确定他已回到上海。

赵烈文向曾国藩推荐容闳，不仅同治元年五、六月间的《能静居日记》有明确记载，而且同治四年（1865）容闳从美国购买机器回来后，十一月十六日在金陵与赵烈文相见，在当天日记中，赵烈文再次提到了这件事："又有远客容纯甫（光照，夷父、百粤母，余前荐之涤相者。——赵烈文原注），新使米利坚购器回，阅时年半，历地数万里，涉道途景物，娓娓可听。"[1]

除了赵烈文的《能静居日记》，莫友芝也在同治元年五月初九日的日记中写到了容闳："遂过壬叔（李善兰），识容醇甫（光照，香山人）。壬叔谓其曾历海外诸国，读书八年，能解各国语言，方为鬼办茶，将往祁门。"[2]

《莫友芝日记》不仅见证了容闳当年在安庆，而且通过李善兰之口，说出了容闳留在安庆未走，确实是为了茶叶生意。李善兰所说的"鬼"，当然是洋人，容闳他们做的，原本就是茶叶出口生意。

曾国藩写给友人的书信中，也数次提到同治元年容闳来过安庆。

同治元年六月初九日《复桂超万》信中，曾国藩这样写道："丁观察（丁杰）所办硼炮二尊，据禀业抵上海。此物实系军中利器，如中国能自行制造，不特为攻剿发匪（太平军）之用，亦可渐夺洋人之长。第不知张炮师（张斯桂）果能如法铸成否？果与洋人所铸无异否？顷有洋商容光照来皖，言及硼炮之利，亦令赴沪试办，渐次习其作法，或可有成。"[3]

同治二年三月二十七日《复郭嵩焘》信中，曾国藩又写道："容春浦（纯甫，即容闳）上年曾来安庆，鄙意以其人久处泰西，深得要领，欲借以招致智巧洋人来为我用。果其招徕渐多，则开厂不于浦东，不于湘

1《能静居日记》，第 951 页。

2《莫友芝日记》，凤凰出版社 2014 年 3 月第 1 版第 89 页。

3《曾国藩全集·书信》，第 25 册第 363 页。

潭，凡两湖近水偏僻之县，均可开厂。如湘之常、澧，鄂之荆、襄，滨江不乏善地；此间如华若汀（华蘅芳）、徐雪村（徐寿）、龚春海（龚之棠）辈，内地不乏良工。曷与容君熟商，请其出洋，广为罗致？如须赍多金以往，请即谋之少荃（李鸿章），虽数万金不宜吝也。其善造洋火铜冒者，尤以多募为要。"[1]

2　容闳自述入幕经过

同治元年五月容闳主动来安庆求见曾国藩虽是确凿无疑的事实，容闳后来写作《西学东渐记》，却对此事讳莫如深，在他笔下，这件事情仿佛全然没有发生过。

对于自己的入幕经过，容闳是这样叙说的（大意，原文附后）：

同治二年，在九江做生意的容闳，突然收到一封意想不到的信件。信从安徽省城安庆寄来，写信人是六年前在上海认识的熟人，姓张，名斯桂，原在上海做炮舰统带，后到两江总督曾国藩手下做幕僚。信中说他受曾国藩之命，特邀容闳去安庆，还说曾国藩已听人说起容闳，非常希望见到他。容闳立刻陷入困惑之中。他问了自己若干个为什么，如：张斯桂只是个萍水相逢的朋友，分别之后没有联络过，怎么突然想到给我写信？曾国藩是一个大人物，为什么想要召见我？他难道知道我去过金陵，或者是前往太平军辖区收购茶叶的事情传到他耳里，以为我是奸细，想把我召去杀掉？等等。为慎重起见，容闳决定未弄清曾国藩的真实意图之前，暂时按兵不动。于是在回信中感谢总督的盛意，还说总督屈尊邀请他去安庆使自己感到极大幸运和荣耀，只是生意繁忙无法脱身，他日一定拜谒云云。

两个月之后，容闳又收到张斯桂第二封来信，不仅力促他速去安庆，而且附有李善兰一信。李善兰是著名数学家和天文学家，当时也在曾国藩幕府工作，同样是容闳以前在上海结识的朋友。但李善兰的才华

1《曾国藩全集·书信》，第 26 册第 525 页。

和能力更受到容闳的尊重和佩服。在信中，李善兰说他已在曾国藩面前介绍过容闳，说容闳接受过美国良好教育，其人抱负不凡，一直渴望效力政府，使中国繁荣富强起来。信末又说：总督有极为重要的事情委托容闳负责，并说某某和某某（即华蘅芳和徐寿）二君，因为有研究和制造机器方面的特长，也受曾国藩之邀去了安庆，所以李善兰希望容闳能够迅速前往。李善兰的来信不仅打消了容闳所有顾虑，而且他觉得自己以前纯粹是以小人之心度君子之腹。他于是回信说：等忙完这两个月，一定前往安庆拜见总督。

让容闳意想不到的是，不久又收到张斯桂的第三封信和李善兰的第二封信，可见曾国藩想见他的心情是多么迫切。这两封信十分明白坦诚地把曾国藩的想法告诉了容闳，就是要他弃商从政，到自己手下工作。容闳立刻意识到，能有曾国藩这样的权势人物做依靠，自己的教育救国计划不怕实现不了，若再因循不往，必致坐失良机。他于是立刻复信说：衷心感谢总督盛意，我已考虑成熟，决计应召，等手上生意料理完毕就动身。此信发出后，张、李二人果然不再来信相催。

当年九月（这是《西学东渐记》记载的时间，实际上是十月下旬）容闳抵达安庆后，首先与老朋友张斯桂、李善兰、华蘅芳和徐寿相见。他们见到容闳后极感欣慰，说总督自从知道容闳的情况后，半年来一直急切希望见到他，张斯桂和李善兰写信催他赴安庆，也是这个缘故。现在容闳来了，他们的努力没有白费，任务也算完成了。当容闳探询曾国藩急于见他的具体原因时，他们却含笑不语，只说见了总督自然清楚了。

第二天，容闳的名片递进去不到一分钟，曾国藩就传见了他。对于这次见面，容闳有一段精彩描述："寒暄数语后，总督请我坐在他的正对面。他默默地坐着，一直对我微笑着，这样长达几分钟，看样子见到我使他非常愉快。但同时他又以锐利的目光从头到脚打量我，似乎想从我的外表发现什么奇异之处。接着，他又目光炯炯地注视我的双眼，颇让我坐立不安。"

之后他们开始了对话。曾国藩问了容闳出国几年，年岁多少，是否成家，以及愿不愿意带兵打仗，还说容闳"目光威棱，望而知为有胆识之人，必能发号施令，以驾驭军旅"。容闳说他没有军事知识和历练，恐怕担当不起这个重任。事实上这是容闳的一个误解。曾国藩只是想了解他的兴趣爱好和特长，并不真要他领兵打仗。约过半小时，曾国藩即"举茶送客"。

这次见面显然给容闳留下了十分美好的印象。四十多年后写作《西学东渐记》，他不仅说曾国藩是一个意志坚强、果敢明决和具有崇高目标的人，而且十分动情地写道："曾文正之高深，实未可以名位虚荣量之。其所以成为大人物，乃在于道德过人，初不关其名位与勋业也。综公生平观之，后人谥以'文正'，可谓名副其实矣。"

他在书中甚至写下了这种明显具有歌功颂德嫌疑的话语："曾文正为中国历史上最著名人物，同辈莫不奉为泰山北斗。……总文正一生之政绩，实无一污点。其正直廉洁忠诚诸德，皆足为后人模范。故其身虽逝，而名足千古。其才大而谦，气宏而凝，可称完全之真君子，而为清代第一流人物，亦旧教育中之特产人物。"[1]

数日后，曾国藩再次召见容闳。与第一次礼节性见面完全不同，这次曾国藩开门见山，直奔主题："若以为今日欲为中国谋最有益最重要之事业，当从何处着手？"[2]

按照容闳的本意，当然"必以教育计划为答"，因为教育救国是容闳回国时立下的志向，也是最为利国利民的千秋大业。但这几天和张斯桂、李善兰等人朝夕相处之中，朋友们曾经提示过他，说曾国藩目前最关心的事情是在"中国设一西式机器厂"，至于这个厂子的性质，一时却拿不定主意，希望容闳再次见到曾国藩时，能在这方面提些有益的意见和建议。容闳既然了解曾国藩的想法，当然得把教育救国计划搁一搁，而把设立机器厂的事情放在首位。他于是胸有成竹地回答说："当然是尽快建设一个现代化兵工厂。"不过他又解释说："就目前情况来看，中国如果要办兵工厂，应该先办一个普通的、基础性的机器厂，这

1《西学东渐记》，第70至74页。
2《西学东渐记》，第75页。

个机器厂当有制造机器而不是生产具体产品的机器。"换句话说，就是先办一个能够由此派生出许多分厂的母厂，再由各个分厂负责制造所需要的产品。容闳这一建议，完全符合工业生产的客观规律，对于追赶世界潮流、发展中国的军事和民用工业，必将产生积极推动作用。曾国藩听后却谦虚地说："这些事我不甚了了，徐寿和华蘅芳有专门研究，可与他们详细讨论，拿出一个切实可行的办法来。"

大约一星期后，曾国藩即正式任命容闳为相当于五品军功的出洋委员，携款六万八千两白银，到国外采购生产机器的机器。

从以上叙述看来，容闳显然只写了同治二年去安庆的经过。后人正是根据他提供的这一版本，才普遍认定张斯桂和李善兰是容闳进入曾国藩幕府的推荐人。

3 疑团的解开

容闳只字不提同治元年去过安庆一事本就令人费解，更蹊跷的是，当同治二年五月末六月初收到张斯桂第一封来信，说是奉曾国藩之命盛情邀请他赴安庆相见，容闳甚至怀疑曾国藩不怀好意，认为是安庆方面精心设计的一个圈套，目的是引诱其自投罗网，到时会因为自己曾经私通太平军而加害他，直到张斯桂接二连三给他写信并两次附上李善兰来信，反复说明曾国藩诚心诚意邀请他加入自己幕府，没有任何不良企图，容闳这才打消顾虑，下决心赴安庆与曾国藩相见。凡此种种，确实让人疑虑丛生。

《西学东渐记》一书是1909年写成的。书中留下这些疑团，要么是四十多年后容闳记忆不清，要么是有意隐瞒了某些事实。前一种可能性非常小，甚至绝无可能。正因如此，笔者才断定为有意隐瞒。

容闳为什么这么做呢？要回答这一问题，只有从《曾国藩全集》《西学东渐记》和《能静居日记》的文字缝隙中细心梳理，才有可能发现某些蛛丝马迹。

曾国藩虽是求才若渴之人，经赵烈文推荐后，也很快拨冗会见了容闳，但从同治元年六月初九日《复桂超万》信中的用语可知，在端午期间摩肩接踵、多如过江之鲫的求见者中，应接不暇的曾国藩只是把容闳当成一个普通的"洋商"看待，见面交谈后也仅是让他去上海协助制造兵器，并没有把耶鲁高才生和中国第一个获得外国名牌大学学位的海归视为稀世珍宝。商人历来不为中国士林所重视，何况是"洋商"，所以曾国藩初见容闳后也不能例外。出现这种情况虽然让人遗憾，但也完全可以理解，没必要为尊者讳。在耶鲁读书四年，容闳虽然获得了学士学位，也曾打算"延长留学年限，冀可学成专科……拟为将来学习工程之预备"[1]，以便更好报效祖国，但最后毕竟未能如愿，所以容闳哪里懂得兵器制造？再说他也丝毫没有这方面的兴趣。曾国藩的这一态度，自然会让满怀希望而来的容闳产生严重失落感，他后来没有去上海协助制造兵器，而是继续打理自己的生意，也就理所当然。

另外正如前文所写，容闳是同治元年五月初三日到达安庆的。第二天，赵烈文即向曾国藩做了引荐。再过两天，也就是五月初七日，赵烈文即登门为他送行。由此也可看出，容闳这次安庆之行，确确实实未受重视，甚至称得上被轻易打发。他最后失望而归，并在以后羞于提及此事，也就完全可以理解，否则真没办法解释这件事。

至于一年后突然接到张斯桂的邀请信，容闳下意识怀疑曾国藩会加害自己，则正如他在《西学东渐记》中所写的那样，是害怕曾国藩知道了自己曾经私通太平军这件事："予前赴南京，识太平军中渠帅。后在太平县，向革军购茶，岂彼已有所闻欤？忆一年前湘乡（曾国藩）驻徽州，为太平军所败，谣言总督已阵亡（即咸丰十年八月李元度大意失徽州之后，曾国藩孤守祁门、一日数险）。时予身近战地，彼遂疑予为奸细，欲置予于法，故以甘言相诱耶？"[2]

可见同治元年五月去见曾国藩时，容闳有意隐瞒了这一"严重政治问题"。但纸终究是包不住火的，所以第二年曾国藩突然派人写信找他，容闳自然而然会后怕。在容闳看来，曾国藩如果不是"甘言相

1《西学东渐记》，第 23 页。

2《西学东渐记》，第 69 页。

诱"，对自己的态度怎么会突然由"冷"变"热"呢？

其实，曾国藩的态度发生一百八十度大转弯，是因为到了同治二年三月二十七日给郭嵩焘写信时，曾国藩迫于镇压农民起义和抵抗外来侵略的需要，走上了自办军事工业之路，在安庆设立了中国近代第一家兵工厂安庆军械所。为了扩大兵工厂规模，他准备大量"招致智巧洋人来为我用"。在这种情况之下，他自然会想起容闳这个有着特殊留学背景并对外国情况十分了解，却曾经被自己忽视甚至怠慢过的人，从而指示在上海做道员的郭嵩焘尽快联系容闳，与他"熟商"出国招募人才事宜。购买外国机器则是当年十月曾国藩与容闳见面交谈后，听取了容闳建议后决定的，这在前一节文字中已有详细描述。这一事实也充分说明，对于学习和引进西方科学技术人才及设备，曾国藩的认识确有一个不断加深的过程。

曾国藩显然认为容闳就在上海，实际上他早已去了九江，充当某茶叶公司的经理人，半年后又辞职，自己单独做生意。因为郭嵩焘与容闳不熟，加之他也很快离开上海，先后赴任两淮盐运使和广东巡抚，所以最后只能由他人负责联系。这便是曾国藩向郭嵩焘发出指示，结果由认识容闳的张斯桂写信联系的原因所在。由此可见，张斯桂确实是奉命而行。

关于这一点，《西学东渐记》引述的张斯桂来信用语，也是说得清清楚楚的："彼（张斯桂）自言承总督之命，邀余至安庆一行，总督闻余名，亟思一见，故特作此书云。"[1]

另外，据《西学东渐记》记载，同治二年十月容闳第二次抵达安庆，与张斯桂、李善兰、华蘅芳和徐寿等老朋友相见，张斯桂等人极感欣慰，"谓总督自闻予历史后，此六阅月之内，殆无日不思见予一面"。接着写道："张、李二君之连发数函，亦即以此。今予既至，则彼等之劝驾已为有效，推毂之力，当不无微劳足录云。"[2]

在文中，容闳使用的"劝驾"和"推毂"二词，可谓极为精准。所

---

[1]《西学东渐记》，第69页。
[2]《西学东渐记》，第72页。

谓"劝驾"，就是劝人任职或做某事之意；所谓"推毂"，就是推动车轮轴使车前进之意。

由此可见，容闳的情况曾国藩早就知道，张斯桂和李善兰无非是奉曾国藩之命，负责联系并督促他早日来安庆而已，他们自己并没有以推荐者自居。后人不知其中内幕，又没有认真推敲《西学东渐记》中的某些关键用词，便被容闳的表面说法所迷惑，认为张斯桂和李善兰是推荐人，这是不确切的。

另外，同治二年五月二十一日曾国藩日记写到的一个事实，也不能轻易忽略："又李壬叔（李善兰）带来二人，一张斯桂，浙江萧山人，工于制造洋器之法；一张文虎，江苏南汇人，精于算法，兼通经学、小学。"[1]

李善兰和张斯桂此时赶来安庆，是郭嵩焘要他们来落实联系容闳的事情，还是奉曾国藩之命来安庆军械所工作呢？此事虽因史料缺乏无法考证，但有一点是可以肯定的：张斯桂从安庆写给容闳的第一封信，绝对不会早于同治二年五月二十一日。当年三月二十七日，曾国藩就指示郭嵩焘联系容闳，张斯桂第一次见到曾国藩，却晚了将近两个月，容闳不是张斯桂推荐的，也就显而易见了。

张斯桂是奉命而行，李善兰就更不是推荐人，真正向曾国藩推荐容闳的是赵烈文和左桂，其中赵烈文是直接推荐人，左桂是间接推荐人，也可称之为牵线人。

由于联系过程颇费周折，接到张斯桂来信后容闳又犹豫拖延了一段时间，所以等到容闳第二次来安庆面见曾国藩，已经是同治二年十月下旬。本月二十三日曾国藩日记明确记载了这件事："李壬叔（李善兰）、容纯甫（容闳）等坐颇久。容名光照，一名宏（闳），广东人，熟于外洋事，曾在花旗国寓居八年，余请之至外洋购买制器之器（制造机器的机器），将以二十六日成行也。"[2]

此后，"制器之器（有时也称"造器之器"）"这个新名词，便常常出

1《曾国藩全集·日记》，第 17 册第 431 页。
2《曾国藩全集·日记》，第 17 册第 479 页。

现在曾国藩笔下。

4　容闳不写第一次去安庆的经历或许是为了感恩

除了面子上的原因，容闳有意隐瞒第一次到安庆求见曾国藩一事，还可能含有感恩的因素。

读过《西学东渐记》的人都会知道，容闳对曾国藩的评价是非常高的，对于曾国藩的知遇之恩，字里行间更是充满感激之情。从容闳这方面来说，学成回国后处处碰壁，事事不如意，看不到前途和希望，后来受知于曾国藩，才始得展其抱负，如今回忆往事，感慨万端，对曾国藩怀揣感恩之心，也就完全可以理解。这种感恩虽然带有浓厚的个人感情色彩，但毫无疑问出乎真情。正因为出乎真情，所以容闳如果如实写出第一次到安庆的经历和感受，势必有损曾国藩的高大形象，因为在人们的心目中，曾国藩是个既爱才惜才又有知人之明之人，对于容闳这个主动前来投靠的特殊人才，怎么会轻易拒之门外呢？于是不管出于为尊者讳的需要，还是便于表达内心深处对曾国藩的由衷感激之情，容闳下笔时都不能不有所顾忌，并对某些内容加以割弃，否则很难自圆其说。当然，这仅是笔者的一家之言，纯属揣测之词，读者完全可以有不同看法。

不过笔者还是很想说一句：容闳有意不写第一次去安庆的经历，如果确有感恩因素在其中，那么也是多余的，因为与人才失之交臂或者说用人失误之处，在曾国藩身上并不是没有发生过。正因如此，所以咸丰七年（1857）左宗棠给胡林翼写信，回答如何才能得到人才的咨询时，才会这样说曾国藩："曾涤生（曾国藩）尝叹人才难得，吾窃哂之。涤问其故？吾曰：君水陆万余人矣，而谓无人，然则此万余人者无可用乎？……现在湘省所用，皆涤公用之而不尽（不能用尽其才），或吐弃不复召者（或弃而不用），迨湘省用之而效，涤又往往见其长而欲用之矣。然则涤之弃才不已多乎。（等到湖南方面任用了这些人并取得良好效果，曾国藩又觉得他们确实是人才而想重新使用，他究竟遗弃了多少人才，不是不言而喻吗？）"[1]

当时甚至还流传过这样的笑话：只要听说是曾国藩遗弃的人，左宗棠无不加以重用。也就是说，凡是曾国藩看不上的人，在左宗棠眼中都是难得的人才。性好争强好胜又事事与曾国藩对着干的左宗棠，这样做或许失之偏颇，但后来的事实确实证明了，被曾国藩遗弃的人中确有许多人才，否则左宗棠的事业怎能做得风生水起？为此，曾国藩好友欧阳兆熊特意举了李楚材的例子说明这个问题。他说，湖南衡阳人李楚材，原来是太平军小头目，后在曾国藩营中带勇，有一次奉命增援湖州，刚到三天，湖州就陷落了。据他自称，昏暗之中偷偷越过十几座敌营，终于摸到了湖州城墙底下。曾国藩见他说话不在调上，就撤销了他的部队编制。欧阳兆熊说李楚材身怀数项绝技，是个难得的人才，但曾国藩就是不肯再用此人。无奈之下，李楚材只好求欧阳兆熊写封介绍信，打算到左宗棠营中效力。欧阳兆熊说，不需要写什么介绍信，见了左宗棠，只要说曾国藩不用自己，他马上就会用你。李楚材如法炮制，左宗棠果然将其收入帐下，"令统四营，颇立战功"[2]。

左宗棠专用曾国藩不用之人，如果说确有意气夹杂其间，那么赵烈文这个活生生的例子，其亲身遭遇就足以说明，曾国藩这个有知人之明的人，有时确实会被自己的情绪或成见所左右，从而对前来投效的人才加以忽视或怠慢。如经周腾虎推荐后，曾国藩派人携重金专程赴江苏招聘赵烈文，赵烈文进了曾国藩幕府后，却因一言不合使得曾国藩老大不高兴，赵烈文也因此离营而去。后来如果不是机缘巧合，曾国藩和赵烈文肯定也会失之交臂。[3]

对于特殊政策招来的特殊人才，都可能被曾国藩轻易打发，其他前来投效的人，仅与曾国藩见面交谈一次，就能得到所希望的结果？回答是绝对不可能的。所以说，容闳如果有为尊者讳的想法，的确是多虑了。

1《左宗棠全集·书信》，第 10 册第 197 至 198 页。

2《水窗春呓》，第 6 至 7 页。

3《太平天国史料丛编简辑》，第 62 页。

但不管怎么说，容闳最终能够进入曾国藩幕府，此事本身就足以证明曾国藩是个求才若渴之人。他们的旷世奇缘和其间所经历的波折，与发生在刘备和诸葛亮身上的"三顾茅庐"故事有点相像，用鱼之求水、鸟之求木、穷之求财、饥之求食来比喻，一点都不为过。若用曾国藩自己的话说，则是："求人之道，须如白圭之治生，如鹰隼之击物，不得不休。"[1] 其表现确实令人钦敬。这就难怪容闳后来对曾国藩佩服得五体投地，感动得一塌糊涂了。

5 事业高于一切

其实，当时还有一个严峻事实，容闳可能不知情，否则他对曾国藩更会崇敬得无以复加。这虽是题外话，但笔者还是觉得有说说的必要。

据容闳自己叙述，当他结束与曾国藩的晤谈之后，只过一星期（实际上只有两三天，这在同治二年十月二十三日的曾国藩日记中写得很清楚：十月二十三日结束晤谈，二十六日容闳成行），就得到两份正式文件，一份是出国购办机器的委任状，一份是授予五品军功（虚衔）的任职书。此外还有两张领款凭证，共计六万八千两白银，一半领于上海道，一半领于广东藩司（布政使司）。

为什么要去上海和广东提款呢？这是因为安庆没有钱，需要上海和广东先垫付。原来两年前决定派兵援沪时，已说好上海每月必须给湘军十万两白银的协饷；广东则是清政府去年同意了曾国藩的请求，让他在当地开辟饷源，征收厘金。所以说，这些钱都是湘军应得之款，现在一时急需先提用而已。

据《曾国藩全集·书信》记载，十月二十五日，曾国藩分别给江苏巡抚李鸿章和两广总督毛鸿宾写了信，请他们"于解皖厘金项下"，筹拨库平银交给容闳使用。可见容闳所写一点不虚。[2]

这一年多间，曾国藩与容闳共见过三次面，其中同治元年五月一

1《曾国藩全集·书信》，第23册第663页。

2《曾国藩全集·书信》，第27册第247页。

次，同治二年十月两次，谈话时间加起来不会超过三个小时，就决定让容闳携带巨款出国购办机器，除了曾国藩，还有谁能有如此气魄和胆量？说曾国藩疑人不用、用人不疑都显得轻了些，好像既没有完全说到位，又想不出更恰当的词句来表达。

然而这还不是最感动人的地方。真正让人感慨万端的是：这六万八千两白银是湘军的活命钱，是曾国藩硬从牙缝里挤出来的！他宁愿长期拖欠湘军工资，甚至让金陵前线的官兵喝稀饭充饥，饿肚子打仗，也要把外国先进机器买回来。什么是事业高于一切？这就是。

原来进入同治元年以后，清朝与太平天国的生死搏斗到了最后关键阶段，湘军也遭遇了前所未有的军饷危机。当时需要曾国藩供饷的部队有七八万之多，按一万官兵开支六万两银子计算，每月至少需要四五十万两银子，但当时能够靠得住的进款，只有江西的十余万两厘金。部队工资发不出，只好欠着，到同治元年二月中旬，鲍超的霆军官兵，工资仅发至去年六月二十一日，曾国荃的吉字营官兵，工资仅发至去年六月初，长者欠饷八个多月，短者也欠饷五个月。湘军不仅长期拖欠官兵工资，而且连伙房买米的钱都拿不出，经常面临断炊危险。而由于曾国藩统领的部队越来越多，军饷开支越来越大，所以到同治二年四月二十七日曾国藩向朝廷《密陈近日大江南北军情及饷缺兵逃大局决裂可虞片》时，部队欠饷"多者十五个月，少亦七八个月"，致使士兵纷纷逃离，仅鲍超的霆军，不久前在枞阳登岸后，一次就逃去一千余人，这是曾国藩带兵九年来从未发生过的现象。[1]

当时在曾国荃大营帮助工作的赵烈文，后来给朋友回信，就写下了这些触目惊心的文字："勇丁每月所领，不及一旬之粮，扣除米价等项，零用一无所出。兼之食米将尽，采办无资，勇夫食粥度日，困苦万状。"士兵们每月只能领到十天伙食钱，所以只能喝粥度日，零用钱一文都没有。"若再过月余，并粥俱无，则虽兄弟子侄，亦不能责其忍死奉法。每念及此，不觉通身汗下。"[2]

1《曾国藩全集·奏稿》，第 6 册第 142 页。
2《能静居日记》，第 743 至 744 页。

正是在这种极端困难的情况下，曾国藩才厚着脸皮，于同治元年三月初八日递上《遵旨议复请派员督办广东厘金折》，奏请派遣钦差大臣赴广东征收厘金、筹集军饷。朝廷同意了曾国藩奏请，派都察院副都御史晏端书专办粤厘。

可令曾国藩大失所望的是，由于广东受战事影响较轻，当地人为战争筹款的积极性不高，其中绅商反对尤为激烈，加之两广总督劳崇光遇事退避甚至有意刁难，为人随和的晏端书办事缩手缩脚不敢得罪人，致使广东厘金一波三折，开征数月，所得无几。

曾国藩大为恼火，发了疯一样连上弹章，将两广总督劳崇光、广东巡抚黄赞汤、布政使文格以及办事不得力的晏端书先后驱逐，代之以曾国藩集团骨干成员毛鸿宾、郭嵩焘和李瀚章出任广东督抚和布政使（先任按察使），这才使得广东厘金日有起色并大收实效。

劳崇光是曾国藩的大恩人，黄赞汤在曾国藩最困难时给予过真诚支持，晏端书是曾国藩的同科进士，文格是曾国藩在湖南帮办团练期间的同事，他们与曾国藩要么有特殊交情，要么有特殊关系，但为了得到广东厘金，曾国藩竟然完全不顾，统统得罪！如果不是穷得太厉害，哪会做出这种翻脸如翻书之事！

也是因为钱的事，同治二年以后，曾国藩与江西巡抚沈葆桢的关系越闹越僵，直至最终闹翻；与左宗棠的关系也暗流涌动，颇不平静，他们最后撕破脸皮，幼天王逃走之事只是一根导火索而已。

同样是因为钱的事，曾氏兄弟与李鸿章也经常面和心不和，有一次如果不是赵烈文从中斡旋，曾国荃差点让用变质霉米抵扣协饷的李鸿章下不来台。[1]

可是困难再大，形势再严峻，与同事、朋友和部属的关系再紧张，为了扩大和完善兵工厂体系，尽快建设现代化兵工企业，造出先进的军火，曾国藩还是勒紧裤带，咬紧牙关，义无反顾地拨出巨款，让容闳出国采购一批能够完成机械加工的先进设备。容闳如果知道内中详情，能

---

[1]《能静居日记》，第 792 页。

不崇敬之至和感动莫名吗?!

　　所以对于容闳来说，能够进入曾国藩幕府，能够在他手下服务，确实是人生之大幸，也是事业最终取得成功的坚实基础。后来容闳果然如自己所希望的那样，既找到了一个理想归宿，也使得"西学东渐"计划有了实现的可能。他所办成的两件大事，一件是在中国建成了第一个技术装备完整的机器厂——江南制造总局，另一件是在中国组织了第一批官费留学生出洋——一百二十名幼童分四年赴美留学，均被称为中国办"洋务"的大事业，容闳本人也因此被誉为中国近代化的卓越先驱而彪炳史册。

　　容闳和曾国藩，真可谓相辅相成、相得益彰。

6　附录:《西学东渐记》原文（节选）

　　一八六三年，余营业于九江。某日，忽有自安徽省城致书于余者，署名张世贵（张斯桂）。张宁波人，余于一八五七年于上海识之，当时为中国第一炮舰之统带。该舰属上海某会馆者，嗣升迁得入曾文正幕中。余得此书，意殊惊诧。盖此人于我初无若何交谊，仅人海中泛泛相值耳。地则劳燕，风则马牛，相隔数年，忽通尺素，而书中所言，尤属可疑。彼自言承总督之命，邀余至安庆一行，总督闻余名，亟思一见，故特作此书云。当时总督为曾公国藩，私念此大人物者，初无所需于予，急欲一见胡为？予前赴南京，识太平军中渠帅。后在太平县，向革军购茶，岂彼已有所闻欤？忆一年前湘乡（曾国藩）驻徽州，为太平军所败，谣言总督已阵亡。时予身近战地，彼遂疑予为奸细，欲置予于法，故以甘言相诱耶？虽张君为人，或不至卖友，然何能无疑。踌躇再三，拟姑复一函，婉辞谢却。余意暂不应召，俟探悉文正意旨，再决从违。故余书中，但云辱荷总督宠召，无任荣幸，深谢总督礼贤下士之盛意；独惜此时新茶甫上市，各处订货者多，以商业关系，一时骤难舍去，方命罪甚，他日总当晋谒，云云。

　　两阅月后，张君之第二函至，嘱予速往，并附李君善兰（即壬叔。——容闳原注）一书。李君亦予在沪时所识者。此君为中国算学大家，曾助伦敦传道会中教士惠来（Rev. Wiley）翻译算学书甚夥。中有微积学，即予前在耶路大学二年级时，所视为畏途，而每试不能及格者也。予于各科学中，惟算学始终为门外汉，此予所不必深讳者。李君不仅精算学，且深通天文，此时亦在曾文正幕府中，因极力揄扬予于文正，谓曾受美国教育，一八五七年赖予力捐得巨款赈饥。且谓其人抱负不凡，常欲效力政府，使中国得致富强。凡此云云，来书中皆详述之。书末谓总督方有一极重要事，欲委予专任，故劝驾速往。并谓某某二君（即华蘅芳和徐寿），以研究机器学有素，今亦受总督之聘，居安庆云。

予得此书，疑团尽释，知前此之浅之乎测丈夫也。遂复书，谓更数月后，准来安庆。乃曾文正欲见予之心甚急，七月间予复得张君之第三函及李君之第二函。两函述文正之意，言之甚悉。谓总督欲予弃商业而入政界，居其属下任事。予初不意得此机缘，有文正其人为余助力，予之教育计划当不患无实行之时。若再因循不往，必致坐失事机。乃立复一书，谓感总督盛意，予已熟思至再，决计应召来安庆。惟经手未完事件，必须理楚。种种手续，当需一月之摒挡。最迟至八月间，必可首途矣。此书发后，张、李二君遂不复来书相催。是为予预备入政界之第一步。

曾文正为中国历史上最著名人物，同辈莫不奉为泰山北斗。太平军起事后，不久即蔓延数省。曾文正乃于湖南招练团勇，更有数湘人佐之。湘人素勇敢，能耐劳苦，实为良好军人资格，以故文正得练成极有纪律之军队。佐曾之数湘人，后亦皆著名一时，尝组织一长江水师舰队，此舰队后于扬子江上，大著成效。当时太平军蔓延于扬子江两岸，据地极广。而能隔绝其声援，使之首尾不相顾者，则舰队之功为多也。不数年，失陷诸省，渐次克复。太平军势力渐衰，范围日缩，后乃仅余江苏之一省，继且仅余江苏一省中南京一城。迨一八六四年，南京亦卒为曾文正军队所克复。平定此大乱，为事良不易。文正所以能指挥若定，全境肃清者，良以其才识道德，均有不可及者。当时七八省政权，皆在掌握。凡设官任职、国课军需，悉听调度，几若全国听命于一人。顾虽如是，而从不滥用其无限之威权。财权在握，绝不闻其侵吞涓滴以自肥，或肥其亲族。以视后来彼所举以自代之李文忠（李鸿章），不可同日语矣。文忠绝命时，有私产四千万以遗子孙。文正则身后萧条，家人之清贫如故也。总文正一生之政绩，实无一污点。其正直廉洁忠诚诸德，皆足为后人模范。故其身虽逝，而名足千古。其才大而谦，气宏而凝，可称完全之真君子，而为清代第一流人物，亦旧教育中之特产人物。是即一八六三年秋间，予得良好机缘所欲往谒者也。

予既将九江商业结束后，遂乘民船于九月间抵安庆，径赴文正大营，得晤故人张世贵（张斯桂）、李善兰、华若汀（华蘅芳）、徐雪村（徐寿）等。此数人皆予上海旧交相识，见予至，意良欣慰。谓总督自闻予历史后，此六阅月之内，殆无日不思见予一面。张、李二君之连发数函，亦即以此。今予既至，则彼等之劝驾已为有效，推毂之力，当不无微劳足录云。予问总督之急欲见予，岂因予以中国人而受外国教育，故以为罕异，抑别有故欤？彼等咸笑不言，第谓君晤总督一二次后，自能知之。予察其状，似彼等已知总督之意，特故靳不以告予。或者总督之意，即彼等所条陈，未可知也。

抵安庆之明日，为予初登政治舞台之第一日。早起，予往谒总督曾公。刺入不及一分钟，阍者立即引予入见。寒暄数语后，总督命予坐其前，含笑不语者约数分钟。予察其笑容，知其心甚忻慰。总督又以锐利之眼光，将予自顶及踵，仔细估量，似欲察予外貌有异常人否。最后乃双眸炯炯，直射予面，若特别注意于予之二目者。予自信此时虽不至忸怩，然亦颇觉坐立不安。已而总督询予曰："若居外国几何年矣？"予曰："以求学故，居彼中八年。"总督复曰："若意亦乐就军官之职否？"予答曰："予志固甚愿为此，第未习军旅之事耳。"总督曰："予观汝貌，决为良好将材。以汝目光威棱，望而知为有胆识之人，必能发号施令，以驾驭军旅。"予曰："总督奖誉逾恒，良用惭悚。予于从军之事，胆或有之，独惜无军事上之学识及经验，恐不能副总督之期许耳。"

文正问予志愿时，予意彼殆欲予在其麾下任一军官以御敌。后闻予友言，乃知实误会。总督言此，第欲探予性情近于军事方面否耳。及闻予言，已知予意别有所在，遂不复更言此事。后乃询予年事几何？曾否授室？以此数语，为第一次谈话之结束。计约历三十分钟。语毕，总督即举茶送客。予亦如礼还报，遂兴辞出。举茶送客，盖中国官场之一种礼节。凡言谈已尽，则举杯示意，俾来客得以兴辞也。予既出，归予室。关怀之旧友，咸来问讯，细询予见总督时作何状。予详告之，诸友意颇愉快。

余见文正时为一八六三年，文正已年逾花甲（实为五十三岁），精神奕然，身长约五尺八九英寸，躯格雄伟，肢体大小咸相称。方肩阔胸，首大而正，额阔且高。眼三角有棱，目眦平如直线。凡寻常蒙古种人，眼必斜，颧骨必高。而文正独无此，两颊平直，髭髯甚多，鬓鬈直连颊下，披覆于宽博之胸前，乃益增其威严之态度。目虽不巨，而光极锐利，眸子作榛色，口阔唇薄，是皆足为其有宗旨有决断之表证。凡此形容，乃令予一见即识之不忘。

文正将才，殆非由于天生，而为经验所养成者。其初不过翰林，由翰林而位至统帅，此其间盖不知经历几许阶级，乃克至此。文正初时所募之湘勇，皆未经训练之兵。而卒能以此湘军，克敌致果，不及十年而告成。当革军势力蔓延之时，实据有中国最富庶之三省。后为文正兵力所促，自一八五〇年至一八六五年，历十五年之凤患，一旦肃清，良非细故。溯自太平军起事以来，中国政府不特耗费无数金钱，且二千五百万人民之生命，亦皆牺牲于此政治祭台之上。自此乱完全肃清后，人民乃稍稍得喘息。中国之得享太平，与满政府之未被推翻，皆曾文正一人之力也。皇太后以曾文正功在国家，乃锡以爵位，为崇德报功之举。然曾文正之高深，实未可以名位虚荣量之。其所以成为大人物，乃在于道德过人，初不关其名位与勋业也。综公生平观之，后人谥以"文正"，可谓名副其实矣。

今更回述予在安庆之事。当时各处军官，聚于曾文正之大营中者，不下二百人，大半皆怀其目的而来。总督幕府中亦有百人左右。幕府外更有候补之官员、怀才之士子，凡法律、算学、天文、机器等等专门家，无不毕集，几于举全国人才之精华，汇集于此。是皆曾文正一人之声望道德，及其所成就之功业，足以吸引之罗致之也。

文正对于博学多才之士，尤加敬礼，乐与交游。予来此约两星期，在大营中与旧友四人同居，长日晤谈，颇不寂寞。一日，予偶又询及总督招予入政界之意。诸友乃明白告予，谓彼等曾进言于总督，请于中国设一西式机器厂，总督颇首肯，议已成熟，惟厂之性质若何，则尚未决定耳。某夕诸友邀予晚餐，食际即以此机器厂问题为谈论之资。在座诸君，各有所发表，既乃询予之意见。盖诸友逆知总督第二次接见予时，必且垂询及此，故欲先知予之定见若何也。

予乃告之曰："予于此学素非擅长，所见亦无甚价值。第就予普通知识所及，并在美国时随时观察所得者言之，则谓中国今日欲建设机器厂，必以先立普通基础为主，不宜专以供特别之应用。所谓立普通基础者无他，即由此厂可造出种种分厂，更由分厂以专造各种特别之机械。简言之，即此厂当有制造机器之机器，以立一切制造之基础也。例如今有一厂，厂中有各式之车床、锥、锉等物；由此车床、锥、锉，可造出各种根本机器；由此根本机器，即可用以制造枪炮、农具、钟表及其他种种有机械之物。以中国幅员如是之大，必须有多数各种之机器厂，乃克敷用。而欲立各种之机器厂，必先有一良好之总厂以为母厂，然后乃可发生多数之子厂。既有多数子厂，乃复并而为一，通力合作。以中国原料之廉，人工之贱，将来自造之机器，必较购之欧美者价廉多矣，是即予个人之鄙见也。"诸友闻言，咸异常欣悦。谓愿予于总督询及此事时，亦能如是以答之。

数日后，总督果遣人召予。此次谈论中，总督询予曰："若以为今日欲为中国谋最有益最重要之事业，当从何处着手？"总督此问，范围至广，颇耐吾人寻味。设予非于数夕前与友谈论，知有建立机器厂之议者，予此时必以教育计划为答，而命之为最有益最重要之事矣。今既明知总督有建立机器厂之意，且以予今日所处之地位，与总督初无旧交，不过承友人介绍而来；此与予个人营业时，情势略有不同，若贸然提议予之教育计划，似嫌冒昧。况予对于予之朋友，尤当以恪守忠信为惟一之天职。予胸中既有成竹，故对于此重大问题，不至举止失措。以予先期预备答辞，能恰合总督之意见，欲实行时即可实行也。于是予乃将教育计划暂束之高阁，而以机器厂为前提。予对总督之言，与前夕对友所言者略同，大致谓应先立一母厂，再由母厂以造出其他各种机器厂。予所注意之机器厂，非专为制造枪炮者，乃能造成制枪炮之各种机械者也。枪炮之各部，配合至为复杂；而以今日之时势言之，枪炮之于中国，较他物尤为重要，故于此三致意焉。总督闻言，谓予曰："此事予不甚了了，徐、华二君研此有素，若其先与二君详细讨论，后再妥筹办法可耳。"

予辞出后，即往晤诸友。诸友亟欲知予此谈之结果，闻予所述情形，咸极满意。自此次讨论后，诸友乃以建立机器厂之事，完全托付于予，命予征求专门机器工程师之意见。二星期后，华君若汀告予，谓总督已传见彼等四人，决计界予全权，先往外国探询专门机器工程师，调查何种机器于中国最为适用。将来此种机器应往何国采购，亦听予决定之。

建立机器厂之地点，旋决定为高昌庙。高昌庙在上海城之西北约四英里，厂地面积约数十亩。此机器厂，即今日所称"江南制造局"，其中各种紧要机器工程，无不全备者也。自予由美国采购机器归国以来，中国国家已筹备千百万现金，专储此厂，鸠工制造，冀其成为好望角以东之第一良好机器厂。故此厂实乃一永久之碑，可以纪念曾文正之高识远见。世无文正，则中国今日，正不知能有一西式之机器厂否耶。

自予与曾督第二次晤谈，一星期而有委任状命予购办机器，另有一官札授予以五品军功。军功为虚衔，得戴蓝翎。盖国家用兵，以此赏从军有功之人，为文职所无。文职官赏戴花翎，必以上谕颁赐，大员不得随意赏其僚属。又有公文二通，命予持以领款。款银共六万八千两，半领于上海道，半领于广东藩司。余筹备既毕，乃禀辞曾督，别诸友而首途。[1]

1《西学东渐记》，第69至77页。

7　立此存照——作者附记

之所以将《西学东渐记》中的这段原文附录在此，是因为刘禺生在《世载堂杂忆》里写了这么件事："侍王府在城南，过秦淮河。府中有三老人，称为中国年高有大学问者，最为王所礼遇。其一南京上元人梅先生曾亮，称为古文大家，年殆七十左右，出入王必掖之。随侍王见梅老先生一次，先生垂问美国学术、人情、风俗甚悉，白须方袍，盎然有道翁也。其二为安徽包先生，称为中国书法第一人，曾写对联一副赠予。其三为湖南魏先生，通达中外地理，予未得见。"[1]

"梅先生"是梅曾亮，"包先生"是包世臣，"魏先生"是魏源。

这是光绪二十七年（1901）刘禺生寓居香港时，亲耳听他的老师容闳说的。容闳还告诉刘禺生："归国抵上海，适忠王李秀成奄有苏、常，由忠王部下推荐于王。又闻王弟侍王李侍贤（应为李世贤），颇能礼贤下士，乃由上海经苏、常抵南京，见侍王。"[2]

正因为容闳在天京（南京）太平军中待过一个多月，所以刘禺生听了容闳的叙述后，一点也不怀疑其真实性，就照实写进自己的书中。

其实只要稍做考证，就会发现容闳的说法完全信不得。

容闳说他是太平军占领常州和苏州之后，由太平天国忠王李秀成的部下推荐给李秀成，然后听说李秀成弟弟李世贤礼贤下士，于是特意从上海去了南京侍王府，而太平军打下常州和苏州的时间，分别是咸丰十年（1860）四月初六日和十三日。另外，容闳的回忆录《西学东渐记》，也明确记载他去南京的时间是当年十一月。然而《清史列传》卷七十三记载说：包世臣去世于咸丰五年（1855），梅曾亮去世于咸丰六年（1856），这是铁板钉钉的事实，从未受到过质疑。既然如此，那么咸丰十年十一月之后，容闳怎么能在南京见到梅曾亮和包世臣？包世臣又怎能写对联送给他？梅曾亮又怎能向他询问美国学术、人情和风俗？

1《世载堂杂忆》，第 111 页。

2《世载堂杂忆》，第 111 页。

这不是活见鬼吗?! 另外魏源于咸丰七年（1857）三月初一日在杭州去世，这也是铁板钉钉的事实，容闳没在南京见到他，此句倒是人话。

另据太平天国资料记载，李世贤封为侍王，是在咸丰十年以后，梅曾亮、包世臣和魏源均死于三到五年之前，那时别说李世贤还是太平军中小头目，就是他哥哥李秀成，也是"至金陵七八年后始封伪王"[1]。这是李秀成被俘后亲口对赵烈文说的，自然不会有假。既然如此，梅、包、魏三位老人生前，怎么可能在侍王府得到李世贤礼遇？可见容闳有关太平天国侍王府中有梅、包、魏三位老人的说法，完全凭空捏造，纯粹无中生有。

在《西学东渐记》中，容闳有意隐瞒同治元年五月去安庆主动拜见曾国藩一事，其动机如果尚能理解的话，那么面对诚惶诚恐奉自己为师的年轻人，他也忍心说谎，这种行为就完全不应该，也绝对不可原谅了。容闳如此喜欢卖弄，这使我很自然会想：他晚年撰写的由英文翻译过来的自传性作品《西学东渐记》，字里行间虽然洋溢着爱国思想，有些内容的真实性却不能不让人产生怀疑。我又没有能力一一核实书中所写内容，唯一可行的办法就是"立此存照"，原封不动地将有关原文附录于后，日后即使发现我写的文字与事实有出入，也好让容闳的原文出来作证：除了赵烈文向曾国藩推荐了容闳是我的考证成果，其他都是严格按照容闳的叙述撰写的啊！

1《能静居日记》，第804页。

薛福成：书生谋国的杰出代表

光绪十六年（1890）正月十二日早晨，法国"伊拉瓦第"号轮船从上海起碇远航，于上午十时左右缓缓驶出吴淞口，然后奔向大海。一位五十出头的晚清官员凭栏而立，凝视着渐渐远去的城市，心潮澎湃，激荡起伏。他，就是先后做过曾国藩和李鸿章幕僚，后来成为晚清杰出外交家的薛福成。

1 特殊历练造就特殊人才

清政府派出的第一个驻外使节是出使英国的郭嵩焘，时间为光绪二年（1876）。从这时起，晚清政府便陆续派出驻外使节，薛福成即为其中之一。他于光绪十五年（1889）四月十六日奉出使英国、法国、意大利、比利时四国之命，光绪十六年正月十一日晚登舟，十二日出行，四年后离任回国，于光绪二十年（1894）五月二十八日回到上海，不久病逝。

薛福成担任大使时间并不长，却被公认为晚清政府派出的驻外使节中的佼佼者，舆论普遍将他与郭嵩焘、曾纪泽并列为"三星使"。

薛福成去世后，李鸿章深感痛惜，以为其才未尽其用，于是奏称："曾纪泽、洪钧、刘瑞芬，并经出使外洋，著有勤劳，惟薛福成奉使绩效，亚于曾纪泽，过于洪钧、刘瑞芬。"钱基博写作《薛福成传》，据此总结说："数十年来，称使才者，并推薛、曾。"薛就是薛福成，曾就是曾纪泽。[1]

薛福成能够成为晚清杰出外交家，与他博学多通，娴熟洋务，关注国际大事，精习西洋地势制度虽然分不开，但也与他长期在曾国藩和李鸿章幕府工作，尤其是在协助李鸿章办理洋务中得到全面锻炼不无关系。薛福成在他将近三十年的政治生涯中，有十六七年是在曾国藩和李鸿章幕府度过的。在此期间，他不仅经常就外交问题上书言事，而且许多次直接参与处理涉外事务，积累了丰富的外事经验，掌握了一套与洋人打交道的方法。

同治八年（1869），全国各地教案不断发生，尤其贵州和四川相继发生教案之后，洋人不仅以武力进行恫吓，而且"复驶兵船溯江西上"。尚在曾国藩幕府工作的薛福成，愤然写出《上李伯相论西人传教书》，呈给前往成都和重庆处理川、黔教案的"年伯"李鸿章。他在文中对教案迭起的原因及危害作了详细剖析，提出了重新修订中外约章的主张。他认为，教案频频发生，关键在于外国教堂招诱愚民入教，致使许多不法分子混入其中而得不到惩治。善良百姓因为"受教民之虐而无所诉"，这才铤而走险，从而酿成了或"率众攻毁"教堂或"仇杀教民兼及教士"的教案。此时官府要是为本国人民说话，外国人就会拿出已经订立的不平等条约要挟中国，甚至公然挑起事端；要是"护教惩民"，取媚洋人，又会使民气沮丧，让亲者痛仇者快，因而使得官府左不是，右也不是，里外不是人。更加令人担忧的是，数十年之后，加入教会的人越来越多，一旦有了变故，中国将不能抵御外侮。薛福成因此认为，及时阻止洋人传教，则"变速而祸小"，如果因循守旧，畏惧洋人，则"变迟而祸大"。与其"坐而待莫大之变"，不如"先事而制其小变"。为此他大胆提出建议：修订或废除不平等条约，坚拒洋人传教，哪怕发动民族自卫战争也要坚决维护本国主权。薛福成的建议虽显得激进，但可贵

1《庸庵随笔》，中共中央党校出版社1998年3月第1版第320页。

之处在于，当危及清王朝生存的主要因素由"内忧"变为"外患"之后，他已自觉将注意力转移到如何抵御外侮这一时代主导面上来。[1]

由于培养外事人才和发展洋务事业的需要，曾国藩和李鸿章于同治十一年（1872）春天，奏请派遣刑部主事陈兰彬率领若干名幼童赴美国留学（后定为三十名），得到朝廷批准。陈兰彬曾是曾国藩幕僚，薛福成与其相识很久而又过从甚密，如今他要率领中国第一批留学生远涉重洋，不能不使薛福成感慨良多，为此特意写了《赠陈主事序》，以示鼓励并表达惜别之情。在这篇萌发变法思想，呼吁向西方学习的早期代表作中，薛福成开宗明义指出：天地处于无穷无尽变化之中，聪明的人只有认识、顺应这一变化趋势，想方设法予以疏导，才能造福于人类；如果墨守成规，违抗历史潮流，只能使事态变得更加不可收拾。他因此坚决主张变法图强并学习西方的长处，要"夺彼所长，益吾之短，并审彼所短，用吾之长"。决不能夜郎自大，闭关锁国。只有这样，"中国之变，庶几稍有瘳乎"。[2]

在早期洋务运动受到传统士大夫激烈抵制和反对的十九世纪七十年代之初，薛福成的这些见解和主张，虽然没有超出魏源和林则徐等前辈"师夷之长技以制夷"的观点，但仍有积极的现实意义。

在曾、李幕府，薛福成不仅经常就外交问题发表意见，而且许多次直接参与处理涉外事务，如《上李伯相论西人传教书》写成的第二年，即同治九年（1870）五月，天津爆发反洋教斗争，群众焚毁教堂和外国驻津机构多处，杀死法国领事和外籍教士多人，时任直隶总督曾国藩奉命赴津查办，薛福成也参与了此案处理全过程。又如光绪元年（1875）薛福成进入李鸿章幕府不久，直接参与了"马嘉理案"处理工作和随后进行的烟台谈判。再如同治八年四月十七日午后，直隶总督曾国藩会见来访的三位越南贡使，薛福成不仅参与了接待和会见，而且与幕府三位同事去越南贡使下榻的宾馆与他们进行了详细笔谈。

天津教案发生后，清政府派曾国藩前往处理。当时法、英、美等七

1《薛福成选集》，第 42 至 44 页。

2《薛福成选集》，第 45 至 47 页。

国兵舰集中在天津、烟台一带示威，向中国发出战争挑衅。在与法方代表交涉过程中，法国公使罗淑亚更是气势汹汹，以武力相要挟，企图迫使清政府完全接受其极为苛刻的条件。中国朝野也同仇敌忾，纷纷要求以武力抵抗外国侵略。双方剑拔弩张，情势极为紧张。曾国藩明知这次教案"曲在洋人"，却在法国等列强的要挟和清政府的授意下，一再迁就，息事宁人，最后决定处死为首杀人的二十人（后改为十六人），充军流放二十五人，天津知府、知县革职发配边疆，赔款四十九万七千余两，另由清政府派专使到法国赔礼道歉。

依照薛福成的一贯思想，是断然不会赞同这种吃里爬外行为的，但正如同治九年六月二十八日曾国藩上呈朝廷的《密陈津郡教案委曲求全大概情形片》说的那样：自己虽然"平日颇知持正理而畏清议，亦不肯因外国要挟尽变常度"，但"中国目前之力，断难遽启兵端，惟有委曲求全之一法"。一旦与外国打起来，"今年即能幸胜，明年彼必复来，天津即可支持，沿海势难尽备"，所以"兵端决不可自我而开"。[1]

同治十年（1871）十一月初十日，曾国藩给好友刘蓉回信时，再次解释了不能轻启兵端的原因："兵端一开，不特法国构难，各国亦皆约从同仇。能御之于一口，不能御之于七省各海口；能持之于一二年，不能持之于数十百年。"[2]

也就是说，我们中国不是不想强硬，但国力衰弱如此，怎么强硬得起来？所以只能取媚洋人，与外国"曲全邻好"。薛福成最后只得体谅曾国藩的苦衷，理解他的做法，并为他保全了"和局"进行辩护和开脱。

俗话说"不当家不知柴米油盐贵"。薛福成这一思想变化，说明当局者和旁观者考虑和处理问题，有时确实大不一样。正因如此，薛福成后来将《上李伯相论西人传教书》收入《庸庵文编》时，就特别在附记中注明说："此余十六年前所作。盖专论理不论势者。理胜，则言之短

---

[1]《曾国藩全集·奏稿》，第 11 册第 509 至 510 页。
[2]《曾国藩全集·书信》，第 31 册第 640 页。

长高下皆宜，而文自不可磨灭。故录存之。"[1]

"马嘉理案"又称"云南事件"或"滇案"，纯粹是英国侵略者蓄意挑起的一宗外事争端。同治十三年（1874），英国派遣一支近二百人武装，作为"探路队"潜入我国云南边境，试图打开滇缅"通路"，英国驻华使馆派翻译官马嘉理，专门从北京经云南前往缅甸接应。光绪元年，马嘉理等进入云南省腾越地区，当地少数民族人民立即予以阻拦，马嘉理竟然开枪行凶，群众激于义愤，打死马嘉理，把侵略军赶出云南。

此案发生后，英国公使威妥玛借机扩大事端，向清政府提出种种无理要求，进行要挟和讹诈。薛福成主动撰写了《上李伯相论与英使议约事宜书》，深入缜密地分析研究了当时英国面临的国际形势和国内处境后，不仅对英国提出的无理要求进行批驳，而且为李鸿章设计了"以距（拒）为迎，先加驳斥，然后徐徐因势利导"和"设防所以定和局"的谈判策略。为此建议李鸿章一边密告各省设防备战，一边将此案始末通告各国使臣，以取得国际舆论的同情、理解和支持，然后在此基础上，与英使该争的争，该拒的拒，力求减少损失，尽最大努力保全中国利权。在文章中，他还旗帜鲜明地批判了"设防而触其怒，不如示不设防以速其和"的错误观点，说："自古两国相持，备愈严则和愈速"，怎么可能"不设防以速其和"呢？这不太幼稚可笑吗！

当年毛泽东去重庆谈判之前，对中共其他领导人说，战场上把国民党部队打得越痛，他在重庆就越安全，签订停战协议的希望就越大。这与薛福成的"设防所以定和局"思想可谓不谋而合。

李鸿章奉命前往烟台与威妥玛交涉时，薛福成即为主要助手随行襄理。

考虑到当时的主客观形势和中国面临的种种困难，奉旨行事的李鸿章虽未完全采纳薛福成的建议，在一些重大问题上对英国做了让步，最后签订了不平等的《中英烟台条约》，但不能否认该条约的内容与薛福

1《薛福成选集》，第44页。

成的意见有许多相吻合的地方，所以薛福成本人对达成的和谈结局也是基本满意的，后来将《上李伯相论与英使议约事宜书》收入《庸庵文外编》时，他就特别在附记中注明说："此书既上，适威妥玛久驻烟台，誓不北上，仍微露愿与伯相（李鸿章）定约之意。朝廷特命伯相驰往，以示牢笼。伯相奏调余随行襄理，凡匝月而蒇事。一切相机措注大略，与此书吻合者十之七八，盖非必专用余言也。"[1]

出国前在总理衙门帮助工作的郭嵩焘，于光绪二年七月二十九日得到通知，要他赶往总署阅读李鸿章从烟台发回来的条约文本，阅后，他不仅认为该条约努力保全了中国利权，而且觉得李鸿章立了大功："一如京师所初允者，京师未允则亦不提。合肥（李鸿章）为功伟矣。"[2]

同治八年四月十七日午后，到保定就任直隶总督不久的曾国藩，会见了来访的三位越南贡使，分别是鸿胪卿黎峻、翰林院侍读学士阮思僩、翰林院直学士黄并。薛福成不仅陪同会见，而且在日记中详细记录会见内容和细节。

按照以往惯例，外国陪臣拜见中国大员只能坐在地上，曾国藩特别优待他们，都安排了座位并与他们笔谈。当问到途中写了诗没有，阮思僩呈上路过张飞庙时写的诗："先主原同闬，桓侯（张飞谥桓侯）尚故乡。灵声依蜀汉，佳气接楼桑。庙古余寒井，林疏见夕阳。停车抚碑碣，光岳久茫茫。"曾国藩为此批写说："有盛唐风韵。"又问该国讲经学及能诗文的人，阮思僩特别提到了三四个人的名字。换了三次茶水他们才告辞。他们都手执笏板，穿戴的衣帽类似中国明朝服饰，都不剃发。曾国藩分别赠给他们一方匾、一副对联。

越南贡使回到住地后，薛福成还与幕府同事吴汝伦等一同去看望并相互笔谈许久。他们详细询问了越南的国土面积、财政收入情况以及官制、考试、风俗等等，日落以后才告辞。[3]

同日曾国藩日记也记了此事，所记内容与《薛福成日记》基本相

1《薛福成选集》，第 96 至 102 页。

2《郭嵩焘全集·日记》，第 10 册第 48 页。

3《薛福成日记》，吉林文史出版社 2004 年 12 月第 1 版上册第 32 页。

同，只有黎峻等三人担任的职务稍有差异。曾国藩记的是：翰林直学士黎峻，鸿胪寺卿阮思僴，翰林院侍读黄并。[1]

正是因为在曾国藩和李鸿章幕府有机会接触这些与外交有关的事务，所以才为薛福成提供了特殊的历练舞台，从而为他日后成为杰出外交家打下了坚实基础。

2　机遇幸运地落到了薛福成头上

薛福成开始进入曾国藩幕府是同治四年（1865），时年二十八岁。

这年夏天，曾国藩率军剿捻，乘船自金陵出发，经运河北上。出征之际，他仿照当年在安庆时的做法，沿途张贴告示，其中"询访英贤"一条说："淮、徐一路，自古多英杰之士，山左、中州亦为伟人所萃。方今兵革不息，岂无奇材崛起？无人礼之，则弃于草泽饥寒贱隶之中；有人求之，则足为国家干城腹心之用。本部堂久历行间，求贤若渴。如有救时之策、出众之技，均准来营自行呈明，察酌录用。即不收用者，亦必优给途费。"[2]

薛福成虽然生长于苏南无锡，却在五年前举家逃难到了苏北宝应，他看到告示后，写了一份题为《上曾侯相书》的万言书，以"养人才、广垦田、兴屯政、治捻寇、澄吏治、厚民生、筹海防、挽时变"为目，提出了八项独具识见的政治策略。然后以"门下晚学生"的名义，在宝应县运河码头的座船上呈递给曾国藩。[3]

薛福成的八项对策，集中表达了对社会现状、国计民生和国家前途命运的认识与思考，以及本人矢志钻研"经世实学"，向往建功立业的急迫心情。尤为可喜的是最后两项涉及了洋务问题："筹海防"是对鸦片战争后中外关系出现的新局面，为抵御外患而提出的重要建策；"挽时变"是对如何挽救不平等条约给中国造成的祸害所提出的对策建议。

1《曾国藩全集·日记》，第19册第177页。

2《曾国藩全集·诗文》，第14册第468至469页。

3《薛福成选集》，第11页。

这些都表明薛福成在传统的"经世之学"思想之外，已经开始关注洋务和海防。尽管薛福成的这些思想并不完整和成熟，却反映了随着太平天国运动的结束，威胁清王朝生存的主要危险已由"内忧"变为"外患"，年轻的薛福成能把注意力的触角伸展到这一重大课题上来，在当时自然十分难得，这篇万言书也因此成了他的重要成名作。

薛福成只是一个副贡生（乡试副榜录取，入国子监，称副贡生。副贡生不能进京参加会试），连举人都不是，在进入仕途之前能够具有这种先进思想和开阔眼界，有如此丰富的知识储备，是由多种主客观因素促成的。

薛福成的家乡无锡紧邻上海，是一块开风气之先的地域，可以接触许多新鲜事物，自然为薛福成提供了一个了解西方的极好窗口。其次是从幼年起，薛福成先后经历了两次鸦片战争和太平天国起义等前所未有的时局变化，中国不断沦为半殖民地半封建社会的残酷现实和惨重教训，无一不在年轻的薛福成心里留下深刻烙印，使他逐渐意识到了解西方并懂得如何对付西方的重要性。这是客观方面的两条主要因素。

主观方面的因素也有两条。

一是鸦片战争以后，随着内忧外患的加剧，中国的传统读书风气发生了较为明显的变化，不少士人带着强烈的入世愿望，自觉摆脱应试教育束缚，十分注重研讨经世之学，广泛涉猎各种有实用价值的学问知识，尽可能让自己成为有用之才。薛福成就是受到这种风气影响的青年学子之一。在《上曾侯相书》中，他就说到自己十二三岁时，"慨然欲为经世实学，以备国家一日之用，乃屏弃一切而专力于是。始考之二千年成败兴坏之局，用兵战阵变化曲折之机，旁及天文、阴阳、奇门、卜筮之崖略，九州厄塞山川险要之统纪，靡不切究"[1]。

二是薛福成六岁进入私塾读书后，虽然一直勤学苦读，但由于主要精力没有放在应试教育上，所以二十一岁考取秀才后，便在科举考场中屡次失利。他是一个很有志气并热衷于建功立业的热血青年，科举失利

---

[1]《薛福成选集》，第 10 页。

不仅没有让他沉沦，反而更加激发了斗志，于是一面以天下兴亡、匹夫有责的士人精神自勉，一面砥砺学业，研读经史，留心天下大势，关注时局风云，既积累了丰富的理论知识，又增长了社会经验和实际才干，具备了别人很少有的全方位智能储备。

曾国藩同薛福成父亲薛湘早有交往，也早听说他的几个儿子都擅长读书作文，如今见到薛福成这篇见识非凡、文笔流畅的万言书，自然十分惊喜、大加奖誉，于是立即邀其加入自己幕府，并在闰五月初六日的日记里记叙道："阅薛晓帆之子薛福辰（成）所递条陈，约万余言。阅毕，嘉赏无已。"[1]

薛福成后来编辑《庸庵文外编》，将《上曾侯相书》收入其中，专门在文后附记中说：自己在曾国藩幕府看过曾国藩日记手稿，写的是薛福成，后来传忠书局刊印《曾文正公全集》，由于校对失误，才错写为薛福辰。

当时在曾国藩幕府担任文职幕僚的有李榕、钱应溥、程鸿诏、屠楷、向师棣、黎庶昌等人，可谓集一时之选。曾国藩把薛福成招进来，主要是作为后备人才加以培养。所以他对李榕说："吾此行得一学人，他日当有造就！"又对薛福成说："子文长于论事，年少加功，可冀成一家言。"[2]

历史常常为有志者提供千载难逢的机遇，这种机遇如今就幸运地落到了薛福成头上，他也因此"声誉隆起，以一书生，负天下望"[3]。

3 薛福成父亲与曾国藩的特殊交谊

薛福成能够顺利进入曾国藩幕府并得到特别眷顾，固然是《上曾侯相书》写得好，尤其是其中表达的内容和提出的主张，深深叩动了"中兴名臣"曾国藩的心扉，但也和薛福成父亲薛湘与曾国藩有特殊交谊分

1《曾国藩全集·日记》，第 18 册第 178 页。

2《薛福成选集》，第 27 页。

3《庸庵随笔》，第 315 页。

不开。

只要对湘军集团成员的构成稍有了解的人就会知道，私谊至上是该集团一条非常重要的原则和纽带。在这个集团内部，除了政治、军事、经济、思想等因素，还有同乡、同学、同年、同事、师生、亲友、兄弟等私谊关系，他们不仅在战场上靠这种关系达到相互救援目的，而且在政治交往、人际关系以及调兵、筹饷、用人等一切问题上，均通行私谊至上原则。

同治七年（1868）七月初二日，曾国藩推荐薛福成哥哥薛福辰做李鸿章的文字秘书，信中就特别提到了这种"私谊"关系："尊处少一奏疏好手，兹有薛抚屏福辰（薛福辰号抚屏）者，贵同年晓帆之子（薛湘字晓帆，和李鸿章均为道光二十七年丁未科二甲进士，俗称"同年"），敝幕福成之兄，工部员外，供职多年，会试后因贫告归，学问淹博，事理通达。用特荐至尊处，作为奏疏帮手。虽渠于奏牍素非所习，然辈行较晚，心怀虚受。阁下随时训迪，数月后必可脱手为之。三年之艾，贵及时而早蓄；凭依之云，在嘘气而自为。已令趋谒左右，知必邀青睐也。"[1]

薛福成后来在《母弟季怀事状》中也写道：同治四年夏天进入曾国藩幕府后，有一次曾国藩问他："你在江北待的时间较长，平日交往的人中，有才能特别突出的吗？"薛福成于是说了弟弟薛福保的情况，不仅说他"学识峣然特出"，而且"所知殆无其俦"。曾国藩马上吩咐说："可让他一起来幕府工作。"薛福成因此"挈季怀（福保）从文正临淮、徐州、济宁军中"。[2]

同治五年（1866）四月初三日，曾经做过胡林翼幕僚的山东巡抚阎敬铭，来济宁前线拜见曾国藩，随后又陪他视察黄河和运河并划定防守地段，在此期间阎敬铭请曾国藩推荐人才，曾国藩马上想起他与薛湘是同科进士，两人交情也很深，"乃荐季怀入阎公幕"[3]。

阎敬铭去职后，荐山东布政使丁宝桢自代，薛福保也因此转入丁宝

---

[1]《曾国藩全集·书信》，第 30 册第 441 页。
[2]《薛福成选集》，第 279 页。
[3]《薛福成选集》，第 279 页。

桢幕府。

所有这些，无不说明私谊的重要性。这是一张遍布湘军集团的关系网，重要成员全在网中，几乎无人能够例外。

在江苏无锡，薛家虽是一个诗书传家家族，祖上却没有出过名人，直到道光二十七年（1847），薛福成父亲薛湘才考中丁未科进士，算是为这个家族增添了光彩。丁未科共录取二百三十一名进士，他们当中后来出了许多名人，其中李鸿章、郭嵩焘、帅远燡、陈鼐还被曾国藩"私目为丁未四君子"[1]。丁未四君子都是二甲进士，其中帅远燡名列二十八，李鸿章三十六，郭嵩焘六十，陈鼐六十四，排名均在薛湘之前。[2]

薛湘虽不像李鸿章等人那样一开始就受到曾国藩特别器重，但读过《曾国藩全集》就会发现，早在薛湘考取进士前一年的道光二十六年（1846），在京城为官的曾国藩就和薛湘有过诗词酬唱，湖南岳麓书社版《曾国藩全集》诗文卷，也收录了《酬薛晓帆》五言诗二首。其中第一首一起笔就以兰花作比，鼓励薛湘不要被困难所吓倒，而要越挫越勇，直到取得最后胜利："大谷闷幽兰，由来习霜雪。摧挫弥岁年，葳蕤减昔悦。本性诚未移，芬芳讵可灭！时物一为遭，适为吴人撷。"[3]

可能是从曾国藩的鼓励中获得了力量，增加了自信，第二年，薛湘果然如愿以偿，考取了二甲第七十一名进士。比曾国藩大五岁的薛湘，当年已经四十二岁了，可谓大器晚成。

曾国藩与薛湘不仅早有交往，而且非常钦佩对方的才华。同治三年（1864）六月，曾国藩为薛湘遗著《涤非斋制义仅存》作序时，就这样写道："今乃得所尊为第一大家者，曰无锡薛晓帆氏。晓帆以天挺豪杰，于书无所不窥。其为文也，郁栗深厚，温液俶丽，或时天性飙发，骋奇斗险，盘薄傲睨，忽翕忽张，乍阴乍阳，杂合操纵，一息百变，而挪其疾徐进退，一顺乎天然，于其所为和易之体，无少逾也。岂非北宋以来

1《曾国藩全集·书信》，第 22 册第 301 页。

2《明清历科进士题名碑录》，华文书局 1969 年 12 月初版第 4 册第 2517 页。

3《曾国藩全集·诗文》，第 14 册第 57 页。

一大宗哉！"又说："余尝谓退之氏（韩愈）出，终古古文家莫逮其古，晓帆氏出，终古时文家莫逮其时。"评价之高，简直无与伦比。[1]

曾国藩对薛湘的文章之所以如此推崇，是因为他的八股文做得特别好，形成了独特风格，颇受士人喜爱。从曾国藩所撰《涤非斋制义仅存》序文中就可以知道，早在二十年前，曾国藩便将薛湘的文章"点定本课家塾者"，也就是当作家塾教材使用。《涤非斋制义仅存》一书，正是根据曾国藩的点定本刊行的。可以这样说，当时一大批读书人包括曾国藩、李鸿章在内，都从薛湘的八股文中吸取过养料。

更让人难以置信的是，薛湘后来的为官经历，与曾国藩也有长时间交集。

咸丰元年（1851），薛湘分发到湖南安福县（今临澧）工作后，一直在湖南做官，历任安福、石门、新宁知县，后因抗击太平军有功，于咸丰八年（1858）七月升任广西浔州府知府。新宁百姓听说他要离开湖南，说："何夺我贤侯为？"纷纷跑到上级官府强行将其留下。不久，薛湘就病逝了，年仅五十三岁。所以，薛湘的浔州知府只是个虚职，并未到任。[2]

薛湘任职湖南期间，曾国藩先是母亲去世回家奔丧，后是受命帮办湖南团练，再是父亲去世回家守制，大多数时间待在湖南。薛湘病逝前一月，曾国藩虽已复出带兵，但在进军江西途中得知消息后，特意派人前往吊丧，并赠送了赙银。[3]

正是有了这层特殊关系，所以曾国藩一见到薛福成的《上曾侯相书》，便感到分外亲切，从而发自内心地喜爱上了这个气质不凡又有世谊关系的年轻人。

1《曾国藩全集·诗文》，第14册第209页。

2《吴汝纶全集》，黄山书社2002年9月第1版第31页。

3《薛福成选集》，第10页。

4　薛福成与曾国藩的师承关系

进入曾国藩幕府无疑是薛福成人生道路上的一个重要转折点。从此，薛福成跟着曾国藩走南闯北，朝夕晤谈，并将研习多年的经世实学付诸实践，在风云变幻、戎马倥偬的军事和政治生涯中增长才干。

薛福成进入曾国藩幕府后，主要从事文案工作。文案一词本有两种含义，一是公文案卷，相当于如今的文书档案，二是文牍撰写，相当于如今的文字秘书，所以这里说的文案是结合文书档案与文牍撰写而言。

薛福成入幕之前，在学识准备上虽然相当充分，能力见解上也非常出众，是同辈读书人中的佼佼者，但由于来得较晚，曾国藩幕府又是晚清最大、最著名的幕府，不仅人才济济，而且公文高手大有人在，所以他不可能马上成为公文主笔，重要公文如奏折等，他写得并不多，更多的是撰写咨札、启帖和其他应酬文字。如入幕之初撰写的《代曾侯相江南昭忠祠记》和写于同治十年的《代曾侯相复丁封翁书》《代曾侯相复彭大令书》《代曾侯相忠孝录序》《代曾侯相丹阳束氏族谱序》等，都属于这类文字。

另外，由于薛福成古文底子很好，爱好文学，长于议论，所以曾国藩有意在文学上对他进行重点培养。

同治七年十月十九日，《薛福成日记》就记载了曾国藩的论文八字。其中形容文章阳刚之美的四个字是"雄、直、怪、丽"，形容文章阴柔之美的四个字是"质、淡、茹、远"。[1]而在同治四年正月二十二日的曾国藩日记中，这八个字分别是"雄、直、怪、丽"和"茹、远、洁、适"。[2]形容文章阴柔之美的四个字，有两个与薛福成所记不一样。

造成这种差异的原因，或许是音同字不同或意同字不同，或许是事隔三年多之后，曾国藩向薛福成传授作文经验和交流读书体会时，对文章的阴柔之美有了新的认识和发现。

1《薛福成日记》，第 24 页。
2《曾国藩全集·日记》，第 18 册第 137 页。

　　光绪八年（1882），薛福成为英年早逝的弟弟薛福保的文集作序，也说到了兄弟两人当年在曾国藩幕府接受熏陶的情况："余佐曾文正公幕府，携季怀同往，闻公论文之旨，以谓圣门四教冠以文。文者，道德之钥，而经济之舆也。故其尚论古今，与求贤之法，一以文为之的。而幕府之得人独盛，凡魁闳瑰伟能文之士，辐凑并进。余与季怀颇得广所未闻，讲明涂（途）径，而为之益劢。"[1]

　　对于曾国藩的悉心指点和精心辅导，薛福成不仅心领神会，而且对他的文章一直奉为圭臬。他赞叹曾国藩亲笔创作的奏疏"参用近时奏牍之式，运以古文峻洁之气，实为六七百年来奏疏绝调"。很想将其精挑细选出来，然后整篇抄录装订成册，当作范文"私资揣摩"，时加观赏。[2]

　　此事虽因事务繁忙未能完全实施，但薛福成对曾国藩奏疏的喜爱和推崇之情，是溢于言表的。

　　另据刘秉璋第三子刘体信（后改名刘声木）《苌楚斋随笔·续笔》记载，曾国藩去世后，黎庶昌打算编一本《曾国藩奏议》，以为揣摩之用。与吴汝纶商量编辑体例时，吴汝纶却劝他不必再选，因为薛福成的"选本最善，尽去他人之作，及无关得失者，专存《曾文正公奏议》之真。即再选，亦无加于此"[3]。

　　薛福成还常常利用工作便利，借阅曾国藩的军事地图，以增长军事知识和学习用兵之道。同治七年十月二十五日，《薛福成日记》就记载了这方面的事例："爵相前后用兵十余年，购、绘大小地图共二百余件。余借阅之，始知用兵之道，以详察地势为先，欲察地势，须以总地图为底本，而到处募向导，购图绘，勤察看，则于用兵之道已十得三四矣。夫不以总图为底本，则虽有向导，有图绘，或且身至其地，而仍茫焉不知大势，布置规模必不能宏远。若仅有总图而不到处购绘、访问、察

1《薛福成选集》，第 181 页。
2《薛福成选集》，第 512 页。
3《苌楚斋随笔·续笔》卷八，中华书局 1998 年 3 月第 1 版上册第 413 页。

看，则亦与无图同也。"[1]

可以这样说：薛福成在曾国藩幕府接受的教泽是多方面、全方位的，而在风雨飘摇中怀抱中兴大志的曾国藩，由于很希望培养出一大批青年才俊，因而对薛福成等后起之秀特别寄予厚望，示以关怀。

薛福成后来写作《叙曾文正公幕府宾僚》，曾这样深情回忆说："昔公尝以兵事、饷事、吏事、文事四端，训勉僚属，实已囊括世务，无所不该。幕僚虽专司文事，然独克揽其全。譬之导水，幕府则众流之汇也；譬之力穑，幕府则播种之区也。故其得才尤盛。即偶居幕府，出而膺兵事、饷事、吏事之责者，罔不起为时栋，声绩隆然。夫人必有驾乎天下之才之识之量，然后能用天下才，任天下事。"[2]

而在《上曾侯相书》的附记中，薛福成更是充满感激之情写道："余从公八年，前后出入幕府共事者三十余人，多一时贤俊。余颇得晨夕晤谈，以扩见闻，充器识，皆文正提奖之力也。"[3]

李鸿章对此也深有感触。多年后，他还把当时的受教情景当作趣事，讲给自己的部属和朋友听。[4]

在曾国藩幕府期间，薛福成除了因公与曾国藩接触，还因曾国藩酷爱围棋，几乎每天早上都要找薛福成下棋，相互切磋棋艺，所以与其他幕僚比起来，薛福成与曾国藩之间又多了一项共同的兴趣爱好，从而使他能够更多地得到与曾国藩亲密接触的机会，既能加深私人感情，又能获得更多教益。

薛福成与曾国藩的对弈情况，薛福成名著《庸庵笔记》有专门记叙："余在公幕八年，每晨起，必邀余围棋。公目注楸枰，而两手自搔其肤不少息，顷之，案上肌屑每为之满。"[5]

由于朝夕相处，随着岁月的流逝，薛福成与曾国藩的师承关系越来

1《薛福成日记》，第 24 页。

2《薛福成选集》，第 216 页。

3《薛福成选集》，第 27 页。

4 参见本书《李鸿章：过人的行政才干与高超的政治手腕》。

5《庸庵笔记》，第 92 页。

越深，受他的影响越来越大，越来越广。夏寅官的《薛福成传》这样写道："自师事曾文正，学识日大。凡历史掌故，山川险要，以至兵机、天文、阴阳、奇遁之书，靡不钩稽讲贯，洞然于心。故遇事立应，略无窒碍。近世士大夫谓：本理学而谈洋务者，先生一人而已。"[1]

薛福成不仅是曾幕中"本理学而谈洋务"的杰出代表，而且行为习惯和办事风格也深受曾国藩影响，以至到了后来，薛福成也像李鸿章一样，成了另一个活生生的"曾国藩"。

对此，夏寅官是这样描述的："自壮至老，读书从公，日有常课，辰（晨）而治事，夜分始寝。数十年来，逐日行事，悉载日记。勤以率下，俭以奉身，待人接物一主以诚。故虽军国大事日不暇给，而端坐凝然，百务就理。盖得力于文正者深矣。"[2]

当然，薛福成受曾国藩影响最深，得益最大的，还是在文章学问上："治古文，不拘宗派，原本忠孝，而以宏雅真挚之文行之，所造于柏枧山房（梅曾亮）、求阙斋（曾国藩）为近。"[3]

在古文方面，薛福成后来能够传承曾国藩衣钵，得到他的真传，被称作"曾门四弟子"之一，就是由于这个缘故。

5 "不登泰山之巅，不知众山之非高也"

在曾国藩幕府，薛福成另一大收获，就是跟着曾国藩走南闯北，领略各地风土人情，既可开阔眼界和丰富阅历，又能广交朋友和参与社会实践，获益可谓匪浅。

在苏北宝应加入曾国藩幕府后，曾国藩特意向薛福成介绍说："幕中遵义黎君，暨溆浦向师棣伯常，可交也。"于是安排薛福成与黎庶昌（字莼斋，贵州遵义人）、向师棣（字伯常，湖南溆浦人）同乘一条船。黎、向二人都是学识根底深厚且颇有抱负的年轻学人，与薛福成志同道合，三

1《庸庵随笔》，第314页。
2《庸庵随笔》，第315页。
3《庸庵随笔》，第315页。

人一见如故，相见恨晚。[1]

大军进驻安徽临淮之后，正值炎炎盛夏，每逢月白风清之夜，三个年轻学人便来到船头，纵谈古今大局成败兴废的原因，评论文章演变更替的根由，不到夜半不肯进舱休息。

在薛福成印象中，向师棣意气风发，才华横溢，立志成为一个有用之才；黎庶昌生性儒雅，话语不多，但在沉静的外表之下，有着强烈的忧国忧民、建功立业情怀。他们三人很快结下深厚友情，成了无话不谈的朋友。

令人遗憾和痛心的是，数月之后，向师棣即病逝于徐州军营，时年三十有一。薛福成怀着沉重心情，写了《向伯常哀辞》以示悼念。[2]

黎庶昌日后则成了薛福成心心相印的挚友，两人不仅思想上相互激励，而且事业上相互支持和提携，即使远隔万里，也常常"互达手书，有无未尝不相通也，升沈（同"沉"）未尝不相关也，文艺未尝不相质也"[3]。

同治四年八月，曾国藩从安徽临淮移防江苏徐州，第二年二月上旬又拔营启行，十九日到达山东济宁。一路行来共历经三省，薛福成趁便游历了凤阳明陵，参谒过邹县孟子庙和曲阜孔庙、孔林等名胜古迹。

特别使他难忘的是泰山之行。同治五年四月，薛福成跟随曾国藩巡阅河防，绕道泰安，一起登上了东岳泰山。他们虽是坐轿进山，省了一大段脚力，但登山难度还是难以想象。事后薛福成写了《登泰山记》，如实记载了登山见闻和感想。

薛福成在文中写道：当我还没有走到南天门时，石阶山道突然陡峭起来，巍然直入云天。抬头看上去，但见明亮的阳光从岩缝里射出来，白云在空中孤独飘过。一级一级台阶往上攀登，不知终点在哪儿。回头向下看，险峻的山路像条线一样，深山峡谷幽深不能见底，让人头晕目眩，心惊肉跳，不由产生进退两难的想法。屏住呼吸，打消顾虑，鼓足

1《薛福成选集》，第510页。

2《薛福成集·庸庵文外编》，安徽教育出版社2014年10月第1版第390页。

3《薛福成选集》，第511页。

勇气，勇往直前，不久终于登上了南天门。眼前的道路忽然平坦起来，感觉好像换了一种境界，看到了从未有过的景象，真庆幸自己刚才没有停下攀登的脚步，于是直趋岱顶，极目四望。

薛福成在岱顶上看到了一派无比雄奇的景象："诸峰起伏环列，相背相倚，若拱若蹲，皆如培塿。汶水东来，蜿蜒似带；徂徕杰峙其上，高出群岫，其巅仿佛可及山半。而郡城踞原野，殆如方罫。遥睇穿碧，渺若无外，俯视云烟，瞬息变灭。然后知不登泰山之巅，不知众山之非高也。"[1]

在薛福成眼前，众多起伏环绕于泰山的山峰，相互倚靠，有的像拱，有的像蹲，似乎都是一个个小土包子；自东边蜿蜒流过来的汶水，更像一条衣带那么窄小；雄踞旁边的徂徕山，虽然高出其他山峦不少，但也只有泰山半山腰那么高；居于原野上的泰安府，城市建筑就像棋盘上摆放的一粒粒小棋子。凝望深远青碧的天空，高渺得仿佛没有边际；俯视山下的云烟，给人瞬息万变、忽隐忽现的感觉，这才明白不登泰山之巅，哪里知道众山之小啊！

薛福成的思绪并没有停留在眼前的景物上，而是联想到了漫漫人生。他觉得"人之自立，何独不然"，只有像泰山那样"出埃壒之表"，万物才能不"为吾蔽"。也就是任何时候都要站得高看得远，才能不被世俗的尘埃遮住视线。他又感到，虽然"有形之高不能常居"，但"无形之高不可斯须去也"。就是说，像泰山这种有形的高，人是不可能长久居住的，但精神境界这类无形的高，则不能让它须臾离去；一个有志气、理想和抱负的人，金钱上可以做侏儒，精神上却一定要成为巨人。

更让薛福成感慨不已的，还是第二天凌晨在日观峰上看日出。

头天下午他们一行在碧霞宫住下后，约定第二天凌晨去看日出。然而天变无常，到了晚上，竟然落起雨来。由于天公不作美，包括曾国藩在内的其他人都打了退堂鼓，只有薛福成、黎庶昌、王定安和曾国藩外甥王叶亭四人坚持原计划不变。

---

[1]《薛福成选集》，第28至29页。

可是，当他们下半夜起床，冒着细雨，摸黑来到岱顶之东的日观峰，不仅雨落得更大了，而且狂风也来凑热闹，风雨交加之下，一个个冻得直打哆嗦。但他们仍然没有放弃希望，顶风冒雨坚持站在日观峰上等天亮。

不知是诚意感动了上天，还是应了"风雨之后见彩虹"这句俗话，总之快到天亮时，不仅风停雨止，而且"极东红光一缕，横亘凝云之下"，天空突然开朗了！

再过不久，视线越来越明亮，红光越来越璀璨，正注目间，只见"日轮晃漾，若自地面涌出，体不甚圆，色正赤，可逼视。其上明霞五色，如数百匹锦。顾视女墙，日景甚微，忽又不见"。

他们竟然心想事成，奇迹般地看到泰山日出了！

薛福成等人回到驻地，向曾国藩讲述事情经过后，曾国藩颇有感触地对他们说："君等识之，天下事未阅历者不可以臆测，稍艰难者不可以中阻也。"[1]

过了三天，薛福成回到济宁，就写出了《登泰山记》这篇名文。

对中国文学史稍有了解的读者，都知道桐城派大师姚鼐写过千古名篇《登泰山记》并令后人叹为观止，从而不敢贸然动笔再写泰山。年轻的薛福成却初生牛犊不怕虎，不让这位老前辈"专美于前"，毅然以相同题目写出一篇新作。

他机智地采用"避宽就紧"写法，不逐一描绘泰山美景，而是从"登"字上着笔，从"览"字上立意，推陈出新，别有发挥，既为中国文学史增添了一篇脍炙人口的佳作，也充分展示了年轻作者站得高、看得远、胸怀大志、不断攀登的远大抱负。

这次泰山之行，使薛福成的思想认识得到了很大升华，对于开阔胸襟和提高精神境界，无疑具有重要作用。

同治七年十一月曾国藩北上就任直隶总督，因要进京谒见皇帝和皇太后，所以薛福成没有随行。第二年二月，他从金陵水西门码头乘船北

1《薛福成选集》，第29页。

上，于三月上旬到达山东济南，顺道探望四弟薛福保，同时拜谒了四弟的幕主丁宝桢。

令薛福成做梦都想不到的是，这次济南之行，竟然极其偶然地参与策划了一起震惊朝野的大事件，那就是坚定支持丁宝桢并为之出谋划策，坚决果断地剪除慈禧太后宠宦安得海。

同治九年，马新贻遇刺身亡，曾国藩再次被任命为两江总督。

薛福成随曾国藩重返金陵后，虽未参与重大事件的处理，但也陪同曾国藩到扬州、徐州、苏州等地检阅军队，到上海视察机器局并检阅中国自制的轮船。

所以，到同治十一年二月曾国藩去世的时候，在过去八个年头里，薛福成数次走南闯北，辗转南北方数省，既饱览了祖国大好河山，又广泛接触社会实际；既领略了各地民情风俗，又开阔了眼界丰富了阅历，无疑是他走上仕途之初一段非常重要的经历，为日后的事业发展和思想成熟，提供了丰富养料，打下了坚实基础。

更为重要的是，在经办文稿过程中接触实际事务，如"兵事""吏事""饷事""文事"，直到刚刚开展起来的"洋务"，使得薛福成不仅增加了多方面的知识和阅历，而且对于陶冶品格、增长见识和提高处理政务能力，都有重要促进作用。

在积累做官资本方面，薛福成当然也有很大收获。在曾国藩幕府工作期间，薛福成即"积劳至直隶州知州"[1]。同治八年又经曾国藩授意，李鸿章在保奏剿灭捻军有功人员的奏折中，也将薛福成列为有功人员，薛福成因此获得优厚褒奖，赏加知府衔。[2]

此时的薛福成虽然仍为曾国藩幕僚，却已成为可以身穿八蟒五爪袍褂的五品官员。

1《清史稿·薛福成传》，第 41 册第 12480 页。
2《能静居日记》，第 1280 页。

6　在江苏书局操持笔耕生涯

同治十一年二月初四日曾国藩在金陵逝世。薛福成听到消息后，简直不敢相信自己的耳朵。

近段时间曾国藩的工作一直比较正常，就在当天中午，曾国藩还与薛福成下了两盘围棋，因为"连赢二局，意兴其适"，所以下完棋后曾国藩还"谈笑送"薛福成"至窗外"。当天下午，曾国藩也是办公事至酉初（五时以后）始出散步。就在散步回来将出花园大门之时，曾国藩连喊了几声脚麻，随行在侧的曾纪泽急忙将他扶住并唤人抬回室内，此后即"手战口动，不复言语"，于当晚七时以后溘然长逝。

薛福成因此在当天日记中写道："予于爵相有知己之感，有受诲之益，有七载追随之谊。方午间对弈之时，岂料即永诀之时哉！追念哲人，默忧时局，不自知涕之流落也。"[1]

曾国藩女儿曾纪芬，后来在《崇德老人自订年谱》中，也对曾国藩的临终情景作了追述："至二月初四日，饭后在内室小坐，余姊妹剖橙以进，公少尝之，旋至署西花园中散步。花园甚大，而满园已走遍，尚欲登楼，以工程未毕而止。散步久之，忽足屡前蹴，惠敏（曾纪泽）在旁请曰：'纳履未安耶？'公曰：'吾觉足麻也。'惠敏亟与从行之戈什哈（侍从护卫）扶掖，渐不能行，即已抽搐，因呼椅至，掖坐椅中，舁（抬）以入花厅，家人环集，不复能语，端坐三刻遂薨。"[2]

两人所记虽小有差异，但主要内容基本相同。

在随后的发丧期间，薛福成强忍悲痛，不仅帮曾纪泽料理完丧事，而且代李鸿章草拟了一份近四千字的陈述曾国藩"忠勋事实"的材料，于四月初十日用排单寄出。

与曾国藩有师生之谊和宾主之情的直隶总督李鸿章，初闻曾国藩之丧，想尽快上疏胪陈事迹，请付史馆，以报答曾国藩的识拔之恩。"惟

1《薛福成日记》，第99页。
2《曾宝荪回忆录·附崇德老人自订年谱》，岳麓书社1986年8月第1版第18页。

以相隔较远，于近事未能周知，乃驰书金陵幕府"，嘱薛福成与钱应溥就近考核，薛福成于是撰写了《代李伯相拟陈督臣忠勋事实疏》。

在这篇疏文中，薛福成以饱满的热情，洗练的文笔，总结回顾了曾国藩波澜壮阔、功勋盖世的一生，恳请朝廷将曾国藩的"忠勋卓越"事迹"饬付国史馆，查照施行"，以"彰先帝知人之明，而示后世人臣之法"。

李鸿章见到此文后，虽然激赏不已，但因路途上辗转延误了两个多月，而代理两江总督何璟、湖广总督李瀚章和安徽巡抚英翰等大臣出面撰写的同类型材料，不仅抢先报了上去，而且朝廷"恩礼优渥，至再至三"，李鸿章也就觉得"若再陈奏，近于烦渎"。[1]加之李鸿章听说"史馆已就江、皖、楚三疏编叙传稿，势已无及。又两宫近日召对殊稀，凡陈奏要件不免留搁"[2]，也就没有将其上呈。"然其后每与幕僚谈及，颇惜当时未用此稿，又谓此等大文，其光气终自不磨灭也"[3]。

李鸿章没有上呈薛福成代写的文稿，其实还有另外考虑。他在写给薛福成和钱应溥的信中说："师相与弟交深而情过亲，不欲再乞加恩，致贻世俗标榜之讥。"写给曾纪泽、曾纪鸿的信中，又说："鄙意方拟作疏表扬，继见谕旨大致周浃，四海公论在人，九重自为知己，似无须赘言矣。"又说："不乞他恩，亦可免世俗之讥嘲矣。"显然是为了避免党援之迹。[4]

光绪三年（1877）四月二十六日，王闿运在日记中也记载说："出城送劼刚，劼刚问入都云何。余云凡事请教于宝中堂（宝鋆），最忌李中堂，有书疏代乞恩耳。"说的也是此意。[5]

四月二十日，金陵官民将曾国藩灵柩护送出城，在水西门码头登舟后，薛福成也于第二天由城北总督官署搬行李至水西门码头登舟。但他

1《薛福成选集》，第53至54页。

2《李鸿章全集·信函二》，第30册第457页。

3《薛福成选集》，第54页。

4《李鸿章全集·信函二》，第30册第423、427、428页。

5《湘绮楼日记》，第1册第569页。

没有像其他人一样离去，而是住在船上，继续陪伴曾国藩。二十四日，船行至金陵下关，薛福成才与赵敬甫（赵烈文哥哥赵熙文）、张价人（疑为章价人即章寿麟）、邵子进（邵懿辰二儿子邵顺国）一同登上曾国藩的灵舟拜别，于五月初四日回到无锡。

与薛福成一样，赵、章、邵三人或他们的家人，都与曾国藩有着特殊的交情。

此时的薛福成虽有五品知府衔，却没有任何实缺，在人才非资格不进、政事非成例不行的晚清官场，没有要人大力引荐，要得到一官半职难上加难。一时无所依附的他，只得怀着报国无门的失落感，在老家等待时机，另谋出路。

当年七月，淮军大将，曾担任直隶按察使，在剿捻前线和直隶总督府与薛福成共过事的张树声，奉命代理江苏巡抚，上任途中路过无锡，特意传话给薛福成，要他去一趟苏州，不久即为薛福成在江苏书局谋得一个职位。

九月初八日接到任职文件后，薛福成即于当天启程赴苏州上班。当时的江苏书局分设梵门桥紫阳书院及申衙前街两地，提调（负责人）为刘履芬，局员十余人，颇多宿学之士。薛福成来到书局后，住在紫阳书院楼上。

苏州既是江苏巡抚衙门驻地，又是文化气息十分浓厚的城市，对于爱好文史、有志于名山事业的薛福成来说，能够来苏州工作并谋得书局职位，当然感到高兴。在校订《辽史》《金史》《元史》的同时，薛福成参与了编辑整理曾国藩奏稿工作。从事编校之余，薛福成坚持笔耕生涯，写下了许多值得注意的好作品。

这一时期薛福成不仅写出了《选举论·下》和《治河》等著名政论文章，而且写了大批借古喻今、针砭时弊的史论文章，在社会上产生了广泛影响，其中特别引人注目的是写于同治十二年（1873）的《书汉书外戚传后》和《书汉书惠帝纪后》。

薛福成极力称颂汉惠帝和张皇后，不遗余力攻击吕太后，显然有意将同治皇帝比作汉惠帝，将同治皇后比作张皇后，而将吕太后比作慈禧太后，可谓相当大胆。曾国藩二公子曾纪鸿看到此文后，曾感叹说：薛福成"为惠帝设身处地，确有甚难之处"[1]。

7　一纸疏文名满天下

蜗居苏州度过两年多笔耕生涯后，历史又给怀抱"匡时济世"之志的薛福成提供了一个难得机遇。

光绪皇帝继位后，朝廷决定"博采谠言，用资佐理"。随后，两宫皇太后颁发懿旨，号召内外大小臣工"各抒所见""共济时艰"，帮助朝廷改进工作。赴吏部引见途中借道山东济南看望母亲和兄弟的薛福成，从邸报上看到求言诏书后，兴奋异常，立即挥毫写下了《应诏陈言疏》，把近几年在脑海里深思熟虑过的整顿内政、改革时弊的种种设想，整理成《治平六策》，同时又将自己多年来关于讲求洋务、筹划自强之道的心得，草拟成《海防密议十条》，一起托山东巡抚丁宝桢上呈朝廷。

由《治平六策》和《海防密议十条》组成的《应诏陈言疏》，洋洋万言，广泛涉及内政外交的诸多问题，这些问题正是清朝统治者当时所面临的既棘手又回避不了的难题。

薛福成提出的《治平六策》是养贤才、肃吏治、恤民隐、筹漕运、练军实和裕财用，主要内容是整顿内政。《海防密议十条》讲的是洋务，内容是择交宜审、储才宜豫、制器宜精、造船宜讲、商情宜恤、茶政宜理、开矿宜筹、水师宜练、铁甲船宜购和条约诸书宜颁发州县。不管是内政还是洋务，薛福成均站在时代高度，提出了不少很有见地的解决办法，与泛论时弊的文章大不相同。

《应诏陈言疏》上达朝廷后，由于内容丰富，切中时弊，所提建议既高屋建瓴又切实可行，因而得到清政府高度重视，下发各衙门讨论，一时争相传抄，成为议论热点。有人为此评论说："当此疏初上时，京师颇多传诵者。议论一播，鼓动中外，建言者往往响应而起。"还有人

---

[1]《薛福成选集》，第61页。

说："此疏洋洋洒洒，浩浩落落，有千岩万壑之观，有清庙明堂之概。"
有人甚至称："海防密议十条，笔达而圆，意新而确。此议未出之前，
系是人人意中所无；此议既出之后，乃觉人人意中所有。……尤妙在事
事从浅处、显处著笔，使人易晓而世易行，宜乎乙亥（光绪元年）丙子
（光绪二年）间，斯议传播一时也。"[1]

钱基博后来写作《薛福成传》，更是将薛福成比喻为"马周、陈亮
复出"："福成上《治平六策》《海防十议》，一时传诵，以为马周、陈亮
复出。自是始定遣使驻外国之制，有停止捐例之令，有津贴京员之议，
有稽核州县交代之新章。而四川之裁撤夫马局，各省免米商厘税，及裁
汰绿营，添设练军，吉林、黑龙江，相继遣大臣练兵。十年之间，其大
兴革，皆以福成此疏发之。"[2]

钱基博说的"自是始定遣使驻外国之制"，是说清政府当时正为要
不要派出驻外使节一事犹豫不决，《应诏陈言疏》恰好提出了遣使出洋
不仅可以加强与外国的联系，而且能够培养锻炼外交人才的观点，从而
促使清政府做出了正式派遣驻外使节的决定，郭嵩焘也因此于光绪二年
被任命为驻英大使。其他如停止捐例、津贴京员、稽核州县交代新章、
裁撤四川夫马局、各省免米商厘税以及裁汰绿营、添设练军等举措，也
都是采纳了《应诏陈言疏》中的建议而产生的结果。

可见此文不仅获得广泛关注，而且所提建议大部分为清政府所采
纳，产生了巨大实际效用，在近代中国产生了重要影响。

《应诏陈言疏》的广泛传诵和应用，使得薛福成声誉鹊起，很快名
满天下。丁宝桢、郭嵩焘等人纷纷向朝廷建言，说薛福成可胜任公使，
应该派他出使他国。然而权倾朝野的洋务派领袖、直隶总督李鸿章另有
考虑。他觉得薛福成是不可多得的洋务奇才，身边正需要这方面的得力
助手，于是立即奏请薛福成入幕。薛福成也觉得李鸿章既是自己的"年
伯"，又是曾国藩事业的继承人，对自己又如此看重，就没有推辞，于
光绪元年（1875）八月初二日进了北洋李幕。这样，在离开曾国藩幕府

1《薛福成选集》，第65至83页。
2《庸庵随笔》，第316页。

三年半之后，薛福成又开始了一段新的幕僚生涯。

8 直接参与涉外事务

与十年前初入曾国藩幕府相比，此时的薛福成已是一位颇具声望，思想成熟，有着丰富社会阅历和卓越政治才干，处事更加练达成熟的智囊型人物了。在此后长达九年的北洋李幕中，薛福成十分活跃，协助李鸿章处理了不少棘手事情，起草了许多重要文稿。

只要读过薛福成的各类文集便可发现，自光绪元年至十年，每年都有他代拟的重要文件问世。李鸿章的许多奏疏、咨札、书信，直至私人托写的书序、墓志铭等，也都由他代笔。这说明，薛福成在李鸿章幕府担当的是公文主笔角色。另外，作为李鸿章深相倚重的心腹幕僚，每遇国内外发生重大事件，李鸿章总少不了征询薛福成的意见，薛福成每次都是尽其才智，竭力出谋划策。

在起草文稿、提供咨询的同时，薛福成还就重要涉外事务，发表了许多重大的政策性建议和意见。如光绪二年（1876）《上李伯相论与英使议约事宜书》，是针对烟台议约的对策；光绪五年（1879）《筹洋刍议》，是筹划洋务和国防建设的理论阐述和政策建议；同年《上李伯相论赫德不宜总司海防书》，是为避免赫德于财权之外再扩张军权而提出的条陈；光绪六年（1880）《代李伯相议请试办铁路疏》，是为李鸿章的《妥筹铁路事宜折》而专门起草的奏折文本；光绪八年（1882）《上张尚书论援护朝鲜机宜书》，是应付壬午朝鲜之变的对策建议；光绪九年（1883）《上李伯相论援救越南事宜书》，是为中法冲突而提出的援越对策，薛福成力主对法国的侵略行径采取更为强硬的态度。

以上这些文献，除《上李伯相论与英使议约事宜书》在前面已作简要介绍外，另外值得大书特书的是《上李伯相论赫德不宜总司海防书》和《筹洋刍议》以及《上张尚书论援护朝鲜机宜书》三篇文章。

光绪五年，担任海关总税务司的英国人赫德装出热心为中国办事的模样，提出了设立总海防司并由他兼任的计划，企图攫取中国海防和海军的领导权。奕䜣受赫德包围十多年，对他几乎言听计从，所以这一计划一经提出，很快便为清政府所接受，并由总理各国事务衙门发文向李鸿章等要员征询意见。薛福成得知此事后，感到十分忧虑和愤慨，因而上书李鸿章表示强烈反对。

他认为，赫德这个人阴鸷专横，倘若兵权财权由他一人包揽，以后更难控制，后患无穷。考虑到李鸿章不便公开出面反对此事的实情和总理各国事务衙门已经同意赫德的要求这一特殊情况，他又提出了如何挽回此事的策略。说如果这件事已有成议，难于更改，就可以对赫德说，军事不能遥制，必须亲赴海滨负责练兵，他担任的总税务司一职，必须交给别人。薛福成料定，在鱼与熊掌不可兼得、二者只能择其一的选择中，贪财成性的赫德决计不会舍弃总税务司这一肥缺，而去就任实地操练海军的总海防司的苦差使，这样，设立由他兼任的总海防司一事也就告吹了。这件事充分体现了薛福成反对大权旁落于外国人之手的立场和应变的机智。

李鸿章和总理各国事务衙门权衡利害之后，采纳了薛福成的意见。赫德接到要他亲赴海滨训练海军的决定后，果然舍不得丢掉海关税务大权，不得不忍痛表示放弃总海防司的要职，中国的海军大权终于没有为外国人所控制。[1]

赫德后来知道自己处心积虑窃取中国海防大权的阴谋，是在李鸿章的幕僚薛福成的策划干预下遭遇失败，一方面意识到薛福成是个不可低估的对手，另一方面又对这个坏了自己好事的人怀恨在心，以至多年后薛福成出任驻英公使，赫德向国内介绍薛福成情况时，还不忘对他恶意中伤。

这也从侧面证明：在维护国家主权、粉碎西方侵略分子攫取中国海防大权的斗争中，薛福成确实做出了不可低估的贡献。

《筹洋刍议》写于光绪五年。这是一个多事之秋。这一年里，沙俄踞我伊犁，索重赂；西洋德意志诸国方议修约事，议久不协；日本出兵

1《薛福成选集》，第 125 至 127 页。

吞并琉球……中国除了面临西洋侵略，还越来越感受到来自东洋的威胁。面对如此危局，社会各界人士无不忧心忡忡。在筹划应变对策时，薛福成觉得，如果应对得当，"敌虽强不足虑"；如果应对失当，"则无事而有事，后患且不可言"。他于是网罗见闻，直抒胸臆，写成了著名的《筹洋刍议》。[1]

这部著作约两万字，分为《约章》《边防》《邻交》《利器》《敌情》《藩邦》《商政》《船政》《矿政》《利权一》《利权二》《利权三》《利权四》以及《变法》等十四篇。作者忧患于当时西方列强对我中华版图虎视眈眈的危急局势，提出了许多重要政策建议，其中包括：一、反对不平等条约；二、预防俄、日侵略；三、振兴工商业；四、加强变法。

薛福成特别强调中外签订的不平等条约中的片面最惠国待遇、领事裁判权以及协定关税三项对中国危害深重，强调应坚决抵制新的不平等条约，修订过去已经签订的不平等条约。

薛福成认为，国际形势已经发生深刻变化，目前对中国威胁最大的是觊觎中国领土的沙俄和日本。沙俄是世界上最强大的帝国，已侵吞了中国大片领土，如今又觊觎东北、新疆和蒙古，在东、西、北三面长达两万多里的边界线上，中国实在防不胜防。日本虽是个蕞尔岛国，但在变法维新后锐意学习西方，"以远交近攻之术施之邻邦"，大肆扩军备战，所以它与中国虽同处亚洲，却无三国时的吴、蜀相亲之势，而有春秋战国时的吴、越相图之心。对于俄、日的侵略，中国绝不能依赖列强的"调停"，而要坚持独立自主的外交政策，走自强之路，同时积极开展外交活动，与西方各国改善关系，争取获得一个真正的西方盟国，并援助朝鲜、越南等国，使之成为坚强的邻邦。中国地大物博，通商之利十倍于日本，只要搞好外交，列强也不会专门偏袒日本。在英、法仍是主要侵略国的时候，薛福成能认识到俄、日两国将对中国造成更大的威胁，虽有可能受了曾国藩思想的影响（早在十二年前的同治六年九月初七日，曾国藩与赵烈文私下谈话时，就石破天惊地提出了"中国之患或在俄罗斯与日本"

1《薛福成选集》，第 526 页。

这一重要见解，时在曾国藩幕府工作且受曾国藩各方面影响很深的薛福成不可能不清楚这一点。详情请见拙著《私语：曾国藩与心腹幕僚的100次密谈·中国之患或在俄罗斯与日本》)，但《筹洋刍议》提出的预防俄、日侵略的一系列策略与措施，却比曾国藩考虑得更具体更详细和更具操作性，若能切实按照薛福成提出的建议做，就一定能对国家有所补益。

在振兴工商业方面，薛福成认为必须把握三个要端，就是大力发展运输业、农业和工业。

他还觉得，中国在经济、技术、军事等很多方面都需要变法，变法的目的是取西方器数之学使中国实现富强，从而使中国不受列强的蔑视和宰割。

很显然，薛福成的这部著作不仅触及了早期改良派关注的多个重大问题，已带有早期资产阶级改良主义思想的色彩，为洋务运动提供了理论依据，而且首倡"变法"，因而在思想界引起巨大震荡，产生了极其深远的影响，被公认为是十九世纪后叶中国思想理论战线上的重要成果之一，薛福成也因此成为中国近代著名思想家之一。[1]

9 秘书共同谱写"谋国"新篇章

光绪八年（壬午）六月，朝鲜因宫廷党争发生"壬午兵变"，不仅日本使馆被毁，而且死了十几个日本人。十七日，日本决定由外相井上馨率兵前往问罪。朝鲜历史上就是中国的藩属国，署理直隶总督张树声接到中国驻日本大使黎庶昌的密电后，征求幕僚意见，打算函请总理衙门奏明发兵援朝。薛福成却说："这样会耽误很多时间。如果日军先到朝鲜，一定会占据首都王京（今首尔），控制朝鲜国王，日本侵占琉球的故事就会在朝鲜重演。事机得失，间不容发，请发'超勇''扬威''威远'三艘兵舰，即日驶往朝鲜，同时奏请总理衙门发兵增援。"张树声颇以为然，于是下令提督丁汝昌、道员马建忠率领"超勇"等

1《薛福成选集》，第 527 至 557 页。

三艘兵舰，于二十五日开往朝鲜。又预调南洋及招商局轮船，以备运送陆军士兵。二十七日八时左右，中国兵舰抵达仁川口。当天中午二时左右，日军也有一艘兵舰到达，时间仅仅迟了半天而已。见到中国兵舰已经抵朝，日军为之夺气。二十八日，日本又来了三艘兵舰，共有官兵一千余人。与朝鲜谈判时，日方代表开列多款，百端要挟。朝方得知中方增派的六营淮军即将抵达，腰杆更粗，底气更足了，对他们的无理要求因而拒之益坚。谈判一时陷入僵局，日方代表拂袖而去，以示决裂。中国军队乘机占领王京。日方自觉兵少势孤，只得见好就收。此后，中国军队设计诱捕朝鲜大院君李昰应，铲除乱党，恢复国王统治，朝鲜之乱由此平定。

此次平定朝鲜"壬午兵变"，中方之所以能够牢牢掌握主动权，关键在于行动迅速，如果让日军先到朝鲜，后果不堪设想。这一切又都是直隶总督府得到黎庶昌发来的日本已经出兵朝鲜的密电后，应对迅速而及时，从而抢在日军之前登陆朝鲜。

日本发兵是六月十七日，中国发兵是二十五日，晚了八天，怎么反倒捷足先登？薛福成在《上张尚书论援护朝鲜机宜书》中做过精心分析和设计。他说："然犹可冀幸者，日本海道弯环纡曲，井上馨由东京起程，非十余日不达朝鲜，不若中国兵船由烟台东驶之捷也。"就是说，只要张树声采纳他的意见，不等朝廷批复就从烟台出兵，肯定比日军先到朝鲜。日本海道弯来绕去，曲曲折折，兵舰由东京起程后，没有十多天到不了朝鲜。结果正如薛福成所料，中国兵舰早半天到达仁川口。[1]

作为中国驻日大使，黎庶昌获知日本发兵朝鲜的绝密情报后，为什么先向直隶总督府发回密电？显然与当时的特殊国情有关，就是地方政府不仅可以直接办外交，而且著名的"北洋海军（后称'北洋水师'）"和当时唯一的能战之师淮军，都是由其统帅李鸿章领导和指挥的。李鸿章因母亲去世丁忧回家后，两广总督、淮军大将张树声代理直隶总督、北洋大臣，自然接过了部队指挥权。黎庶昌如果将密电发给总理衙门，

1《薛福成选集》，第176至180页。

势必增加公文运转程序，延误公文处理时间，机不可失，时不再来，他当然知道应该怎么做才是最好的。

《清实录》光绪八年壬午六月条记载的事实，也明确告诉世人，黎庶昌的确是向直隶总督府发回密电的："谕军机大臣等：总理各国事务衙门奏，朝鲜乱党滋事，筹议派兵援护一折。据称，张树声函报，叠接黎庶昌电信，朝鲜乱党滋事，突围日本使馆，并劫朝鲜王宫。日本现有水兵七百余，步兵七百，前往朝鲜，中国似宜派兵前往察看情形，相机办理等语。……著张树声酌派水、陆两军，迅赴事机。如兵船不敷调派，即咨南洋大臣添拨应用，并调招商局轮船运载陆师，以期迅速。"[1]

这是张树声先斩后奏的奏折送达北京后，清廷补办的批复，从中可以看出，清廷不仅采纳了张树声的建议，而且给予了坚定而有力支持。

获得黎庶昌密电后，时任直隶总督府机要幕僚薛福成，之所以能够精准分析事件原因并迅速提供对策建议，固然是他眼光敏锐、识见非凡，但也与他和黎庶昌的特殊私人交情分不开。在这个意义上说，直隶总督府之所以能够首先获得黎庶昌密报，与薛福成是这里的机要幕僚也很有关系。

黎庶昌和薛福成不仅都曾是曾国藩幕僚，而且同被誉为"曾门四弟子"之一。黎庶昌是同治二年（1863）进曾国藩幕府，薛福成是同治四年（1865）进曾国藩幕府。曾国藩去世后，黎庶昌在地方上工作了一段时间，然后随郭嵩焘出使西欧，历任驻英、法、德、西班牙使馆参赞，游历了比、瑞、葡、奥等十国，直至被任命为驻日大使。薛福成则在苏州书局工作了两年多，然后进入李鸿章幕府。

然而不管离开多久、距离多远，他俩始终是心心相印的挚友。用薛福成《拙尊园丛稿序》中的话说，他和黎庶昌思想上相互激励，事业上相互支持和提携，即使远隔重洋，也常常"互达手书，有无未尝不相通也，升沈（同'沉'）未尝不相关也，文艺未尝不相质也"[2]。后来他俩可谓共同谱写了"谋国"新篇章。

1《清实录·德宗实录》，中华书局1987年5月第1版第54册第95至96页。
2《薛福成选集》，第510页。

在应付朝鲜"壬午之变"过程中，薛福成有两大突出贡献值得大书特书。一是建议张树声不要坐等朝廷批复，迅速发水兵奔赴朝鲜，抢在日本人之前控制朝鲜局势。二是针对中国军队进入朝鲜之后如何开展行动，撰写了《上张尚书论援护朝鲜机宜书》，提出了"救护朝鲜"的具体行动和策略。后来朝鲜的局势发展，全在薛福成预料之中。为此，张树声被嘉赏太子少保头衔，薛福成也因运筹策划有功，晋升为四品道员。

10 从秘书成长为晚清杰出外交家

由于薛福成才华卓著，业绩突出，又具有与外国侵略者作斗争的丰富经验，光绪十年（1884），朝廷授予他四品宁绍台道实缺，把他推上了抗法战争的最前线。薛福成从此告别长达十七年的幕僚生涯，在晚清政治和外交舞台上一展身手。

当时，心怀叵测的法国侵略者不惜铤而走险，恣意扩大侵华战争，在陆路上公然将战火燃烧到中国西南边境的同时，又派遣远东舰队来华，从海面上封锁珠江口，福州马尾、台湾基隆均遭法军攻击。之后，法军又从南海向东海游弋，伺机攻占我国东南沿海城市，以便作为向清政府进一步讹诈的筹码。浙东宁绍台道地处抗法前线，薛福成到任后，积极加强防御，同时抓住战机，组织部队对来犯敌军予以痛击，取得了镇海防御战的巨大胜利，迫使法军与清政府停战，薛福成也因功而赏加布政使加衔。

光绪十四年（1888）九月，薛福成被任命为湖南按察使。尚未赴任，朝廷又赏给他二品顶戴，以三品京堂候补的身份出使英、法、意、比四国。

在清朝末期，担任驻外使节不仅不是美差，而且被许多人视为畏途。薛福成深知外交工作的重要性，明知前途多艰绝不畏葸不前。在进行了充分的准备后，他毅然带着由自己精心挑选的随员黄遵宪等三十余人奔赴欧洲，开始了驻外使节的生涯并成为晚清杰出外交家。

薛福成到欧洲后，奔走于英、法、意、比之间。他以敏锐的眼光观察西方国家政治、经济、文教等各方面的情况，勤谨地处理繁忙的日常事务，细心地进行调查研究，认真地思考如何从长远着眼主动为国家多做一些工作。他任公使期间，经过不懈努力和复杂艰难谈判，同英国签订了《续议滇缅界务商务条款》，收回了一些已被实际侵占地区的主权。条约内容传回国内后，立刻在社会各阶层引起巨大反响。

从半个多世纪以前中西方发生冲突以来，历次国际交涉的结果，中国几乎全是割地赔款、丧权辱国，在这次谈判中，薛福成却以国际公法为依据，采取既坚决又灵活的手法和策略，迫使英国政府承认中国的合法要求，是中国办理外交以来取得的空前成功，他也因此被誉为清朝外交史上在边界领土谈判方面表现最出色的外交家之一。

出使欧洲期间，在关切和保护广大海外侨胞切身利益方面，薛福成也做了大量工作。如以国际公法为依据，说服英国政府同意中国在其属境内设立领事馆，这样，中国政府就在南洋、缅甸等处设立领事馆，保护当地华侨的权益。

薛福成还充分利用自身"娴文学，有著述"的优势条件，通过深入细致观察思考和对外交中实践经验的总结，提出了许多开创性意见，形成了一套较为系统的外交理论，这也正是他不愧为"使才"的一个重要方面。

出使欧洲之前，薛福成关于外交方面的思想比较集中地反映在《筹洋刍议》等文献之中，出使欧洲以后，则在他的《出使四国奏疏》《出使四国公牍》《出使四国日记》及续刻等著作中得到充分体现，如：要学习和运用国际法；要讲究外交礼仪；要培养外交专才；要知己知彼，百战不殆；外交必须以实力为后盾；要树立国家主权观念；等等。所有这些，都为自己赢得了"美使才"的巨大声誉。称他是一个难得的"使才"，是有充分依据的。[1]

同时，薛福成还结合中国当时的实际情况，提出了一系列学习外国

1《清史稿》，第 41 册第 12490 页。

政治和经济制度的主张，以达到富国强兵目的。在政治上，薛福成主张变法，效法西方国家，实行君主立宪制；在经济上，他认识到商业发展是欧美列强的立国之本，极力主张振兴商业。薛福成认为，要使中国富强，就必须改变社会上传统的"重农贱商"风气，提高工商业者的社会地位。

在"弱国无外交"的历史时代，在饱受帝国主义欺凌和灾难深重的中国，薛福成作为由腐败并屈从于西方列强的晚清政府派出的驻外使节，在困难重重的条件下，能够以他的爱国热忱、敏锐识见、实干才能和不凡业绩，为捍卫国家利益，推动民族进步，忠实地履行自己的职责并做出了有益的贡献，光绪皇帝褒奖他说："办理交涉事件，悉臻妥恰。"[1] 并在历次补授薛福成为光禄寺卿、太常寺卿、大理寺卿后，越次升补他为左副都御史。

出使四年后的光绪二十年（1894）四月，薛福成任期届满离开巴黎回国，五月抵达上海。薛福成本来就积劳成疾，一路上又饱受颠簸之苦，所以回到上海不久便猝然去世，终年五十七岁。上海各界人士为他举行了隆重的出殡仪式，对这位杰出外交家表达沉重哀悼。

薛福成逝世的消息传到北京后，光绪皇帝不仅唏嘘叹息，而且特地下达谕旨，决定将薛福成"照副都御史例"赐恤，不久又赐"祭葬"并赏其子薛翼运"以知州补用"。两年后，又下令收集薛福成的事迹交国史馆立传。[2]

当朝皇帝的关爱，算是对这位从幕府走出来的杰出外交家的一种肯定和褒奖吧。

---

1 《清史列传》，中华书局 1987 年 11 月第 1 版第 15 册第 4603 页。
2 《清史列传》，第 15 册第 4603 页。

图书在版编目（CIP）数据

谋国:曾国藩和他的幕僚们/睦达明著. —长沙:岳麓书社,2024.4

ISBN 978-7-5538-1834-4

Ⅰ.①谋… Ⅱ.①睦… Ⅲ.①曾国藩(1811—1872)—生平事迹

Ⅳ.①K827＝52

中国国家版本馆 CIP 数据核字(2023)第 091373 号

MOUGUO:ZENG GUOFAN HE TA DE MULIAO MEN

谋国:曾国藩和他的幕僚们

作　　者:睦达明

出 版 人:崔　灿

出版统筹:马美著

策划编辑:刘　文

责任编辑:刘　文　刘小敏

责任校对:舒　舍

封面设计:今亮后声·小九

岳麓书社出版发行

地址:湖南省长沙市爱民路 47 号

直销电话:0731-88804152　0731-88885616

邮编:410006

版次:2024 年 4 月第 1 版

印次:2024 年 4 月第 1 次印刷

开本:640mm×960mm　1/16

印张:22

字数:306 千字

书号:ISBN 978-7-5538-1834-4

定价:78.00 元

承印:长沙鸿发印务实业有限公司

如有印装质量问题,请与本社印务部联系

电话:0731-88884129